古典詩歌研究彙刊

第二一輯

龔鵬程 主編

第 14 冊

陳子龍詩論與詩歌探究

蘇 怜 宜 著

國家圖書館出版品預行編目資料

陳子龍詩論與詩歌探究／蘇怜宜 著 — 初版 — 新北市：花木
蘭文化出版社，2017〔民 106〕

目 2+286 面；17×24 公分

（古典詩歌研究彙刊 第二一輯；第 14 冊）

ISBN 978-986-404-876-2（精裝）

1.（明）陳子龍 2.明代詩 3.詩評

820.91　　　　　　　　　　　　　　　　106000588

ISBN-978-986-404-876-2

古典詩歌研究彙刊
第二一輯　第十四冊　　　　ISBN：978-986-404-876-2

陳子龍詩論與詩歌探究

作　　者　蘇怜宜
主　　編　龔鵬程
總 編 輯　杜潔祥
副總編輯　楊嘉樂
編　　輯　許郁翎、王筑　美術編輯　陳逸婷
出　　版　花木蘭文化出版社
社　　長　高小娟
聯絡地址　235 新北市中和區中安街七二號十三樓
　　　　　電話：02-2923-1455／傳真：02-2923-1452
網　　址　http://www.huamulan.tw 信箱 hml810518@gmail.com
印　　刷　普羅文化出版廣告事業
初　　版　2017 年 3 月
全書字數　182297 字
定　　價　第二一輯共 22 冊（精裝）新台幣 33,000 元　　版權所有·請勿翻印

陳子龍詩論與詩歌探究

蘇怜宜 著

作者簡介

蘇怜宜，高雄人，台灣師大國文系畢業，高雄師大國文碩士。幼時偶然拾得詩集一本，從此一頭栽進文學的世界。除詩歌外，最愛的是推理小說，也常遊蕩哲學、歷史、社會思想等領域，是隻雜食的書蟲。目前任教於中學。

提　　要

　　陳子龍爲明末雲間派開創者之一，對明末文壇極具影響力。其詩歌紹緒七子復古遺調，又融入公安的重情主義，使其詩歌兼融二家之長。又因身逢末世，詩歌蘊含憂時託志的寫實精神，形成體格雅正、情文並茂的詩風。本文旨在討論其詩歌體系之宗尚論、內涵論、工夫論，並將其全部詩歌分成八大類，且分析各類型詩之特色。再研究其詩風三次轉變的期間區點和各期詩風特色，以及其整體的詩歌形式色與內容特色，以了解陳子龍詩論與詩歌特色。

目

次

第一章　緒　論

　　明朝詩歌發展蓬勃，然其成就在文學史上卻罕被言及。今之學者，對有明一朝詩歌的研究篇幅有限，而研究明詩者，又往往偏重於復古及反復古二派，對於個別的詩人研究亦有限。尤其是明末詩人陳子龍，其畢生四十年中所作詩歌高達一千八百首左右，其中可觀者亦所在多有，廁身「雲間三子」，在晚明開創了有相當影響力的雲間詩派，可惜自清中葉以來之學者對其詩歌成就少有論述。幸而自西元二千年以來，學者開始對陳子龍其人其作進行一系列的研究，唯這方面研究新才起步，可發展的空間仍大，故本文嘗試對陳子龍之詩歌理論與創作做番梳理，盼能讓世人對其詩歌理論與詩歌成就有更進一步之認識。

第一節　研究動機

　　有明一朝的詩歌發展極為興盛。自明太祖一統江山，歷經成祖、仁宗、宣宗幾朝的勵精圖治，政治上相對安定、經濟日趨昌隆，為文學發展提供了一片沃壤，使明朝詩壇發展極為蓬勃。據近人張維〈明代第一詩人的自畫像：讀高啟《青丘子歌》〉一文云：「錢謙益《列朝詩歌》蒐錄 2000 多位明朝詩人，朱彝尊《明詩綜》蒐錄 3400 多位明朝詩人，陳田編輯《明詩紀事》則蒐錄了 4000 多位明朝詩

人。」〔註1〕可以看出明代詩壇的勃興。然而，今人對明代詩歌的研究較其它朝代來得少，而所著墨者又偏重於復古派與反復古派，對個別詩人少有研究。此為筆者研究動機之一。

在明代詩人中，又以明末的陳子龍地位最為特殊，他的詩上承李夢陽、何景明等前後七子的復古主張，在當時形成了聲名赫赫的「雲間派」，明末詩人吳偉業云：

當是時大樽已成進士，負盛名，凡海內騷壇主盟，大樽睥睨其間無所讓。……於是天下言詩者輒首雲間。〔註2〕

清人陳田在《明詩紀事》也說陳子龍：「殿殘明一代詩，當首屈一指。」〔註3〕錢鍾書《談藝錄》則說陳子龍：「結有明三百年唐詩之局。」〔註4〕，還譽其：

陳臥子才大筆健，足以殿有明一代之詩而無愧。又丁百六陽九之會，天意昌詩，宜若可以悲壯蒼涼，上繼簡齋（陳與義）、遺山（元好問）之學杜。乃讀其遺集，終覺偉麗之致，多於蒼楚。〔註5〕

對於這麼一位明詩殿軍，可惜因其曾從事反清活動，故其著作在清朝乾隆四十一年（1776）頒布《欽定勝朝殉節諸臣錄》之前，都受到查禁，致這麼一位地位厥偉的的詩人在死後沉寂了百餘年，迄至近代，研究陳子龍之作仍屈指可數。直至西元二千年以後，才陸續有專門研究陳子龍的著作。然這些研究又泰半集中於陳子龍的詞學及著作、思想方面，對於其詩學研究較少，而這少數幾篇研究陳子龍詩學之作，或僅側重部分類型之詩，或偏重其對復古詩論的傳承，或

〔註1〕 張維：〈明代第一詩人的自畫像：讀高啟《青丘子歌》〉，《閱讀與寫作》第9期，2004年，頁15～16。

〔註2〕 〔明〕吳偉業：〈宋直方林屋詩草序〉，《梅村家藏稿》稿二十六，（台北：台灣學生書局，1975年5月），頁522。

〔註3〕 〔清〕陳田：《明詩紀事》（台北：台灣商印書館，1968年6月），頁2657。

〔註4〕 錢鍾書：《談藝錄》（北京：中華書局，1984年9月），頁89。

〔註5〕 錢鍾書：《談藝錄》，頁175。

將之繫於整個格調詩派的一環中作探討，未能對其全部的詩歌與詩論有脈絡性、綰合性的探討，此為筆者研究動機之二。

第二節　文獻探討

　　專研陳子龍的文獻，早年大抵沉寂，其中較為完備者有朱東潤的《陳子龍及其時代》（1984）、孫康宜的《陳子龍柳如是詩詞情緣》（1992）等作。至西元二千年後，對陳子龍的研究始有長足進展，這方面的研究主題可概分為：陳子龍生平與著作整理、思想研究、詩歌研究、詞學研究、綜合性研究等五個面向，茲依先專書後學位論文再單篇論文的次序，簡介相關重要文獻。

一、陳子龍生平與著作整理

（一）陳寅恪：《柳如是別傳》〔註6〕

　　本書成於 1964 年〔註7〕，書中雖以明末奇女子柳如是為主角，但詳敘陳子龍和柳如是交往的情形及二人同幾社文士的唱酬往來狀況，對陳氏家庭環境、陳氏對女性的態度、陳柳情詩情詞唱和多所考訂，也提供了判定陳子龍情詩的方法，有助釐清陳子龍語意晦澀的情詩作品。書中以詩證史，以史解詩，對於研究陳子龍甚至是明末士人的複雜心理也有相當幫助。唯一可惜的是，因是以柳如是為主角，故有關陳子龍的部分只限於崇禎五年至十二年。

（二）朱東潤：《陳子龍及其時代》〔註8〕

　　本書將陳子龍畢生分成「名士」、「志士」、「鬥士」三階段，並以豐富的史料，以明末清初動盪的大時代為背景，詳敘陳子龍從出生至

〔註6〕陳寅恪：《柳如是別傳》，北京：三聯書店，2001 年 1 月。
〔註7〕汪榮祖：《史家陳寅恪傳》（台北：聯經出版事業公司，1997 年 10月），頁 185。
〔註8〕朱東潤：《陳子龍及其時代》，上海：上海古籍出版社，1984 年 1月。

殉國間的各歷史大事，生動刻畫了集倜儻、浪漫、愛國於一身的陳子龍，使讀者能深刻認識陳子龍的性格及曲折坎坷的一生。

（三）魏振東：《陳子龍年譜》〔註9〕

本學位論文以陳子龍自撰的《自述年譜》及歿後門生王澐編寫的《續年譜》所條列各年事蹟爲主脈絡，考據陳子龍《年譜》中相關往來人物之生平及互動狀況，兼以考校陳子龍各年的創作。此書引述大量史料，其中不乏海內罕見的資料，有助於研究陳子龍一生行踪事蹟、作品的創作年代及複雜的人際網絡。

（四）楊晉龍：〈論《詩問略》之作者與內容〉〔註10〕

歷來皆以爲注解《詩經》的作品《詩問略》乃陳子龍之作，但本文作者從陳氏作品考察、諸家注《詩》的引證、《詩問略》內文這三方面詳細考證，得出結論：「一則正變觀點有別；再則諸書引文不符；三則書中引錄均無法與陳氏生平諸事相應，可知《詩問略》非陳子龍的作品。然由諸書引錄條文觀之，陳子龍當有《詩經》說解之著作，惜至今未見，恐未曾流傳於後世。」免去今後學者對陳子龍在《詩經》學上的誤會。

（五）裴世俊：〈「失語」與「缺位」——陳子龍與錢謙益的關係探論〉〔註11〕

本單篇論文在討論明末二大才人陳子龍與錢謙益的關係。錢氏爲陳子龍前輩，又爲東林黨領袖之一，向爲陳子龍所敬重，今陳氏集中仍可見他對錢氏的敬重。然後來則因陳子龍與柳如是仳離，柳氏改

〔註9〕 魏振東：《陳子龍年譜》，桂州：廣西師範大學中文所碩士論文，2004年。

〔註10〕 楊晉龍：〈論《詩問略》之作者與內容〉，《傳承與創新——中央研究院中國文哲研究所十週年紀念論文集》（鍾彩鈞主編，台北：中央研究院中國文哲研究所籌備處，1999年12月）。

〔註11〕 裴世俊：〈「失語」與「缺位」——陳子龍與錢謙益的關係探論〉，《棗莊學院學報》第23卷第3期，2006年6月。

嫁錢謙益，使陳、錢二人的關係變得尷尬。後又因錢氏降清入仕、批評七子的復古主張，這都與陳子龍的立場大相逕庭，於公於私的糾葛使錢謙益對陳子龍的態度產生兩次的「失語」。而對於子龍的殉節，錢謙益本可在《列朝詩集》中著錄，但其「有待之志」的修史宗旨造成「缺位」的現象，讓他的作品中難以覓得陳子龍的踪影。本文主題小而精，對研究陳子龍的人際網絡也是一項參考。

（六）王英志：〈陳子龍著作與作品考述〉〔註12〕

本單篇論文對陳子龍生平所有著作有著極詳實的考校，對陳子龍尚存作品和已佚作品的版本、卷次、典藏處、流通狀況皆有詳細的說明，並推論原刻已佚的《清音堂集》實即今所傳的《三子詩選》中所錄的陳子龍詩作。而《四家詞》一書所選的詞作可能已存在於《倡和詩餘》、《幽蘭草》二集中，並未亡佚。並說明陳子龍大部分的作品皆已保存下來，今原刻不傳之作也可能也分散於其它集子中，故真正亡佚的作品並不多。

二、陳子龍思想研究

（一）王坤地：《陳子龍及其經世思想研究》〔註13〕

本學位論文先介紹晚明經世思潮對陳子龍思想的影響，再透過其所編的《皇明經世文編》、《農政全書》、《史記測議》、《皇明詩選》、《兵家言》及相關詩詞文，詩論陳子龍經世思想的內涵。從而結論清代學術、文學的復興契機應推溯到明末諸子，所謂明末諸子除顧炎武、黃宗羲、王夫之等人外，也當包含陳子龍，因為陳子龍的經世思想曾對顧、王諸人產生影響。

〔註12〕王英志：〈陳子龍著作與作品考述〉，《文學遺產》第 6 期，2007 年。
〔註13〕王坤地：《陳子龍及其經世思想研究》，台中：東海大學中文所碩士論文，1993 年。

（二）金薇薇：〈試論陳子龍的編輯思想及文化傳承〉〔註14〕

本單篇論文透過對《皇明經世文編》、《農政全書》的研究，讚揚陳子龍「尊重科學與尊重原創主體的編輯風格」及對傳統文化的繼承、傳播之功，也啓發了清代魏源等人編《皇朝經世文編》的動機，肯定陳子龍在經世實用方面的貢獻。

三、陳子龍詩歌研究

（一）詩歌理論類

1. 蔡勝德：《陳子龍詩學研究》〔註15〕

本學位論文完成於 1980 年，很可能是海內外首本研究陳子龍詩論之作。書中主要在說明陳子龍的詩歌理論，及其對辨體、修辭的見地，並透過《皇明詩選》一書中的評論，了解陳子龍對明代詩人的批評。然因本論文成書較早，受制於當時對陳子龍的研究有限，故論文中對陳子龍各著作的考證不夠完備且有部分謬誤。然其開創陳子龍詩歌研究之功仍不可沒。

2. 陳麗純：《明末清初性情詩論研究──以陳子龍、錢謙益為考察對象》〔註16〕

本學位論文先說明「性情」詩論的淵源始自先秦，原是爲政教而服務的；至六朝，經過「緣情」說的浸潤，加入「審美性情」的元素，始轉而重視個人情志；唐宋時則分裂成二派，一是承傳先秦的政教觀念，一是紹繼六朝的審美性情，呈現二派並行發展的狀況；逮至明朝則演變爲「眞」（公安派）與「雅」（復古派）的論戰。處於明末的陳子龍和錢謙益剛好又隸屬於這兩個不同的派別，其論點有歧異也有融

〔註14〕金薇薇：〈試論陳子龍的編輯思想及文化傳承〉，《黑龍江教育學院學報》第 27 卷第 7 期，2008 年 7 月。

〔註15〕蔡勝德：《陳子龍詩學研究》，台北：東吳大學中文所碩士論文，1980年。

〔註16〕陳麗純：《明末清初性情詩論研究──以陳子龍、錢謙益爲考察對象》，高雄：中山大學中文所碩士論文，2004 年。

合，所以觀此期的性情詩論可以省視整個性情詩論的發展。

　　3. 張文恒：《陳子龍雅正詩學精神考論》〔註17〕

　　本學位論文在說明何謂雅正詩學，及雅正詩學的淵源流衍，並論述陳子龍對雅正詩學的繼承，從而說明陳子龍對詩風正變與溫柔敦厚的理解並未悖離傳統詩教的範疇。

　　4. 易果林：《陳子龍與明代格調派詩學》〔註18〕

　　本學位論文先辨析「格調」觀念的淵源，及格調派詩學在明代的發展，再論及陳子龍的格調派詩學思想，及其對格調派詩學的繼承與突破，從而肯定陳子龍是明清詩學嬗變的關鍵人物。

（二）詩歌創作與風格類

　　1. 汪孔丰：《雲間詩派研究》〔註19〕

　　本學位論文在探究雲間詩派的形成及其詩學思想，再分別討論雲間派重要詩人陳子龍、夏完淳、李雯、宋徵輿等四人詩歌創作的主題思想及藝術特徵。肯定雲間詩派對公安、竟陵流弊的廓清之功，雖是傳承七子派的復古主張，但仍兼納諸家之長，爲明詩的終結畫下一個極具份量的句號。因是將陳子龍繫諸雲間詩派中研究，故對其詩歌的論述仍有限。

　　2. 吳思增：《陳子龍新詩風研究》〔註20〕

　　本學位論文說明陳子龍的思想核心是「事功與節概」。「文士」與「能臣」兼具是他的人生定位；「時變」與「守道」是他的主體人格。結尾則論述陳子龍的新詩風是「才、情、氣」三位一體的美學表現。

〔註17〕張文恒：《陳子龍雅正詩學精神考論》，北京：北京語言大學碩士論文，2005年。

〔註18〕易果林：《陳子龍與明代格調派詩學》，長沙：湖南科技大學碩士論文，2010年。

〔註19〕汪孔丰：《雲間詩派研究》，南京：蘇州大學碩士論文，2005年。

〔註20〕吳思增：《陳子龍新詩風研究》，上海：華東師範大學博士論文，2006年。

3. 李耀宗:《陳子龍詩歌研究》〔註21〕

本學位論文提出陳子龍的詩學思想淵源來自對復古詩學思想及傳統儒家詩教思想。並將其在亂離末世背景下的詩歌分成「寫景詩」、「詠懷詩」、「交游詩」三個代表類型,從而肯定其詩品的沉雄高華、各體取法乎上各擅勝場、語言的錘煉精工等特色,推崇其為復古詩歌運動中與「李何」、「王李」并峙的第三座高峰。唯可惜者在於本文對陳子龍之詩未能做全面性的審視。

4. 王閩瀚:《陳子龍愛國詩研究》〔註22〕

本學位論文以陳子龍的愛國詩為研究對象,先論陳氏愛國詩的內涵及主題,次論其愛國詩的寫作手法,末論其愛國詩的詩風涵蓋「沈鬱雄渾」、「意遠淒涼」、「諷諭傷懷」三大特色,刻畫了陳子龍這位愛國詩人的形象。

5. 劉勇剛:〈論陳子龍詩歌〉〔註23〕

本單篇論文依朱東潤提出的「名士」、「志士」、「戰士」三階段為準的,將陳子龍詩作分成「名士之歌」、「志士之歌」、「戰士之歌」三個進展歷程,並說明陳氏之詩與時代有統一的一面,也有相反的一面,雖其時代處於陽九之厄,其詩卻寫得深而不迫。

四、陳子龍詞學研究

(一)涂茂齡:《陳大樽詞的研究》〔註24〕

本學位論文在分析陳子龍的詞論及詞作。本文先由詞學觀談起:一、詞雖小道亦有不可廢者;二、詞之言情以含蓄為本;三、詞

〔註21〕李耀宗:《陳子龍詩歌研究》,山東:山東師範大學碩士論文,2011年。
〔註22〕王閩瀚:《陳子龍愛國詩研究》,台北:華梵大學中文系碩士論文,2011年。
〔註23〕劉勇剛:〈論陳子龍詩歌〉,《中國韻文學刊》第25卷第4期,2011年10月。
〔註24〕涂茂齡:《陳大樽詞的研究》,高雄:高雄師範大學國文系碩士論文,1992年。

主「高渾」；四、論詞的發展過程。再以這四個觀念爲依據，分別探討陳子龍詞作的內涵意境、表現藝術及風格。由詞的內（內涵境界、表演藝術）、外（外在技巧、理論之實踐、作品風格）來了解陳氏之詞，並說明其在明清詞壇扮演了承上啓下的樞紐地位。

（二）蘇菁媛：《陳子龍詞學理論及詞研究》〔註25〕

本學位論文企圖爲陳子龍在詞史上訂出一客觀定位。先是由其成長背景探討其生命情調，再進而理解其詞論和詞作在當時所呈顯之意義、內涵。詞論上，詳述陳子龍揭示詞體「要眇宜修」的美學要求與「比興寄託」的藝術手法，和維護詞體言美情長的傳統；詞作上，論述陳子龍的詞作上的成功實踐，爲清詞的中興開闢一條康莊大道，是清詞復興的先導。

（三）張天妤：《陳子龍詞風形成的文化形態考察》〔註26〕

本學位論文先由陳子龍生活的文化形態，考察其詞作風格形成的原因。陳子龍生長於末世，憂患意識不時熔鑄在他的詞作之中：愛情上的無助則造就了其詞作語言淒豔婉麗、纏綿悱惻的風格；仕途的坎坷則使其習慣以「香草美人」來寄託士人之志，將沉至之思以綺豔閨情寫出，以寄達其深遠之志。其詞作雖有言男女愛情者，但晚期之作則自覺地將「風騷之旨」寄寓其間，將其詞進一步提升爲忠君愛國的戰士之詞，這是形成其詞風最大的特點。

（四）黃雅莉：〈明末詞學雅化的苗裔——陳子龍詞學理論及其在詞學史中的地位〉〔註27〕

本單篇論文從承傳與發展的角度探討雲間詞派主將陳子龍對開

〔註25〕蘇菁媛：《陳子龍詞學理論及詞研究》，彰化：彰化師範大學國文系碩士論文，2004 年。

〔註26〕張天妤：《陳子龍詞風形成的文化形態考察》，上海：華東師範大學碩士論文，2006 年。

〔註27〕黃雅莉：〈明末詞學雅化的苗裔——陳子龍詞學理論及其在詞學史中的地位〉，《海南師範大學學報》第 4 期，2010 年。

啓清詞中興的貢獻。本文先討論陳子龍的詞學理論，確立其對在明清詞學史上的承傳、融通上占有重要地位。並從其重要的詞學觀點入手，探討其復古源流觀、辨體論、詞境說、風騷寄託說、體性觀、審美技巧論等，透過這些觀點的闡述以見陳子龍的詞論在詞史的重要位置，肯定其在明詞中衰的困境中接續了詞統的最早努力，及開啓清代詞壇的盛衰之辨與南北宋之爭的催化關鍵。

（五）金一平：〈雲間詞派的復古主義詞學理論〉〔註28〕

本單篇論文肯定雲間詞派對清詞復甦的貢獻，其中最完整地建立了雲間詞派理論體系的是陳子龍。其詞學復古理論與詩文復古主旨一致，奉南唐北宋詞爲正統，且有一套言情極致的古典審美標準和創作觀。末期宋徵璧亦有所開拓，但此時雲間主體門徑漸窄，甚至獨取五代，摒棄北宋，致使雲間詞派走向末路。

（六）徐婷：〈陳子龍的詞與詞學〉〔註29〕

依據陳子龍詞集《江蘺檻》、《湘眞閣存稿》及其詞學理論篇章〈三子詩餘序〉、〈王介人詩餘序〉、〈幽蘭草題詞〉、〈宋子九秋詞稿序〉等著作，歸納整理出陳子龍詞的主題不外乎閨情、詠物和感懷等類，且絕大部分以春日爲對象或以春日爲背景，在表面的婉麗、哀艷後面寄託著深刻的人生理想、生命感慨和時世之嘆。

五、綜合性的陳子龍研究

（一）姚蓉：《明末雲間三子研究》〔註30〕

本書分成上下兩篇，上篇在研究明末雲間三子：陳子龍、李雯、宋徵輿三人的家世淵源、思想情懷、政治活動；下篇在研究三人的詩

〔註28〕金一平：〈雲間詞派的復古主義詞學理論〉，《浙江學刊》第 5 期，2010年。

〔註29〕徐婷：〈陳子龍的詞與詞學〉，《語文知識》第 4 期，2011 年。

〔註30〕姚蓉：《明末雲間三子研究》，廣州：廣東高等教育出版社，2004 年9 月。

文理論、詩詞作品之特色，及對清代文學的影響，了解雲間三子對明末清初文壇的影響。書末附有陳子龍交遊考，對研究陳子龍的交遊有很大的幫助。

（二）張亭立：《陳子龍研究》〔註31〕

本學位論文以陳子龍本體爲研究中心，同時結合社會學、考據學、心理學等方法，涵蓋陳子龍各方面的研究：一、陳子龍人格型塑的歷程；二、陳子龍在復社與幾社的地位；三、陳子龍的政治活動與道德取向；四、陳子龍的經世主張；五、詩歌特色；六、詞作特色。本文對陳子龍人格型塑、政治活動到文學成就有全面性的論述，可一覽陳氏在政壇、詩壇、詞壇的表現。

以上文獻，皆有利於後人了解陳子龍的生平、著作、思想、詩、詞等各方特色，惟美中不足的是，這些研究並未說明陳子龍的整體詩論架構，也未說明其是否將理論落實於實際創作中，對陳氏詩歌的主題及內涵也僅有粗略的分類、研討。

故本文嘗試先從大歷史的觀點了解時代風氣對其教養背景的形塑，從而由其教養背景了解其詩歌理論與風格的形成。再由個人生命際遇的小歷史觀點，藉由其文集：《安雅堂稿》、《陳子龍文集》等作品，建構出陳子龍個人的詩論體系，並對《陳子龍詩集》中 1791 首詩做主題分類及特色分析，佐以時人及後人的評論，以了解陳子龍的詩論體系、詩歌內涵、特色與貢獻。

透過上述研究方法，了解生長環境對陳子龍思想的型塑爲何，並探討他何以要力主復古？他的詩歌理論是什麼？這些理論是否落實在他的創作活動中？此爲本文研究目的之一。

陳子龍現存之詩共 1791 首，這些詩歌的類型有哪些？內涵爲何？整體的風格又爲何？此爲本文研究目的之二。

〔註31〕張亭立：《陳子龍研究》，上海：華東師範大學博士論文，2007 年。

第二章　陳子龍的時代背景及著作

　　本章主要在探討陳子龍所處之時代背景及成長歷程，以了解在該時代及成長歷程對陳子龍人格思想以至詩歌風格的影響，以利對其詩作之掌握。此外，因陳子龍學識淵博，一生著作甚多，本章也另列一小節介紹其著作，以加深對陳子龍的通盤認識。

第一節　晚明江南社會狀況與士風

　　地域與文學向來有交互影響，一個人的性格、行爲、思想無疑地會受其生長環境影響，而這些人格特質也會反映在其文學創作上。地域不僅影響學術風氣，也影響著文學的風格，以地域文化的度來看，不同地區的文學呈現出不同的特性。故唐代魏徵在《隋書·文學傳序》有：「江左宮商發越，貴於清綺；河朔詞義貞剛，重乎氣質」〔註1〕的論判。宋人莊綽亦有「大抵人性類其風土。西北多山，故其人重厚樸魯；荊揚多水，其人亦明慧文巧」〔註2〕之說。明代大文士唐順之在其〈東川子詩集序〉也提及：「西北之音慷慨，東南之音柔

〔註1〕〔唐〕魏徵等撰：《隋書》，《二十四史》（北京：中華書局，1997年11月），頁441。
〔註2〕〔宋〕莊綽：《雞肋編》卷上，《百部叢書集成》初編第65輯第3函，（台北：藝文印書館，1966年），頁14。

婉」〔註3〕，說明了不同地域的文學特色。

　　所以，在研究陳子龍的詩歌之前，必需先了解其生長環境、時代背景，方能認識其人格的養成軌跡，進而對其作品有更爲深刻、全面地理解。本章就「晚明江南經濟狀況」、「江南人文傳統」、「晚明江南士風」三面向做探究，以利於了解時代背景、地域文化對陳子龍思想人格之影響，以期能精確地把握陳子龍詩學的內涵。

一、晚明江南經濟狀況

　　江南自古以來便有魚米鄉、佳麗地的美譽。自東吳肇基、六朝先後開國以來，江南的經濟便日益發達，隨著宋室南移，文化重心也跟著南遷。而兩宋以降，江南因鮮遭兵戎之禍，逐漸躍升爲經濟樞紐。其中地處長江三角洲、杭嘉湖平原的蘇州、松江、常州、嘉興、湖州、杭州六府所轄的江南地區，經濟高度發達，到了明代中葉以後，江南已成爲全國最重要的經濟重地，江南的糧食供給在明王朝占有舉足輕重的地位，而紡織業也幾乎集中於此，其它如魚、鹽、茶葉、陶瓷等生產，也以江南爲盛。而江南的稅賦更是有明一朝最重要的稅賦收入來源，明朝丘濬《大學衍義補》便云：「韓愈謂賦出天下，而江南居十九。以今觀之，浙東西又居江南十九，而蘇、松、常、嘉、湖五郡又居兩浙十九也。」〔註4〕顧炎武亦曾言：「松江財賦之鄉，田下下而賦上上。」〔註5〕陳子龍亦有言：「古之爲布麻苧之屬，皆疏薄不堪禦寒。今之木綿，其用溥矣，尤莫盛於吾鄉，所以供重賦執煩役者，率賴於此。」〔註6〕

〔註3〕〔明〕唐順之：《荊川先生文集》卷十，《四部叢刊正編》76冊，（台北：台灣商務館，1979年），頁202。

〔註4〕〔明〕丘濬：《大學衍義補》（上），（京都市：中文出版社，1979年1月），頁337。

〔註5〕〔清〕顧炎武：《天下郡國利病書（一）》第6冊，（台北：台灣商印書館，1976年），頁9636。

〔註6〕〔明〕陳子龍：〈農政全書凡例〉，《陳子龍文集（下）》卷三十，（上海：華東師範大學出版社，1988年11月），頁676～677。《陳子龍

　　物產豐饒、經濟富庶，造就了江南地區享樂主義的盛行，明人張瀚《松窗夢語》便記道：「至於民間風俗，大都江南侈于江北，而江南之侈莫大過于三吳」〔註7〕又說：「自金陵而下控故吳之墟，東引松、常，中爲姑蘇，其民利魚稻之饒，極人工之巧。服飾器具，足以炫人心目，而志于富侈者爭趨效之。」〔註8〕這種富庶的社會環境，無疑地可爲文化發展提供一方沃土。

二、江南人文傳統

　　陳子龍本籍南直隸松江府華亭縣莘村人〔註9〕。松江即古之吳地，春秋時吳王壽夢於此築華亭，始有華亭之名〔註10〕。東吳孫權（182～252）封陸遜（183～245）爲華亭侯，從此華亭之名便沿用了下來〔註11〕。而松江一名，則是到了元朝至正十五年（1355）才改華亭府爲松江府。又因西晉的陸雲（262～303）遊洛陽時，自稱是「雲間陸士龍」，從此，華亭又有了雲間之名。

　　叫松江也好、華亭或雲間也可，松江的歷史開發甚早，雖上古時期被稱爲「東夷」，屬古之吳地，然晉室南遷，也將中原文化帶入此地，使松江在文化上有長足的發展，並出現了如朱、張、顧、陸等世家大族，其中「雲間二陸」陸機、陸雲更是中國文學史上的知名作家。松江文風有崇尚綺麗的傳統，如陸機（261～303）便是其中代表

　　　　文集》以下皆簡稱《文集》。
〔註7〕〔明〕張瀚：〈百工記〉，《松窗夢語》卷四，《四部分類叢書集成》三編第18輯第5函，（台北：藝文印書館，1971年），頁15。
〔註8〕〔明〕張瀚：〈商賈記〉，《松窗夢語》卷四，《四部分類叢書集成》三編第18輯第5函，（台北：藝文印書館，1971年），頁20。
〔註9〕因莘村位於華亭縣東北，接近青浦縣，故又作松江府青浦縣人。考子龍自撰《年譜》稱其：「宋南渡徙居華亭之莘村」，故從主人之例，稱其爲華亭縣人。
〔註10〕參見〔清〕宋如林、孫星衍《松江府志》卷一，《續修四庫全書》史部688冊，（上海：上海古籍出版社，1995年），頁151。
〔註11〕參見〔宋〕楊潛：《雲間志》，《續修四庫全書》史部第687冊，（上海：上海古籍出版社，1995年），頁2～3。

者。《晉書‧陸機傳》謂其「辭藻宏麗」〔註12〕、鍾嶸（468～518）《詩品》說他「才高辭贍，舉體華美」〔註13〕，劉勰（465～？）《文心雕龍‧鎔裁》評「士衡才優，而綴辭尤繁」〔註14〕。其它如陸雲、張翰（？～？）的詩文，亦講究文采，故施蟄存總結松江文風傳統云：「蓋吾郡詩文風度，以六朝三唐爲宗，……吾郡文風，實守於斯，姜孺山所謂：『溫柔敦厚而以綺麗出之』者也。」〔註15〕這些都說明了松江的文風特色。

明末方岳貢（？～1644）、陳繼儒（1558～1639）編修《松江府志》有云：

> 松，故吳之裔壤，負海枕江，土膏沃饒，風俗淳秀，其習尚亦各有所宗。自東都以後，陸氏居之，康、績以行誼聞，遜、抗以功名顯，機、雲以詞學著，國人化之，梁有顧希馮，唐有陸敬輿，至宋而科名盛，故其俗文。〔註16〕

道出了松江地區昌盛的文化氣習。加之松江地處海隅，較諸北地的兵戈頻仍，此區保有了少見的平靜，嘉靖間文士，也是出身自松江華亭的何良俊（1506～1573）在其《四友齋叢說》提到了松江的安定富裕：

> 余謂正德以前，百姓十一在官，十九在田，蓋因四民各有定業，百姓安於農畝，無有他志，官府亦驅之就農，不加煩擾，故家家豐足，人樂於爲農。〔註17〕

〔註12〕〔唐〕魏徵等撰：《晉書‧陸機傳》卷五四，《二十四史》（北京：中華書局，1997年11月），頁384。

〔註13〕〔梁〕鍾嶸著、楊祖聿校注：《詩品校注》（台北：文史哲出版社，1981年1月），頁249。

〔註14〕〔梁〕劉勰著，王久烈等譯註：《語譯詳註文心雕龍》（台北：弘道文化事業有限公司，1981年12月），頁453。

〔註15〕施蟄存：《雲間語小錄》（上海：文匯出版社，2000年5月），頁128。轉引自吳思增：《陳子龍新詩風研究》（上海：華東師範大學博士論文，2006年），頁24。

〔註16〕〔明〕方岳貢、陳繼儒：《松江府志》卷七，（北京：書目文獻出版社，1991年10月），頁175。

〔註17〕〔明〕何良俊：《四友齋叢說》卷三，《續修四庫全書》集部1125冊，

這樣安定的生活條件，吸引了不少知士文士來此安身立命，如唐代的皮日休、宋代的王安石（1021～1086）、元代畫家倪瓚（1301～1374）、黃公望（1269～1354），明代詩人高啓（1336～1374）、楊基（1332～？）都曾寓居於此。這些文藝泰斗，爲偏遠的松江注入了更多元的文化氣習。故何良俊說：

> 吾松文物之盛亦有自也。蓋由蘇州爲張士誠所據，浙西諸
> 郡皆爲戰場，而吾松稍僻，峰泖之間以及海上皆可避兵，
> 故四方名流匯萃於此，薰陶漸染之功爲多也。〔註18〕

文士之間，拜師求友、切磋學問，蘊釀了良好的文化傳統。至明初，松江子弟經科舉入仕的人數已居全國首位，明人葉盛（1420～1474）《水東日記》裡記載：

> 禮部會試，三甲之魁與高等多出蘇、松、應天，……正統
> 辛酉（明正統六年，1441 年）京闈，鄉士百人，松舉十五
> 人；五經魁占二人。〔註19〕

明代王士性（1547～1598）〈方輿崖略〉亦云：「江南山川盤郁，其融結偏厚處則科第爲多」〔註20〕。清代佟彭年（？～？）《松江府志》卷四十二則載，明代出身松江府的名臣共 187 人，其中華亭有 77 人，占 41.4%。〔註21〕除科舉外，松江文人亦熱中吟詠詩歌、爲文作賦，明末重要文社之一的幾社，便是位於松江〔註22〕。幾社的共同創立者杜麟徵（1595～1633）在〈壬申文選序〉談到明代松江文風的繁興：

　　　（上海：上海古籍出版社，1995 年），頁 603。
〔註18〕同上註，卷二十九，頁 622。
〔註19〕〔明〕葉盛：《水東日記》卷八，《百部叢書集成》初編第 16 輯第 7
　　　函，（台北：藝文印書館，1966 年），頁 12。
〔註20〕〔明〕王士性：《廣志繹》卷一，《筆記小說大觀》第 43 編第 5 冊，
　　　（台北：新興書局，1987 年 6 月），頁 5。
〔註21〕參見吳思增：《陳子龍新詩風研究》（上海：華東師範大學博士論文，
　　　2006 年），頁 23。
〔註22〕參見〔明〕陸世儀：《復社紀略》卷一，《東林與復社》（合訂本），（台
　　　北：台灣大通書局，1987 年），頁 54。

> 文章起江南，號多通儒，我郡爲冠。以余之所交，彝仲擅
> 論議之長，勒卣通雅修之度，闇公邁沈博之論，偉南盛瑋
> 麗之觀，宗遠赴幽嶮之節，默公娟秀，大宋坦通，燕又隱
> 質而擷藻，小宋敏擴而繁昌，舒章雄高而傑盼，臥子恢肆
> 而神驤，人文之美，具於是矣。〔註23〕

除上述者外，明代松江籍的知名文士尚有袁凱（？～？）、何良俊、
宋懋澄（1569～1622）、陳繼儒（1558～1639）、夏完淳（1631～1647），
以及科學家徐光啓（1562～1633）、書畫家董其昌（1555～1636），皆
享有盛譽。

而湯顯祖（1550～1616）也認同文學和地域的關聯性，他說：

> 詩者，風而已矣。或曰：「風者物所以相移，亦物所以自
> 足，有不可得而移者。」十三國之風，采而爲《詩》。舒促
> 鄙秀，澹綽夷嶮，各以所從。星氣有直，水土有比。宮商
> 之民，不得輕而徵羽。〔註24〕

湯氏尚舉例說明即相隔不遠的江西及吳地，其文風亦有所差異，他
說：「江以西有詩，而吳人厭其理致；吳有詩，江以西厭其風流。」
〔註25〕不獨詩歌如此，文章亦有其地域特性，袁中道（1575～1630）
曾論道：「楚人之文有骨，失則傖；吳人之文有態，失則佻。每欲以
楚人之質幹，兼吳人之風致，而不可得也。」〔註26〕由此可知江南地
區細部的地域文學取向。

三、晚明江南士風

晚明是個思想和文化皆多元的時代。嵇文甫在《晚明思想史論》
中有這樣的描述：

〔註23〕〔明〕杜麟徵〈壬申文選序〉，《詩集》附錄三，頁755。
〔註24〕〔明〕湯顯祖：〈金竺山房詩序〉，《湯顯祖集》卷三十二，（台北：
　　　　洪氏出版社，1975年3月），頁1086。
〔註25〕〔明〕湯顯祖：〈金竺山房詩序〉，《湯顯祖集》卷三十二，頁1086。
〔註26〕〔明〕袁中道：〈二趙生文集序〉，《珂雪齋集》卷十，（台北：偉文
　　　　圖書公司，1976年4月），頁1098。

> 你儘可以說它雜，卻決不能說它庸；儘可以說它囂張，卻
> 決不能說它死板；儘可以說它是亂世之音，卻決不能說它
> 是衰世之音。〔註27〕

從明中葉後有王陽明（1472～1529）開出了「陸王心學」一系，與宋
朝以來主導整個中國儒學的「程朱理學」分庭抗禮。其後王學流風廣
被，無論是泰州王學、浙中王學或江右王學，無不是由江南發展出去
的，而其影響力幾乎可說是覆蓋了整個中晚明。而其後反王學流弊提
倡經世運動，也是由江南的高攀龍（1562～1626）、顧憲成（1550～
1612）等東林黨人發起。

　　東林黨的興起和晚明政治紊亂有關，錢穆云：

> 明之季世，朝綱不振，閹寺弄權。書院學者主持清議，……
> 而東林尤爲一時主目，……宋元明三朝六百年講學史者，
> 亦以東林爲殿。余觀明清之際，學者流風餘韻，往往沿東
> 林。〔註28〕

東林黨講學旨在矯挽王學末流，以及抨擊政治、救亡圖存。爲矯治王
學末流疏曠放逸之弊，他們提倡以實行取代空談性理，又勇於批判時
政亂象，故錢穆讚其：

> 熹宗之時，龜鼎將移，其以血肉撐拒，沒虞淵而取墜日者，
> 東林也。……數十年來，勇者燔妻子，弱者埋土室，忠義
> 之盛度越前代，猶是東林之流風餘韻也。一黨師友冷風熱
> 血洗滌乾坤。〔註29〕

後來活躍於晚明政壇、文壇的復社、幾社，皆是承東林餘緒而起
〔註30〕。對顧炎武（1613～1682）、黃宗羲（1610～1695）等人的經
世致用之學，也起了先導者的作用〔註31〕。不單是在有明一朝，到了

〔註27〕嵇文甫：《晚明思想史論》（上海：上海書局，1990 年 12 月），頁 1。
〔註28〕錢穆：《中國近三百年學術史》（北京：中華書局，1989 年 9 月），頁
　　　　8。
〔註29〕同上註，頁 9。
〔註30〕嵇文甫：《晚明思想史論》，頁 8。
〔註31〕吳晗：〈影印明經世文編序〉，《吳晗文集》（一），（北京：北京出版

清朝儒學研究，也是由江南執牛耳，如顧炎武、黃宗羲、惠棟（1697～1758）、閻若璩（1636～1704）、毛奇齡（1623～1716）、龔自珍（1792～1841）、魏源（1794～1856）等人，或生長於江南、或在江南有師友關係，明清二代儒學無不是以江南爲舞台再向全國推衍。章太炎在〈清儒〉一文云：「其成學術系統者，自乾隆朝始。一自吳，一自皖南。吳始惠棟，其學好博而尊聞。皖南始戴震，綜形名，任裁斷。此其所異也。」〔註32〕無怪乎梁任公要說：「一代學術幾爲江浙皖三省所獨占。」〔註33〕

晚明江南士人，身逢內憂外患頻仍之世，又睹朝綱不振，而社會上士人空言心性，無裨於國事民生，一些有識之士起而振作，形成了幾項晚明江南的特殊士風，茲說明如下：

（一）復古與博雅

吳中學風不喜談性命〔註34〕，學者多以博覽爲尚。如和陳子龍一樣出身松江華亭的何良俊便是以博雅及尊古學著稱之文人。《明史》謂其：「少篤學，二十年不下樓。」其《四友齋叢說》自序云：「藏書四萬卷，涉獵殆遍。」〔註35〕今人多謂明人束書不觀，徒耗心力於舉業，然閱古籍，實可知明代尚有博雅一派，如胡應麟（1551～1602）、王世貞（1526～1590）、楊升庵（1488～1559）等，皆爲是類。簡錦松《明代文學批評研究》第三章提及蘇州文苑，謂其主張博學，並云吳中學者往往兼治經史子集，旁及釋老小說，和當時復古派如李夢陽（1472～1530）等不讀唐以後書，大相逕庭，更和束書不觀、侈言性

　　社，1988 年 3 月），頁 553。

〔註32〕章太炎：〈清儒〉，《訄言》（台北：世界書店，1963 年 1 月），頁22。

〔註33〕梁啓超：〈近代學風之地理的分布〉序言，《飲冰室文集》第 7 冊，（台北：中華書局，1970 年 10 月），頁 49。

〔註34〕龔鵬程：《晚明思潮》（北京：商務印書館，2008 年 6 月），頁 298。

〔註35〕〔明〕何良俊：《四友齋叢說》自序，《續修四庫全書》集部第 1125冊，頁 513。

理的心學家大異其趣〔註36〕。上述的何良俊，除廣覽群書，也提倡閱讀經典、推崇漢唐人舊注，以對抗俗學，便是種復古主張。又，錢謙益（1582～1664）《列朝詩集小傳》丙集〈朱處士存理〉記道：

> 自元季迄國初，博雅好古之儒，總萃於吳中。南園俞氏、笠澤虞氏、盧山陳氏，書籍金石之富，甲于海內。景天以後，俊民秀才，汲古多藏。繼杜東原、刑蠹齋之後者，則性甫堯民兩朱先生其尤也。其他又有……之流，皆專勤績學，與沈啓南、文微仲諸公相頡頏。吳中文獻，于斯爲盛。百年以來，古學衰弱，兩老生宿儒，笥經蠹書者，往往有之。〔註37〕

錢氏在〈新刻十三種注疏序〉對時人不重漢唐古學有番痛陳：

> 我太祖高皇帝設科取士，專用程朱。成祖文皇帝詔諸儒作《五經大全》，於是程朱之學益大明。然而再變之後，漢唐章句之學，或幾乎減熄矣。……經學之熄也，降而爲經義；道學之偷也，流而爲俗學。胥天下不知窮經學古，而冥行摘埴，以狂瞽相師。〔註38〕

錢氏提出的「窮經學古」主張正和何良俊提倡古學前後相應和。

被譽爲理學殿軍，又開清代經世致用之學的黃宗羲本人也是博洽諸學的能人，其博覽群書的情況，具詳於〈天一閣藏書記〉，當時知名的藏書樓如紐石溪的世學樓、叢桂堂、天一閣、千頃堂、絳雲樓等藏書，他幾乎都看過〔註39〕。其往來交游者亦不乏博雅之士，如其弟黃澤望（？～？），好友方以智（1611～1671）、錢謙益、魏子一（？～？）等皆如此。其〈翰林院庶吉士子一魏先生墓誌銘〉說魏氏

〔註36〕參見簡錦松：《明代文學批評研究》第三章，（台北：台灣學生書局，1989 年 2 月）。

〔註37〕〔明〕錢謙益：《列朝詩集小傳》（台北：世界書局，1965 年 4 月），頁 303。

〔註38〕〔明〕錢謙益：〈新刻十三種注疏序〉，《牧齋初學集》卷二十八，（上海：上海古籍出版社，1985 年 9 月），頁 850。

〔註39〕參見〔明〕黃宗羲：〈天一閣藏書記〉，《南雷文定前集》卷二，（北京：中華書局，1985 年北京新一版），頁 19。

不僅精通經學、文章,且「旁通藝事,章草之書、倪黃之畫、陽冰之篆」〔註40〕。

　　吳中這種以博雅好古是尚的學風,或許能對日後陳子龍編輯《皇明經世文編》、《農政全書》、包容欣賞齊梁詩之長等舉措提供了一部分的動機解答。

(二)求實與尚武

　　陽明心學自弟子王畿(1498～1583)、王艮(1483～1541)等人的致力宣揚,流風廣被、席捲天下,但其流弊也亦顯。尤其是陽明晚年的天泉橋上的「四句教」,造成後來的學者僅著眼於本體(心)的掌握,以為此心開悟了便一切大徹大悟、無所不能,於是形成束書不觀但坐而論心的狂象。對此,一些有識之士則力倡實學以醫之,如王廷相(1474～1544)便主張:

> 士惟篤行可以振化矣,士惟實學可以經世矣。曲德細操,
> 兢兢有執,非不可以自美也,以之動物則微;研究載籍,
> 師守章句,非不可以學於古訓也,以之敷治則淺。何也?
> 行非敦化,而學靡達術,皆遠於道故耳。〔註41〕

認為小德細學無裨於經世大業,誠欲經世,則需篤行實行。

　　顧憲成對此引其它學者之說大力抨擊:「羅念庵曰:『終日談本體不說工夫,才拈工夫,便以為外道,使陽明復生,亦當攢眉。』王塘南曰:『心意知物皆無善無惡,使學者以虛見為實悟。必依憑此語,如服鴆毒,未有不殺人者。』」〔註42〕又云:「官輦轂,念頭不在君父上;官封疆,念頭不在百姓上。至於水間林下,三三兩兩,相與講求性命、切磨德義,念頭不在世道上,即有他美,君子不齒也。」

〔註40〕 〔明〕黃宗羲:〈翰林院庶吉士子一魏先生墓志銘〉,《南雷文定前集》卷六,頁89。

〔註41〕 〔明〕王廷相:〈送涇野呂先生尚寶考績序〉,《王廷相集》卷二十二,(北京:中華書局,1989年9月),頁419。

〔註42〕 〔明〕黃宗羲:〈東林學案一‧涇陽論學書〉,《明儒學案》卷五十八,(台北:台灣商務印書館,1965年8月),頁65。

〔註43〕高攀龍則疾呼：「綱紀世界，只是非兩字。」〔註44〕、「不患本體不明，只患工夫不密。」〔註45〕對於時弊，高、顧等東林黨人提痛下針砭，分辨是非，不可如王學末流之輩般渾沌，而是要對當下的世界有所關懷、力行。自東林黨後，經世致用的思潮蔚起，形成了一股「求實」的風氣。

自嘉靖伊始，文人身逢內憂外患的環境，對於軍事武備表現出極大的興趣，如唐順之（1507～1560）、趙貞吉（1507～1576）等當代大儒悉皆留心軍事。這種文人尚武的現象在江南地區尤其顯著，像是著有《九籥集》的宋懋澄，他是陳子龍的前輩、同鄉兼友人，陳子龍說他：「先生幼孤，年十三而能文章，喜交遊，稍習經生家言，即棄去，顧為俠，慕戰國烈士之風，祠趙相虞卿於家，所以見志也。私習古兵法，散家結客，欲以建不世功。而會是時，海內承平，無所自見……。」〔註46〕此話不虛，青年時代的宋懋澄基本上過著壯遊天下的生活，足跡遍及秦、楚、燕、齊、宋、吳、越，尤其對於軍事氣息濃厚的幽、燕一帶更是多次造訪、流連。萬曆癸卯年，他還曾偕友人到遵化城，一方面憑弔「孤獨的將軍」戚繼光，一方面想深入邊鎮，「察虜之動靜」，歸來後寫下「此生不能如公勳垂竹帛，亦不復渡石門矣！」黃宗羲〈翰林院庶吉士子一魏先生墓志銘〉說好友魏子一：「兵書、戰策、農政、天官、治河、城守、律呂、鹽鐵之類，無不講求，將以見之行事。逆知天下大亂，訪劍客奇才，而與之習射角藝，不盡其能不止。」〔註47〕非但魏子一喜歡武事、曾訪劍客奇才，黃宗

〔註43〕〔明〕黃宗羲：〈東林學案一·端文顧涇陽先生憲成〉，《明儒學案》卷五十八，頁50。

〔註44〕〔明〕黃宗羲：〈東林學案一·景逸語〉，《明儒學案》卷五十八，頁73。

〔註45〕〔明〕黃宗羲：〈東林學案一·景逸論學書〉，《明儒學案》卷五十八，頁81。

〔註46〕轉引自費振鍾：《墮落時代》（台北：立緒文化事業有限公司，2002年5月），頁110。

〔註47〕〔明〕黃宗羲：〈翰林院庶吉士子一魏先生墓志銘〉，《南雷文定前集》

羲本人年輕時也曾當過游俠，其〈陸明周墓志銘〉有云：「司馬遷傳游俠，……十年以前，（余）亦嘗從事於此。心枯力竭，不勝利害之糾纏，逃之深山，以避相尋之急，此事遂止。」〔註48〕

　　費振鍾在《墮落時代》一書裡指出自嘉靖開始出現了兩種特別的現象，一是「武臣好文」，一是「文士論兵」，此現象至萬曆時蔚然成風。如嘉靖年間江浙大員胡宗憲（1512～1565）、趙文華（？～1557）幕下的徐渭（1521～1593）、沈明臣（1618～1596）、趙得松（？～？）、朱察卿（？～？），因寫得一手好表疏而俱荷異禮。名將戚繼光（1528～1588）與名士汪太涵（？～？）、王世貞多有交往〔註49〕。

　　文人論兵尚武，儼然成了江南文人的傳統。這或許是因江南地處海隅，多次歷經水患、倭寇之苦，故而比其它地區的士人更多了分切身的圖強之感。陳子龍的曾祖父陳鉞也是「以任俠雄里中，好擊劍，數之京師，遍走幽薊，交諸豪傑。」〔註50〕嘉靖時，倭寇沿海犯邊，松江士人奮起抵抗，陳鉞就帶著家奴和佃戶二百餘人參與其中，擊退了倭寇。子龍同鄉前輩徐光啟對軍事也有深入的研究，他說：「方今時勢，實須真才，真才必須實學，一切用世之事，深宜究心，而兵事尤亟，務須好學深思。」〔註51〕張岱也說他：「子龍博學，悉典故，精韜略，居常喜談兵。」〔註52〕對於徐光啟重實學、諳論兵，陳子龍是十分景仰的，後來還為徐光啟的遺稿整理成書。對於明季江南文人而言，求實與尚武旨皆在匡國濟民，與讀聖賢書而致君堯舜是殊途而

　　　　卷六，頁89。

〔註48〕〔明〕黃宗羲：〈陸明周墓志銘〉，《南雷文定前集》卷八，頁125。

〔註49〕參見費振鍾：《墮落時代》，頁112。

〔註50〕〔明〕陳子龍：〈先考繡林府君行述〉，《安雅堂稿》卷十四，（瀋陽：遼寧教育出版社，2003年3月），頁270～271。

〔註51〕〔明〕徐光啟：〈與胡季仍比部〉，《徐光啟集》卷十，（台北：明文書局，1986年1月），頁473。

〔註52〕〔明〕張岱：〈江南死義列傳〉，《石匱書後集》卷三十四，（台北：台灣銀行經濟研究室，1958年4月），頁284。

同歸的，故陳子龍才說：「蓋古者文武之途出於一，故伊尹、周公、方叔、召虎、管仲、樂毅之流，莫不入作卿士，出爲元帥，彼皆當世之大聖賢人也，上有體國之念，下懷救民之心。」〔註53〕求實與尚武，是中晚明江南士人懸念國事的表現手段。

（三）好文與尚情

江南自南宋後，文風鼎盛，文人結社吟詠風月古來有之，到了明代，文人結社除了詠哦詩文外，尚多了鑽研八股科舉的功利目的。〈復社紀略〉說得明白：

> 今甲以科目取人，而制義始重。士既重其事，咸思厚自濯磨，以求副功令。因共尊師友，互相砥礪，多者數十人、少者數人，謂之文社。即此以文會友，以友輔仁之遺則也。〔註54〕

明末文社如林，知名者如江南應社、江北匡社、中洲端社、松江幾社、萊陽邑社、浙東超社、浙西莊社、黃州質社等。明代文社不僅提供文人們詠哦風月、寫作八股文的共學空間，有些還會出版類似今日大考「重點整理講義」之類的書籍，供舉國士子做爲八股文寫作範本、應考重點提要之作。當時主導明末文壇的「應社」等便有《表經》、《國表》之刻。個別名士多有此類作品，如馮夢龍（1574～1646）的《麟經指月》、《春秋衡庫》，艾南英（1583～1646）有《戊辰房選》，文人間亦有復古與性靈派、主漢魏與主唐宋派之爭，文人論文風氣之盛可說是古所未有。

此外，江南經濟富庶、山明水秀、佳麗如雲，爲士子與名妓間的風流韻事提供了先天基礎。當時出現了不少文士和妓女的愛情故事，如宋懋澄的《負情儂傳》、孔尙任（1648～1718）的《桃花扇》皆是當時知名的愛情小說。文士狎妓在當時的江南幾爲常態，在兩造互動之中也傳下了許多浪漫的詩篇，如陳子龍和名妓柳如是的詩詞酬唱

〔註53〕〔明〕陳子龍：〈兵家言序〉，《安雅堂稿》卷四，頁63。
〔註54〕〔明〕陸世儀：〈復社紀略〉，《東林與復社》（合訂本），頁45。

便是當時士人與歌妓文化的一個縮影。隨著明朝國運的衰敗，文人們「內心責任感的高漲與行動力的匱乏，以及他們內心所產生的對於生存意義的焦慮和痛苦」〔註55〕。青樓，不單再是文人擁抱情欲之地，也成了他們逃避現實的慰藉之所。就是這個以博雅復古自任，既好文又尚武，既想經世求實卻又充斥兒女柔情的江南，建構了陳子龍的性格及人生。

第二節　生平事蹟概述

一、家世背景

陳子龍先世乃潁川（今安徽阜陽縣）人，宋室南渡後，徙居松江府華亭縣之莘村（今屬上海市松江區）。明代松江府下轄華亭、上海、青浦三縣，乃經濟富庶、人文薈萃之地。何良俊云：「吾松不但文物之盛可與蘇州並稱，雖富繁亦不減於蘇。」〔註56〕陳子龍亦云：「是以民用闐衍，流肆溢廛，富民有封君之奉，大賈操侯王之權，誠上帝之外府，神州之怪淵也。」〔註57〕

據陳子龍《自述年譜》及〈先考繡林府君行述〉所載，陳家入明以來世代以務農爲業，家道殷實。高祖陳綏（？～？），「長厚輕財，里中號爲『大人』」。曾在凶歲借貸千石米予鄉里，臨歿又悉焚貸券，其值千金。

曾祖陳鍼以任俠著稱鄉里。萬曆間曾有島寇入犯，鍼率奴僕二百餘人予以重擊，備兵使者任環欲薦之爲官，但鍼辭不受，且以良馬相贈，以報答兵使知己之恩。然而如此任俠不事生產，卻使得家道日益衰敗，歿時僅留下瘠田千畝而已。

〔註55〕張亭立：《陳子龍研究》（上海：華東師範大學博士論文，2007年），頁27。

〔註56〕〔明〕何良俊：《四友齋叢說》卷十六，《續修四庫全書》集部 687 冊，頁 622。

〔註57〕陳子龍：〈吳問〉，《文集（上）》卷二十八，頁 538。

至祖父陳善謨（？～1622），家道方逐漸好轉，《年譜》說他：「好讀書，行方正，亦以然諾顯隱不仕。」〔註58〕嘉慶《松江府志》也說他：「慷慨好施，訓子甚力。」〔註59〕

父陳所聞（1587～1626），字無聲，十餘歲即好古文詞，尤鍾愛《左傳》、《史記》、《昭明文選》，後來子龍之好古文詞，論文首推《文選》，還與友人合撰《史記測議》，想必是受父親的影響。所聞性格剛正不阿，沈默寡言，凡有不善之事必義形於色。萬曆四十七年（1619）進士，曾授刑部山西司主事，在職僅二十七日便改調工部屯田司主事，負責神宗陵工程，「凡工作所需材用，皆與商平較而給」，替官府省下數十萬錢，使權閹無利可圖。同年冬，後又奉命治光宗陵，以陵地近澗道，且寒涸土僵，工程必不牢固為由，奏請俟春後再動工，有司持不可，會值父喪解職，其後光宗陵果因積雨倒塌，時人「乃追思其先見焉」〔註60〕。父喪加上帝陵倒塌的雙重打擊，使所聞哀病交加，健康每況愈下。天啓四年（1624），東林黨禍起，曾與所聞同曹的工部郎中萬燝（？～1624）被魏忠賢（1568～1627）黨人下令杖死，所聞居喪在家得知後，恐遭閹人指為東林同黨，憂憤日增，至天啓六年（1626）竟病不起。

由前先世行誼，陳家的慷慨好施、任俠耿介之性格，及父親對古文詞之愛好，均影響了陳子龍日後行事。

二、少年時期

陳子龍，字臥子，一字懋中，又字人中，號軼符〔註61〕、於陵

〔註58〕〔明〕陳子龍編，〔清〕王澐續編，王昶輯，莊師洛等訂：《陳忠裕公自著年譜》（清嘉慶八年刻本），萬曆三十六年戊申條。以下皆簡稱《年譜》。

〔註59〕〔清〕宋如林、孫星衍《松江府志・陳所聞傳》卷五五，《續修四庫全書》史部 688 冊，頁 629。

〔註60〕同上註，頁 629。

〔註61〕此據《年譜》卷下順治四年丁亥條考證，此別號來自黃道周贈言：「愛物若騶虞，指佞如屈軼。」

孟公〔註62〕。爲僧時名信衷，字瓢粟，號潁川明逸〔註63〕。晚年改字大樽〔註64〕。又因其官職，而被稱爲陳黃門〔註65〕、陳太僕〔註66〕、陳忠裕公〔註67〕。

「子龍」非其原名，其初名介，生母韓氏，將產之夕夢若龍者，降室之東壁，故後改名子龍。明神宗萬曆三十六年（1608）六月初一生〔註68〕。清治順四年（1647）五月十三投水殉國，得年四十歲。

生母韓氏於萬曆四十年（1612）以暴疾卒，此後由祖母高氏撫養，值是之故，終其一生對祖母的孺慕之情深不可言，其詩〈送家大母還松江至檇李感賦〉中有云：

我親欲向家園去，畫舫盈盈度江樹。
未能偕隱問歸期，猶得同行指歸路。
檇李城南鴻雁飛，西水驛前風雨吹。
方知李令陳情是，深悔毛生捧檄非。〔註69〕

詩〈壬午生日發永康憶去歲在崇德前歲在都門〉又云：

屈指予生日，三年不在家。前春薊門柳，昨歲禦亭花。

〔註62〕 此據《年譜》崇禎元年戊辰條考證知宋徵輿有〈於陵孟公傳〉，是謂子龍也。

〔註63〕 此據《年譜》順治二年乙酉條案語。

〔註64〕 此據《年譜》卷下順治四年丁亥條考證：「黃門乃易姓李，改字大樽」、「晚年，自號大樽，蓋寓意於莊生五石之瓠也」。

〔註65〕 此據《年譜》崇禎十七年甲申條，升子龍兵科給事中，而「黃門」乃給事中別稱。

〔註66〕 此稱僅見於顧炎武詩〈哭陳太僕〉（《陳子龍詩集》附錄四，頁795）。考《年譜》崇順治三年丙戌條，魯王、唐王皆曾授子龍以兵部職銜，而「太僕」掌馬政亦兵部相關職務，推測值是之故，顧炎武方以「太僕」呼之。

〔註67〕 「忠裕」的諡號乃乾隆四十一年所頒贈。

〔註68〕 《年譜》萬曆三十六年戊申條：「予以季夏朔日生於郡城。」又《詩集》卷十三〈生日偶成　二首〉：「問汝此日何高眠？風吹碧梧徒自憐。程生嘲客始三伏（自注：六月一日初伏），鄧禹笑人已一年。擬勒文章北海上，隨將射獵南山前。功名細事尚寂寂，那敢輒欲爲神仙！」可斷定子龍生於六月初一。

〔註69〕 〔明〕陳子龍著，施蟄存、馬祖熙點校：《陳子龍詩集》卷十，（上海：上海古籍出版社，2010年7月），頁287。以下皆簡稱《詩集》。

　　壯志銷奔走，殊方感物華。高堂應念汝，遠近總天涯。
〔註70〕
可看出即便仕宦在外，仍不時心繫祖母的孝思。

　　萬曆四十一年（1613）春，子龍六歲，始就外塾讀書。先師沈先
生，經傳俱上口。八歲師張先生學對偶、九歲師李先生治《毛詩》、
十一歲師何先生。而父親時未任官，閒餘便爲他講述「古今豪傑將相
以至遊俠奇怪之事，并教以《春秋》三傳、《莊》、《列》、《管》、《戰
國》短長之書」〔註71〕，這對子龍豪俠的性格想必起了一番作用。同
時又在無師自通的情況下寫了〈伯夷叔齊餓於首陽之下〉、〈堯以天下
與舜〉兩篇文章，展現其早慧的一面。

　　萬曆四十六年（1618），建州的努爾哈赤以「七大恨」興兵攻下
明朝東北重鎮撫順，明軍派楊鎬（？～1629）經略遼東，朝廷大肆徵
兵，民心惶惶，子龍時年雖僅十一，每聞諸長老言及，輒爲流涕扼腕，
憂國憂民的種苗隱然已在其幼小的心中滋長。

　　萬曆四十七年（1719），十二歲的子龍又隨沈先生讀書，學作舉
子業，兼習三禮、《史記》、《漢書》諸書，而其父亦方中舉從京師
歸，爲子龍與同鄉張軌端的長女訂了親事，更以古學鼓勵子龍。子
龍日後詩篇多引經據典、旁徵博採，這和他幼年的古學基礎不無相
關。

　　天啓元年（1621）冬，祖父善謨以暴疾卒，時父任官山西，子龍
年方十四在家依循禮治，修庀器用、督飭僮奴，表現其早熟幹練的
一面。

　　天啓二年（1622），從王元玄學詩賦，日誦數千言，「慨然有著
述之志」〔註72〕。王元玄乃陳所聞好友，二人曾一同參加過小曇花會
這個文社，都喜愛《昭明文選》，熱衷於復古。子龍後來致力於復古

〔註70〕《詩集》卷十二，頁391。
〔註71〕《年譜》萬曆四十六年戊午條。
〔註72〕陳子龍：《年譜》天啓二年壬戌條。

運動，還被艾南英批評他對《昭明文選》「斤斤師法之」﹝註73﹞，看來是受了父親和王元玄的影響。隔年參加童子試，考官徐尚勳欣賞子龍之文，本欲擢第一，後知是官宦之子，恐遭非議，故改置第二，另一位考官張宗衡雖是所聞故交，但不避諱主張置於高等，但考官孫之益則以文章無繩簡不合八股文矩度，且題目有脫落為由，擯不錄，但此時所作的〈春思賦〉、〈蟹賦〉（今已佚）等已流傳開來。天啟四年（1624）再應童子試，又遭落第，但在應試過程也結交了不少名士，徐世楨《丙戌遺草序》言：「未幾而繡林成進士，稱望郎。陳子試澄江，屬予為之左右。于時方髫耳，而食牛吞象之氣，固已逼人。」﹝註74﹞

天啟四年（1624），逆閹魏忠賢的黨羽開始肆虐朝廷，所聞居家每閱邸報則扼腕嘆息，並為兒子剖別邪正，讓子龍逐漸理解朝政亂象。天啟六年（1626），以魏忠賢為首的閹黨大肆殘害忠良，矯旨逮捕周順昌﹝註75﹞。據《明史・周順昌傳》載：

> 順昌為人剛方貞介，疾惡如讎。巡撫周起元忤魏忠賢削籍，順昌為文送之，指斥無所諱。魏大中被逮，道吳門，順昌出餞……因戟手呼忠賢名，罵不絕口……順昌好為德於鄉，有冤抑及郡中大利害，輒為所司陳說，以故士民德順昌甚。及聞逮者至，眾咸憤怒，號冤者塞道。﹝註76﹞

吳縣士民群情激憤，為周順昌請命，甚至擊斃緹騎，主事的顏佩韋等五人因此遭處決，應社領袖張溥為之作〈五人墓碑記〉以旌其義。子龍時年十九，暗中集結少年數人，欲伺機有所作為，但此事件不久便平靜下來，令他嘆恨不已，於是縛芻為人，上書閹人之名而射之，陳

﹝註73﹞ 〔明〕艾千子：〈答陳人中論文書〉，《天傭子集》卷五，（台北：藝文印書館，1980 年 10 月），頁 533～534。

﹝註74﹞ 《陳子龍詩集》附錄三，頁 772。

﹝註75﹞ 《年譜》將此事繫於天啟五年乙丑，但依魏振東《陳子龍年譜》考證，此事當繫於天啟六年丙寅。

﹝註76﹞ 〔清〕張廷玉等：《明史・周順昌傳》卷二四五，《文淵閣四庫全書》史部 301 冊，頁 159。

家累世耿介、俠義的風骨在子龍身上表露無遺。

　　同年，文章深得同郡名士夏允彝（1597～1645）讚賞，而文名益顯。這年，第三度應童試，得到縣令鄭友玄、督學鄭邦基賞識，高中秀才，補博士弟子員。不幸，父親因閹黨迫害忠良，憂心忡忡，竟一病不起，臨命終前，囑咐子龍務必孝養祖母，也可能是因爲父命，所以明亡後子龍輾轉逃亡，未隨友人夏允彝殉國，便是掛念祖母掬育之恩，不敢棄養之故。居喪其間，則閉門讀書，尤致力於古文詞。

三、結社交遊

　　自明代以八股取士，士子便有結群切磋時藝之習。至魏忠賢禁天下書院，文人們開始以結文社取代書院講學，這些文社一方面共同切磋時文，一方面又提倡古文以改革時文之弊，同時以文會友、批判時政。杜登春（1629～1705）《社事始末》云：

> 慨自熹宗之朝，閹人燄熾，君子道消。朝列諸賢，悉羅慘酷。老成故舊，放棄人間。時有錫山馬素修先生世奇者，新舉孝廉，有心世道，痛東林舊學久閉講堂，奮志選文，寄是非邪正於澹寧居一集。〔註77〕

這是個人的努力，而「應社」、「匡社」、「復社」則是群情的奮揚。

　　陳子龍的交遊開始得很早，其在〈壽彭先生序〉中云：「予年十四五而有閹黨之交，十七八而有四方之交」〔註78〕，但他正式的社會參與則始於天啓五年（1625），結識同郡名士夏允彝、周立勳（1597～1639）、顧開雍（1599～？）、宋存標（1606～1666）、宋徵璧（1602～1672）、彭賓（1604～1659）、朱灝（？～？），周鍾（？～？）等人，這些人皆是應社成員。應社成員在政治上與東林黨關係匪淺，在文學上標舉古文，與他們的交遊，影響了子龍後來的政治及文學取向。

〔註77〕杜登春：《社事始末》，《藝海珠塵》第 9 函，（台北：藝文印書館，1968 年），頁 5。

〔註78〕陳子龍：〈壽彭先生序〉，《安雅堂稿》卷六，頁 107。

　　天啓七年（1627），廬居丁父憂的子龍到了蘇州，始交張溥（1602
～1641）、張采（1596～1648）、楊廷樞（1595～1647）等應社中人。
崇禎元年（1628）秋，子龍二十一歲，他和夏允彝、周鍾、艾南英等
會於王世貞故居弇州山園論文。但宗唐宋文的艾南英對於子龍等宗秦
漢文的理念甚不以爲然，陳子龍雖年少處末座，卻攝衣和艾南英這位
主盟文壇的前輩發生激辯〔註79〕，今艾南英《天傭子集》卷五有〈答
陳人中書〉是二人交鋒的書信記錄。由此可看出初參加社會活動的子
龍是如何地不畏權威、任俠敢言了。他在〈與陳眉公徵君〉信中提到
自己的個性：「既挾嵇生疏誕之性，而又懷元禮是非之心。」〔註80〕
說自己像嵇康般狂放疏誕、剛腸疾惡，又像東漢李膺（元禮）般清傲
敢言。在〈與戴石房〉中則說自己：「弟輕躁好議論，……性多愁激，
小物玩志，不免移情。……遲緩寡智，每多事後之悔。……疾惡太深，
不能容物。」〔註81〕但子龍座師黃道周（1585～1646）卻稱讚他是：
「有規簡之叔夜，無鋒棱之文舉。」〔註82〕說子龍有嵇康（叔夜）和
孔融（文舉）的清高，而無他們鋒芒外露、狂放疏誕的舉止。二者說
看法不同，但都說明了子龍個格中清高敢爲的一面。這樣的疏狂剛毅
也表現在日後可以和青樓女子柔情倡和，也可以豪情抗清、寧死不降
的舉措中。

　　說到應社，不可不提其領袖張溥。張溥，字天如，太倉人，和同
鄉張采志氣相投，二人有感於當時太倉文風卑靡，有志振起之。張溥
矯枉過正，取法樊宗師、劉知幾等古典文學，結果歲試大躓。後來看
了周鍾的文章，妙絕一時，乃棄其所學，改習周鍾的方法專課經史，
崇禎元年（1628）戊辰歲試奪魁，二人文名大噪。

〔註79〕陳艾之爭的時間考吳偉業〈復社紀事〉、杜登春《社事始末》及陳子
　　　　龍《年譜》各有出入，爲此馮小祿〈文社、宗派、性格——艾南英
　　　　陳子龍之戰再檢詩〉一文有詳細考證，本文從馮氏說。
〔註80〕陳子龍：〈與陳眉公徵君〉，《安雅堂稿》卷十七，頁331。
〔註81〕陳子龍：〈與戴石房〉，《安雅堂稿》卷十八，頁352。
〔註82〕同上註。

於是，張溥和周鍾以應社領袖的名義在崇禎二年（1629）於蘇州尹山召開文社大會，一時名彥畢至，「未幾，臭味翕集，遠自楚之蘄、黃，豫之梁、宋，上江之宣城、寧國，浙東之山陰、四明，輪蹄日至」〔註83〕。張溥將當時各分壇坫的諸文社，如江北匡社、中洲端社、松江幾社、萊陽邑社、浙東超社、浙西莊社、黃州質社、江南應社等合而爲「復社」。朱彝尊（1629～1709）《靜志居詩話》說他的復社：

> 天如狎主復社，以附東林，聲應氣求，龍集鳳會，一言以爲月旦。四海重其人倫，書晷刻而百函，賓晝日以三接。〔註84〕

所以復社的成立，在政治上和東林黨聲氣相通。在尹山大會上，張溥立下復社規條曰：

> 自世教衰，士子不通經術，但日剽耳繪目，幾倖弋獲於有司。登明堂不能致君，長郡邑不知澤民，人材日下，吏治日偷，皆由於此。溥不度德、不量力，期與四方多士共興復古學，將使異日者務爲有用，因名曰復社。〔註85〕

可知復社的文學主張在「共興古學」。此外，復社還廣徵各地文稿加以評定，以示其社在文壇的聲氣之廣、門牆之峻。〈復社紀略〉云：「天如於是裒十五國之文而詮次之，目其集爲《國表》。」〔註86〕

《國表》乃明代首創的選文方式。以往選文方式，或單刻個人文稿於一編，或輯前人之文爲一編。至明代始有將數位時人之文合刻之舉，而一口氣收了「十五國之文」則肇始於《國表》一書。而《國表》的選文方式張溥在〈國表四選序〉有提及：

> 《國表》之文凡更四選，其名不易，雖從天下之觀，亦以志舊日，示不忘也。往者始事之秋，予與介生約四方之交，

〔註83〕〔明〕陸世儀：〈復社紀略〉卷一，《東林與復社》（合訂本），頁54。

〔註84〕〔清〕朱彝尊《靜志居詩話》卷十九，（北京：北京人民文學出版社，1998年2月），頁574。

〔註85〕〔明〕陸世儀：〈復社紀略〉卷一，《東林與復社》（合訂本），頁54。

〔註86〕同上註。

> 各本其師、因其處。於是介生、維斗、子常、麟士、勒卣
> 主吳；彥林、來之主越；眉生、崑銅、宗伯、次尾、道吉,
> 主江以上；大士、文止、士業、大力主豫章；曦侯主楚；
> 昌基、道掌、仲謀主閩；澄風主齊魯之間。凡以文至者,
> 必書生平,先鄉黨而次州邑,考聲就實,不謀而同,是以
> 人無濫登,文無妄予。〔註87〕

《國表》選文幾乎囊括當時名文士之作,陸世儀在〈復社紀略〉記載
《國表》選文之廣:

> 按目計之,得七百餘人,從來社集未有若是之眾者。計文
> 二千五百餘首,從來社藝未有如是之盛者!嗣後名魁鼎
> 甲,多出其中,藝文俱斐然可觀。經生家莫不尚之,金閶
> 書賈,由之致富云。〔註88〕

因復社中人在崇禎以後多入朝為官,左右了明末政局。但復社之於陳
子龍,政治參與還勝於文學參與,陳子龍的文學參與主要是以松江幾
社為主。

　　幾社是陳子龍與同鄉夏允彝、杜麟徵、周立勳、徐孚遠（1599
～1665）、彭賓等人同創,據杜麟徵之子杜登春在《社事始末》記
云:

> 天如、介生有復社《國表》之刻。復者,興復絕學之義也。
> 先君子與彝仲有幾社六子會義之刻。幾者,絕學有再興之
> 幾,而得知其神之義。兩社對峙,皆起於己巳歲（崇禎二
> 年,1629）……婁東（張溥）、金沙（周鍾）兩公之意,主
> 於廣大,欲我之聲教不訖於四裔不止。先君子與會稽先生
> （夏允彝）之意,主於簡嚴,惟恐漢宋禍苗,以我身親之,
> 故不欲竝稱復社,自立一名,盡取友會文之實事。幾字之
> 義,於是寓焉。諸君子同於公車,訂盟起事,竝駕齊驅,
> 非列棘設藩,各為門戶也〔註89〕。

〔註87〕　〔明〕張溥:〈國表四選序〉,《七錄齋詩文合集（上）》古文近稿卷
　　　　四,（台北:偉文圖書公司,1977年9月）,頁357。

〔註88〕　〔明〕陸世儀:〈復社紀略〉卷一,《東林與復社》（合訂本）,頁64。

〔註89〕　〔明〕杜登春:《社事始末》,《藝海珠塵》第9函,頁5。

　　陳子龍之父所聞是張鼐的門生，而張鼐和杜麟徵之父杜喬林同在曇花五子這個文會齊名，因此陳子龍應算是杜麟徵的後輩，但他參加幾社卻頗受重視，《社事始末》云：

> 《幾社會義》則止於六子，六子者何？先君子與彝仲兩孝廉主其事，其四人則周勒卣先生立勳、徐闇公先生孚遠、彭燕又先生賓、陳臥子先生子龍也。……時先王父（杜喬林）延燕又先生於館席，授我諸叔古學，凡得五人同事筆硯，甚相得也。臥子先生甫弱冠，聞是舉也，奮然來歸，諸君子以年少訝之。乃其才學，則已精通經史，落紙驚人，逐成六子之數。

又說：「臥子於先君子居子姪行，年二十餘，已奮蛰而登矣！」〔註90〕幾社擔心復社門徒過眾有成黨禍之虞，故取友簡嚴，主要專注於學術研究，而非月旦朝政，故《社事始末》說：「幾社六子自三六九會藝，詩酒酬唱之外，一切境外交游，澹若忘者，至於朝政得失，門戶是非，謂非草莽書生所當與聞。」〔註91〕又說：「每月課藝，闇公先生爲之批評焉。」「群相師友，每月傳題，亦以闇公爲宗師。」〔註92〕幾社專注於學術，著作豐富，除了於崇禎五年（1632）出版的《幾社壬申文選》、《幾社六子詩》外，還有《幾社會義》初集、二集、三集……直至六集之刻。《社事始末》敘述得很清楚：

> 甲戌（崇禎七年，1634）、乙亥（1635）陳夏下第，專事古文辭，文會各自爲伍，彙於闇公先生案前，聽其月旦，至丙子（1636）刻二集，戊寅（1638）刻三集，己卯（1639）

〔註90〕〔明〕陸世儀：〈復社紀略〉卷一，《東林與復社》（合訂本），頁66。
〔註91〕〔明〕宋徵輿：《林屋文稿·於陵孟公傳》，《四庫全書存目叢書》集部215冊，（台南：莊嚴文化，1997年6月），頁335載：「（子龍）日與夏考公及郡人周立勳、徐生孚遠、李生雯盛爲文辭，夜輒置酒高會。見他客即高自稱譽，又譏切當世貴人。郡縉紳先生及諸小生皆大駭，目諸公爲狂人。諸公卒行其意自如。」杜登春《社事始末》書於清初黨禁之初，行文或有爲幾社曲意迴護之意，故幾社非全然不關切國事也。
〔註92〕〔明〕杜登春：《社事始末》，《藝海珠塵》第9函，頁5。

刻四集，人材輩出。……至庚辰（1640）、辛巳（1641）刻
五集，猶是闇公先生主之。而求社、景風兩路分馳，似有
不能歸一之勢，然而社刻總歸於一部內。……壬午（1642），
闇公上北雍，以六集之刻，委於子服（張寬）操之。於是
談公叔、張子固、唐歐治兄弟、錢苟一有求社會義之刻，
以王玠、石名世二公評選之，李原煥、趙人孩、張子美、
湯公瑾有幾社景風初集之刻，仍託闇公名評選，幾社數子
之文，悉登於景風，……求社則自收新人。

　　幾社與復社宗旨雖殊，比較而言，「復社在政治層面上與東林銜
接更緊密，幾社主要是從學術層面上將東林精神實現」〔註93〕，兩社
在晚明文壇舉足輕重，彼此惺惺相惜，往來密切，吳偉業〈兩郡名文
序〉曰：

吾州自西銘（張溥）先生以教化興起，雲間夏彝仲、陳臥
子從而和之，兩郡之文遂稱述於天下。〔註94〕

　　崇禎四年（1631）張溥、杜麟徵等人高中進士，那年子龍雖會試
落第，仍與張溥等日相遊處，張溥與諸人等於燕台立盟欲興古學、紹
繼七子遺緒，子龍也參與其中，他在〈壬申文選凡例〉云：

辛末之春，余與彝仲、讓木、燕又俱遊長安，日與偕者：
江右楊伯祥，彭城萬年少，吳中楊維斗、徐九一，婁江張
天如、吳駿公，同郡杜仁趾、擬立燕台之社，以繼七子之
跡，後以升落零散，遂倡和鄉里，不及遠方。〔註95〕

子龍尚爲此事作詩云：「金台賓客非無侶，蓮社神仙亦我徒」〔註96〕，
杜麟徵〈壬申文選序〉一文也記云：「及余官京師，與伯祥、天如爲
燕台之會，嘆諸君子之不得與焉。」〔註97〕燕台之盟雖未果，但仍可

〔註93〕吳思增：《陳子龍新詩風研究》（上海：華東師範大學博士論文，2006
　　　　年），頁34。
〔註94〕〔明〕吳偉業〈兩郡名文序〉，《梅村家藏稿》卷三十六，（台北：台
　　　　灣學生書局，1975年5月），頁596。
〔註95〕陳子龍：〈壬申文選凡例〉，《文集（上）》，頁670。
〔註96〕同上註。
〔註97〕見《詩集》附錄三，頁755。

看出幾社諸子和復社諸人的聲氣相通。

可以說，冠弱以後的子龍，在未登仕途之前，於文學的發展不可不歸功於幾社諸友的影響；入仕後，能勤政愛民、講實學、重氣節、忠君愛國，可說是受了復社諸友的影響，幾社和復社的交遊，對陳子龍一生作用深遠，是以不惜篇幅說明兩社與子龍的關係，幫助理解青年陳子龍的活動。

崇禎二年（1629），子龍參加歲試，知府方岳貢拔爲第一名。也是在這一年，結識畢生摯友李雯（1607～1647）、徐孚遠，三人一同加入幾社，致力於古文辭。

崇禎三年（1630），子龍於青浦縣學試中得第一，同年又參加應天鄉試，當年本房主考爲鄭友玄，考官爲姜日廣和陳演，姜日廣十分欣賞子龍文章，本擬擢爲第一，但因其文與《詩經·小雅》及傳注小忤，故以舉人第七十五名錄取，幾社友人彭賓亦中舉，而當年解元則是楊廷樞。子龍和彭賓雙雙及第，帶動的幾社名氣，不少書賈以重資請翻刻《幾社會義》〔註98〕。在準備鄉試的期間，子龍是同年最用功者之一，據吳偉業（1609～1071）〈彭燕又先生五十壽序〉回憶了那年陳子龍、夏允彝、周立勳、徐孚遠、彭賓等共赴鄉試的情況：

> 往者余偕志衍舉於鄉，同年中雲間彭燕又、陳臥子以能詩名。臥子長余一歲，而燕又、志衍俱未三十。每置酒相與爲歡，志衍偕燕又好少年蒱搏之戲，浮白投廬，歌呼絕叫；而臥子獨據胡床，燃巨燭，刻韻賦詩，中夜不肯休。兩公者目笑之曰：「何自苦？」臥子慨然曰：「公等以歲月爲可恃哉？吾每讀終軍、賈誼二傳，輒繞床夜走，撫髀太息，吾輩年方隆盛，不於此時有所記述，豈能待喬松之壽、垂金石之名哉！曹孟德不亦云乎：『壯盛智慧，殊不吾來。』

〔註98〕〔明〕杜登春：《社事始末》：「《幾社會義》塵封坊間，未能大顯。至庚午榜發，臥子、燕又兩先生並攜，而江右、福建、湖廣三省賈人，以重資請翻刻矣。」

公等奈何易視之也？」〔註99〕

終軍，乃西漢少年外交家，年十八為博士弟子員時西遊函谷關，城門守吏交給他回程入關的信物，終軍擲之於地曰：「大丈夫西遊，終不復還。」後又自行請纓出使南越，為國捐軀，時人譽為「終童」。賈誼年甫二十二便為博士，心遠志大，論事精闢，深受漢文帝賞識。這二位均可謂英雄出少年的朝廷棟樑，子龍當時年方二十三如此嚮往追慕，其欲為國效命之志可見一斑。他在〈行路難〉中表達了他對功名未果、志尚難伸的焦慮：

> 晨起攬鏡長太息，神氣索漠顏枯零。幸不身作好女子，此時當為人棄捐。何必白髮始稱老，今我不敢濫對春風眠。三十未有二十餘，考鐘擊鼓張管絃。老翁向我稱少年，含羞障袂不敢前。（〈行路難〉十八首之七）〔註100〕

別人眼中尚年少的他，已迫不及待地想趕快立勳報國，所以他勉勵自己：

> 男兒生世不為樂，黃金垂盡心茫茫。不見長卿出蜀時，卓家女兒弄酒漿。卓家有富術，長卿不願聞。俯身力作盡勤苦，那堪遂與監門群。一朝奉命西南夷，滿城郊迎繁若雲。豈必戚戚患貧賤，人生要在多功勳。即今山東賊壘黃金高於天，何勿仗劍隨官軍？（〈行路難〉十八首之十一）
>
> 〔註101〕

子龍渴望建功立勳，但非是為了一己富貴，其〈送仁趾省親永嘉〉道出自己的想法：

> 努力事家國，豈懷公與侯。吾輩徒步人，常耽王佐憂。
> 中原厭鼙鼓，此物何時休？黽勉振王路，各務萬里遊。
>
> 〔註102〕

如此憂國憂民，渴望殺敵報國之心，終陳子龍一生，未嘗減卻。同年

〔註99〕　〔明〕吳偉業：《梅村家藏稿》卷三十六，頁619。
〔註100〕《詩集》卷一，頁18。
〔註101〕《詩集》卷一，頁19。
〔註102〕《詩集》卷四，頁107。

多天，赴北京準備隔年的會試，考官周延儒以試卷塗抹處太多，擔心
自己遭謗議，故不錄取，此事對子龍打擊不小。但也因此次北上讓他
有機會拜謁徐光啓，詢問當世之務，此行結下日後爲徐光啓出版《農
政全書》的因緣。

　　崇禎四年（1631），會試下第歸鄉。此後數年間，大抵偕幾社友
人「從事古文詞，間以詩酒自娛」〔註103〕，但那時子龍文名已滿天
下，前來求教者「戶外屨滿」〔註104〕。當時，幾社諸子宴集頻仍，
如：

> 太虛草堂在南門外，舊爲陳子龍、夏允彝纂《壬申文選》
> 地。(《婁縣志》) 〔註105〕

> 南園在南門外阮家巷，陸都憲樹德世居修竹鄉金沙村，後
> 葺別業於此。侍郎彥禎繼居之。有梅南草廬、讀書樓、濯
> 錦窩諸勝。崇禎間，幾社諸子每就是園讌集焉。(《婁縣
> 志》) 〔註106〕

在這些地方，幾社諸子流連詩酒、共研古文詞，崇禎五年（1632），
《幾社壬申合稿》出版。子龍門生王澐（1619～1693）〈春藻堂讌集
序〉云：

> 黃門四公報罷歸，乃與同里周太學勒卣、徐孝廉闇公、李
> 舍人舒章、顧徵君偉南、宋待詔子建、朱郡丞宗遠、王文
> 學默公，共肆力古文辭。上溯三百，下迄六朝，靡不揚扢。
> 至壬申而集成，吳中姚文毅公爲之序，天下所謂《幾社壬
> 申文選》是也。〔註107〕

　　因與友人流連詩酒之機，這一年子龍在蘇州結識名妓柳如是，
兩人交往日密，崇禎八年（1635）子龍乾脆借口與徐孚遠外居讀書

〔註103〕《年譜》崇禎四年辛未條。
〔註104〕同上註。
〔註105〕《年譜》崇禎五年壬申條考證。
〔註106〕《年譜》崇禎五年壬申條考證。
〔註107〕《年譜》崇禎八年乙亥條考證。又《幾社壬申文選》乃《幾社壬
　　　　申合稿》別稱之一。

之名，和柳如是同居於松江城南的生生庵小樓。直至崇禎八年
（1635）被迫分開爲止，二人留下許多倡和之作〔註108〕。在陳子龍
的情詩中，有不少是關於柳如是的。如〈秋夕沈雨，偕燕又、讓木集
楊姬館中，是夜姬自言愁病殊甚，而余三人者皆有微病，不能飲也〉
二首：

> 一夜淒風到綺疏，孤燈灩灩帳還虛。
> 冷蛩啼雨停聲後，寒蕊浮香見影初。
> 有藥未能仙弄玉，無情何得病相如。
> 人間秋緒知多少，偏入秋來遣示余。
>
> 兩處傷心一種憐，滿城風雨妒嬋娟。
> 已驚妖夢疑鸚鵡，莫遣離魂近杜鵑。
> 琥珀佩寒秋楚楚，芙蓉枕淚玉田田。
> 無愁情盡陳王賦，曾到西陵泣翠鈿。

崇禎六年（1633），與李雯有《陳李唱和集》刊刻。七年（1634），
又未中進士，杜門謝客、寡讌飲，專意於學，有古樂府百餘章。八
年、九年分別有《屬玉堂集》、《平露堂集》行世。崇禎十年（1637），
與夏允彝同登進士，房師爲黃道周。子龍奉命觀政刑部，是歲將所賦
詩百首編爲《白雲草》一集。同年季夏就選惠州司李，不幸繼母唐
宜人在此時去世了，子龍立即返家奔喪，孝順的他「自痛未得升斗養
而竟貽終天恨，一慟歐血。至維揚，痢大作，幾不起。抵家旬餘，始
克治喪」〔註109〕。

崇禎十一年（1638），丁憂期間，與徐孚遠、宋徵璧編成了《皇
明經世文編》，十二年（1639）整理徐光啓遺稿，編成《農政全書》。
崇禎五年至十二年子龍三十一歲止，是他著作的巔峰期。「文窮而後
工」，幾年的科場不得意，給予他極大的創作動力，也可看出子龍藉
助「立言」以期不朽的渴望。

〔註108〕有關二人往來可參見陳寅恪的《柳如是別傳》、孫康宜的《陳子龍
　　　　柳如是詩詞情緣》二作。
〔註109〕《年譜》崇禎十年丁丑條。

四、仕宦生涯

　　崇禎十二年除服後，時年三十二歲子龍以祖母年邁，欲承菽水之養，加上宰相溫體仁（1573～1639）構陷忠良、周延儒（1593～1644）延誤軍機致大司馬盧象昇（1600～1639）戰死，房師黃道周因反對楊嗣昌（1588～1641）「奪情」而遭廷杖等事，心灰意冷而不欲仕進，當時享有清譽的給事中張元始上奏薦舉，子龍寄詩與之表明不仕之心，詩云：

> 落拓慚封牒，迂疏誤簡編。可憐細草嘆，無益〈大風篇〉。
> 日月多高議，江湖惜晏眠。尋仙歌〈白石〉，射虎憶藍田。
> 州郡誰嫌屈？君親各自然。寂寥揚子宅，慘淡祖生鞭。

但在祖母責以「汝家世受國恩，無以我老人故，廢報稱大義」〔註110〕下，就選紹興推官兼攝諸暨令。當是時，太監崔璘治理兩浙鹽稅，「撫按上郡縣，無不庭謁長跪，至有交歡，求其薦牘者」，但子龍卻從不謁見，同僚勸他，則回答：「若欲我屈膝此輩，惟有拂衣耳。」〔註111〕

　　子龍於任官，著有政聲。當時諸暨縣盜賊如蝟毛，子龍以計擒之，安定縣治。凡審案必深推細究，避免誣告之事。為防止荒年饑歲，子龍推行積穀民間的「平糴法」。《年譜》崇禎十四年記道：

> 予初攝邑時，知明歲饑必甚，集邑中士民議積儲，以為積於官則多弊，不若藏於民間。因置籍，令富室各量力書所積之數，至米貴時，則減價以糴。若有天幸，民無飢則聽自便。〔註112〕

又開辦「病坊」、「棄兒局」等，種種政策，活人無數。崇禎十六年（1643），流賊張獻忠流竄南方諸省，明軍補給線被切斷，大司馬史可法發檄告急，子龍不避險阻，親自從紹興督糧七萬餘石至金陵解了

〔註110〕《年譜》崇禎十三年庚辰條。
〔註111〕《年譜》崇禎十三年庚辰條。
〔註112〕《年譜》崇禎十四年辛巳條。

斷炊之危。當時之人對文人妄談經濟，頗爲輕視，但對子龍這種以實功濟天下之危的文人，只有交口讚譽，時人陳伯璣云：

> 癸未（崇禎十六年，1643）冬，予避亂金陵，同鄉羅公萬象居戶垣，一日相過，謂文人談經濟，罕觀其效。昨陳臥子從紹興督軍糧數千石至，遂免此中脫巾之呼，眞濟世才也。予心識之，明日楊龍友介予謁陳公於承恩寺，所言皆機務，絕不論文。座中桐城光、左二兄偶談其鄉社事水火，欲公收回所撰某某序文，公應聲曰：「天下何等時，正當渙小群爲大群，奈何意氣若此。」予退而益歎服公之慷慨激烈，非僅文人比也。〔註113〕

足見陳子龍講求經世濟民，非僅紙上談兵，而是富於行動力的濟世之才，故清朝王昶在陳忠裕公畫像後題贊云：「文武並懋，忠義兼資。」〔註114〕也因在浙四年任中，平定盜賊、安置流民、救貧活孤，治績斐然，被擢升爲南京吏部文選司主事。

崇禎十六年（1643），與李雯、宋徵輿合編的《皇明詩選》付刻。這部自崇禎十三年起便著手編輯之書，共計十三卷，按體裁分爲五古、七古、五律、七律、五絕、七絕、五言排律、古樂府八大類，收有明一代詩人185人，詩作1205首（一說1239首）。編此書的目的在紹復七子之學，去淫濫而歸雅正。

崇禎十七年甲申（1644），平定「許都之亂」，正月擢爲兵科給事中巡視兩浙兵馬城池。同年三月，李自成攻陷北京，崇禎帝自縊殉國。許是這一年兵荒馬亂，故子龍詩集中，「甲申一年詩稿獨缺」〔註115〕，對於研究子龍當年的心緒缺乏第一手資料，是研究子龍詩的一大缺憾。

思宗自縊的消息傳至南京，馬士英（1591～1646）擁立福王即位，年號弘光。但馬士英及黨徒阮大鋮（1587～1646）弄權，大臣

〔註113〕《年譜》崇禎十六年癸未條考證。
〔註114〕《年譜》陳忠裕公畫像題贊。
〔註115〕《陳忠裕公全集・凡例》。

劉宗周（1578～1645）、姜曰廣（1584～1649）等相繼去位，不到一年清軍南下，弘光朝旋覆亡。接著，張煌言（1620～1664）迎魯王（1618～1662）至紹興監國，黃道周、鄭芝龍（1604～1661）在福州擁立唐王（1602～1646）即位，兩造不合，很快便被清軍消滅。

　　雖然子龍因許都（？～1644）枉死而一度辭官，但北京城破消息一來，忠君愛國的他立刻挺身而出，赴南都，接下了朝廷給的兵科給事中之職。子龍盱衡大勢，上〈募練水師疏〉以鞏固江淮防務；上〈中興大本疏〉諫福王定志、立德、廣益；又上〈直陳禍亂之原疏〉，欲君王引以爲鑒。在言路不過五十日，而連上三十餘疏〔註116〕，其忠誠之心，昭昭可見。可惜建言不獲採用，他只能自嘆：「木瓜盈路，小人成群，海內無智愚，皆知顛覆不遠矣！」〔註117〕而作〈歲晏倣子美同谷七歌〉其一云：

> 西京遺老江南客，大澤行吟頭欲白。
> 北風烈烈傾地維，歲晏天寒摧羽翮。
> 陽春白雪不相照，剖心墮地無人惜。
> 嗚呼一歌聲徹雲，仰視穹蒼如不聞。〔註118〕

說自己關切國事卻不被重視，只好像屈原那樣吟澤畔，心中有「舉世茫茫將愬誰」之嘆，甚至想「短衣皂帽依荒草，賣餅吹簫雜傭保」〔註119〕便辭官歸養祖母。

　　然而，自幼親承忠孝大義庭訓的子龍，雖歸養祖母但仍心繫國事，參與各地起義。順治二年（弘光元年，1645），清軍南下，江南各郡紛紛起兵抗清，子龍也夥同沈猶龍、吳志葵等在松江起義。八月松江府失守，子龍遇敵，幾於不免。而曾任福建長樂知縣的夏允彝投水殉國，子龍聞訊大慟，但念在高齡九十的祖母無人奉養，只好忍辱偷生，無可奈之情在隔年的〈報夏考公書〉說得明白：

〔註116〕此階段之奏疏，即後之《兵垣奏議》。
〔註117〕《年譜》崇禎十七年甲申條。
〔註118〕《詩集》卷十，頁308。
〔註119〕《詩集》卷十，頁309。

足下臨歿，移書於僕，勉以棄家全身，庶幾得一當。……
僕門衰祚薄，五世一子，少失怙恃，育於大母，報劉之志，
已非一日。奉詔歸養，計終親年。嬰難以來，驚悸憂虞，
老病侵奪，日以益甚，欲扶攜遠遁崎嶇山海之間，勢不能
也。絕裾而行乎？孑然靡依。自非豺狼，其能忍之？所以
徘徊君親之間，交戰而不能自決也。悲夫！悲夫！老親以
八十之年，流離野死，忠孝大節兩置塗地，僕真非人哉！
〔註120〕

清人鄧漢儀有詩云：「千古艱難只一死」，但有時侯苟活比一死更困
難，內心儒家忠孝氣節的呼喚，旁人異樣的眼光，使得子龍內心不斷
天人交戰著，〈報夏考公書〉訴說著自己內心的煎熬：「常思上負國家
生成之恩，下負良友責望之旨，終夜不寢，當食輒嘆。」他反覆訴說
自己不死之因，一是為了孝養祖母，二是為等待復國良機，「倘天下
滔滔，民望已絕，便當鑿坏待期歸死邱墓」〔註121〕，若復興大業無
望，那麼他也會保全大節一死報國的。

　　於是改易僧服，和張采一同避居浙江嘉興陶莊的水月庵，僧名
信衷，字瓢粟，號穎川明逸。並於十一月移家徐灘時完成了《自述年
譜》。

　　順治三年（1646）三月，祖母去世，有〈奉先大母歸葬廬居述懷〉
四首表達其愁：

國破家何在？親亡子獨歸。無顏上丘隴，有淚變芳菲。
彤管虛長夜，丹旐對落暉。空餘雞骨是，霜雪滿麻衣。

前歲〈南陔〉草，春風奉錦軒。今來西靡樹，痛哭下松門。
遺恨逢亡國，真慈念潛孫。先朝餘寵在，畫柳向平原。

行遁山河改，歸來松菊荒。尚餘三畝宅，無復萬家旁。
祈死煩宗祝，偷生愧國殤。但依親隴在，含笑此高岡。

〔註120〕陳子龍：〈報夏考公書〉，《文集（上）》，頁486～487。
〔註121〕同上註，頁488。

右軍曾誓墓，平子亟歸田。此日君親盡，非關出處偏。

大夫〈離黍〉賦，〈小雅〉〈蓼莪〉篇。並作今朝淚，煩冤

莫問天。

同年，和子龍相知相惜的座師黃道周也因拒降殉節於金陵，子龍賦詩

哀之曰：

黑雲憤積南箕滅，鐘陵碧染銅山血。

殉國何妨死都市，烏鳶螻蟻何分別。

夏門秉鑰是何人？安敢伸眉論名節。

嗚呼五歌愁夜猿，九巫何處招君魂！（〈歲晏倣子美同谷七

歌〉之五）〔註122〕

順治四年（1647），這年子龍四十歲，廬居中的子龍和宋徵璵等倡和

往來，有詞集《湘眞閣存稿》。此後奔走禾郡、武塘之間，暗中聯絡

明降臣吳勝兆，密謀起義，子龍雖不看好吳勝兆，他說：「我固言其

無濟，但彼以義來，何忍拒之。我縱不能自為之，而可沮人為之耶？

我久辦一死矣，君等亦將不免矣。」〔註123〕故仍知其不可為而為之

地同意了此番起事。後果因事蹟敗露義舉胎死腹中，陳子龍被清軍所

捕，清人要子龍供出同謀，他只說：「文天祥止有一人。」〔註124〕清

軍將之繫於舟中，準備送至北方，五月十三日，子龍乘守卒不備，跳

入雲間第一橋──跨塘橋──殉節。五月十五日，門人王澐偕友人徐

桓鑒、張昂之，尋獲屍體葬之廣林。友人宋徵璵作〈憶亡友於陵孟公〉

哀之：「峴山碑斷酒罏空，何處西州哭謝公？手種桃花已成樹，憐君

不欲見春風。」〔註125〕

　　陳子龍一生貞剛守節至死不移，他曾在〈壽彭先生序〉中提到

守常不變的可貴：「人知趨時善遷利，而不知守常無變之為貴也。」

〔註122〕同上註，頁310。

〔註123〕王澐：《續年譜》順治四年丁亥條，《詩集》附錄二，頁719。

〔註124〕見《年譜》順治四年丁亥條考證。

〔註125〕〔明〕宋徵璵：《林屋文稿》卷六，《四庫全書存目叢書》集部216

　　　　冊，（台南：莊嚴文化，1997年），頁584。

〔註126〕到了他生命最終的一刻，浩然昭示守志之義，朱東潤先生說陳子龍的一生是「名士──志士──鬥士」的蛻變歷程〔註127〕，此誠其畢生最佳的註腳。

第三節 著作介紹

　　陳子龍畢生所作卷帙浩繁，但因其生逢陵谷變遷之際，許多作品或亡於戰火，或軼於清初的禁書。幸賴歷來不少學者，感其忠義，不顧禁書之例，多方保全其作，迄至清高宗乾隆四十一年（1776）頒布《欽定勝朝殉節諸臣錄》表彰「陳子龍學問淹博，猷爲練達，貞心可諒，大節無虧，今諡『忠裕』」〔註128〕後，其著作才開禁。清嘉慶八年（1803）王昶（1724～1806）輯有《陳忠裕公全集》，但此時仍距「全集」甚遠，且集中凡不利於滿清的字眼多遭篡改致內容殘缺。但隨著陳子龍一些明刻本的著作陸續發現，子龍之作才較完備地呈現人間。而近代研究陳子龍的學者也都對其著作做過考證、整理，其中王英志〈陳子龍著作與作品考述〉〔註129〕一文考證鉅細靡遺，是目前所見最完備的。故本文不再贅述子龍所有著作，僅在王英志的研究基礎上，再約略介紹之。

　　依其著作，本文將之略分爲獨作之作、合著之作、選編之作、待考之作四大類，茲整理如下表2-1：

〔註126〕陳子龍：〈壽彭先生序〉，《安雅堂稿》卷六，頁107。

〔註127〕朱東潤：《陳子龍及其時代》（上海：上海古籍出版社，1984年1月），頁1。

〔註128〕參見〔清〕王昶所編：《陳忠裕公全集》卷首。

〔註129〕王英志：〈陳子龍著作與作品考述〉，《文學遺產》第6期，2007年。

【表2-1】

類別		書　名	屬性	卷數	成書年代	說　明
獨作之作	1.	《岳起堂稿》	詩詞合集	不詳	崇禎二年（1629）〔註130〕	本是諸體備存〔註131〕，原刻本已佚。今王昶的《全集》僅存古樂府 37 首。
	2.	《采山堂稿》	文集	不詳	崇禎三～五年間〔註132〕	原刻本已佚。今《全集》僅得古文三十餘篇。
	3.	《屬玉堂集》	詩集	不詳	崇禎八年（1635）〔註133〕	原刻本已佚。今《全集》收詩 210 題，381 首。
	4.	《平露堂集》	詩集	不詳	崇禎九年（1636）〔註134〕	原刻本已佚，收崇禎八、九年間作。今《全集》收詩 141 題，303 首。
	5.	《白雲草》	詩集	1卷	崇禎十年（1637）〔註135〕	原刻本已佚。《全集》收詩 49 題，103 首，與子龍自述：「集是時所賦詩得百首」數目相符。
	6.	《湘眞閣稿》	詩集	6卷	崇禎十三年（1640）〔註136〕	今存崇禎末年刻本，藏於南京圖書館。收詩 187 題，282 首。

〔註130〕 〔清〕莊師洛：《陳忠裕公全集・凡例》：「作於庚午（崇禎三年）以前。」故暫繫於崇禎二年作，俟再考。

〔註131〕 〔明〕周立勳：〈岳起堂稿序〉：「所撰著樂府以下，諸體備存旨絜，多爾雅之文……。」《詩集》附錄三，頁751。

〔註132〕 〔清〕莊師洛：《陳忠裕公全集凡例》：「《采山堂稿》、《幾社稿》之作於庚午、辛未、壬申。」即崇禎三、四、五年。

〔註133〕 《年譜》崇禎八年乙亥條：「春，偕闇公讀書……是歲有《屬玉堂集》。」

〔註134〕 《年譜》崇禎九年丙子條：「春，讀書南園……是歲有《平露堂集》。」

〔註135〕 《年譜》崇禎十年丁丑條：「予觀政刑部，登白雲樓……予亦集是時所賦詩得百首，曰《白雲草》。」

〔註136〕 《全集・凡例》：「約作于（己）卯、（庚）辰。」即崇禎十二、十

7.	《安雅堂稿》	文集	18卷	崇禎年間刊刻	崇禎刻本今藏上海圖書館。宣統元年、二年上海時中書局亦有排印版，與崇禎本大抵相同。
8.	《焚餘草》《丙戌遺草》	詩詞合集	不詳	順治七年（1650）〔註137〕	原刻本已佚，收順治二～四年間作。今《全集》收詩97首，詞78首
9.	《兵垣奏議》	文集	2卷	光緒二十三年（1897）〔註138〕	原刻本已佚，今存光緒二十三年刻本藏上海圖書館、台北中研院史語所。收文37篇，但非完璧。
10.	《論史》	文集	1卷	宣統元年（1910）	宣統元年將之收入《安雅堂稿》。內容乃東漢一百多名政治人物簡評。
11.	《自述年譜》	文集	2卷	嘉慶八年（1803）〔註139〕	內含王澐《續年譜》一卷。
合著之作	1. 《幾社壬申文選》	文集	20卷	崇禎五年（1632）〔註140〕	有明末小樊堂刻本。收子龍詩103題，191首；古文40篇。

三年間。又子龍爲繼母服喪至崇禎十二年秋冬始除服，十三年入京師營救黃道周，有《湘眞閣稿》中如〈贈周其章黃門〉、〈上董遼初少宰〉、〈都下雜感〉等乃其入京救師之作，故推斷本書於爲崇禎十三成書。

〔註137〕〔清〕徐世禎〈丙戌遺草序〉題「庚寅（順治七年，1650）子月華亭芥菴老人徐世禎書於抑隅堂」，故繫於年。見《詩集》附錄三，頁772。

〔註138〕集中序云：「光緒二十三年三月中旬，知松江府事諸暨陳遹聲謹序。」又何其偉在〈癸亥秋編刊陳忠裕公集成題後〉詩云：「半生宦績人爭頌，十上封章世罕傳。」下注云：「案《年譜》，公在言路，章三十餘上，惜皆不傳。」可見王昶等人在編《全集》時未見此書。

〔註139〕〔清〕莊師洛：〈陳忠裕公全集‧跋後識〉：「乾隆壬寅（四十七），授經於藻溪王氏，適金山王君錫瓚亦館其地，知其爲勝時先生（王澐）後裔，忠裕玄孫女之子。因叩以忠裕遺集，得其家藏數種，內有忠裕《自述年譜》一卷。……歷時四載，匯成《全集》……此輯之度閣者十五六年。去冬（1802）……付梓……七閱月而竣工。」

〔註140〕《年譜》崇禎五年壬申條：「集同郡諸子治古文辭益甚……今世所

2.	《陳李倡和集》 （《癸酉倡和詩》）	詩集	不詳	崇禎六年 （1633） 〔註141〕	陳子龍、李雯合撰，原刻本已佚。《全集》收子龍詩 70 題，154 首
3.	《幽蘭草》	詞集	3 卷	崇禎十年 （1637） 〔註142〕	陳子龍、李雯、宋徵輿合撰。 明刻本現藏上海圖書館。收崇禎七～十年間作，有子龍詞 55 首，《全集》僅收 47 首。
4.	《史記測議》	文集	130 卷	崇禎十三年 （1640） 〔註143〕	陳子龍、徐孚遠合撰。 今台北國家圖書館有崇禎十三年刻本。
5.	《三子詩選》 （《雲間三子新詩合稿》、《三子新詩》）	詩集	9 卷	崇禎十七年 （1644） 〔註144〕	陳子龍、李雯、宋徵輿合撰。 原刻本不詳。民國王培孫有《峭帆樓叢書》重刻本，收崇禎十三～十六年間作。 《全集》收子龍詩 165 題，241 首
6.	《倡和詩餘》	詞集	6 卷	順治七年 （1650） 〔註145〕	和宋徵璧等倡和集，收順治四年間詞作 29 首。

傳《壬申文選》是也。」
〔註141〕《年譜》崇禎六年癸酉條：「文史之暇，流連聲酒，多與舒章倡和，今《陳李倡和集》是也。」
〔註142〕李越深：〈論〈幽蘭草〉的創作結集時間以及價值定位〉，《浙江大學學報》第 5 期，2005 年。
〔註143〕《安雅堂稿・史記序》：「書始成，而子龍宦遊越中，徐子方徵詣太學，而以書屬序焉，忽忽未有暇。是日登會稽，觀禹穴，因慨然太史公南遊之意，歸而序之……時庚辰（崇禎十三年）季秋二十有八日也。」
〔註144〕陳子龍：〈三子詩選序〉：「癸末（崇禎十六年），李子（舒章）從其尊人太僕公入燕邸，余移尼之，不聽。明年春，先皇帝召予為諫官，未至，京師陷於賊，太僕殉難。」故可推知本書刊刻於崇禎十七年。
〔註145〕見王英志：〈陳子龍著作與作品考述〉，《文學遺產》第 6 期，2007 年，頁 102。

	7.	《棣萼香詞》	散曲集	2 卷	順治年間〔註146〕	爲子龍與與宋徵璧家族共九人之作。收子龍散套 2 首。 有順治年間刻本，今存中國國家圖書館。
	8.	《陳忠裕公全集》	詩文總集	30 卷	嘉慶八年（1803）	王昶輯、莊師洛等考訂。本書未收錄《安雅堂稿》、《兵垣奏議》、《論史》等作。
選編之作	1.	《皇明經世文編》	文集	504 卷補遺4 卷	崇禎十一年（1638）〔註147〕	陳子龍、李雯、宋徵璧合編。
	2.	《農政全書》	文集	60 卷	崇禎十二年（1639）〔註148〕	整理徐光啓遺稿而成。
	3.	《皇明詩選》	詩集	13 卷	崇禎十六年（1643）	陳子龍、李雯、宋徵輿合編。
	4.	《史拾載補》	文集	19 卷	明末〔註149〕	收入《四庫存目叢書補編》。
待考之作	1.	《四家詞》	詞集	不詳	不詳〔註150〕	推論是雲間詞人合集。
	2.	《詩問略》	文集	1 卷	今存道光十一年（1831）刻本	書前有子龍自序，然《全集》、《安雅堂稿》均未見，故有學者疑此非子龍所作〔註151〕。

〔註146〕 參見上註，頁 102。
〔註147〕 《年譜》崇禎十一戊寅條：「是夏讀書南園，偕闇公、尚木網羅本朝名卿鉅公之文有涉世務國政者，爲《皇明經世文編》。」
〔註148〕 《年譜》崇禎十二己卯條：「讀書南園，編《農政全書》。」
〔註149〕 魏振東：《陳子龍年譜》：「《史拾載補》爲明刊本，選輯了《史記》律、曆、天官、河渠、平淮等八書有關天文水利的文字，有陳子龍的鑑定。」（桂州：廣西師範大學中文所碩士論文，2004 年），頁11。
〔註150〕 〔清〕莊師洛：《陳忠裕公全集·凡例》：「公詞有《湘眞閣》……又曾選入《棣萼香詞》、《幽蘭草》、《四家詞》，俱未見之。」王英志在〈陳子龍著作與作品考述〉推論《四家詞》可能已存在《倡和詩餘》及《幽蘭草》中，並未亡佚。
〔註151〕 楊晉龍：〈論《詩問略》之作者與內容〉：「一則正變觀點有別，再

3.	《清音堂集》	詩集	不詳	不詳〔註152〕	子龍越中之作。

　　統計上表可知，已確定為陳子龍之作的共有 22 本（不含王昶所輯之《陳忠裕公全集》），其中為子龍獨作者計 11 本，分別是：詩集 4 本、文集 5 本、詩詞合集 2 本。子龍與他人合著之作計 7 本，分別是：詩集 2 本、詞集 2 本、文集 2 本、散曲集 1 本。選編之作 4 本，其中詩集 1 本、文集 3 本。較諸陳子龍短短四十年的生命，這樣的著作量實在令人咋舌。

　　　　則諸書引文不符，三則書中引錄均無法與陳氏生平諸事相應，可知
　　　　《詩問略》絕非陳子龍的作品。」（《傳承與創新——中央研究院中
　　　　國文哲研究所十週年紀念論文集》，鍾彩鈞主編，台北：中央研究
　　　　院中國文哲研究所籌備處，1999 年 12 月，頁 655）。
〔註152〕王英志：〈陳子龍著作與作品考述〉以為此書原刻雖佚，但收入《三
　　　　子新詩》的可能性極大。（《文學遺產》第 6 期，2007 年，頁 106）。

第三章　陳子龍詩學理論

　　歷來論明詩者，大抵承認陳子龍之詩爲明詩殿軍，與高啓前後相
輝映。清代詩論家陳田（1850～1922）於《明詩紀事》說他：

> 忠裕雖續何李、王李之緒，自爲一格，有齊梁之麗藻，兼
> 盛唐之格調，早歲少過浮豔，中年骨幹老成。殿殘明一代
> 詩，當首屈一指。〔註1〕

方以智（1611～1671）譽其：

> 臥子生長其地，家擁萬卷，負不世之才。左顧右盼，聲聲
> 黃鐘。行且奏樂府於清廟，歌辟之石鼓，備一代之韺韽，
> 以輓逝波於中和。〔註2〕

　　陳子龍身爲明末詩壇大家，身兼復社、幾社領袖，又開雲間詩一
派，左右明末詩壇，對於明季詩壇的貢獻，清初詩人宋琬（1614～
1673）則有最詳細之說明：

> 明詩一盛于弘治，而李空同、何大復爲之冠；再盛于嘉靖，
> 而李于鱗、王元美爲之冠。……雲間之學，始于幾社，陳
> 臥子、李舒章有廓清摧陷之功。於是北地（李夢陽）、信陽
> （何景明）、濟南（李攀龍）、婁東（王世貞）之言，復爲
> 天下所信從。〔註3〕

〔註1〕〔清〕陳田：《明詩紀事》（台北：台灣商印書館，1968年6月），頁
　　　　2657。
〔註2〕〔明〕方以智：〈陳臥子詩序〉，《浮山文集》前編卷二，頁195。
〔註3〕〔清〕宋琬：〈周釜山詩序〉，《安雅堂全集》卷八，（上海：上海古

清代朱彝尊（1629～1709）《明詩綜》則云：

> 大樽當實學榛蕪之餘，力闢正始，一時宗尚，遂使群才蔚
> 起，與弘（治）、正（德）比隆，摧廓振興之功，斯爲極矣。
> 〔註4〕

清代朱琰〔註5〕《明人詩鈔》亦云：

> 其（陳子龍）宗法在弘、正諸賢，學博才大，更多師以爲
> 師，氣魄力量，足以牢籠一切，不落方幅，自是大家。余
> 鈔黃門詩以終明一代之運，劉（基）、高（啓）開宗於前，
> 西涯（李東陽）接武於繼，李（夢陽）、何（大復）、王（世
> 貞）、李（攀龍）振興於中，黃門總持於後，此明詩大概
> 也。〔註6〕

於此可知明清學者對其詩歌是給予高度肯定的。陳子龍既活躍
於晚明文壇，又開雲間詩一派，從其問詩者不乏其人，其對於詩歌創
作自有其見地，可惜其卻無留下系統性的詩論，關於其歌詩理論僅片
言隻語地散見於著作序言、師友書札中。本章即在概述陳子龍的詩歌
理論的淵源，並試圖把他分散於各文章中的詩論做一番梳理並重建其
理論體系。是以，本章分成兩部分，分別是「陳子龍詩學理論的淵源」
以及「陳子龍詩學理論的體系」，前一部分由陳子龍對前後七子、公
安派的吸收及轉化入手，後一部分則介紹其詩論體系。

第一節　陳子龍詩學理論淵源

一、對七子派的繼承與轉化

沈德潛（1673～1769）《明詩別裁·序》中云：「宋詩近腐，元詩

〔清〕籍出版社，2007年8月），頁374。

〔註4〕〔清〕朱彝尊：《明詩綜》卷七十五，（台北：世界書局，1970年8
月）。

〔註5〕朱琰，字桐川，別號笠亭。清朝海鹽人。清乾隆三十一年丙戌（1766）
進士，生卒年不詳。

〔註6〕〔清〕朱琰：《明人詩鈔》，《四書禁燬叢刊》集部37冊，（北京：北
京出版社，2000年），頁534。

近纖，明詩其復古也。」〔註7〕以「復古」二字概括明代詩歌取向，
大抵中肯。自明太祖洪武至憲宗成化的百年餘間，政局大抵穩定、經
濟平穩發展，但在思想上卻施實嚴酷的控管，致士人噤若寒蟬，在此
歷史背景下，歌功頌德、粉飾應酬的「臺閣體」便應運而生，這類詩
歌無論是藝術成就或思想內容可取者寥寥無幾。到了明孝宗弘治、明
武宗正德年間，大臣李東陽（1447～1516）起而發難，標舉「復古」
大纛，以「格調」爲準繩，試圖以復興古人法度調聲、直抒胸臆來矯
治臺閣體的雍容空疏、千篇一律，形成了「茶陵派」，開前七子派復
古詩之先聲。

　　繼李東陽而起的是李夢陽（1472～1529），他不滿於「成、弘間
詩道旁落，雜而多端，臺閣諸公，白草黃茅，紛蕪靡蔓。……理學諸
公，『擊壤』、『打油』，筋斗樣子。」〔註8〕他還在〈上孝宗皇帝書稿〉
中提到當時士人有「元氣之病」：

　　　今人不喜人言，見人張拱深揖，口訥訥不吐詞，則目爲老
　　　成。又不喜人直，遇事圓巧而委曲，則以爲善處。是以轉
　　　相則傚，翕然風靡。爲士者口無公是非，後進承訛踵弊，
　　　不復知有言行之實矣。此尚得謂之不病乎？〔註9〕

這是在大力抨擊當時士風的粉飾太平、無裨時務。於是和何景明
（1483～1521）等起而復古，《明史》本傳說他們：

　　　弘治時宰相李東陽主文柄，雄鷙翕然宗之，夢陽譏其萎弱，
　　　倡言文必秦漢、詩必盛唐，非是者弗道。〔註10〕

　　　（何景明）與李夢陽輩倡詩古文，夢陽最雄駿，景明稍後
　　　出，相與頡頏。〔註11〕

〔註7〕〔清〕沈德潛：《明詩別裁·序》（台北：台灣商印書館，1978 年 2
　　　　月），頁 1。
〔註8〕〔清〕朱彝尊：《靜志居詩話》卷十，（北京：北京人民文學出版社，
　　　　1998 年 2 月），頁 260。
〔註9〕〔明〕李東陽：〈上孝宗皇帝書稿〉，《空同先生集》卷三十九，《文
　　　　淵閣四庫全書》集部第 1262 冊，頁 348。
〔註10〕〔清〕張廷玉等：《明史·李夢陽傳》卷二八六，頁 833。
〔註11〕〔清〕張廷玉等：《明史·何景明傳》卷二八六，頁 834。

李、何論詩極重「格調」，並嚴守宋人嚴羽的「入門須正，立志須高」、「第一義」等〔註12〕心法，意即學詩當從最佳的前賢典範入手。何景明在〈海叟集序〉中則具體提出師法對象：「學歌行、近體，有取於（李白、杜甫）二家，旁及初盛唐諸人。而古作必從漢魏求之。」〔註13〕古作之所以要學漢魏，乃因「蓋自漢魏後而風雅渾厚之氣罕有存者。」〔註14〕確定了復古派古詩學漢魏，近體法盛唐的心法。也使「復古」成為明詩最大特色，與有明一代文學相始終。李、何等七子以恢復古詩雅正之風、溫柔敦厚之情的主張，成為反對迂濶宋學的健將，此一貢獻，讓向來反復古的袁宏道（1568～1610）也不諱言其功云：「草昧推何李，聞知與見知。機軸雖不異，爾雅良足師。」〔註15〕

繼李夢陽、何景明等「前七子」而起的是明武宗嘉靖年間以李攀龍（1514～1570）、王世貞（1526～1590）等代表的「後七子」。李攀龍謂：「文自西京，詩至天寶而下，俱無足觀。」〔註16〕王世貞則主張：「文必秦漢，詩必盛唐，大歷以後書勿讀。」〔註17〕

陳子龍受雅好古文詞的父親影響〔註18〕，耳濡目染下，自然也感染了復古的傾向，後來於崇禎四年（1631）和張溥、吳偉業等復社要人聚於京師，宣誓「擬立燕臺之社，以繼七子之跡。」又說：「文

〔註12〕〔宋〕嚴羽著，郭紹虞校釋：《滄浪詩話校釋》（台北：里仁書局，1987年4月），頁1云：「夫學詩者以識為主：入門須正，立志須高。以漢魏晉盛唐為師，不作開元天寶以下人物。」頁11又云：「論詩如論禪：漢魏晉與盛唐之詩，則第一義也。大歷以還之詩，則小乘禪也。」皆說明學詩者當以成就最高的漢魏盛唐詩為學詩門徑。

〔註13〕〔明〕何景明：〈海叟集序〉，《何大復先生全集》卷三十四，（台北：偉文圖書公司，1984年3月），頁1257。

〔註14〕〔明〕何景明：〈王右丞詩集序〉，同上，頁1256。

〔註15〕〔明〕袁宏道：〈答李子髯〉，《袁宏道集箋校》卷二，（上海：上海古籍出版社，1981年7月），頁81。

〔註16〕〔清〕張廷玉等：《明史・李攀龍傳》卷二八七，頁852。

〔註17〕〔清〕張廷玉等：《明史・王世貞傳》卷二八七，頁854。

〔註18〕陳子龍：〈先考繡林府君行述〉：「府君……十餘歲，即好讀古文詞。」見《安雅堂稿》卷十四，頁271。

當規摹兩漢，詩必宗趣開元。吾輩所懷，以茲爲正。」〔註19〕儼然以七子的繼承人自居。對前後七子的推崇每多溢於言表，他曾說：「詩衰於齊梁而唐振之，衰於宋元而明振之」〔註20〕，便是在說七子復古的貢獻。還在崇禎十年觀政刑部時，作〈嘉靖五子詩〉〔註21〕頌揚李攀龍等後七子，讚美他們：

　　濟南鍾神秀，大雅追古式。

　　取材既宏麗，抗心迺淵特。（李于鱗）

　　昭代有良史，藝苑推齊盟。

　　寥寥代興者，蜉蝣安足爭。（王元美）

　　宏麗矩芳躅，良工琢精英。……

　　遺文何陸離，風流浩難續。（徐子與）

　　伊人才不羈，手倚青琅玕。

　　英多無踐迹，超逸竦殊觀。（宗子相）

　　公實嶺表秀，抗志遺風塵……

　　英辭振冥冥，逸響通高眞。（梁公實）〔註22〕

由上述詩句，可知子龍對後七子的推重有多麼崇高。此外子龍尚有一首憑弔王世貞的作品〈重遊弇園〉，詩云：

　　放艇春寒島嶼深，弇山花木正蕭森。

　　左徒舊宅猶蘭圃，中散荒園尚竹林。

　　十二敦槃誰猙主，三千賓客半知音。

　　風流搖落無人繼，獨立蒼茫異代心。〔註23〕

〔註19〕陳子龍：〈壬申文選凡例〉，《文集（下）》卷三十，頁670。

〔註20〕陳子龍：〈皇明詩選序〉，《文集（上）》卷二十五，頁359。

〔註21〕詩前自序云：「白雲樓在刑部中，即嘉靖時王李諸子遊息咏歌之地也。風流邈緬，迨將百年，瞻眺之餘，每增竊歎。　遂作五子詩，敢云對揚前哲，聊以寄我延佇云爾。五子者，皆官其曹也。茂秦（謝榛）布衣，明卿（吳國倫）內史，故不及焉。」見《詩集》卷六，頁159。

〔註22〕參見《詩集》卷六，頁160～163。

〔註23〕《詩集》卷十四，頁475。

以屈原（左徒）、嵇康（中散）的屋宅比王世貞的弇園，「十二敦槃誰狎主」則肯定王世貞的詩歌成就，而末二句：「風流搖落無人繼，獨立蒼茫異代心」是在感嘆王世貞的傳統無人紹繼。弦外之音，似有捨我其誰之意。

而在其所編，號稱「網羅百家，衡量古昔，攘其蕪穢，存其菁英」的《皇明詩選》則中大量收錄七子之詩，據今人張文恒氏統計，該書所錄七子派詩人的作品便占了總篇數的 59%，其中光李、何、王、李四人之作品皆在超過百首，占總篇數的四成以上，而明初的劉基（1311～1375）、高啓（1336～1374）、袁凱（1316～？）等人，詩歌造詣不在七子之下，然入選之作卻分別只有十一首、十二首和五首。公安派僅有袁宏道一首七言古詩入選。〔註24〕之所以特別偏愛七子，乃因：

> 有明御宇，矢文德以洽海內，學士大夫，委蛇蘊藉，每以
> 修辭顯。自弘治以後，倜儻瑰瑋之才，間出繼起，莫不以
> 風雅自任，考鐘伐鼓，以振竦天下。……近世以來，淺陋
> 靡薄，浸淫於衰亂矣。子龍不敏，悼元音之寂寥，仰先民
> 之忠厚，與同郡李子、宋子，網羅百家，衡量古昔，攘其
> 蕪穢，存其菁英。……大較去淫濫而歸雅正，以合於古者
> 九德六詩之旨。〔註25〕

由此可知，在陳子龍心目中，前後七子之詩才是能夠「振竦天下」、「去淫濫而歸雅正」的。

但過度偏愛七子而忽略其它詩人的作品，也引來一些批評，如清代吳喬（1611～1695）在《圍爐詩話》中便說《皇明詩選》一書是「七子之遺調」〔註26〕，又認為陳子龍等過度強調以「雅正」為選詩

〔註24〕參見張文恒：〈從《皇明詩選》的選編看陳子龍詩論中的風雅之旨〉，《江南大學學報》第 8 卷第 4 期，2009 年 8 月，頁 105。

〔註25〕陳子龍：〈皇明詩選序〉，《文集（上）》卷二十五，頁 357。

〔註26〕〔清〕吳喬：《圍爐詩話》卷六，（台北：廣文書局，1973 年 9 月），頁 463。

依歸，致集中選作風格偏於雄壯而少柔美，於是作詩嘲諷道：

> 甚好四平戲，喉聲徹太空。人人關壯繆，齗齗大江東。
> 鑼鼓繁而震，衫袍紫又紅。座中盡裂腦，笑樂殺村童。
> 〔註27〕

但吳喬不明白的是，子龍力主復古非僅是家學淵源或個人的文學偏好而已，那也和當時的國家發展息息相關。

明帝國結束了金元以來二百餘年的異族統治，重新恢復漢人大一統的政權，特別是成祖時對內拓張疆域、對外派艦隊下西洋宣揚國威，「威德遐被，四方賓服，受朝命而入貢者殆三十國，幅員之廣，遠邁漢唐」〔註28〕，國力的擴張，也壯大了明人的自信和眼界，認為只有漢唐的政治、文化才能和明帝國相提並論，加上漢唐也是漢人政權，因此文學上「文必秦漢，詩必盛唐」，意圖使明文化成了漢唐華夏文化正朔的再續。陳子龍在〈白雲草自序〉中提出「國家之文」的觀念即是把明代之文與漢唐之文接軌，甚至還可以「比隆三代」〔註29〕的風華再現。

所謂「國家之文」乃是「睹山川都邑之盛，典文禮樂之華，宜有雍容歌頌之業，揄揚聖朝」、要能「潤色鴻業」〔註30〕，而符合「國家之文」標準的在明朝有三個時期：

> 國家景命累葉，文且三盛：敬皇帝時，李獻吉起北地為盛；
> 肅皇帝時，王元美起吳又盛；今五十年矣，有能繼大雅、
> 修微言、紹明古緒，意在斯乎？〔註31〕

意即前七子、後七子，以及復社諸子這三波復古運動才是能「繼大雅、修微言、紹明古緒」，才足以做為明朝文章典範的。至於萬曆以來主宰文學壇坫的公安、竟陵派，在復社諸人眼中完全不值一提，子

〔註27〕同上註，頁498。
〔註28〕〔清〕張廷玉等：《明史・成祖本紀三》，《文淵閣四庫全書》史部第297冊，頁123。
〔註29〕陳子龍：〈白雲草自序〉，《安雅堂稿》卷三，頁40。
〔註30〕同上註。
〔註31〕陳子龍：〈七錄齋集序〉，《文集（上）》卷二十五，頁365。

龍摯友李雯說他們是「蕭艾蓬草」〔註32〕，子龍也多所批評，如〈成氏詩集序〉云：

> 昭代之詩，自弘、正、嘉、隆之間，作者代興，古體知法黃初以前，近體取宗開元以前。雖其間不無利鈍，然大較彬彬有正始之遺。其後厭常之士，略去準繩，以自標異，大約三家而已，或襲昌谷之奇鑿，或沿長慶之率俗，或踵孟（郊）、韋（應物）之枯淡，而皆未得其眞。〔註33〕

上文中「襲昌谷之奇鑿」者即文翔鳳（生卒年不詳）的詭異派，「沿長慶之率俗」者即公安派，「踵孟韋之枯淡」者即竟陵派，又說：

> 至萬曆之季，士大夫偷安逸樂，百事墮壞，而文人墨客所爲詩歌，非祖述長慶，以繩樞竇牖之談爲清眞；則學步香奩，以殘膏剩粉之姿爲芳澤。是舉天下之人非迂樸若老儒，則柔媚若婦人也。是以士氣日靡，士志日陋，而文武之業不顯。〔註34〕

這樣的批評並非僅是一己的書生意氣、門戶之見，而是一代文風關乎著一代士氣、士志；而士氣、士志又維繫一代盛衰。子龍身逢明末國事蜩螗之際，內有民變、外有邊患，然而士大夫束書不觀，一味標榜獨抒性靈，或競相以詭譎、孤峭的文字遊戲爲業，對於現實的經世濟民毫無幫助，對此子龍將這類人斥爲「俗儒」，說：

> 俗儒是古而非今，文士擷華而捨實。夫保殘守缺，則訓詁之文充棟不厭；尋聲設色，則雕繪之作永日以思。至於時王所尚、世務所急，是非得失之際，未之用心。苟能訪求其書者蓋寡，宜天下才智日以絀，故曰士無實學。〔註35〕

「士無實學」則：

> 襲從容，安苟且，言及務農任地，則認爲迂遠不近情實，

〔註32〕〔明〕李雯：〈皇明詩選序〉，《皇明詩選》（《四庫禁刊補編》集部55冊，北京：北京出版社，2005年），頁3。

〔註33〕陳子龍：〈成氏詩集序〉，《安雅堂稿》卷三，頁32。

〔註34〕陳子龍：〈答胡學博〉，《安雅堂稿》卷十八，頁346。

〔註35〕陳子龍：〈皇明經世編序〉，《安雅堂稿》卷五，頁77。

又或以管商之書，儒者不道，而一旦事急，則鑄山榷商、
加稅鬻爵，不復顧其後。〔註36〕

為倡實學，則需讀書，從前代經驗中獲得靈感，所以必需尊經復古，
其云：

今世去古漸遠，士鮮研悟。……安晚近而不師古，由於信
傳而不信經也。夫傳旨專固，意有所適；經義闊通，道無
不在。〔註37〕

讀書以實其學，方能經世致用，這點容易明白。但詩文創作上復古，
和經世致用有何干？陳子龍在〈六子詩稿序〉云：

詩之本不在是，蓋憂時託志者之所作也。……夫作詩不足
以導揚盛美、刺譏當途，託物連類而見其志，則是〈風〉
不必列十五國，而〈雅〉不必分大小也，雖工而予不好
也。〔註38〕

這裡點出了作詩是為了力返風雅、憂時託志，那為了力返風雅寫出具
「古意」之詩，則擬古便成了熟悉古詩創作手法的最佳途徑，這取向
和李夢陽在〈上孝宗皇帝書〉中提到的士人患了「元氣之病」，表現
在士風上則「口吶吶而不吐詞」、「遇事圓巧而委曲」，而倡言「文必
秦漢，詩必盛唐」以起衰救弊的目的是一致的。

　　或許有人會認為陳子龍於詩歌上提倡復古，難道都只是從經世
的實用性出發而已嗎？是否有單純的美學欣賞存在？對於美學的追
求當然是有的，此點留待後述，然不可忘記的是，陳子龍幼時庭訓便
帶有關切時政的傾向（如教以古今豪傑將相之事、閱邸報時為子龍剖
析正邪），使他自幼便十分關心時事（如十一歲時聞長輩談論滿人寇
邊便流涕扼腕、十八歲時陰結鄉里少年縛斃書魏忠賢名射之），加上
其生長的雲間學風尚博求實，而國家當時又內憂外患相逼，國事之艱
難遠勝於萬曆朝，這樣的成長背景使得陳子龍不可能像公安派諸人一

〔註36〕陳子龍：〈禹貢古今合注序〉，《文集（上）》卷七，頁349。
〔註37〕陳子龍：〈春秋林氏傳序〉，《安雅堂稿》卷四，頁53。
〔註38〕陳子龍：〈六子詩稿序〉，《安雅堂稿》卷三，頁39。

樣一味追求雅趣而與無視現實。因此，子龍的詩論以經世致用爲依歸，而非單純地追求美學上的雅趣，便可以被理解。

分析至此，我們可知，由前後七子到陳子龍的復古主張，除有文學上的雅正追求外，亦帶有經世致用的功利性目的，對他們而言，詩歌不單只有美學成分，亦含有實學成分，故其復古思想可以下列表3-1 做說明：

人生目標	實踐方式	個別實踐方式	實踐成果
經世致用	復古、擬古	文學上→力返風雅	文學上→詩文創作宗法古人、編《皇明詩選》弘揚七子擬古之議
		實學上→尊經復古	實學上→編《皇明經世文編》、《農政全書》等以增廣士人學識

這是陳子龍對前後七子的傳承。但對七子亦有反撥、轉化。如前後七子受唐朝陳子昂「漢魏風骨，晉宋莫傳」的影響，力拒靡麗的六朝詩。何景明在〈漢魏詩集序〉中云：

> 夫周末文盛，王迹息而詩亡。孔子孟軻氏蓋嘗慨歎之。漢興不尚文而詩有古風，豈非風氣規模猶有樸略巨集遠者哉！繼漢作者，于魏爲盛，然其風斯衰矣。晉逮六朝，作者益盛而風益衰。其志流，其政傾，其俗放，靡靡乎不可止也。唐詩工詞，宋詩談理，雖代有作者，而漢魏之風蔑如也。……竊謂右丞他詩甚長，獨古作不逮，蓋自漢魏後而風雅渾厚之氣罕有存者。〔註39〕

李夢陽在〈章園餞會詩引〉亦說：「大抵六朝之調淒宛，故其弊靡；其字俊逸，故其弊媚。」〔註40〕七子標舉盛唐，鄙夷六朝詩，以爲其聲色之麗，有乖大雅，已無漢魏渾厚樸實的「古風」。然陳子龍卻不反對六朝詩，如〈壬申文選凡例〉第二條便云：

〔註39〕〔明〕何景明：〈漢魏詩集序〉，《何大復先生全集》卷三十四，頁1254。

〔註40〕〔明〕李夢陽：〈章園餞會詩引〉，《空同先生集》卷五十五，頁1584。

　　文當規摹兩漢，詩必宗趣開元，吾輩所懷，以茲爲正。至
　　於齊梁之贍篇、中晚之新搆，偶有間出，無妨斐然。若晚
　　宋之庸沓，近日之俚穢，大雅不道，吾知免夫。〔註41〕

此條原出自復社前輩周立勳〈柬人中〉〔註42〕一文，子龍則據以繕入
〈凡例〉中，文字幾無二致，僅末句稍易其詞。子龍自己亦在〈六子
詩稿序〉中細數自己十多年來的學詩經驗，說：「五言古詩，蘇（武）、
李（陵）而下，潘（岳）、陸（機）而上，意存溫厚，辭本婉淡，聲
調上口，便欲揣摹」、「中晚（唐）主於警快，亦自斐然」〔註43〕，把
學習對象放寬到六朝的潘岳、陸機和中晚唐，認爲這些時代的詩歌雖
不復渾厚、典雅，但文詞冶麗，自有其時代特色。所以他不避諱承認
自己對齊梁豔體詩的偏好，其〈自慨四首〉其二云：

　　風雲江左輕浮體，金石邯鄲絕妙辭。
　　各有耽情難遣放，壯夫何用日相規？〔註44〕

再看其〈中秋風雨懷人〉詩云：

　　誰將幽怨度華年？河漢濛濛月可憐。
　　落葉黃飛妖夢後，輕綃紅冷恨情邊。
　　青鸞澀路簫聲歇，白蝶迷魂帶影妍。
　　愁悵盧家人定後，九秋風雨泣嬋娟。〔註45〕

頗得齊梁、中晚唐的綺麗之風，在七子眼中不合大雅格調之作，但在
幾社諸子卻無違大雅之聲，如〈凡例〉第六條道：

　　托美人於君王，寄良媒於哲輔，淫思怨感，實始〈風〉、
　　〈騷〉。舒章「置蠟」之篇，勒卣「散釵」之句，偉男「西
　　陵」之什，子龍「秋雨」之章，本非大雅所譏，豈云盛德
　　之累？〔註46〕

〔註41〕陳子龍：〈壬申文選凡例〉，《文集（下）》卷三十，頁667。
〔註42〕〔清〕周亮工：《賴古堂尺牘新鈔二選藏弆集》卷七，《四書禁燬叢
　　　　刊》集部36冊，（北京：北京出版社，2000年），頁340～341。
〔註43〕陳子龍：〈六子詩稿序〉，《安雅堂稿》卷三，頁39。
〔註44〕《詩集》卷十三，頁425。
〔註45〕同上，頁412。
〔註46〕《文集（下）》卷三十，頁669。

當中的「秋雨之章」即指〈中秋風雨懷人〉詩。這種不廢齊梁、中晚唐詩的主張，是子龍對前後七子的反撥與轉化。

二、對公安派的批評與接納

在前、後七子的振興下，掃蕩了嘽緩冗沓、千篇一律的臺閣體以及枯噪俚俗、「筋斗樣子」的性理詩。然過度講求復古摹擬，對古人詩作字摹句擬、生吞活剝，反使詩道又再次陵夷，於是又有反擬古的主張。其中聲勢最大、影響最廣者莫過嘉靖末年的「公安派」。公安派以袁宗道（1560～1600）、袁宏道（1568～1610）、袁中道（1570～1623）兄弟為主體，《明史·袁宏道傳》云：

> 王（世貞）、李（攀龍）之學盛行，袁氏兄弟獨心非之。宗道在館中，與同館黃輝力排其說。於唐好白樂天，於宋好蘇軾……至宏道益矯以清新輕俊，學者多舍王、李而從之，目為「公安體」。〔註47〕

公安派受李贄（1527～1602）「童心說」影響，強調獨抒性靈，不拘格套，袁中道在〈妙高山法寺碑文〉中記載其派的文學主張：「能為心師，不師於心；能轉古人，不為古轉。發為語言，一一從胸襟流出。」〔註48〕又云：

> 吾先有成法據於胸中，勢必不能盡達吾意。達吾意而或不能盡合於古之法。合者留，不合者去，則吾之意其可達於言者有幾？而吾之言其可傳於世者又有幾？故吾以為斷然不能學也，姑抒吾意所欲言而已矣。〔註49〕

對於七子提倡的復古論在他們眼中無疑在扼殺文學的生命，袁宏道云：

> 文之不能不古而今也，時使之也。……夫古有古之時，今有今之時，襲古人語言之迹，而冒以為古，是處嚴冬而襲

〔註47〕〔清〕張廷玉等：《明史·袁宏道傳》卷二八八，頁867。
〔註48〕〔明〕袁中道：〈妙高山法寺碑文〉，《珂雪齋集》卷十八，（台北：偉文圖書公司，1976年4月），頁752。
〔註49〕〔明〕袁中道：〈珂雪齋前集〉自序，《珂雪齋集》，頁19。

夏之葛者也。〔註50〕

> 詩文至近代而卑極矣！文則必欲準於秦、漢，詩則必欲準
> 於盛唐，剿襲模擬，影響步趨，見人有一語不相當者，則
> 共指爲野狐外道。曾不知文準秦、漢矣，秦、漢何嘗字字
> 學六經歟？……夫唯代有升降，而法不相沿，各極其變、
> 各窮其趣，所以可貴，原不可以優劣論也。〔註51〕

因爲「代有升降」，故須因時制宜，一味擬古只會落得「處嚴冬而襲
夏之葛者」之譏。故公安派主張詩文創作要能獨抒性靈，從自己胸臆
中流出，其云：

> 足跡所至，幾半天下，而詩文亦因之以日進。大都獨抒性
> 靈，不拘格套，非從自己胸臆流出，不肯下筆。……且夫
> 天下之物，孤行則必不可無，必不可無，雖欲廢焉而不能；
> 雷同則可以不有，可以不有，則雖存焉而不能。〔註52〕

凡是出於一己性靈眞情者皆有其存在價值，故不必斤斤計執於法漢
魏、法盛唐，故〈與丘長孺〉尺牘中主張：

> 唐自有古詩，不必選體；中晚皆有詩，不必初盛。歐（陽
> 脩）、蘇（軾）、陳（師道）、黃（庭堅）各有詩，不必唐人。
>
> 〔註53〕

七子詩歌取徑狹仄一直是最爲人詬病的短處之一，如朱庭珍的《筱園
詩話》便對此提出中肯的批評：

> 明七子論文必秦漢，詩必盛唐，戒讀唐以後書，力爭上游，
> 論未嘗不高也，然拘常而不達變，取徑轉狹，猶登高山者
> 一望崑崙，觀水者一朝南海，即侈然自足而不知五嶽、四
> 瀆、九江、五湖、三十六洞天之奇。〔註54〕

而公安派這種不廢中晚唐詩之說正可彌補七子取徑狹仄之弊，影響

〔註50〕　〔明〕袁宏道：〈雪濤閣集序〉，《袁宏道集箋校》卷十八，（上海：
　　　　　上海古籍出版社，1981 年 7 月），頁 709。

〔註51〕　〔明〕袁宏道：〈小修集序〉，《袁宏道集箋校》卷四，頁 187。

〔註52〕　〔明〕袁宏道：〈小修集序〉，《袁宏道集箋校》卷四，頁 187。

〔註53〕　〔明〕袁宏道：〈丘長孺尺牘〉，《袁宏道集箋校》卷六，頁 284。

〔註54〕　〔明〕朱庭珍：《筱園詩話》，《續四庫全書》集部 1708 冊，頁 26。

了子龍「中晚主於警快，亦自斐然」〔註55〕的主張，使雲間諸子的宗法對象較七子來得轉益多師。又，相較於復古派的字摹句擬、拘束於格調，公安諸子認爲鄉闆婦孺出於眞情所唱的歌謠反而更具文學價值：

> 故吾謂今之詩文不傳矣。其萬一傳者，或今闆閻婦人孺子所唱〈擘破玉〉、〈打棗竿〉之類，猶是無聞無識眞人所作，故多眞聲，不效顰於漢魏，不學步於盛唐，任性而發，尚能通於人之喜怒哀樂嗜好情慾，是可喜也。〔註56〕

市井歌謠是否更可愛可喜當然另有可議的，但公安派一再強調詩歌的獨創性，「通於人之喜怒哀樂嗜好情慾」的重情主義，卻給繼承七子復古論的陳子龍另一種啓示。

陳子龍雖以紹繼前、後七子自任，對公安派俚俗的詩歌取徑多所批評，如〈嘉靖五子詩‧李于鱗〉有「感此郢唱稀，傷彼楚工惑」、〈嘉靖五子詩‧王元美〉有「寥寥代興者，蜉蝣安足爭？」〔註57〕之語。「郢唱」指李夢陽，因其後來徙居大梁，故曰「郢唱」；「楚工」當暗指公安及竟陵諸人，因公安三袁及竟陵派的鍾惺、譚元春皆出身湖北，而湖北乃古之楚地。「寥寥代興」的「蜉蝣」更不必說，自然也是指公安及竟陵派諸人。又〈答胡學博〉中也批評這兩派：

> 居薦紳之位，而爲鄉鄙之音；立昌明之朝，而作衰颯之語，
> 此〈洪範〉所爲言之不從，而可爲世運大憂者也。〔註58〕

而所編的《皇明詩選》公安派的詩僅收袁宏道的一首七言古詩〈古荊篇〉，而竟陵詩一首也無，這是陳子龍對公安派的反動。

即便子龍反對公安派，但或許是後出轉精的歷史法則，子龍目睹七子的一味擬古、拘泥格調導致詩歌獨創性及趣味性減低、讀之乏味，翁方綱（1733～1818）曾詳細地指出七子之弊：

〔註55〕陳子龍：〈六子詩稿序〉，《安雅堂稿》卷三，頁39。
〔註56〕〔明〕袁宏道：〈小修集序〉，《袁宏道集箋校》卷四，頁188。
〔註57〕參見《詩集》卷六，頁160～161。
〔註58〕陳子龍：〈答胡學博〉，《安雅堂稿》卷十八，頁347。

詩之壞於格調也，自明李何輩誤之也。李何王李之徒，泥
於格調而僞體出焉，非格調之病，泥格調者病之也。夫詩
豈有不具格調者哉？《記》曰：「變成方，謂之音。」方者，
音之應節也，其節即格調也。又曰：「聲成文，謂之音。」
文者，音之成章也，其章即格調也。是故噍殺、嘽緩、直
廉、和柔之別由此出焉。是則格調云者非一家所能概、非
一時一代所能專也。古之爲詩者皆具格調，皆不講格調，
格調非可口講而筆授也。唐人之詩，未有執漢魏六朝之詩
以目爲格調者；宋之詩，未有執唐詩爲格調；即至金元詩
亦未有執唐宋爲格調者。獨至明李何輩仍泥執《文選》體
以爲漢魏六朝之格調焉；泥執盛唐諸家以爲唐格調焉。於
是不求其端、不訊其末，惟格調之是泥，於是上下古今只
有一格調而無遞變遞承之格調矣。〔註59〕

說明了過度拘泥某一格調將導致詩歌僵化之弊。這問題陳子龍也看
出來了，故他在〈六子詩稿序〉云：

獻吉、仲默、于鱗、元美，才氣要亦大過人，規摹昔製，
不遺餘力，若加椎駁，可議甚多。〔註60〕

可議處是指：

摹擬之功多，而天然之資少。意主博大，差減風逸，氣極
沉雄，未能深永。空同（李夢陽）壯矣，而每多累句；滄
溟（李攀龍）精矣，而好襲陳華；弇州（王世貞）大矣，
而時見卑詞；惟大復（何景明）奕奕，頗能潔秀，而弱篇
靡響，概乎不免。〔註61〕

　　陳子龍認爲，七子之詩雖各有所擅，但仍有累沓、陳襲、卑弱之
弊。從雅正詩學的觀點來看，公安派雖俚俗，但其獨出性靈、肯定人
情之說正可補七子陳襲、泥古、卑弱之不足。

〔註59〕〔清〕翁方綱：〈格調論上〉，《復初齋文集》（台北：文海出版社），
　　　　頁331～332。
〔註60〕陳子龍：〈六子詩稿序〉，《安雅堂稿》卷三，頁39。
〔註61〕陳子龍：〈李舒章彷彿樓詩稿序〉，《安雅堂稿》卷三，頁34。

擬古遇到瓶頸，使得陳子龍重新審視公安派的主張。加之明末世局板蕩，內有朋黨傾軋、流寇為亂，外有女眞犯邊、倭寇劫掠，知識分子不免生憂，故而陳子龍在對「情」的看法上比七子更寬容，不再拘泥於哀而不傷、怨而不怒的雅正詩教觀，高倡「情以獨至為眞，文以範古為美」〔註62〕又於〈青陽何生詩稿序〉中說：「明其源，審其境，達其情，本也。辨其體，修其辭，次也。」〔註63〕高高標舉「情」字，迥異於前後七子，這是陳子龍對公安派的接納。

用近人陳麗純的結論，復古派是「以格統情」〔註64〕強調格律重於個人性情；公安和竟陵派是「以情統格」〔註65〕，強調個人性情重於格律，二者各有利弊。陳子龍調和復古派與公安派之長，嚴迪昌說他成功地：

> 承沿「七子」詩體形式美的外殼，既加以麗澤，又充實以實情眞氣，從而使詩的本體獲得活力。〔註66〕

錢基博則讚云：

> 王李道盡，公安之派寖廣，竟陵之焰頓興，一時好異者禱張為幻。而有振七子之墜緒，返俚淺於茂典者，陳子龍也。實以沉博絕麗之才，領袖幾社。……結明三百年之詩局，而與開一代風氣之高啓，後先輝映。〔註67〕

第二節　陳子龍詩學理論體系

陳子龍無專門論詩之作，對於其詩論僅能從其文集中略窺一二。爲對其詩論有全面性的認知，本節筆者嘗試梳理其文集中探討詩

〔註62〕陳子龍：〈佩月堂詩稿序〉，《文集（上）》卷二十五，頁381。
〔註63〕陳子龍：〈青陽何生詩稿序〉，《安雅堂稿》卷二，頁30。
〔註64〕陳麗純：《明末清初性情詩論研究——以陳子龍、錢謙益爲考察對象》（高雄：中山大學中文所碩士，2004年），頁56。
〔註65〕同上，頁76。
〔註66〕嚴迪昌：《清詩史》（台北：五南圖書出版公司，1987年10月），頁40。
〔註67〕錢基博：《中國文學史》（北京：中華書局，1993年），頁61。

歌創作的吉光片羽，以建構出陳子龍的詩學理論體系。並將該體系分成「宗尚論」、「內涵論」和「工夫論」三分面做探討。

一、宗尚論

　　「崇古劣今」的心理古來便有，《論語・衛靈公篇》中孔子曾說：「三代之所以直道而行也。」當顏淵問治國之道，孔子則教他要：「行夏之時，乘殷之輅，服周之冕。」這些不難看出儒家思想上的崇古取向。儒家以古爲尚，將三代之治視爲美好社會的典範，那麼產生於三代（尤其是周代）的《詩經》自然也得到重視，被儒家視爲中國詩歌的源頭，也是詩歌價值評判的圭臬。到了梁朝鍾嶸的《詩品》將〈風〉、〈騷〉視爲上品詩歌的源頭後〔註68〕，詩歌「風雅傳統」便深深影響後來整個中國詩學史。其後，唐代陳子昂提倡「漢魏風骨」，提升了漢魏詩的地位。宋代嚴羽《滄浪詩話》「第一義」的論點一出，確立了盛唐詩歌的經典地位，而這也形成了詩歌「格以代降」的濫觴。至明代七子力倡回復風雅傳統，古體規摹漢魏，近體宗法盛唐的論述幾乎主導了有明詩壇發展。陳子龍受七子及整個儒家崇古思想之影響，這類尊古傾向不時見於其文：

> 近世以來，淺陋靡薄，浸淫於衰亂矣！子龍不敏，悼元音之寂寥，仰先民之忠厚。〔註69〕

> 嗟乎！欲國家文章典雅，追兩漢之盛，而人材眾多，風俗醇茂，刑罰息而禮樂興，豈可得哉？〔註70〕

不去考察先民實際生活，而高聲謳歌古代，這幾乎是儒家門徒的共通思維。這種思維是否可取在此姑且不論，本文僅對陳子龍的尊古宗尚對象做分析。

　　陳子龍詩學宗尚一如前儒般以《詩經》的風雅精神、賦比興技巧爲詩歌創作最高典範。他說：

〔註68〕參見〔梁〕鍾嶸著、楊祖聿校注：《詩品校注》，頁246。
〔註69〕陳子龍：〈皇明詩選序〉，《文集（上）》卷二十五，頁358。
〔註70〕陳子龍：〈陳文定公澹庵集序〉，《安雅堂稿》卷二，頁15。

> 〈大雅〉言王公大人，而德逮黎庶；〈小雅〉譏小已得失，
> 其流及上。……自古忠臣善士，不明於時，鬱陶隱軫而託
> 於文詞者何限？然自〈風〉、〈雅〉而後，必以屈平為稱首，
> 此非獨平之工於怨，而亦平之工於辭也。君子之修辭，正
> 言之不足，故反言之；獨言之不足，故比物連類而言之。
> 是以六義并存，而莫深於比興之際。〔註71〕

說明《詩經》不但思想博大精深，且形式上善用比興寄託等修辭，足
以被視為詩歌創作之典範。在《陳子龍詩集》中收有風雅體四篇、四
言詩三首，說明陳子龍對《詩經》的不單留於言語的肯定而已，也曾
付諸實踐擬作過。

而「自三百篇以後，可以繼〈風〉、〈雅〉之旨，宣悼暢鬱、適情
而寄志趣者，莫良於古詩。」〔註72〕古詩繼承風雅的傳統，也足以取
法之。他還在〈宣城蔡大美古詩序〉中勾勒古詩嬗變的軌跡：

> 詩自兩漢而後，至陳思王而一變，當其和平淳至，溫麗奇
> 逸，足以追〈風〉、〈雅〉而躡蘇、枚。若其綺清繁采，已
> 隱開太康之漸，自後之康樂而大變矣。然而新麗之中尚存
> 古質，巧密之內猶微平典。及明運以詭藻見奇，玄暉以朗
> 秀自喜，雖欲不為唐人之先聲，豈能自持哉？……夫文采
> 日富，清音更邈；聲響愈雄，雅奏彌失，此唐以後古詩所
> 以益離也。今之為詩者，類多俚淺反譎，求其涉筆於初盛
> 者已不可得，何況窺魏晉之藩哉？〔註73〕

依其之見，古詩演變至唐代有三次轉變：「曹植——謝靈運——鮑照
與謝朓」。而每次的轉變總是離清音、風雅愈遠，故自唐以後之古詩
便無足觀了。值得注意的是，由此段描述可知陳子龍不排斥六朝古
詩，這和七子鄙斥六朝詩的濃豔綺靡大異其趣。之所以如此，陳子龍
有說明：

> 或謂詩衰於齊梁，而唐振之：衰於宋元，而明振之。夫齊

〔註71〕陳子龍：〈文用昭雅似堂詩稿序〉，《安雅堂稿》卷二，頁26。
〔註72〕陳子龍：〈李舒章古詩序〉，《安雅堂稿》卷二，頁24。
〔註73〕陳子龍：〈宣城蔡大美古詩序〉，《安雅堂稿》卷二，頁28。

梁之衰，霧縠也，唐黼黻之，猶同類也；宋元之衰，砂礫
也，明英瑤之，則異物也。〔註74〕

這是在說齊梁詩輕薄猶如霧縠（薄霧般的輕紗），唐詩針對齊梁詩之弊做補救，則成了莊重的黼黻（一種禮服），意謂齊梁詩與唐詩本質相近，是有辦法補救的。而宋元詩如砂礫，明詩再如何矯治其弊亦無法使之成為瓊瑤美玉。換言之，在陳子龍心中宋元詩是無可救藥，明人做詩當躍過宋元詩直接取法唐朝以前之詩。

而對於近體詩則是「宗趣開元以前」〔註75〕。這是以陳子龍為首的雲間詩人一致的看法，如雲間三子之一的宋徵輿（1602～1672）曾云：「古法漢魏，長篇近體法初盛唐，然後稱詩，而舉而運之，則其人之性情自在也。」〔註76〕李雯亦云：「詩曰盛唐，篆曰秦漢，足矣。」〔註77〕子龍也在〈熊伯甘初盛唐律詩選序〉一文中肯定友人熊伯甘選取「景龍之後，大曆以前」律詩的作為，以為：「夫詞莫工於初唐，而氣極完；法莫備於盛唐，而情始暢，近體之作，於焉觀止。」〔註78〕至於唐以後之詩則被視若敝屣，他說：

宋人不知詩，而強作詩。其為詩也，言理而不言情，故終宋之世無詩焉。〔註79〕

夫詩衰於宋，而明興，尚沿餘習。〔註80〕

厭惡宋元詩好說理、病俚俗，陳子龍非是唯一之人，早在七子時便有此看法，李夢陽〈缶音序〉云：

宋人主理作理語，於是薄風雲月露，一切鏟去不為。又作詩話教人，人不復知詩矣。詩何嘗無理，若專作理語，何

〔註74〕陳子龍：〈皇明詩選序〉，《文集（上）》卷二十五，頁359。
〔註75〕陳子龍：〈壬申文選凡例〉，《文集（下）》卷三十，頁667。
〔註76〕〔明〕宋徵輿：〈晼庭詩稿序〉，《林屋文稿》卷四，頁303。
〔註77〕〔明〕李雯：〈黃正卿詩印冊序〉，《蓼齋集》卷三十四，（《四書禁燬叢刊》集部第111冊，北京：北京出版社，2000年），頁497。
〔註78〕陳子龍：〈熊伯甘初盛唐律詩選序〉，《安雅堂稿》卷二，頁23。
〔註79〕陳子龍：〈王介人詩餘序〉，《安雅堂稿》卷三，頁48。
〔註80〕陳子龍：〈李舒章彷彿樓詩稿序〉，《安雅堂稿》卷三，頁34。

> 不作文而詩爲邪？今人有作性氣詩，輒自賢於穿花蛺蝶、
> 點水蜻蜓等句。此何異癡人前說夢也！〔註81〕

復社領袖張溥亦云：

> 唐人之失愚而野，宋人之失愚而諺。愚而野，才士所或累
> 也；愚而諺，雖儒者不免焉。夫諺可以爲詩，則天下無非
> 詩人矣！〔註82〕

此皆是抨擊宋詩好說理，使《詩經》以來的風雅傳統凋零殆盡。明代
承緒宋元餘弊，能起而振興只有七子，陳子龍對七子將明詩與風雅傳
統重新接軌之功，讚不絕口，他說：

> 予幼時即好秦漢間文，於詩則喜建安以前，然私意彼其人既
> 以邈遠，非可學而至。及得北地（李夢陽）、瑯琊（王世貞）
> 諸集讀之，觀其擬議之章，颯颯然何其似古人也。〔註83〕

> 昭代之詩，自弘、正、嘉、隆之間，作者代興，古體知法
> 黃初以前，近體取宗開元以前，雖其間不無利鈍，然大較
> 彬彬，有正始遺風。〔註84〕

> 有明御宇，矢文德以洽海內，士大夫委蛇醞藉，每以脩辭
> 顯，自弘治以後，俶儻瑰瑋之方，間出繼起，莫不以風雅
> 自任，考鍾伐鼓，以振竦天下，而博依之士，如聚而雨
> 之。〔註85〕

　　故陳子龍詩歌宗尚對象，大略可理解爲：以《詩經》風雅精神爲
最高依歸，實際的創作上，古詩取法漢魏間及部分六朝詩人，近體則
宗初盛唐。

　　但若要更仔細的區分陳子龍對各種詩歌體裁的宗尚，則近人蔡
勝德曾根據幾社諸子合編的《皇明詩選》諸作中之評語，梳理出子

〔註81〕〔明〕李夢陽〈缶音序〉，《空同先生集》卷五十二，頁1462。
〔註82〕〔明〕張溥：〈宋九青詩集序〉，《七錄齋詩文合集（上）》文集近稿
　　　　卷四，頁356。
〔註83〕陳子龍：〈李舒章彷彿樓詩稿序〉，《安雅堂稿》卷三，頁35。
〔註84〕陳子龍：〈成氏詩集序〉，《安雅堂稿》卷三，頁32。
〔註85〕陳子龍：〈皇明詩選序〉，《文集（上）》卷二十五，頁357。

龍和幾社諸子共同的詩歌宗尚，研究頗爲詳細，故茲引其研究成果如
下〔註86〕：

1. 四言詩——《詩經》

2. 騷、賦——屈原、宋玉

3. 樂府詩——漢魏、曹植及唐李白、崔顥

4. 五言古詩——漢魏晉、古詩十九首、蘇武、李陵、枚乘、曹
   植、曹操、曹丕、劉楨、阮籍、陶潛、謝靈運、顏延之等《昭
   明文選》詩人、初唐、盛唐，而以李白、杜甫爲主

5. 七言古詩——初唐、盛唐、李白、杜甫、李頎、高適

6. 五言律詩——初唐、盛唐、杜甫、王維、孟浩然、高適、岑
   參

7. 五言排律——李白、王維、張說、沈全期、宋之問

8. 七言律詩——初唐、盛唐、杜甫、李頎、王維、高適、岑參、
   錢起、劉長卿

9. 五言絕句——初唐、盛唐及崔湜

10. 七言絕句——初唐、盛唐，李白、杜甫、岑參及李益、杜牧、
    韓翃、汪倫、王昌齡、王建、劉禹錫、溫庭筠、李商隱

以上是陳子龍認同的各體詩歌宗尚對象。

二、內涵論

「內涵論」是指陳子龍對詩歌的體制、功用、應備條件等看法。
他在文章中多次探討到這類問題，但多屬片言隻語，並未有全盤而詳
盡的說明，然總體而言，其對詩歌內涵的要求界定，當推〈宋轅文詩
稿序〉中「情以獨至爲眞，文以範古爲美」一語爲總綱。今人張文恒
氏對此二語分析說：「前一句是是對情的要求，著眼於內，只有獨至
之情，才爲眞情。後一句是對形式的要求，著眼於外，只有取法古人

〔註86〕蔡勝德：《陳子龍詩學研究》（台北：東吳大學中文所碩士論文，1980
年），頁117～118。

的格調法度，才能寫出美文佳構。」〔註87〕

「情以獨至爲眞，文以範古爲美」，簡而言之便是要求詩歌要「情文並茂」。其〈宋轅文詩稿序〉云：

> 若夫後世之詩，大都出於學士家，宜其易於兼長。而不逮古者，何也？貴意者率直而抒寫，則近於鄙樸；工詞者覶勉而雕繪，則苦於繁縟。蓋詞非意則無所動蕩，而盼情不生；意非詞則無所附麗，而姿制不立。此如形神既離，則一爲游氣，一爲腐材，均不可用。〔註88〕

又云：

> 夫作詩而不足以導揚盛美、刺譏當途、託物連類而見其志，則是〈風〉不必列十五國，而〈雅〉不必分大小也，雖工而予不好也。〔註89〕

對此，陳子龍慨然以「風雅」自任，高倡「導揚盛美、刺譏當途」之情，以及「託物連類」之文。在此，筆者嘗試從此一脈絡做進一步分析。

（一）情以獨至為真──立言美刺，紹繼風雅

「情」即詩之用，蓋指詩歌的內容。「情以獨至爲眞」即是要求詩歌創作須能獨抒眞情。

自孔子以來，詩歌便有「言志」的傳統，〈詩大序〉云：「詩者，志之所之也。在心爲志，發言爲詩。」〔註90〕而「志」依《說文解字》則是：「意也。」可知「詩」即心意的發動。《論語‧陽貨篇》有云：「詩可以興、可以觀、可以群、可以怨。邇之事父，遠之事君，多識於草木鳥獸之名。」〈泰伯篇〉也有：「興於詩，立於禮，成於樂」之說，皆說明了詩歌的內涵在感發志氣，從而還能考察得失、寄託怨刺

〔註87〕張文恒：《陳子龍雅正詩學精神考論》（北京：北京語言大學碩士論文，2005年），頁9。

〔註88〕陳子龍：〈宋轅文詩稿序〉，《安雅堂稿》卷二，頁27。

〔註89〕陳子龍：〈六子詩稿序〉，《安雅堂稿》卷三，頁40。

〔註90〕〔唐〕孔穎達等著：《毛詩正義》，《十三經注疏》（台北：新文豐出版公司，2001年6月），頁37。

等。宋人嚴羽《滄浪詩話》也有：「詩者，吟詠情性也」〔註91〕一說，
而陳子龍也繼承此一「詩言志」的看法，如

> 詩之本不在是，蓋憂時託志者之所作也。(〈六子詩稿序〉)
>
> 〔註92〕
>
> 夫〈風〉、〈騷〉之旨皆本言情，言情之作必託於閨襜之際。
> (〈三子詩餘序〉)〔註93〕
>
> 夫詩以言志，喜怒之情鬱結而不能已，則發而爲詩。其託
> 辭連類，不能不及於當世之務，萬物之情狀，此其所爲本
> 末也。(〈詩經類考序〉)〔註94〕

由上述可知在陳子龍認知的「志」包羅甚廣，它含蓋一切情意，小至
個人喜怒的「小我之情」，大至憂時憂民等「大我之情」皆屬之。因
此，陳子龍抨擊宋詩說：「宋人不知詩而強作詩，其爲詩也，言理而
不言情，故終宋之世無詩焉。」〔註95〕極可能是反對宋人將「詩言志」
的「志」囿於闡述哲理這一小方天地，忽略了「志」的無所不包。
對此，若能明白「志＝情＝大我之情＋小我之情」的定義，便更易於
掌握陳子龍詩學思想。

　　寫小我之情的詩和一己際遇相關，如崇禎八年（1635）悼念早殤
的長女陳頎所作的〈除夕有懷亡女〉寫出了慈父仍不願相信愛女已不
在人世的哀戚：

> 渺渺非人境，何年見汝歸？常時當令節，猶自整新衣。
>
> 小像幽蘭側，孤墳暮鳥飛。豔陽芳草發，何處託春暉？
>
> 〔註96〕

陳子龍詩中也有不少關於愛情的綺麗纏綿之作，如〈長相思〉：

〔註91〕〔宋〕嚴羽著，郭紹虞校釋：《滄浪詩話校釋》（台北：里仁書局，
　　　　1987年4月），頁26。
〔註92〕陳子龍：〈六子詩稿序〉，《安雅堂稿》卷三，頁39。
〔註93〕陳子龍：〈三子詩餘序〉，《安雅堂稿》卷三，頁47。
〔註94〕陳子龍：〈詩經類考序〉，《安雅堂稿》卷四，頁56。
〔註95〕陳子龍：〈王介人詩餘序〉，《安雅堂稿》卷三，頁48。
〔註96〕《詩集》卷十一，頁348。

美人昔在春風前，嬌花欲語含輕烟。
歡倚細腰歙繡枕，愁憑素手送哀絃。
美人今在秋風裡，碧雲迢迢隔江水。
寫盡紅霞不肯傳，紫鱗亦妒嬋娟子。
勸君莫向夢中行，海天崎嶇最不平。
縱使乘風到玉京，瓊樓群仙口語輕。
別時餘香在君袖，香若有情尚依舊。
但令君心識故人，綺窗何必常相守。〔註97〕

然而，這類小我之情的書寫在陳子龍詩中僅占少數，因為其深受傳統
儒士文化薰陶，認為詩歌仍應以表現大我之情為主，小我之情的書寫
不能算主流，其言：

> 詩者非僅以適己，將以施諸遠也。《詩》三百篇，雖愁喜之
> 言不一，而大約必極於治亂盛衰之際。遠則怨，怨則愛；
> 近則頌，頌則規。……燦然與三代比隆。（〈白雲草自序〉）
> 〔註98〕

> 所謂窮愁者，志負忠愛而不見答於君親，……又不然，而
> 曾膺貴寵之任，屈於讒間之口，悼念失圖，俯仰今昔耳。
> 若夫布衣之士，終身戶牖之間，雖至抑鬱，內既無所感發，
> 而外亦無可告語，以自託窮愁比於怨悱，其可得乎？（〈宣
> 城徐無礙詩稿序〉）〔註99〕

> 明其源，審其境，達其情，本也；辨其體，脩其辭，次
> 也。……今也既無忠愛惻隱之性，而境不足以啓情，情不
> 足以副境，所紀皆昏晨之常，所投皆行道之子，胡其不情
> 而強為優之啼笑乎？（〈青陽何生詩稿序〉）〔註100〕

認為詩歌應表現的「情」當是關乎盛衰治亂或君國之憂，不能僅抒發
個人窮愁出處。這樣的觀點仍視詩歌為教化的工具，而非純粹的文學

〔註97〕《詩集》卷九，頁262。
〔註98〕陳子龍：〈白雲草自序〉，《安雅堂稿》卷三，頁40。
〔註99〕陳子龍：〈宣城徐無礙詩稿序〉，《安雅堂稿》卷三，頁38。
〔註100〕陳子龍：〈青陽何生詩稿序〉，《安雅堂稿》卷二，頁29。

書寫，而此觀點則淵源自《禮記‧經解》：「入其國，其風可知也，溫柔敦厚，詩教也」〔註 101〕的詩教觀。清代大儒王夫之則補充說明詩歌溫厚與否的茲事體大，其曰：

> 怨詩不作怨語，足知甫以一把筆即已分雅俗於胸中，不待詞之波及也。〔註 102〕

> 可以群者非狎笑也，可以怨者非詛咒也，不知此者不以可語詩。〔註 103〕

再觀〈詩大序〉，亦可知其主張的詩教功能則是透過「美刺」來表達詩人的情志。對此，朱自清在〈詩言志辨〉中言之甚詳：

> 〈詩序〉的主要意念是「美刺」。〈風〉、〈雅〉各篇序中明言「美」的二十八，明言「刺」的一百二十九，兩共一百五十七，占〈風〉、〈雅〉詩全數百分之五十九強。……所謂「詩言志」最初的意義是諷與頌，就是後來美刺的意思。〔註 104〕

　　以陳子龍為首的幾社諸子，他們的詩雖以格調雅正為宗，但也極重視創作主體的情志，而其所主張的情志，則是關乎美刺的，如崇禎三年（1630），周立勳為陳子龍的第一本詩集《岳起堂稿》作序便云：

> 詩者，性情之作，而有學問之事焉。凡論美刺非，感微記遠，皆一時託寄之言。……臥子脫棄凡近，放浪縱恣于文翰之間，無不以奇古取稱。及為歌詩，本諸性情，該以學問，其言無不似古人，而又無古人得似之。所謂古人之才，必有總萃，非臥子之謂歟？〔註 105〕

〔註 101〕見《禮記‧經解》二十六，《十三經注疏》（新文豐出版公司，2001年 6 月），頁 2107。

〔註 102〕〔清〕王夫之：《古詩評選》卷一，《船山全書》（台中：大源文化服務社，1965 年 9 月），頁 11707。

〔註 103〕〔清〕王夫之：《古詩評選》卷一，《船山全書》，頁 11731。

〔註 104〕朱自清：〈詩言志辨〉，《朱自清集》（台北：河洛圖書出版社，1977年 4 月），頁 1183。

〔註 105〕〔明〕周立勳：〈岳起堂稿序〉，《詩集》附錄三，頁 751～752。

以「論美刺非，感微記遠」做爲「性情」的內涵。使詩歌的功能政治化，周立勳此說近於《文心雕龍》對於「興」的定義：「起情者，依微以擬議」、「觀夫興之託義，婉而成章，稱名也小，取類也大」。〔註106〕以爲詩人當依微起興，寄託忠君體國的美刺大意。故子龍〈詩經類考序〉中指出歷來許多詩人都繼承《詩經》美刺的良好傳統：

> 自屈平爲〈離騷〉，而太史公稱之，以爲兼〈風〉、〈雅〉之長。後世蘇（武）、李（陵）、曹（植）、劉（楨）、顏（延之）、謝（靈運）之屬，作有作者。其辭雅，其調永，而微文刺譏，溫厚悽惻，似眞有得於風人之義者。〔註107〕

縱使非詩壇大家，若所爲詩能寓託美刺之意，亦有可觀者，其〈六子詩稿序〉云：

> 苟比興道備，而褒刺義合，雖塵歌巷語，猶有取焉。〔註108〕

故其在〈李舒章古詩序〉強調：「詞貴和平，無取亢厲，樂稱肆好，哀而不傷。」〔註109〕其對此溫厚詩風是十分欣賞的，其〈朱文季先生詩集序〉曰：

> 世惟情有所偏，而出爲激厲峭促之音，然每曰：「窮愁沉閟，乃能爲工也。」則古人所謂怨而不傷、溫厚而不蔓蔓以自明者，又何等也？自黃初而後，其風漓矣。我獨怪陶元亮居晉宋之際，僅得一令，復棄去，至於躬耕乞食，可謂至困，而其詩平婉明儁，無怨尤之言。顏延之稍稱通顯，要亦早退，不稱其才，而其詩縟麗典則，王通氏以之爲君子。此豈非辟深閎肆，有得於內，而不爲境所變者乎？今先生之遇在二子之間，其詩淡不彭澤，華不光祿，從容夷雅，迨將比踪前哲矣！〔註110〕

〔註106〕 參見〔梁〕劉勰著，王久烈等譯註：《語譯詳註文心雕龍》，頁488。
〔註107〕 陳子龍：〈詩經類考序〉，《安雅堂稿》卷四，頁56。
〔註108〕 陳子龍：〈六子詩稿序〉，《安雅堂稿》卷三，頁39。
〔註109〕 陳子龍：〈李舒章古詩序〉，《安雅堂稿》卷二，頁24。
〔註110〕 陳子龍：〈朱文季先生詩集序〉，《安雅堂稿》卷三，頁45。

即在說明惟有深厚的涵養，詩歌乃能從容溫厚、怨而不傷。然而，隨國事日益蜩螗，大廈將傾，值此明清異代之際，文壇對〈詩大序〉中「風雅正變」有了激烈的爭論。就「變詩」而言，〈詩大序〉提出它的三大特徵：〔註111〕

1. 變詩產生於政治衰敗之際。
2. 變詩的出現反映了時代的衰頹，故詩人當通過美刺以針砭時弊、挽狂瀾於既倒。
3. 變詩也當遵循儒家溫柔敦厚的詩教傳統，要「怨而不怒，哀而不傷」。

　　明清文士對變風變雅這類變詩有諸多爭論，「論爭的前提是各方都承認詩歌要表現儒家溫柔敦厚的詩教傳統，或者崇正又崇變，或者崇正而排變。」前者有陳子龍、錢謙益、方密之等晚明文人，他們支持詩歌有反映時變的彈性，後者有陳維崧、汪琬等清初文人，他們則認為變風變雅與溫柔之詩教相違。〔註112〕

　　所謂「治世之音安以樂，衰世之音怨以怒，亂世之音哀以思」，詩歌的情調代表著那個時代的治亂、國祚的盛衰，故即使是「怨而不怒，哀而不傷」的詩教原則也會隨著情勢改變，李夢陽便曾言：

　　夫詩發之情乎？聲氣其區乎？正變者時乎？夫詩言志，志有通塞，則悲懽以之。……故聲時則易，情時則遷；常則正，遷則變；正則典，變則激；典則和，激則憤。故正之世，〈二南〉鏘於房中。〈雅〉、〈頌〉鏗於廟庭。而其變也，風刺憂懼之音作，而〈來儀〉、〈率舞〉之奏亡矣。〔註113〕

錢謙益亦云：

〔註111〕參見〔唐〕孔穎達等著：《毛詩正義》，頁48～51。
〔註112〕參見張文恒：〈明清之際的「風雅正變」之爭與陳子龍「怨刺」說辨析〉，《惠州學院學報》第26卷第4期，2006年8月，頁58。張氏對此有詳細說明，本文礙於研究主軸的清晰簡明，故不再另闢篇幅說明。
〔註113〕〔明〕李夢陽：〈張生詩序〉，《空同先生集》卷五十一，頁470。

> 兵興以來，海內之詩彌盛，要皆角聲多，宮聲寡；陰律多，
> 陽律寡。噍殺恚怒之音多，順成嘽緩之音寡。繁聲多破，
> 君子有餘憂焉。〔註114〕

陳子龍也同意詩歌會因時而有正變，其云：「和平者，志也，其不能無
正變者，時也。……我豈曰有靜而無慕也，有褒而無刺也。」〔註115〕
身逢亂世，自然不能無慨，所以：

> 士有忠愛之心、奮揚之氣，而上無以達於君，下無以見於
> 世。當是之時，其心鬱然以思，悵然以悲，於是依古義，
> 發風謠，抒憤懣，棄妾之章，怨友之什，楚音促節，令人
> 惋蕩。斯體涉風，窮愁者之所為託也。〔註116〕

詩可以激昂哀怨，抒憤懣、寄刺譏，此即「變風」、「變雅」。這類
「變詩」可寄託個人憂國憂民之情，以期能上達天聽、振聾發聵，他
在〈皇明詩選序〉清楚地說明了他要編輯該書的理由便是要透過選輯
皇明一代詩作，反映王朝的治亂得失以供君王參考，一如孔子錄懿
王、夷王、陳靈公時詩相同的用意〔註117〕，其云：

> 詩由人心生也，發於哀樂而止於禮義，故王者以觀風俗、
> 知得失、自考正也。世之盛也，君子忠愛以事上，敦厚以
> 取友，是以溫柔之音作而長育之氣油然於中，文章足以動
> 耳，音節足以竦神，王者兼之以致其治；其衰也，非辟之
> 心生，而亢厲微末之聲著，粗者可逆，細者可沒，而兵戎
> 之象見矣，王者識之以挽其亂。〔註118〕

此與〈詩大序〉中「治世之音安以樂，其政和；亂世之音怨以怒，其
政乖；亡國之音哀以思，其民困」、「上以風化下，下以風刺上」義
近。然而變詩為挽狂瀾於既倒，往往直切譏諷，似乎有違溫厚之詩

〔註114〕 〔明〕錢謙益：〈施愚山詩集序〉，《牧齋有學集》卷十七，《錢牧齋
全集》第5冊，（上海：上海古籍出版社，2003年），頁151。

〔註115〕 陳子龍：〈宋轅文詩稿序〉，《安雅堂稿》卷二，頁27。

〔註116〕 陳子龍：〈張澹居侍御詩稿序〉，《安雅堂稿》卷二，頁28。

〔註117〕 參見《毛詩正義・鄭玄詩譜序》：「孔子錄懿王、夷王時詩，訖於陳
靈公淫亂之事，謂之變風、變雅。」

〔註118〕 陳子龍：〈皇明詩選序〉，《文集（上）》卷二十五，頁359。

教，但是：

> 蓋君子之立言，緩急微顯，不一其緒，因乎時者也。當夫
> 孽芽始生，風會將變，其君子深思而不迫，爲之念舊俗、
> 追盛王以寄其懷歎。……洎乎勢當流極，運際板蕩，其君
> 子憂憤而思大諫，若震聲不擇曼聲，拯溺不取緩步。〔註119〕

就因「震聲不擇曼聲，拯溺不取緩步」，變詩是出自忠愛眞情才直言
刺譏，所以在陳子龍心目中並不違溫厚的詩教傳統，故曰：「雖風有
正變，詞有微顯，然情以感寄而深，義以連類而見，如楚謠漢制，代
有殊音，又何疑乎？」〔註120〕陳子龍在寫給在舉家在南京避亂的方
密之寫了序文，對於方氏詩集中多慷慨悲昂之作，表達了他的理解，
其文云：

> 今夫歌頌酬獻之作，應乎人者也。應乎人者，其言飾。憂
> 愁感慨之文，生乎志者也。生乎志者，其言切。故善觀世
> 變者，於其憂愁感慨之文，可以見矣。〔註121〕

但他也提醒方密之，雖處亂世仍當積極鼓吹，不忘寓託諷喻以供執政
者參考，以圖王業中興：

> 建安中，海内兵起，孔璋託身於河朔，仲宣投足於荊楚，
> 其詩哀傷而婉，不離乎雅也，此霸圖之啓也。梁陳喪亂弘
> 多，其君子纖以荒，無憂世之心焉，微矣。天寶之末，詩
> 莫盛於李杜。……然李之辭憤而揚，杜之辭悲而思，不離
> 乎風也，王業之再造也。〔註122〕

　　由此可知，陳子龍提倡的「情以獨至爲眞」，主張詩歌內容必須
「求眞」，此原則來自《詩經》寄託情志、抒發美刺的寫實傳統。但
若處衰世、亂世，則因「震聲不擇曼聲，拯溺不取緩步」，故可作激
切慷慨的「變詩」，因其亦在傳達憂國憂民之眞情，故無妨於溫厚
的詩教傳統。唯當注意的是，陳子龍認爲直言刺譏的變詩雖可被允

〔註119〕陳子龍：〈左伯子古詩序〉，《安雅堂稿》卷四，頁71。
〔註120〕陳子龍：〈沈友龥詩稿序〉，《安雅堂稿》卷三，頁47。
〔註121〕陳子龍：〈方密之流寓草序〉，《安雅堂稿》卷三，頁35。
〔註122〕同上註。

許，但前提是要出自對家國的關切，亦即要建立在「大我之情」的基礎上，若僅為「小我之情」，則不可稱之為變詩，他在〈三子詩餘序〉有云：

> 夫〈幷刀〉、〈吳鹽〉，美成所以被貶；〈瓊樓〉、〈玉宇〉，子瞻遂稱愛君。端人麗而不淫，荒才剌而實詼。〔註123〕

以周邦彥、蘇軾二人之詞做比較，周邦彥出於小我之情而為文諷刺，「雖刺實詼」。此雖是論詞，然依陳子龍：「〈風〉、〈騷〉之旨皆本言情，言情之作必託於閨襜之際。代有新聲，而想窮擬議」〔註124〕的邏輯，則詞與詩的風雅之旨系出同源，詞尚不可以小我之情託言刺譏，何況是重視莊重的詩歌！

（二）文以範古為美──辨體修辭，用賦比興

「文以範古為美」的指的是文辭。「文」即詩之體，包含詩歌的體制、修辭、音調等形式要求。情感雖然很重要，但詩歌不能只講求情感的宣洩，也需注重文字的鍛鍊，錢鍾書《談藝錄》便提及此點：

> 王濟有言：「文生於情。」然而情非文也。性情可以為詩，而非詩也。詩者，藝也。藝有規則禁忌，故曰「持」也。「持其情志」，可以為詩，而未必成詩也。藝之成敗，繫乎才也。〔註125〕

陳子龍提出「文以範古為美」即在要求詩歌形式要合乎古制。之所以要求作詩要以古制為典範，陳子龍在〈青陽何生詩稿序〉中有如是說明：

> 江淹曰：「楚謠漢風，既非一骨。魏制晉造，固亦二體。」生於後世，規古近雅，創格易鄙。〔註126〕

〔註123〕陳子龍：〈三子詩餘序〉，《安雅堂稿》卷三，頁48。
〔註124〕同上註，頁47。
〔註125〕錢鍾書：《談藝錄‧性情與才學》（北京：中華書局，1984年9月），頁48。
〔註126〕陳子龍：〈青陽何生詩稿序〉，《安雅堂稿》卷二，頁30。

〈李舒章彷彿樓詩稿序〉又云：

> 蓋詩之爲道，不必專意爲同，亦不必強求其異。既生於古
> 人之後，其體格之雅、音調之美，前哲之所已備，無可獨
> 造者也。〔註127〕

認爲「規古近雅，創格易鄙」、「體格之雅、音調之美，前哲之所以備」，
後人不必再另起爐灶自制新體，這種尊古卑今的文學創作觀，與七子
的復古思想一脈相承。之所以強調詩歌的形式追求，乃在於形式選擇
會影響內容的表現，其〈宣城蔡大美古詩序〉云：

> 予嘗謂今之論詩者，先辨其形體之雅俗，然後考其性情之
> 貞邪。假令有人操胡服胡語而前，即有婉孌之情，幽閒之
> 致，不先駭而走哉？夫今之爲詩者，何胡服胡語之多也？
> 〔註128〕

以著胡服而做出婉孌之態爲例，說明錯誤的形式運用，將使作品顯得
格格不入，無法打動人心。那麼要如何選擇合適的表現形式呢？詩歌
體制的取徑上，在前一節宗尚論的部分已做說明，簡而言之，陳子龍
的詩歌宗尚對象，古體主要取法漢魏六朝，近體則宗開元以前。至於
音調、修辭的選擇陳子龍不似李夢陽、李攀龍那般食古不化，他在這
方面反而顯得較有個人創意，他說：

> 至於色采之有鮮萎，丰姿之有妍拙，寄寓之有淺深，此天
> 致人工，各不相借者也。譬之美女焉，其託心於窈窕，流
> 媚於盼倩者，雖南威不假顏於夷光，各有動人之處耳。若
> 必異其眉目，殊其玄素，以爲古今未有之麗，則有駭而走
> 矣。〔註129〕

陳子龍認爲，詩歌體格音調不必改變，但後代詩人可由色采、丰姿、
寄寓等面向表現個人特色，如同美女的眉目各有定位這是不能更動
的，但個別的氣質、化妝打扮卻可自運巧心，表現個人特色，如《文

〔註127〕陳子龍：〈李舒章彷彿樓詩稿序〉，《安雅堂稿》卷三，頁34。
〔註128〕陳子龍：〈宣城蔡大美古詩序〉，《安雅堂稿》卷二，頁29。
〔註129〕陳子龍：〈李舒章彷彿樓詩稿序〉，《安雅堂稿》卷三，頁34。

心雕龍・通變》中所言：「設文之體有常，變文之數無方。……文辭氣力，通變則久，此無方之數也。」〔註 130〕因此，對於那些抨擊復古詩派的人，陳子龍能認同他們對前後七子（特別是二李）斤斤師法古人造語的不滿，但他採取較中庸的方式，認為詩歌語言的表現可自由發揮，故說：「古詩和雅明贍，不襲陳跡。」〔註 131〕雖要「不襲陳跡」，但詩歌的體格卻不可擅動，故云：

> 後之作者欲矯斯弊，惟宜盛其才情，不必廢此簡格，發其幼渺，豈得蕩然律呂，不意一時師心詭貌，惟求自別於前人，不顧見笑於來冀。此萬曆以還數十年間，文苑有魍魎之狀，詩人多侏離之音也。〔註 132〕

「盛其才情」可視為陳子龍對公安派「性靈說」的吸收，而「不必廢此簡格」則是對復古派自家本色的堅持。

　　既然詩人可「盛其才情」在語言上自由發揮，那是不是就表示陳子龍認為一切之語皆可入詩呢？答案是否定的。陳子龍身為才子是反對鄙俚及過度雕琢的作品的，他批評當時詩壇風氣道：

> 貴意者率直而抒寫，則近於鄙樸；工詞者黽勉而雕繪，則苦於繁縟。〔註 133〕

〈青陽何生詩稿序〉中又說：

> 漢魏尚質，當求其文；晉宋尚文，當求其質。況聲律既興，虛實細大尤為巧構，必使體能載飾，繪能稱素，沉而仍揚，渾而益密，斯則彬彬。〔註 134〕

他認為好的詩必須文情並茂，方合於彬彬，因此詩歌語言技巧的雕琢不容小覷。所以章法、音調上，陳子龍提出「深而不蕪，和而能壯，遒聲練色，觸手呈露」〔註 135〕、「詞貴和平，無取亢厲，樂稱肆好，

〔註 130〕〔梁〕劉勰著，王久烈等譯註：《語譯詳註文心雕龍》，頁 418。
〔註 131〕陳子龍：〈徐惠朗詩稿序〉，《安雅堂稿》卷四，頁 68。
〔註 132〕陳子龍：〈李舒章彷彿樓詩稿序〉，《安雅堂稿》卷三，頁 35。
〔註 133〕陳子龍：〈宋轅文詩稿序〉，《安雅堂稿》卷二，頁 27。
〔註 134〕陳子龍：〈青陽何生詩稿序〉，《安雅堂稿》卷二，頁 30。
〔註 135〕陳子龍：〈宣城蔡大美古詩序〉，《安雅堂稿》卷二，頁 29。

哀而不傷」〔註 136〕以爲尺度，亦即詩歌章法須精鍊有度，音調須壯盛有容，使整體文辭合乎雅正和平。雖然在音調上陳子龍偏愛壯盛和平之音，然隨著國事日靡，他也能認同音調激昂之詩，當時人評杜甫之詩「磨切之言，無乃近於悖直」時，他維護道：「君子之立言，緩急微顯，不一其緒，因乎時者也。」〔註 137〕當方密之避亂南京時，他爲方氏作序云：「才士失職，不得在鄉里，困頓於覊旅，栖遲於道路，其發爲詞章，固無怪其鮮和平之氣。」〔註 138〕「楚音促節，令人惋蕩，斯體涉變風，窮愁者之所爲托也」〔註 139〕，至此皆表明陳子龍認爲在國家極其板蕩之際，可用激越之音作變詩，而非一味固守溫柔的音調路線。

在修辭上，則強調善用詩六義中的「比興」，其〈文用昭雅似堂詩稿序〉曰：

> 君子之修辭，正言之不足，故反言之；獨言之不足，故比物連類而言之。是以六義并存，而莫深於比興之際。〔註 140〕

〈譚子雕蟲序〉則說：「夫託象連類，本出詩人；寓言體物，極於〈騷〉、〈雅〉。」〔註 141〕〈壬申文選凡例〉也說：「託美人於君王，寄良媒於哲輔，淫思怨感實始〈風〉、〈騷〉。」〔註 142〕陳子龍認爲詩歌往往借比興而寄微言大義，即便豔詩亦復如此，非全然是淫思綺語，因此倍受七子冷落的中、晚唐詩，在他眼中則因善用比興，呈現其特有的價值，其〈沈友夔詩稿序〉云：

> 夫中、晚之詩，……每蕭弱平衍，不敢望初、盛之藩。若事關幽怨，體涉豔輕，或工於摹境，微實巧切，或荒於措思，設境新詭，要能使人欣然以慕，慨然以悲，惟其意存

〔註 136〕陳子龍：〈李舒章古詩序〉，《安雅堂稿》卷二，頁 24。

〔註 137〕陳子龍：〈左伯子古詩序〉，《安雅堂稿》卷四，頁 71。

〔註 138〕陳子龍：〈方密之流寓草序〉，《安雅堂稿》卷三，頁 35。

〔註 139〕陳子龍：〈張滄居侍御詩稿序〉，《安雅堂稿》卷二，頁 28。

〔註 140〕陳子龍：〈文用昭雅似堂詩稿序〉，《安雅堂稿》卷二，頁 26。

〔註 141〕陳子龍：〈譚子雕蟲序〉，《安雅堂稿》卷三，頁 46。

〔註 142〕陳子龍：〈壬申文選凡例〉，《文集（上）》卷三十，頁 669。

刻露，與古人溫厚之旨或殊，至其比興之志，豈有間然哉？
〔註143〕

這種對齊梁、中晚唐文辭的熱愛，他在〈自慨四首〉其二中坦率地承認，其詩云：

> 風雲江左輕浮體，金石邯鄲絕妙辭，
>
> 各有耽情難放遣，壯夫何用日相規？〔註144〕

《明詩綜》引錢瞻百云：「雲間七律，多從豔入。」〔註145〕可知陳子龍七律的華美乃其自身詩歌理論的實踐，此點待其後討論陳子龍詩作時再細言之。

修辭上，除強調比興之外，陳子龍亦未忽略「賦」的重要，其〈左伯子古詩序〉有言：「六義之中，賦居其一。則是敷陳事實，不以托物為工；標指得失，不以詭詞為諷，亦古人所不廢耳。」陳子龍幾社友人彭賓在〈兄韋齋詩序〉對此有更詳盡的記錄：

> 臥子以詩說詩……嘗語余曰：「詩之為道，比、興、賦盡之。
> 而體有不同，亦有宜用賦者，亦有宜用比興者。作初唐體，
> 賦為多；作晉魏體，比興為多。不可一律論也，但多作則
> 自工耳。」〔註146〕

總結上論可知，陳子龍所謂的「文」就體例上便是採用前人以備之體：欲為古詩則用古詩格律，欲為近體則用近體格律。擇定架構後，音節以雅正和平為主，但若因憂懼時亂則可不廢激昂之音。修辭上，因「比興」的表達較「賦」為婉轉且有變化，可增加詩歌的個性，故鼓勵人多用比興，並歸納出初唐體多用「賦」，晉魏體多用「比興」的修辭特色。只是他特別鼓勵人以「賦、比、興」來修辭，以增添詩歌的可讀性，這依然是循著《詩經》傳統路數在走，未有新意，此或許是他仍被歸在復古派，無法開宗立派的主因。

〔註143〕陳子龍：〈沈友夔詩稿序〉，《安雅堂稿》卷三，頁47。

〔註144〕《詩集》卷十三，頁425。

〔註145〕〔清〕朱彝尊：《明詩綜》卷七十五，（台北：世界書局，1970年8月）。

〔註146〕〔明〕彭賓：〈兄韋齋詩序〉，《彭燕又先生詩文集》卷二，頁348。

三、工夫論

　　「工夫論」在探究陳子龍對於詩歌作法的觀點，亦即陳子龍認為詩歌創作時應具備哪些條件才能寫出好詩，於此，其著作中有詳細說明者當推〈青陽何生詩稿序〉一文，其文云：

> 青陽何子，寡所嗜好，而獨好爲詩。以爲古者文章之士必求助於山川也，遂遊齊魯燕趙之墟。入京師，交其賢士大夫，己又溯河洛，歷關陝，馮秦漢之故都，則詩益進。歸而讀書於九華之山者數年，則詩又進。然而未能自信，又浮吳會、涉淞江，以問於陳子。陳子曰：「明其源，審其境，達其情，本也。辨其體，修其辭，次也。」夫夏之五子，商之箕子，周之姬公、吉甫，衛之莊姜，楚之屈平，之數子者皆以抒忠愛、寄惻隱也。下至枚（乘）、蘇（武）、曹（植）、劉（楨），斯義未替。及唐杜氏，比興微矣，而怨悱獨存，其源遠，故其流長也。……夫蘇、李之別河梁，子建之送白馬，班姬明月之篇，魏文浮雲之作，此境與情會，不得已而發之詠歌，故深言悲思，不期而至。今也既無忠愛惻隱之性，而境不足以啓情，情不足以副境，所紀皆晨昏之常，所投皆行道之子，胡其不情而強爲優之啼笑乎？故曰：「明其源，審其境，達其情，本也。」江淹曰：「楚謠漢風，既非一骨，魏制晉造，固亦二體。」生於後世，規古近雅，創格易鄙。然專擬則貌合而中離，群匯則采雜而體亂，此一難也。漢魏尚質，當求其文；晉宋尚文，當求其質。況聲律既興，虛實細大尤爲巧構，必使體能載飾，繪能稱素，沉而仍揚，渾而益密，斯則彬彬，此二難也。故曰：「辨其體，修其辭，次也。」〔註147〕

以上是陳子龍告訴何生的爲詩之道。此篇序文提出以「明源」、「審境」、「達情」做爲創作的主軸，而「辨體」、「修辭」爲次軸的工夫歷程。本小節就此五點條件，分項論述之。

〔註147〕陳子龍：〈青陽何生詩稿序〉，《安雅堂稿》卷二，頁29。

（一）明源

所謂「明源」即教人要先明詩歌的本源。至於詩之本源爲何，子龍於此篇序文中列舉夏之五子等人迄於唐之杜甫，抒發忠愛惻隱之情，以此爲詩歌一脈相承之源流。然這樣的論述仍很含糊，令人依舊不明白陳子龍說的詩之本源是什麼。但若就「抒忠愛、寄惻隱」一句，再對照本章開頭「宗尚論」一節的分析，便可知陳子龍說的「源」便是自《詩經》以來的風雅頌傳統。故可推論，陳子龍說的「明源」即是主張詩歌當繼承風雅美刺的精神。

前節「宗尚論」中已說明陳子龍以《詩經》的風雅精神、賦比興技巧爲詩歌創作最高典範，在詩歌體裁的取徑以復古爲宗，又高倡「文以範古爲美」，故其所謂的「明源」，不單限於風雅精神的紹繼，也擴及詩歌體材的擬古。有道是「不以規矩，不成方圓」，範古的目的便是讓初學詩者透過對前人詩歌格調的模仿，繼而習得其精神、風骨，當自己的詩作在精神、風骨上能和古人一致時，自然便溶入那綿延數千年的中國詩歌江河中，成爲其間的一份子。

是以，陳子龍所說的「明源」，就精神上便是教人要明瞭風雅美刺的傳統，就形式上便是要審明各種詩歌體制，藉由範古而與古人趨於一源。

（二）審境

境，可分成「環境」及「心境」二方面說明。有特定的環境、心境，才有寫詩的題材。故而一個詩人的生活環境愈豐富其詩歌題材愈豐富，心境愈高妙則其詩歌意境相對也較高妙，是以趙翼在〈題元遺山集〉才有「國家不幸詩家幸，賦到滄桑句便工」之語，這便說明了生活環境及心境對寫作的影響，若「所紀皆晨昏之常，所投皆行道之子」（〈青陽何生詩稿序〉），這樣的詩歌是構不上有價值的。

〈青陽何生詩稿序〉中提到何生遍遊名山大川、交結賢士大夫，便是在拓展其閱歷，閱歷多者生活情境則廣，生活情境廣者創作題材則眾，施諸文辭便能強化詩境。陳子龍〈譚子雕蟲序〉中推崇拓展生

活情境的行爲，其云：

> 士大夫適異方，覽郊物，感時令，占眚孽，遇物能名，無
> 愧多識。而耕夫桑女，與之誦〈風〉、〈雅〉，考經傳，莫不
> 欣喜有會。……託象連類，本出詩人，寓言體物，極於〈騷〉、
> 〈雅〉。故「嘒嘒」寫玄蟬之音，「趯趯」傳阜螽之狀，「蜩
> 螗」刺政，「青蠅」諭讒，凡愉悼感激之懷，皆造端於觸發，
> 比興所以獨長，風流所以不墜也。〔註148〕

除遊歷可擴大生活情境外，多讀書亦不失爲另一良方，〈李舒章古詩
序〉云：

> 典謨雅頌之質以茂，騷賦諸子之宏以麗，以及山經海志之
> 詭以肆，上自星漢，下及淵泉，擷掇之餘，即成清奏，此
> 徵材之博也。〔註149〕

上述即在說明博學群書可深化心境獲得高妙的靈感來源，此點又與本
文第二章探討吳中文風崇尚博雅有關。

「審境」即在教人審明當下的環境、心境以供創作之用。因爲，
光有豐富的環境、高妙的心境，若不善審境，則取材失當亦不足以寫
出動人的詩篇。

（三）達情

達情顧名思義即是要充分表達內心的感情。至於所謂的「情」在
陳子龍的詩論中指的是獨至的眞情，例如，其在〈宋轅文詩稿序〉中
云：「情以獨至爲眞」，同一篇序文中又說：「詞非意則無所動盪，而
盼倩不生」〔註150〕，意在強調詩歌需有眞實、獨特之情。關於「情
以獨至爲眞」的具體內涵前小節已討論過，故本小節不再贅述之，僅
簡要重申陳子龍強調「達情」此一要求，目的有二，一來以詩做爲
「情」之載體，使詩歌在體製上雖復古，但內容上能具獨特性，避免
重蹈李夢陽等復古派之覆轍。二來也可避免竟陵派「但在故紙中討

〔註148〕陳子龍：〈譚子雕蟲序〉，《安雅堂稿》卷三，頁46。
〔註149〕陳子龍：〈李舒章古詩序〉，《安雅堂稿》卷二，頁24。
〔註150〕陳子龍：〈宋轅文詩稿序〉，《安雅堂稿》卷二，頁27。

生活」〔註151〕這類缺乏真情的流弊，其在〈答胡學博〉中批評竟陵諸子：

> 貴鄉鍾、譚兩君者，少知掃除極意空談，……然舉古人所為溫厚之旨、高亮之格、虛響沉實之工、珠聯璧合之體、感時託諷之心、援古證今之法，皆棄不道。而又高自標置，以致海內不學之小生、游光之緇素，侈然皆自以為能詩。何則？彼所為詩，意既無本，辭又鮮據，可不學而然也。〔註152〕

所謂「意既無本」便是抨擊竟陵派之詩非出於真情之病。此外，陳子龍在〈青陽何生詩稿序〉有：「境不足以啓情，情不足以副境，所紀皆晨昏之常，所投皆行道之子，胡其不情而強為優之唏笑乎」之語，點出「審境」和「達情」是一體兩面，不審其境則情思不達，不達其情則不足以詮釋全境。

（四）辨體

「體」，可解釋為體裁、風格，「辨體」即是要求明辨各體裁本身的風格特性。〈青陽何生詩稿序〉說：「規古近雅，創格易鄙」，〈宋轅文詩稿序〉亦有「文以範古為美」之語，主張學者對於詩歌體裁不必標新立異、自製新體，只要依尋舊體裁寫作便可。然而各種體裁的詩皆有其風格，不容弄混，故須先釐清各體裁的風格，陳子龍在〈六子詩稿序〉中對各類詩風格有詳細的解釋：

> 樂府謠誦，調古而旨近……。五言古詩，蘇、李而下，潘、陸而上，意存溫厚，辭本婉淡。……七言古詩，初唐四家極為靡沓，元和而後亦無足觀。所可法者，少陵之雄健低昂，供奉之輕揚飄舉，李頎之雋逸婉戀。……要之兼體〈風〉、〈雅〉，意主深勁，是為工耳……。五七言律，……輕與重必均而殊少合作，雄與逸並美而未見兼能，此一難

〔註151〕李日剛：《中國文學流變史》（台北：聯貫出版社，1976年12月），頁573。

〔註152〕陳子龍：〈答胡學博〉，《安雅堂稿》卷十八，頁347。

也。五七言絕句，盛唐之妙在於無意可尋，而風旨深永。

中晚主於警快，亦自斐然。〔註153〕

這裡提出了他對各類詩體的看法，認爲樂府謠誦須求調古旨近，五言古詩取法西漢蘇武至西晉潘岳以前之作，且須「意存溫厚，詞本淡婉」。七言古詩取法開元以前之作，尤以學杜甫、李白、李頎爲佳，且須「兼體〈風〉、〈雅〉，意主深勁」。五七言律要求音節輕重和諧，雄健與俊逸兼備。五七言絕句則要「風旨深永」，抑或「主於警快」。唯能辨明各體特性及選對學習的對象，方能表現該詩體的韻味。

（五）修辭

陳子龍在〈李舒章彷彿樓詩稿序〉云：

蓋詩之爲道，不必專意爲同，亦不必強求其異。既生於古人之後，其體格之雅、音調之美，前哲之所已備，無可獨造者也。至於色采之鮮萎，丰姿之有妍拙，寄寓之有淺深，此天致人工，各不相借者也。譬之美女焉，其託心於窈窕，流媚於盼倩者，雖南威不假顏於夷光，各有動人之處耳。〔註154〕

這裡所說的「色采」、「丰姿」便是修辭的工夫。〈李舒章古詩序〉也提及爲詩有三難：

一曰託意，二曰徵材，三曰審音〔註155〕

其中「託意」屬「達情」的範疇，「徵材」屬「審境」的範疇，而「審音」便是「修辭」的範疇。而〈青陽何生詩稿序〉云：

況聲律既興，虛實細大尤爲巧構，必使體能載飾，繪能稱素，沉而仍揚，渾而益密，斯則彬彬。〔註156〕

這是在說明要注重聲律及篇章建構。其〈詩經類考序〉則云：

〔註153〕陳子龍：〈六子詩稿序〉，《安雅堂稿》卷三，頁39。
〔註154〕陳子龍：〈李舒章彷彿樓詩稿序〉，《安雅堂稿》卷三，頁34。
〔註155〕陳子龍：〈李舒章古詩序〉，《安雅堂稿》卷二，頁24。
〔註156〕陳子龍：〈青陽何生詩稿序〉，《安雅堂稿》卷二，頁29。

> 其辭雅，其調永，而微文刺譏，溫厚淒測，似真有得於風
> 人之義者。……至於作詩則不能，用意必周，而取象必肖，
> 然後可以感人而動物。〔註157〕

由上述引文可得到二條線索，一是陳子龍極重修辭，認為它能表現詩人一己才情，又能影響詩的優劣；二是陳子龍說的修辭包含文字的藻飾（屬修辭學的範疇）、聲律的安排（屬聲韻學的範疇）、篇章的建構（屬章法學的範疇），簡言之，他說的「修辭」涵蓋一切文字的音義安排。此五點的工夫論即陳子龍對作詩的具備要求。

　　本章透過研探陳子龍的詩歌宗尚、對詩歌內涵的認定，及對寫詩的工夫要求，試圖從陳子龍零散浩繁的論著中建構出這位明詩殿軍的詩學理論體系，並從他自己的理論體系分析其詩作，以印證其對一己理論的實踐程度。並明白他如何在詩道陵夷的晚明，重振復古大纛，融合復古及公安派之長，提倡以情文兼備為綱領，追求內容與形式的統一，雄逸並美的境界，滌蕩自七子以來詩壇或泥古、或鄙俚的風氣，為明季詩壇留下一抹燦爛的餘暉，沈德潛讚其「詩至鍾、譚，衰極矣。陳大樽墾闢榛蕪，上窺正始，可云枇杷晚翠。」〔註158〕對陳子龍的廓清之功，言之甚是。

〔註157〕陳子龍：〈詩經類考序〉，《安雅堂稿》卷四，頁57。
〔註158〕〔清〕沈德潛：《說詩晬語》卷下，（北京：人民文學出版社，2005年12月），頁241。

第四章　陳子龍詩歌主題研究

　　現行陳子龍詩作收錄最完備者莫過於施蟄存、馬祖熙二位先生所標校，上海古籍出版社刊行之《陳子龍詩集》一冊，據該書 2010 年 7 月第三刷的版本統計，當今陳子龍留傳詩作共計 1791 首，體裁多元，包含了風雅體、琴操、四言詩、樂府詩、五七言古詩、五七言律詩、五七言絕句，可謂諸體兼備。今依此書體裁數量整理如下表4-1。

表 4-1：陳子龍現存詩歌數量統計表

數量 著作	古樂府	新樂府	五古	七古	五絕	七絕	五律	七律	五言排律	風雅體〔註1〕	琴操	四言詩
《岳起堂稿》	37	0	0	0	0	0	0	0	0	0	0	0
《幾社稿》	56	0	26	11	3	29	28	36	2	0	0	0
《陳李唱和集》	17	0	22	14	0	27	27	46	1	0	0	0
《屬玉堂集》	88	0	82	28	9	51	47	67	10	0	0	0
《平露堂集》	114	0	33	18	0	40	47	56	4	0	0	0
《白雲草》	0	1	16	10	0	0	31	17	1	2	1	1
《湘眞閣稿》	0	4	45	19	5	44	47	103	11	2	0	0

〔註 1〕　《詩集》標〈靈曜之什〉共八首，當視爲一首八章方是。

《三子詩稿》	0	1	34	25	0	42	83	52	4	0	0	1
《焚餘草》	0	0	14	27	0	37	18	0	0	0	0	1
補　遺	0	1	0	0	0	3	4	7	0	0	0	0
各體小計	312	7	272	152	17	236	351	402	33	20	1	3
數量合計	1791〔註2〕											

陳子龍志大才高、穎鋒早現，在世即享有盛名，明代詩人朱隗（字雲子，生卒年不詳）云：

> 臥子五古初尚漢魏，中學三謝，近相見頗靚太白諸篇，其才性故與相近。七古直兼高、岑、李頎之風軌，五律清婉，七律秀亮，絕句雄麗，由其才大，靡所不有寬然有餘。〔註3〕

稱美陳子龍「才大」者，朱雲子非唯一一位，當世名儒夏允彝也說他：

> 臥子年弱冠，而才高天下。其學自經、史、百家，言無不窺；其才自騷、賦、詩歌、古文詞以下，迨博士業，無不精造而橫出。天下之士，亦不得不震而尊之矣。〔註4〕

清人沈德潛（1673～1769）讚云：

> 詩教之衰，至於鍾、譚，剝極將復之候也。黃門力闢榛蕪，上追先哲，厥功甚偉。而責備無已者，謂仍不離七子面目，將蜩螗齊鳴，不必有鈞韶之響耶？〔註5〕

清代的趙翼（1727～1814）更直接將陳子龍與明初的高啓並列爲明朝兩大詩人，其謂：

> 高青邱後有明一代竟無詩人。李西涯雖雅馴清澈而才力尚小，前後七子當時風行海內，迄今優孟衣冠笑齒已冷。通

〔註2〕《詩集》卷七有收〈戊寅春仲同志集君子堂即席爲建安聯句〉一詩，因屬聯句性質，故不計入陳子龍詩作數量統計中。
〔註3〕〔明〕朱隗：《明詩平論》卷二，《四書禁燬叢刊》集部第169冊，（北京：北京出版社，2000年），頁542。
〔註4〕〔明〕夏允彝：〈岳起堂稿序〉，《詩集》附錄三，頁750。
〔註5〕〔清〕沈德潛：《明詩別裁》卷十，頁84。

　　計明代詩至末造而精華始發越，陳臥子沉雄瑰麗，實未易

　　才。〔註6〕

在當時，陳子龍與李雯、宋徵輿享有「雲間三子」的美名，然而吳偉
業在《梅村詩話》卻說李、宋二人比之陳子龍「皆不及」、「當是時，
幾社名滿天下，臥子奕奕眼光，意氣籠罩千人，見者莫不辟易。登臨
贈答，淋漓慷慨，雖百世後想見其人也。」〔註7〕這些都說明了子龍
詩歌在當時便受到極高的推崇。

　　若不計明朝顛覆後散佚或被焚毀的作品，陳子龍在短暫的四十
年歲月中寫了約一千八百首的詩，這樣的創作力著實驚人，關於寫
詩，陳子龍是嚴肅視之的，其於〈白雲草自序〉便說：「詩者非僅以
適己，將以施諸遠也。」〔註8〕在崇禎九年孟冬所作〈計偕之役尚木
先行，歌以送之〉則有：「勸君攬轡長安道，華陽之館空文藻。無論
射策開金門，但得乘時寫懷抱」〔註9〕之語，「乘時寫懷抱」正是子龍
畢生作詩的一貫態度，所以綜覽其詩，無論是冶遊登臨、酬唱贈答、
憂世懷古、相思詠懷之作，皆貫注了其對生命的熱情，讓後世透過其
作聽見那個時代的音聲。

　　本章旨在探究陳子龍的詩歌主題，為便於分析，筆者嘗試將其
一千多首詩作分成「擬古詩」、「贈答詩」、「寫景記遊詩」、「社會寫實
詩」、「詠懷詩」、「豔情詩」、「詠物詩」與「其它」等八大類型（請見
附錄二、三），然礙於當前文獻資料及個人才力所限，部分詩作的歸
類若有不盡理想處，尚祈識者雅正。

第一節　擬古詩

　　在「規古近雅，創格易鄙」的觀念下，陳子龍早年有大量擬古之

〔註6〕〔清〕趙翼：《甌北詩話》卷九，（台北：廣文書局，1991年3月），
　　　頁1。
〔註7〕〔明〕吳偉業：《梅村詩話》，《梅村家藏稿》稿五十八，頁988。
〔註8〕陳子龍：〈白雲草自序〉，《安雅堂稿》卷三，頁40。
〔註9〕《詩集》卷九，頁251。

作，其擬古詩大體上可分為兩類，「一類是直接以擬古為題的作品，標明所模擬的詩人及作品名稱。」〔註10〕如〈陌上桑倣顏光祿秋胡詩〉（卷二）、〈擬古詩十九首〉、〈擬公燕詩〉、〈詠懷·倣阮公體〉（以上卷五）等，這類詩作的構詞、意境、情意上與原作相似度極高；另一類為「未標明為擬古的作品，這些作品主要是在抒情方式、審美特徵上學習前人，儘管不是直接擬作，但摹仿的痕跡也很重」〔註11〕。本文所稱的「擬古詩」則是指其早年仿古之作，這類作品其內容、意象、主題皆不離樂府古作，巧的是這些作品正好集中於其最早的幾本著作如《幾社稿》、《屬玉堂集》、《平露堂集》等集中。至於其雖以擬古為題，但賦予個人新意之作，則不列入本類。

復古派詩人好擬古樂府，清人趙執信（1662～1744）《聲調譜·論例》批評道：

> 李于鱗乃取晉、宋、隋樂志所載，截而句擬之，生吞活剝，謂之擬樂府，而宗子相所作全不可通。陳子龍效之，讀之使人失笑。〔註12〕

近人劉勇剛則批評陳子龍的一些擬作是「以專名取巧，徒有高腔大句的『瞎唐體』之作。」〔註13〕

正如學書當自臨帖始，擬古亦不失為學詩路徑，只是復古派詩人矯枉過正，字摹句擬、千篇一律，才使後世覺得迂不可讀，子龍恪遵七子家法，早期擬作確實不免流於千詩一調、「為賦新詞強說愁」（辛棄疾〈醜奴兒〉）之弊，歷來論陳子龍詩者不是對其擬古詩（尤以樂府為主）大加撻伐，便是嗤之以鼻、去而不論。但正如詩聖杜甫〈戲為六絕句〉中所言：「轉益多師是汝師」，早年的擬古經驗讓他出入多

〔註10〕參見易果林：《陳子龍與明代格調派詩學》所引註3，（長沙：湖南科技大學碩士論文，2010年），頁35。

〔註11〕同上註。

〔註12〕〔清〕趙執信：《聲調譜·論例》，頁1～2，收於丁福保編《清詩話》一書。

〔註13〕劉勇剛：《雲間派文學研究》（北京：中華書局，2008年2月），頁247。

家，奠定其後來諸體兼備、詩風英雄並美的基礎，則摹擬之功實不可沒，故對其擬古詩仍有研究之必要。

其實，說陳子龍擬古詩良莠不齊者是實，言不值一文者則非，平心而論，子龍大部分的擬古詩確實有高腔大句、刻鑿太深之弊，然其擬古詩亦有佳篇佳句，如早年所作的〈枯魚過河泣〉云：

> 大河多賤魚，其一頗有神。偶然獲小讁，見困碣石津。
> 身雖槁鮑肆，自知才莫倫。日望雲雨至，變化歸深淵。
> 田父攜就食，痛哭經河濱。寂寞波不興，眾魚還濺鱗。
> 神物久見棄，河伯自有臣。活汝理亦易，知汝終不馴。
> 吞聲就盤餐，無為賤者嗔。〔註14〕

本詩為擬古題樂府，寫龍困淺灘之悲「身雖槁鮑肆，自知才莫倫」、「日望雲雨至，變化歸深淵」等語遣詞精鍊，通篇聲情動人、章法嚴密，自有可觀者。又如〈怨詩行〉：

> 春葩似烟霧，當霜枝不延。傲晼松與柏，乃為棟梁堅。
> 貞材及豔質，均在疇昔年。疇昔君向妾，明月答清泉。
> 月缺忽已滿，泉涸不復漣。淒風過眉目，情思託遠天。
> 天邊多浮雲，掩抑若我憐。幽懷引君旁，芳香日亂零。
> 難以棄婦顏，持陳君子前。〔註15〕

雖是代言體擬作，題材了無新意，但文字清新，比喻生動，其中「天邊多浮雲，掩抑若我憐」以擬人筆法寫棄婦之哀，算得上是成功的擬作。再如其〈夜夜曲〉：

> 碧落凝臙脂，紅雲灑秋香。墮妾玉牀上，化作雙鴛鴦。
> 狻猊嬌吐煙，淡漢青茫芒。縹粉上瑤瑟，金蟲蝕繡囊。
> 天吳化飛蝶，仙鼠入夜房。銀缸凍灰盡，晚屏龜甲涼。
> 羅帳抱明月，妾身映文章。弄影漸成僻，自憐復難忘。
> 鴛鴦飛上天，魂夢委嚴霜。〔註16〕

這樣濃豔的文字足以比美六朝豔體詩了。又其〈江南曲〉之一、二分

〔註14〕《詩集》卷一，頁22。
〔註15〕《詩集》卷一，頁12。
〔註16〕《詩集》卷一，頁26。

別云：

> 綺閣罷含烟，江清促採蓮。水鳥白上下，溪流引芰田。
> 明月窈窕來，照我箏中絃。飛露澀纖指，欲歌心渺然。
> 夕香牽衣裾，淺波橫畫船。窗外明星流，樓上楚女眠。（之
> 一）
>
> 憶登金陵城，長江日搖曳。女兒春浣紗，東風吹蘭蕙。
> 雙槳繫垂楊，踏歌芳草細。烟景傷人心，入暮徒容裔。
> 昔時繁華子，白日忽已閉。鶯花待今歡，山川正清麗。（之
> 二）〔註17〕

王夫之《明詩評選》對此二詩讚譽有加，評第一首曰：

> 轉折不形，魂神自動，結句蘊藉，一字百意。此以漢人機
> 杼更齊梁式幅，不知者但謂之齊梁已耳。崇禎初，竟陵惡染
> 橫流，臥子鳴孤掌以止狂波，才實堪之，不但志也。〔註18〕

評第二首曰：

> 或謂其矜奧自王昌齡來，實則不然。意序平順，唐必不爾。
> 〔註19〕

此二作以六朝清綺婉約的文字為舊主題注入新丰彩，可謂上乘的擬
作。其它擬作亦不乏有佳句，如〈長相思〉之二：「百煙欲來花可憐，
深深清畫靜於天」〔註20〕、〈水仙謠〉：「幾年涼枕動悲客，遺豔猶留
岸花碧」〔註21〕、〈怨歌行〉：「愛深疑則大，負信多見尤」〔註22〕詞
意清麗雋永，皆頗耐咀嚼。

至於其〈卻東西門行·代魏武本意〉云：

> 黃鵠成羽翼，心好萬里遊。翻飛八極間，不知何所謀？
> 朝飲大江岸，暮宿遼海頭。百鳥更相避，我勞竟安投？

〔註17〕《詩集》卷一，頁28。
〔註18〕〔清〕王夫之：《明詩評選》，《船山全書》第14冊，（長沙：嶽麓書
　　　　社，1998年11月），頁1181。
〔註19〕同上註。
〔註20〕《詩集》卷一，頁25。
〔註21〕《詩集》卷一，頁29。
〔註22〕《詩集》卷一，頁49。

天門雖咫尺，本意歷九州。悲哉此征夫，日月不我留。
五出虢息春，三戰為安秋。烈烈壯士心，功名非所愁。
少年事遊俠，擊劍彈箜篌。人生何所樂？得志還故丘。

〔註 23〕

既自題「代魏武本意」，那對照曹操原作：

鴻雁出塞北，乃在無人鄉。舉翅萬餘里，行止自成行。
冬節食南稻，春日復北翔。田中有轉蓬，隨風遠飄揚。
長與故鄉絕，萬歲不相當。奈何此征夫，安得去四方。
戎馬不解鞍，鎧甲不離傍。冉冉老將至，何時反故鄉？
神龍藏深泉，猛獸步高岡。狐死歸首丘，故鄉安可忘？

〔註 24〕

就曹操原意重加詮釋，較之曹詩以狐死首丘的蒼涼之情作結，陳作則以「得志還故丘」此更具豪情的語氣結篇，算是子龍在擬古外自闢蹊徑的嘗試，不僅在旨意上符合曹操原作，陳詩的音律昂揚、語境雄渾，與曹詩若合符節，是陳子龍擬古詩中上之作。此外，〈短歌行〉〔註 25〕、〈薤露〉〔註 26〕也將曹操的〈短歌行〉、〈薤露〉摹擬得十分到位。

　　然論及其敗筆之作也所在多有，如〈蘇小小歌〉云：「報郎騎馬來，先至西陵下。欲採幽蘭花，紅泉向身瀉。」〔註 27〕全詩有景語無情語，除了將眾人熟知的蘇小小的故事複陳一遍外，毫無情致可回味。其〈華山畿〉云：

華山畿，其高五千仞，儂情重于山。仙掌雖云雄，不能持雙鬟。〔註 28〕

及〈上邪〉則云：

〔註 23〕《詩集》卷二，頁 54。
〔註 24〕〔宋〕郭茂倩：《樂府詩集》（台北：里仁書局，1999 年 1 月），頁 552。
〔註 25〕《詩集》卷二，頁 36。
〔註 26〕《詩集》卷二，頁 54。
〔註 27〕《詩集》卷三，頁 69。
〔註 28〕《詩集》卷一，頁 15。

> 上邪！自託與君相知，妒人之子當知之。流言罔極，陰陽
> 可移。左有佞伯，右有讒姬。黃金如山甘如飴，不敢與君
> 相疑。〔註29〕

雖然都運用了誇飾、映襯、譬喻等修辭技巧，但太過文謅謅又欠缺
愛情的熱度，反顯得斧跡斑斑，不如原作「華山畿，君既爲儂死，
獨生爲誰施。歡若見憐時，棺木爲儂開」〔註30〕、「上邪！我欲與
君相知，長命無絕衰。山無稜，江水爲竭，冬雷陣陣夏雨雪，天地
合，乃敢與君絕」〔註31〕等言語雖直白，卻顯得情意真切、驚心動
魄。

小　結

　　陳子龍的擬古詩大半集中於《詩集》前三卷，且摹擬體裁以樂府
爲主。且其擬古詩幾乎集中於《幾社壬申文選》、《陳李倡和集》、《屬
玉堂集》、《平露堂集》四作中，此四作皆成於其未仕之時，推測可能
因屢試不第對自己的文字功力尚缺乏信心，因此才透過大量擬古來鍊
鍛自己的文字；也可能是當其未仕時，所從遊者皆復社中人，而復社
是明季復古文學大本營，在友朋影響下子龍也自然而然地寫作大量擬
古詩。

　　大抵言之，子龍擬古詩可議者多，可觀者少；了無新意者眾，耐
人尋味者寡。在其畢生各類型詩作中，此類品質敬陪末座。這類作品
寫得好的幾乎都是懷才不遇的憤慨之作和有關閨閣春情的豔詩，以及
少部分摹仿曹操豪壯之音的詩，或許這是因爲它們或出自子龍親身遭
遇，或與他既浪漫又豪邁的性格相關，是其「獨至之情」所發動，因
此讀來才有別於爲賦新詞強說愁的擬作。

　　若考量當時文壇的擬古氛圍及子龍個人閱歷不深等因素，那麼，

〔註29〕　《詩集》卷二，頁42。
〔註30〕　〔宋〕郭茂倩：《樂府詩集》（台北：里仁書局，1999 年 1 月），頁
　　　　　669。
〔註31〕　同上，頁231。

他大量寫作復古詩便情有可原了。且不可否認的是，早年擬古必定促成他的博覽群書、轉益多師，這對他日後諸體兼備，樹立自我詩風不可謂無所裨益。較諸李夢陽、李攀龍等復古派詩人終身困於擬古的苑囿，陳子龍能在摹擬的基礎上逐步提升轉化，走出自己的活路，壓軸有明三百年詩壇，實屬難能。

第二節　贈答唱和詩

　　陳子龍性格豪邁，樂與人往來，加之身兼明末最具影響力的兩大文社——復社與幾社——領袖人物，故所從遊者遍及四方，其中不乏當世名宦大儒，如大儒陳繼儒、科學家徐光啓、清譽滿天下的大學士黃道周、宣大總督盧象昇、復社領袖張溥和張采、詩人吳偉業、人稱「明末四公子」的方以智、冒襄（1611～1693）及侯方域（1618～1655）三人、兵部主事楊廷麟（？～1646）等，門下學生則有西泠十子和開清詞風氣的陳維崧（1625～1682），若再加上復社、幾社諸友人，則子龍交遊之廣，在歷代詩人中也是罕見的。正因所從遊者繁如過江之鯽，所以在陳子龍詩集中贈答唱和詩高達 298 首，約占全部詩作 16.5%。〔註32〕

　　他的贈答唱和詩依照內容，筆者將之略分成「期勉建功」、「慰問不遇」、「讚揚才功」、「其它事類」四類，茲簡述如下：

一、期勉建功

　　科舉時代的男兒所重者莫過於立勳建功，所謂建功，小自個人科名成就，大至名垂青史皆然。故陳子龍贈答唱和詩中不乏是爲友朋應試而寫的祝福，如〈送勒卣之金陵〉四首便是崇禎五年送別摯友周立勳入太學之作，詩云：

　　　　憶得秦淮舊酒樓，無端不見又三秋。
　　　　當年輕薄誇宮體，此度淒清滿石頭。

〔註32〕此數據依本論文附錄二所列的詩歌主題分類計算得來。

　　白羽新軍懷楚練，黃雲俠客動吳鉤。
　　即今天地多兵甲，勿向城西問莫愁。（之一）

　　十二城頭江更寒，君遊此日動波瀾。
　　芙蓉子夜倡樓迥，鴻雁商秋古殿殘。
　　海內於今嗟鳳隱，眼中誰是識龍蟠？
　　生平寂寞孫劉輩，空老周郎強自寬。（之二）

　　南朝子弟每論兵，獨恥爲儒風調輕。
　　吾輩近交吳劍客，君今仍作魯諸生。
　　鳳臺夜色雲中缺，烏榜晨光柳外明。
　　儻過東山思舊隱，永嘉烽火正縱橫。（自注：勒卣入太學，
　　故有「諸生」之句，時溫州有盜警。）（之三）

　　勿將禮數問朱軒，更有風流暗斂魂。
　　且譜紅弦豔南國，可傳〈白紵〉到中原。
　　湖名玄武開滇水，山號盧龍象薊門。
　　漢室公卿愁散地，無心挾策莫輕論。（之四）〔註33〕

　　第一首由二人昔日同狎遊金陵、寫作豔詩起筆，勾勒出年少輕狂的文人形象。但後半段筆勢一轉，寫出當地巡撫甫於金陵成立一支新軍隊來守城，提醒周立勳當此「天地多兵甲」之時，不可縱情聲色，忘卻國憂。

　　第二首以「鳳隱」、「龍蟠」、「孫劉輩」、「空老周郎」傷周立勳的懷才不遇，並盼之能自強不息，莫因此喪志。

　　第三首說明自己不恥百無一用的儒生，盼能「交吳劍客」好爲國出力，也希望周立勳雖是金陵太學生，但能像謝安那樣，安邦定國、裨補時艱。

　　第四首「勿將禮數問朱軒」、「且譜紅弦豔南國，可傳〈白紵〉到中原」等句，在寫周立勳風流不羈，性好歌舞，但實非其所願，只是時不我與才會「且把浮名，換作淺斟低唱」（柳永〈鶴沖天〉），

────────────

〔註33〕《詩集》卷十三，頁415。

所以末二句「漢室公卿愁散地，無心挾策莫輕論」便是爲周做澄清，盼其他人能理解周的縱情聲酒實乃長年懷才不遇、心中愁苦鬱結所致。

又其七古〈送李舒章省試之金陵〉〔註34〕首句「隴西李生氣莫當，心雄志大神揚揚」盛讚李雯才高志大。可惜時運不濟，「伊予弱翮難雁行，歎君深沉廟廊器，霜鍔輝輝未嘗試」，安慰李雯「男兒何必早致身，正復難忘天下事。天子常思度外人，公卿最厭澄清志」，要他奮進不懈，努力求得功名以一展報抱，最後則說「不須置酒新亭座，惆悵中原烽火邊」，提醒當此中原烽火連天之際當思進取，莫學新亭對泣。以上皆勉友建功之作。

至於對那些已廁身仕宦者，子龍也不忘勸勉他們爲國效命，替自己留名照汗青，如寫給國子博士方扶予的〈送方扶予入都〉云：

> 與爾常相明月居，中原江左昔人悲。
> 賦詩高麗麟龍語，說劍蒼茫將相姿。
> 子晳每勞梁帝詔，林宗當屬漢儒師。
> 艱難莫晦安危略，大半談兵可救時。〔註35〕

「與爾常期明月居，中原江左昔人悲」說明二人在江左時相論天下事，多懷傷悲。「賦詩高麗麟龍語，說劍蒼茫將相姿」讚美方扶予詩情高麗又詳諳兵法具將相之才。「子晳」指南朝的何點，子晳乃其字，劉宋時曾召爲太子洗馬，蕭齊時徵爲尙書，皆不就。梁武帝與其有舊誼，屢詔之亦不就。「林宗」即東漢時勇於對抗宦官集團的郭泰。此二句以何點、郭泰喻方扶予奉詔入京非貪利干譽之輩，實則希冀能爲國效命，故云「艱難莫晦安危略，大半談兵可救時」。

又如〈寄楊伯祥〉云：

> 堠火清笳夜月明，漢家誰爲請長纓？
> 侍臣親下承華殿，大將分屯細柳營。
> 鳳詔頻煩中貴使，龍韜悉護羽林兵。

〔註34〕《詩集》卷九，頁249。
〔註35〕《詩集》卷十三，頁414。

> 知君綵筆干雲氣，鐃吹春風滿百城。〔註36〕

楊伯祥，名廷麟，崇禎四年進士，曾任太子講官、兵部職方主事，《明史》說他：「勤學嗜古，有聲館閣間。」明亡後，募兵勤王，順治二年（1645）在贛州抵禦清軍，城破後投水亡。此詩推估作於崇禎十一年，時，楊伯祥得罪兵部尚書楊嗣昌，赴宣大總督盧象昇幕下，故云「漢家誰為請長纓」，子龍賦詩壯之，以「鳳詔頻煩中貴使，龍韜悉護羽林兵。知君綵筆干雲氣，鐃吹春風滿百城」勉友為國立勳，將來必逢明主詔回。

二、慰問不遇

　　科名難求、宦海浮沉，本是傳統士子無可避免的境遇，這樣的狀況在子龍師友輩中亦屢屢見之，故有部分贈答唱和詩便是在慰問師友不遇、或為其境遇不平而鳴者。如〈宋廷尉九青先生極稱舒章詩，又謬賞鄙作，賦此以慰舒章〉則是為李雯的不遇打氣，詩云：

> 詞壇久已託光輝，大雅於今正式微。
> 慚我方為刀筆吏，憐君長著芰荷衣。
> 不逢季札誰能采？自有鍾期莫嘆稀。
> 寄語幽人空谷裡，好將〈白雪〉事金徽。〔註37〕

李雯（1607～1647）與陳子龍年紀相若，詩名並行，時人稱「陳李」，但李雯終明之季屢試未第，而那時子龍已登仕進，故謂：「慚我方為刀筆吏，憐君長著芰荷衣」。對於廷尉宋九青的讚賞，子龍迫不及待寫詩告訴李雯，兼安慰他：「不逢季札誰能采？自有鍾期莫歎稀。寄語幽人空谷裡，好將〈白雪〉事金徽。」安慰李雯終有遇見鍾子期這般知音的一日。

　　崇禎六年，與復社友好的首輔周延儒致仕，溫體仁當國，極盡打壓異己之能事，《明史・奸臣傳》說他：「為人外曲謹而中猛鷙，機深刺骨。」子龍房師鄭友玄在此波黨同伐異中遭黜，子龍為師四處奔走，

〔註36〕《詩集》卷十三，頁486。
〔註37〕《詩集》卷十五，頁502。

並作〈春日寄獻澹石師〉〔註38〕、〈寄上京山鄭師〉等詩慰問，今舉
〈寄上京山鄭師〉爲例：

> 梁獄初回逐轉蓬，翻然江漢歷西風。
> 關多虎豹文深法，家旁豺狼戰鬥功。
> 楚國大夫瑜瑾暮，長沙才子蕙蘭叢。
> 莫愁秋見朝陽雁，一帶衡湘明月中。〔註39〕

「關多虎豹文深法，家旁豺狼戰鬥功」即指溫體仁黨羽如豺狼虎豹般
構陷忠良，使出身湖廣京山的這位才子「瑜瑾暮」，詩末安慰恩師「莫
愁秋見朝陽雁」因爲恩師的人品如「一帶衡湘明月中」，是小人們無
法誣陷的。而〈東皋草堂歌〉則是在慰問同爲溫體仁排擠的大儒錢謙
益，詩云：

> 虞山巖水飛不息，虞山先生高臥日。黃門從此亦拂衣，東
> 皋平田二頃微。翳然林木草堂靜，單衣白帽娛金徽。高談
> 王霸神清竦，江風獵獵水雲動。當時有口每借人，公業傾
> 家非自奉。應是清流同調多，豈關失職交相重。江湖何與
> 中書堂，當門厭爾多芬芳。田蚡久欲更廷辯，朱竝居然來
> 上章。十年放逐念京洛，可憐入國雙銀鐺。豈惟松桂無顏
> 色，長安城中煙霧塞。金吾吏向閶門歸，告密人從丞相揖。
> 但令深文一獄成，何難鉤黨千家及。君王神聖揮太阿，此
> 曹深計空礧砢。左掖門邊十步地，那知一往如流波。舊疾
> 雖痊留不得，七月秋風下潞河。道旁小兒戟手罵，掩耳莫
> 聽吳人歌。大街陳屍誰氏子？相公殺汝可奈何！嗚呼！男
> 兒全身良不易，自稱騎虎終難事。可憐數載黃扉人，未識
> 千秋青史字。何如草堂突兀山之陽，七檜偃寒雲蒼茫，飛
> 觴樂聖凌滄浪。吾聞檻車開一匡，胥靡霖雨興殷商。生平
> 報國殊未央，草堂何得常徜徉？〔註40〕

此詩蓋指崇禎十年，有奸民張漢儒爲取媚首輔溫體仁，便羅織罪狀攻

〔註38〕《詩集》卷四，頁102。
〔註39〕《詩集》卷十三，頁438。
〔註40〕《詩集》卷九，頁265。

許溫體仁的政敵錢謙益、瞿式耜。而子龍和錢謙益素稱知己，「錢、瞿至西郊，朝士未有與通者，予往欲見，僕夫曰：『較事者耳目多，請微服往。』予曰：『親者無失其為親，無傷也。』冠蓋策馬而去，周旋竟日乃還。」〔註41〕對於錢謙益的貶謫，子龍以西漢田蚡詬陷竇嬰等史事諷張漢儒誣枉錢氏，並以「大街陳屍誰氏子？相公殺汝可奈何」怒控溫體仁黨同代異。在當時政治詭譎、動輒得咎的氛圍裡，子龍敢冠蓋前謁錢氏並在詩中直言不諱，可謂真男兒！

　　崇禎十三年，黃道周獄起，素與楊嗣昌不和的楊廷麟也被牽連在內，子龍有〈寄懷楊機部太史，時機部以漳浦之獄有連〉以贈，詩曰：

> 汝從高臥豫章城，何減關西伯起名。
> 鉅鹿風塵餘部曲，匡盧煙霧擁諸生。
> 清時黨錮非難解，亂後音書倍欲驚。
> 此日楚臣愁獨醒，滄浪東去不勝情。〔註42〕

「關西伯起」指的是歷仕北魏、東魏、北齊三朝的史家魏收，其人早慧，年二十六便膺負修國史之責，其作《魏書》直筆不諱，後世多譽。子龍以魏收比廷麟的忠言無諱，並點出廷麟此次受過肇因黨派之爭，為其不平而鳴。關於此詩譽者甚眾，如朱隗譽之：「格清氣老，七律火候已到十分，不可以字句工拙論矣。」〔註43〕葉矯然（1614～1711）《龍性堂詩話初集》則譽曰：

> 何大復〈寄邊子〉云：「汝從元歲侍今皇，誰念先朝老奉常。一出雲霄空悵望，十年歧路各蒼茫。」起最似李義山〈上令狐相公〉詩。王元美最愛而屢效之，如〈送史僉事〉云：「汝過崆峒劍色開，輕裘千騎擁登台。〈送汝康〉云：「汝遊桂嶺疑天盡，更入滇方覺地寬。」……亦稍彷彿。後陳

〔註41〕《年譜》崇禎十年丁丑條。
〔註42〕《詩集》卷十五，頁520。
〔註43〕〔明〕朱隗：《明詩平論》卷十五，《四書禁燬叢刊》集部第169冊，頁680。

　　臥子〈寄楊伯祥〉一律，深得其妙……聲情直與信陽頡頏，

　　余至今誦之。〔註44〕

葉氏對此詩的溢美之情不在話下。

三、讚揚才功

　　陳子龍雖天資穎悟，才名早顯，但不自矜貴，對於他人之善從不吝於褒揚，集子中亦不乏對時人的讚頌，如於崇禎五年寫給有「明末四公子」之稱的方以智〈遇桐城方密之於湖上，歸復相訪，贈之以詩〉二首之二云：

　　仙才寂寞兩悠悠，文苑荒涼盡古丘。

　　漢體昔年稱北地，楚風今日滿南州。（自注：時多作竟陵體。）

　　可成雅樂張瑤海，且剩微辭戲玉樓。

　　頗厭人間枯槁句，裁雲翦月畫三秋。〔註45〕

其中「仙才」暗指方以智和自己，言其二人致力復古反對竟陵詩風。「微辭」暗指二人時有微辭諷諫，憂時之思。說明二人在古文辭上的志同道合。迨方氏將歸桐城，子龍則作賦別詩〈送密之歸皖桐〉云：

　　君歸秋色盡，落葉九江哀。宿雁依寒水，潛蛟避古臺。

　　衍餘圖馬在，機及木牛來。（自注：密之衍《易解》，作木

　　牛。）

　　霜月橫吳楚，清光送客杯。〔註46〕

方以智博學多識，著有《通雅》、《物理小識》、《醫學全通》等書，「衍餘圖馬在，機及木牛來」只用十字便道盡方以智衍《易解》作出木牛流馬的天才洋溢。

　　再如〈贈錢牧齋少宗伯〉：

〔註44〕〔清〕葉矯然：《龍性堂詩話初集》，頁985。

　　　　筆者按：〈寄楊伯祥〉詩名誤，當作〈寄懷楊機部太史，時機部以漳浦之獄有連〉爲是。

〔註45〕《詩集》卷十三，頁415。

〔註46〕《詩集》卷十一，頁316。

漢苑文章首，先朝侍從賓。三君同海嶽，一老是星辰。
作直稱遺古，推賢更得鄰。當時客漸進，文舉氣無倫。
陳實園中士，蕭劉澤畔人。螟蛄喧日夜，蘭桂歷冬春。
舊學商王重，清流漢史均。范宣誰讓晉，衛鞅欲專秦。
獨指孫弘被，仍汙庾亮塵。十年耕釣樂，《七略》較讐新。
當戶無芳草，洪流逸巨鱗。睚眥流訛訛，鉤黨極申申。
告密牢修急，經營偉節神。霜華飛暑月，劍氣徹秋旻。
明主終收璧，宵人失要津。南冠榮衰繡，北郭偃松筠。
艱險思良佐，孤危得大臣。東山雲壑裡，早晚下蒲輪。

〔註47〕

是在錢謙益遭黜後過訪相贈之作，詩當作於崇禎十三年。詩中大讚錢
謙益才學「漢苑文章首」，如孔文舉般高華無倫，道德上「作直稱遺
古，推賢更得鄰」，雖一時不遇，但其如謝安之才將不會被埋沒太久，
定能「早晚下蒲輪」。

四、其它事類

有部分贈答唱和詩不屬於上三類者則歸於「其它事類」中。較諸
前三種類所寄贈之對象幾乎清一色為摯友，這類酬贈對象則顯得複
雜，或基於人情所不能免者而作的應酬詩，或為摯交而作。交情不一
反映在詩歌上便有情感深淺之別。故這類詩篇品質參差，佳者如五古
的〈送闇公聖期應試金陵〉：

送客谷水上，風雨來江東。夏日亦以寒，千里關河空。
江城落雲際，吳山辨煙中。揚舲發二子，澹蕩兼葭叢。
賽神揚子津，咫尺金陵通。清華在都市，環佩何玲瓏？
秦淮十二樓，天外青濛濛。伯子文章彥，意氣吞雄虹。
仲子擅儒雅，霏霏多玄風。良璧不孤潤，威鳳誰能同？
聖人臥瑤關，側席招旌弓。若人匡時才，大道豈固窮？
十載琬琰交，昔日雙飛鴻。倚樹謝公宅，避暑孫帝宮。
咸思抱忠憤，世俗難為工。棄襦不出關，貧賤羞微躬。

〔註47〕《詩集》卷十六，頁552。

越石固豪士，祖生乃時雄。同衾久商略，何年成奇功？

〔註48〕

此詩作於崇禎六年，送別友人徐孚遠、徐鳳彩兩兄弟赴南京應鄉試之作，詩歌描述在風雨交加之日送別，營造出風雨愁殺人的哀戚。又讚美徐氏兄弟文采卓越，「若人匡時才，大道豈固窮」激勵二人莫要擔憂。並以劉琨、祖逖二人互勉之例，告訴徐氏兄弟同衾商略多年，此試定能有成。詩中無論是意境營造，或典故運用，皆十分傳神。又〈寄宋九青給事，時方使冊封趙藩〉：

正牙陪位及臨軒，授節鳴珂出禁門。

文帝雲孫開北國，鄴都才子盛西園。

桐珪剖月秦城賤，羽蓋流星漢使尊。

借問諸侯誰特達？清漳荒草憶平原。〔註49〕

本詩蓋云崇禎十年宋九青奉命至彰德府冊封趙王事。先以「正牙陪位及臨軒，授節鳴珂出禁門」營造出宋九青身奉皇命出使的隆重，又以「鄴都才子」讚以宋氏，說明以其才子之姿為「文帝雲孫」冊藩相得益彰。「借問諸侯誰特達？清漳荒草憶平原」二句，則是以戰國平原君散家財募得三千死士，在楚、魏援軍未至時，死守邯鄲力阻秦軍的典故，似在目睹北方女真節節逼進時，問焉得像平原君這般人才來守護河山。既是賀宋九青榮膺大任，亦是勉勵宋九青要為國做出重大貢獻，有褒有勉，不似一般歌功頌德之詩。又其〈送張子服昆弟從任廣陵〉二首之二云：

矯首輕風送晚潮，碧雲江水暗迢迢。

三秋玉藕殘紅粉，十里珠簾弄紫簫。

無問雷塘生舊恨，有人明月為魂消。

憶君今歲看河鼓，知在揚州第幾橋。〔註50〕（自注：時近七夕。）

〔註48〕《詩集》卷四，頁105。

〔註49〕《詩集》卷十四，頁465。

〔註50〕《詩集》卷十三，頁438。

張子服，名寬，為陳子龍大妻舅，明亡後加入反清復明之列，吳勝兆事發後與夏完淳同論斬。此詩作於崇禎十一年，子服隨父張軌端任官廣陵，子龍贈詩相別。「矯首輕風送晚潮，碧雲江水暗迢迢」以清麗無華之筆點出離別時、地。而「紅粉」（蓮花）的「殘」似乎象徵著美好時光的一去不回，離別後連「雷塘」都為之「生舊恨」，更遑論「有人明月為魂消」。末聯「河鼓」即牛郎星，意謂自己將在揚州某座橋上望著牛郎星，企盼他的歸來。把牛郎織女銀河相隔的故事，巧妙結合他與張子服相隔二地的情景。全詩語言清麗，沒有太多繁瑣的典故，只有離情依依如袖底風縈繞。再如崇禎九年春的〈陽春歌・和舒章〉：

> 東風習習垂楊裡，芳草如雲吹不起。
> 雙鬟拾翠鬥紅妝，群鳥銜花過綠水。
> 日照青樓午夢長，鳳釵自落黃金床。
> 桃枝柳枝入明鏡，臨窗極望心茫茫。
> 陌頭年少多惆悵，遙見妝樓一相向。
> 苑牆寂寞乳鳩啼，簾外春光空萬狀。〔註51〕

時子龍在前一年被迫與所愛的柳如是分手，其心甚怏怏，故全詩愁緒百端，情真意切。

　　相反的，有些作品許是礙於人情難卻而去，讀之便不似前者般情真意切，如〈壽梁溪封太史馬公〉：

> 扶風今日見耆英，六代崇儒舊有聲。
> 款段少游違大志，絳紗子幹是諸生。
> 曾收孔壁遺經在，新錫龍門世史名。
> 更喜家山通玉乳，金莖一勺佇霓旌。〔註52〕

以及〈壽蘇松宋兵憲〉：

〔註51〕《詩集》卷九，頁 242。李雯詩：「陽春曉霧花間濕，踏青女兒盼行
　　　　客。陌上牽花風欲輕，袖裡藏鉤人不識。萍帶初舒魚戲通，柳絲乍
　　　　卷鶯窺急。高屏孔雀對床間，短架薔薇映身立。試看香羅紫袖寬，
　　　　金槽琵琶語夜闌。落花滿砌柔無力，春風何處不相關。」
〔註52〕《詩集》卷十四，頁 492。

> 三吳憲府得名賢，籍甚家聲海岱前。
> 鳳閣舊傳雄彩筆，虎符重起護樓船。
> 帳中甲士魚麗陣，幕下諸生桂樹篇。
> 坐酌紫微須上佐，閬風玉女自嬋娟。〔註53〕

上二首皆爲官長賀壽而作。詩中大量引用典故，如以秦少游、盧植來推崇馬公的學問。或頌揚帳中兵士如魚龍、或以閬風仙山玉女來賀壽等等，詞藻華美、對仗嚴整但卻看不出多少眞情，運用那麼多繁複的典故，除在官長前表現己身才學外，或許是因爲缺乏充足的情誼，才以精雕細琢之詞塡補內容的空洞。

小　結

　　整體言之，子龍贈答唱和詩仍不脫其好用典的的特色，尤其是在無充裕情感而作的情況下，往往會藉典故的堆砌以塡補內在感情的貧乏。此外，子龍畢生最關注者莫過經世濟民這等大事，因此即便是師友往來酬唱之作，大多包涵著建功立勳、盡忠報國這類「實學」命題，或許這正是其所謂「詩之本不在是，蓋憂時託志者之所作也」〔註54〕的實踐。再者，這類詩見贈對象不乏當時重要人物，對後人研究其交遊圈及明末政壇現象，是相當有用的一項文獻資料。

第三節　寫景記遊詩

　　陳子龍雖爲一介江南文士，然因其性格豪邁、交遊廣闊，相較於傳統「秀才不出門」的觀念，他一生多次壯遊，從南方的吳中，北迄洛陽、長城、京魯等地，足跡遍及大江南北，自然也留下不少寫景記遊的詩篇。這些詩篇或記山川形勝，或發思古幽情，或悲己哀時，言語雄渾高華，可觀者所在多有。其中，最大的特色是詩人每次出遊，每抵達一處便有吟哦之作，形成一系列的「遊覽組曲」，透過這類

〔註53〕《詩集》卷十五，頁494。
〔註54〕陳子龍：〈六子詩稿序〉，《安雅堂稿》卷三，頁39。

「遊覽組曲」再對照其自撰《年譜》，後世研究陳子龍事跡者便可還原其動線，方便考察當時的行跡。例如，在其《年譜》崇禎六年癸酉條中云：

> 文史之暇，流連聲酒，多與舒章倡和，今《陳李倡和集》
> 是也。季秋，偕尚木諸子遊京師。

又，《年譜》崇禎七年甲戌條則云：「春，復下第罷歸。」至此可知崇禎六年秋至七年春之間，子龍在北京應試。再將刊行於崇禎八年的《屬玉堂集》中與北行沿途等地有關的詩找出來，共得卷5的〈舟行淮南道中〉、〈經淮陰有懷韓王〉、〈渡黃河之作〉、〈入滄州道中〉，卷8〈望下邳作〉、〈與客登任城太白酒樓歌〉，卷11〈揚州〉三首、〈遊任城南池〉、〈汶濟雜詩〉十首，卷13〈潤州〉二首、〈望射陽湖，志云陳琳墓在其側〉、〈蘭陵野即事〉十首、〈經王粲墓〉、〈衛河道中〉，卷17〈南旺湖分水廟作〉二首，共十五題，此皆當年進京趕考沿途所作〔註55〕。

再把《詩集》中所引的地理志和現代地沿革作一比較，便可得知〈潤州〉作於今江蘇鎮江市，〈揚州〉和〈舟行淮南道中〉作於今江蘇揚州市，〈望射陽湖，志云陳琳墓在其側〉作於今江蘇寶應縣，〈望下邳作〉作於今江蘇淮陰市，〈經淮陰有懷韓王〉作於今江蘇淮陰市，〈蘭陵野即事〉作於今山東棗莊市，〈經王粲墓〉作於今山東濟寧市城南五十三里處的王粲墓，〈與客登任城太白酒樓歌〉、〈遊任城南池〉作於今山東濟寧市，〈南旺湖分水廟作〉作於今山東汶上縣西南的分水廟，〈汶濟雜詩〉作於今山東汶上縣與濟南市間沿途，〈渡黃河之作〉作於濟南市的黃河一帶，〈衛河道中〉作於今濟南至河北滄州間的衛河上，〈入滄州道中〉作於今河北滄州市一帶。

〔註55〕另一項佐證是《詩集》附錄三徐孚遠所題〈陳李倡和集序〉云：「是集既成，陳子遂北上。」顧開雍所題〈陳李倡和集序〉：「今臥子旦夕濟江矣，方當挾盛策，奮劭功，嘉與諸君子同獎中原，驅光龍驥。」由以上諸語便可推知子龍於崇禎六年北上應試，這些詩便是作成於此次遊途中。

　　復對照現代地圖，便可推演崇禎六年陳子龍入京沿途詩作依時間先後依序為：

　　〈潤州〉二首→〈揚州〉三首→〈舟行淮南道中〉→〈望射陽湖，志云陳琳墓在其側〉→〈望下邳作〉→〈經淮陰有懷韓王〉→〈蘭陵野即事〉二首→〈經王粲墓〉→〈與客登任城太白酒樓歌〉→〈遊任城南池〉→〈南旺湖分水廟作〉二首→〈汶濟雜詩〉十首→〈渡黃河之作〉→〈衛河道中〉二首→〈入滄州道中〉。

　　這不僅對陳子龍詩歌創作時間能做出定序，對考察陳子龍平生行跡也能提供一項參考。

　　像這類「組曲式」的寫景記遊詩在陳子龍詩集中不罕見，例如崇禎五年秋八月同周立勳、徐孚遠遊杭州西湖時便留下〈從段橋雨泛出西陵橋〉、〈循蘇堤至南屏下〉、〈從靈隱寺上韜光道〉、〈歷南屏諸勝取雷峰歸湖中〉（以上見《詩集》卷4）、〈至韜光嶺〉（卷13）、〈西湖漫興〉、〈葛嶺〉（以上見《詩集》卷17）等詩篇。崇禎七年再遊西湖則留下〈寒雨〉（卷5）、〈湖南淨慈寺〉（卷11）、〈鳳凰山回望南宋行宮故址〉、〈西陵〉（卷13）、〈吳越武肅王祠〉（卷16）等作。

　　又如崇禎十五年五至七月，子龍奉命剿平浙西山賊時，兵馬倥傯之餘亦留下不少寫景記遊詩，如：〈討山寇至平昌憩項中丞雙溪園〉、〈苦雨〉、〈阻雨善溪〉、〈出栝蒼門渡江〉（以上《詩集》卷7）、〈山中曉行〉、〈大風雨渡東陽江〉、〈予討山越遇大水阻酥溪不得渡渡宿善溪〉、〈過酥溪水深不可涉從間道至上流十里渡〉、〈壬午生日發永康憶去歲在崇德前歲在都間〉、〈師次松陽宿淨居館聞警〉（以上《詩集》卷12）等。

　　一次出遊便留下大量組曲般的詩作是陳子龍寫景記遊詩的一大特色。

　　其寫景記遊詩中不乏佳句，如〈循蘇堤至南屏下〉中有：
　　濕雲卷峰外，繁雨涓松際。穠潤發秀直，空濛含幽麗。
　　行旅隔烟水，擔荷縈薜荔。湖山競翠容，松篁間虧蔽。

南屏覆虛泛，北亭懷婉嬺。日暮虎聲鬥，樹暝猿飛細。

以及〈從靈隱寺上韜光道〉：

水涸溪尚靜，雲暝山復殊。廣堂鬱朱草，別澗生青蒲。
懸輿攀絕巘，反杖送崎途。迭映媚樵路，虛折限人區。

〔註56〕

這是陳子龍早年之作，雖是五言古詩，但寫景之句卻大量使用對偶，清麗自然鑿痕不深，於此可看出陳氏對偶功力之深厚。值得一提者還有那些以雄壯的筆觸寫景之作，如崇禎十年寫的〈錢塘東望有感〉：

清溪東下大江回，立馬層崖極望哀。
曉日四明霞氣重，春潮三浙浪雲開。
禹陵風雨思王會，越國山川出霸才。
依舊謝公攜伎處，紅泉碧樹待人來。〔註57〕

錢塘在秦代設縣隸屬會稽郡，轄治吳越故地，傳說在西元前 2030 年時，大禹在會稽的塗山南麓大會天下諸侯，故云：「禹陵風雨思王會」，蘇軾〈宿建封寺曉登盡善亭望韶石三首〉詩中亦有「此方定是神仙宅，禹亦東來隱會稽」之句描述此傳說。「依舊謝公攜伎處，紅泉碧樹待人來」一句中的「謝公」指謝安，謝安乃東晉名臣，淝水之戰大勝苻堅，奠定東晉偏安江南的基業，晚年退隱錢塘一帶。詩中提及大禹、越王勾踐和謝安，表現子龍盼望明朝能出現如大禹般的聖王、或勾踐般復國的霸才，抑或謝安般的股肱之臣，來挽救岌岌可危的明朝，呼應首聯中的「立馬層崖極望哀」的焦慮。全詩起筆凝鬱，中間二聯氣象恢宏、聲勢壯盛，至收筆的「紅泉碧樹待人來」一變而為悠悠不盡之情思，可謂跌盪多姿。而〈錢塘東望有感〉一詩特別處在於其音調、用韻，甚至整體格調上均神似杜甫〈登高〉詩：

〔註56〕〈循蘇堤至南屏下〉、〈從靈隱寺上韜光道〉二詩皆見《詩集》卷四，頁 100。
〔註57〕《詩集》卷十四，頁 477。

風急天高猿嘯哀，渚清沙白鳥飛迴。

無邊落木蕭蕭下，不盡長江滾滾來。

萬里悲秋常作客，百年多病獨登臺。

艱難苦恨繁霜鬢，潦倒新亭濁酒杯。〔註58〕

張亭立氏曾推論此詩爲擬杜詩之作〔註59〕，即便是擬作，但較之杜甫以個人際遇爲中心，陳子龍此作則以史家的客觀視野呈視登高望遠之懷，感情濃度或不及杜詩，然氣象之雄健卻未必遜色。尤其「禹陵風雨思王會，越國山川出霸才」一句更是陳子龍最傑出的對句之一，王漁洋《香祖筆記》便云：

吳梅村嘗與陳臥子共宿，問其七言律詩，何句最爲得意？臥子自舉「禁苑起山名萬歲，複宮新戲號千秋」一聯。然予觀其七言，殊不止此。如：「九龍移帳春無草，萬馬窺邊夜有霜」、「禹陵風雨思王會，越國山川出霸才」、「石顯上賓居柳市，竇嬰別業在藍田」、「七月星河人出塞，一城砧杵客登樓」、「四塞河山歸漢闕，二陵風雨送秦師」諸聯，沈雄瑰麗，近代作者未見其比。殆冠古之才，一時瑜亮，獨有梅村耳。〔註60〕

另一首寫景記遊的七律〈九日登一覽樓〉，詩云：

危樓樽酒賦〈蒹葭〉，南望瀟湘水一涯。

雲麓半函青海霧，岸楓遙映赤城霞。

雙飛日月驅神駿，半缺河山待女媧。

學就屠龍空束手，劍鋒騰踏繞霜花。〔註61〕

亦是模擬杜甫的〈登樓〉：

花近高樓傷客心，萬方多難此登臨。

〔註58〕〔唐〕杜甫著，楊倫輯：《杜詩鏡銓》卷十七，（台北：華正書局，19693年9月），頁842。

〔註59〕張亭立：《陳子龍研究》（上海：華東師範大學博士論文，2007年），頁151。

〔註60〕〔清〕王漁洋：《香祖筆記》（台北：廣文書局，1968年6月），頁24。

〔註61〕《詩集》卷十五，頁533。

> 錦江春色來天地，玉壘浮雲變古今。
>
> 北極朝廷終不改，西山寇盜莫相侵。
>
> 可憐後主還祠廟，日暮聊爲梁甫吟。〔註62〕

杜甫的〈登樓〉作於唐代宗廣德二年（764），時值安史亂後，國力大損、民不聊生，加上藩鎭割據及吐蕃、回紇伺機爲亂的「萬方多難」之際。而陳子龍的〈九日登一覽樓〉則作於順治三年（1646）清兵南下，轉瞬便滅了在南京的弘光小朝廷，時魯王（1618～1622）南逃監國紹興卻和在福州稱帝的唐王不能相互合作，致復國之路遙望無期，故云「雙飛日月驅神駿，半缺河山待女媧」。二者的寫作背景何其相似，目睹國難殷重卻都無力可回天，只能將血淚謳成一首首的詩篇。

子龍的寫景記遊詩寫得好的並非全是上列那些雄健之作，清婉的佳篇亦有，如其亡國後路經明末名士陳繼儒故居所寫的〈經陳徵士故廬兼問墓道〉：

> 徵君池館一追攀，花滿中庭尚閉關。
>
> 綺季衣冠成故國，龐公衡宇在人間。
>
> 白楊漫指東西路，叢桂空留大小山。
>
> 此日重翻《耆舊傳》，不勝清淚損紅顏。〔註63〕

對於此詩，批評子龍向來不遺餘力的吳喬是一反常態地讚譽，其《圍爐詩話》云：

> 陳臥子〈過陳徵君故居〉（筆者按：當爲〈經陳徵士故廬兼問墓道〉）詩曰：「白楊漫指東西路，叢桂空留大小山。」
>
> 通篇清婉，不讓唐人。〔註64〕

小　結

　　陳氏的寫景記遊之作，除早期尙有純粹寫山水美景、記冶遊之

〔註62〕〔唐〕杜甫著，楊倫輯：《杜詩鏡銓》卷十一，頁520。

〔註63〕《詩集》卷十五，頁530。

〔註64〕〔清〕吳喬：《圍爐詩話》卷六，頁473。

樂的作品外，自崇禎十年入仕後，或許是因爲礙於朝廷命官的身份，或許是因爲國勢更爲嚴峻，以致其寫景記遊詩不復往日的單純寫景抒懷，而是結合對時事的憂懼，使他的寫景記遊詩亦融入部分「詩史」的元素，亦使其詩風轉爲沉雄悲切。再者，則是他有不少寫景記遊詩皆是以「組曲」的方式呈現，這給後世研究者提供了不少便利性。

第四節　社會寫實詩

　　社會寫實詩是陳子龍詩作中最具個人特色、成就最高華，也最爲後世推崇的一類。馬積高謂其社會寫實詩云：

> 陳子龍受前後七子復古主張影響較深，早年寫過一些擬古
> 之作。後期詩風有所改變，憂時念亂的沈痛感情注入詩中，
> 顯得悲勁蒼涼，而又詞藻華麗，音調鏗鏘，具有較強的感
> 人力量。特別是他的七律，不少寫於勤勞國事、戎馬倥偬
> 之際，表達他對時局的關切。〔註65〕

陳子龍生逢末世，又目睹國變，自幼在忠孝節義庭訓中成長的他豈有不悲痛感慨之理？他在〈申長公詩稿序〉道：

> 家國之事，一至於斯，有枕戈之痛焉，有丘墟之感焉，國
> 雖猶在，蓋終身不向西而坐也。不有吟詠，即何以寄憤懣
> 哉！昔者箕子過殷墟而悲不自勝也，欲哭則不可，欲泣則
> 近於婦人，乃作〈麥秀〉之歌。後若曹子建、王仲宣之主
> 流，親經喪亂，悼所聞記有〈七哀〉之詩，今所傳〈高樓〉
> 之作、〈灞岸〉之篇是也。由是觀之，古之君子，遇世衰變，
> 身嬰荼痛，宣鬱之情，何嘗不以詩歟！〔註66〕

陳子龍的社會寫實詩即是爲憂國憂民、記錄時難而發，今茲從「反映內亂」、「反映外患」、「反映民瘼」三面向來探究其社會寫實詩。

〔註65〕馬積高：《中國古代文學史》（台北：萬卷樓圖書有限公司，1998 年
　　　 7 月），頁 40。
〔註66〕陳子龍：〈申長公詩稿序〉，《文集（上）》卷八，頁 416。

一、反映內亂

明朝政治除「成、仁、宣」三朝相對安定外,自建國伊始便內亂頻仍,先有燕王朱棣的靖難之變,繼之又有廠衛橫行、黨爭迭起,終至流寇李自成陷北京,崇禎殉國,內亂問題一直和明朝相始相終。光陳子龍一生經歷的神宗、熹宗、思宗三朝,便發生過「梃擊、移宮、紅丸」三懸案、東林黨爭、魏忠賢專政、流寇盜賊肆虐等內亂,他將這些亂象一一反映在詩歌上。如其〈寓言〉:

> 江東有穢鳥,自名為禿鶖。食魚徒滿吭,毛羽終可羞。
> 其或所立渚,鷗鷺必遠投。何來一蒼鷹?鐵翮黃金眸。
> 雖非高尚姿,猶任搏擊謀。不作摩天飛,下集滄江流。
> 側身就鶖飽,比翼相邀遊。末流安可居?貴賤各自求。
> 所以老鶴心,傲然當高秋。〔註67〕

詩作於崇禎四年,彼時大學士溫體仁大肆排軋東林黨,詩中以蒼鷹和禿鶖為伍,極可能是在諷刺溫體仁及其黨羽。又崇禎五年的〈惜捐·嗟賢人去國也〉云:

> 憶昔先帝時,貐㺌方內訌。國柄不在握,行止如旋風。
> 入阱笑麟鳳,上殿皆狐狨。宵人罵碧血,群閹豔莘蟲。
> 逆臣謀益急,勢去天愈夢。天下憂默然,日月何時東?……
> 射鳥莫射鳳,鳳去羞梧桐。擊樹莫擊桂,桂死怨靈霆。
> 東鄰有賢婦,閒貞棄狡童。西鄰未嫁女,感物憂忡忡。
> 其處雖異遇,均抱清潔衷。何人國所重?悲傷到微躬。

〔註68〕

此詩推為大學士黃道周所做,時首輔周延儒與大學士溫體仁相互爭權,黃道周不欲與周、溫二人為黨,上書直諫後乞歸養病。子龍見耿介的黃道周落得如此遭遇,因此為其不平鳴曰:「射鳥莫射鳳」、「擊樹莫擊桂」,又見政治如此敗亂,自己雖無官銜在身亦不免擔憂說:「西鄰未嫁女,感物憂忡忡。其處雖異遇,均抱清潔衷。何人國所重?悲

〔註67〕《詩集》卷四,頁91。
〔註68〕《詩集》卷四,頁91。

傷到微躬。」崇禎六年溫體仁任首輔，子龍憂心忡忡，做〈雜詩〉四
首以誌慨，其中一首云：

> 彈射非今日，逢迎自昔長。烏台傷諫草，鳳閣愧飛章。
> 還詔虛風節，聯辭謝紀網。可憐湖海士，無力奏明光！
>
> 〔註69〕

「彈射非今日，逢迎自昔長」便是在諷朝廷諫官與溫體仁沆瀣一氣、
排擠群賢，而身為一介布衣的自己對內政亂象卻「無力奏明光」。同
年冬子龍入京，親睹溫黨勢力日熾，朝廷大臣人人自危，又做七言古
詩〈今年行〉大表憤懑，詩云：「老若公孫還牧豕，少如終童歸治裝。
治安不識絳與灌，天人僅相江都王。經明行修灶下養，秀才異等貲為
郎。天漏奎壁女媧死，腐鼠滿眼饞鳳凰。且憂文武道將盡，百年媟母
長專房」、「丞相不復開東閣，更有中貴持短長。」〔註70〕對於權傾一
時的溫體仁，子龍一無所懼地痛批其為「腐鼠」、「媟母」，足見其威
武不屈的勇氣。若說上列詩篇是在刺文臣的相互傾軋，那七古〈白靴
校尉行〉則是在刺廠衛的張狂，此詩做於崇禎七年入京時，子龍目睹
魏忠賢時代留下來的東廠錦衣衛在崇禎時依然深受皇帝倚重，仗勢橫
行民間，詩云：「逢人不肯道名姓，片紙探來能坐縛。關東仕子思早
遷，走馬下交百萬錢。」〔註71〕錦衣衛們僅憑片紙告密，便能不分青
紅皂白地逮捕百姓，仕人欲得升遷，必須重金賄賂廠衛得其美言，整
個國家的政治簡直病入膏肓了。

　　崇禎八年，因連年饑旱促使陝西流民四起，久了便成為武裝與官
軍對抗的「流寇」、「盜匪」，變成明朝西面一大隱憂。同年九月，任
宣府、大同總督的洪承疇領兵征討至潼關，迫使高迎祥、李自成東走。
子龍為此寫了〈群盜〉一詩記述此事：

> 聞道西師至，秦州夜解圍。黃巾誅更熾，白羽厭還非。

〔註69〕《詩集》卷十一，頁320。
〔註70〕《詩集》卷八，頁222。
〔註71〕《詩集》卷八，頁229。

商洛多幽谷，潼關鎖翠微。中原諸將在，急為著戎衣。
〔註72〕

雖然陝西之危是暫時解除了，但子龍深知當地多深山幽谷，要剷除群盜絕非易事，故云：「黃巾誅更熾」。而黃巾賊肇因東漢末年接二連三的天災人禍，以致部分百姓被「逼上梁山」，其行故不可取，其情實誠可憫，子龍在以此黃巾賊喻西北流寇，除說明其盜匪本質外，似乎也對他們被「官逼民反」的無奈表示理解。在給友人楊龍友的詩〈聞桐城亂久矣，龍友從金陵來，知密之固無恙也，甚喜，又以久不見寄書，寒夜有懷，率爾成詠〉便有「民怒一朝發，裂帛張旌旗。中夜刑牛馬，縱火焚九逵」〔註73〕之句，即明白點出了朝廷失德、失能，是造成各地民變四起之因。

其實，子龍和朋友們雖處安定富庶的江南，但他們對國家情勢看得十分清楚，深明當前江南的安樂只是例外，整個國家早已岌岌可危了，李雯在一篇〈會業序〉提到子龍與他們讀書松江南園時的一番對話：

今年春，闇公（徐孚遠）、臥子讀書南園，余與勒卣（周立勳）、文孫（陸□）輩或間日一至，或連日羈留。樂其修竹長林、荒池廢榭。登高岡以望平曠，後見城堞，前見丘壟，春風發榮，芳草亂動。雖僻居陋壤，無憑臨弔古之思，而覽草木之變化，感良辰之飇馳，慨然而不樂矣。……臥子顧而言曰：「此固昔賢笑歌遊樂之場也，此事曠絕既數十年，而後惡鳥、啄木、獱獺之群，相與聚族而居之，飛走飲食其中又數十年，而此蟲鳥者又何知？若夫志動日月，氣屬風雲者，固不堪鬱鬱坐對此曹耳。」予笑而言曰：「今流人之亂也，大江以北，大河以南，有介而登者乎？」曰：「有。」「有負而走者乎？」曰：「有。」「僵而殭者乎？」曰：「是不可勝數也。」「則我徒之聚於荒郊，悠優詩書，

〔註72〕《詩集》卷十一，頁338。
〔註73〕《詩集》卷五，頁134。

是不可非謂天子之福、南人之幸。且我等今日六七布衣諸生，偶得僱仰而追隨也，使他日或在朝廷，或在方國，或在蠻瘴，或在鄉里，千里相思，十年不見，則又安知南國之啄木、惡鳥、獝獭之群，不又爲賞心樂事不可復遇者耶？」臥子以爲然。〔註74〕

介而登者是戰士，負而走者是難民，僵而骴者是死人，在江南以外之地早已烽煙四起、哀鴻遍野，國家情勢，子龍他們看得極清楚。而造成民變的不僅是饑旱，官吏的橫徵暴斂更是逼民爲盜的原因之一，其〈諸將〉五首之一云：

> 群盜七年劇，神州不可論。又聞方入楚，復道已歸秦。
> 污染黎民泣，驕矜將帥嗔。何時嚴紀律？天地息風塵。

〔註75〕

驕兵悍將才是流寇無法被根除之因。所以群盜去而復返，人民也對官兵失去信心，「亦知悲寇盜，不敢望官兵」（〈諸將〉五首之五）。對於後來直接顛覆大明王朝的這群流寇，子龍以詩代史，詳實寫下其起因及經過。〈蒿里行〉一詩說出的流寇發生之因：

> 幽燕患□□，徵兵周四方。懦帥不御眾，散潰以流亡。
> 天災降秦晉，相煽而猖狂。反者如蝟毛，憑險爲阻藏。
> 漢將捕不道，亦聞嘗殺良。轉戰萬餘里，至今防荊梁。
> 中原故城郭，荊棘參天長。悲哉此赤子，望望淚沾裳。

〔註76〕

天災加上官吏昏憒的人禍，是造成寇亂之因，加上秦晉山勢多險，也使得剿寇任務不易，當地方官因捉不到真寇而殺無辜百姓頂替，使民心悖隔，更助長了流寇氣焰〔註77〕。地方上是如此，那中央大員們則是：

〔註74〕參見《詩集》附錄二，年譜崇禎八年乙亥條，頁650。
〔註75〕《詩集》卷十一，頁341。
〔註76〕《詩集》卷二，頁55。
〔註77〕《詩集》中本詩之後的〈考證〉有記載寇起之因，可參《詩集》，頁56。

嘉平以累葉，君子無雄圖。視肉而安寢，忽忽榮其軀。
不學竟無術，何以濟驅馳？一朝艱天步，失色為枝梧。
其窘如泥行，顛覆嘗載塗。因緣生事變，紛然付割屠。
〔註78〕

上列的〈薤露〉詩點出長年安逸使大臣們失去危機處理能力，朝廷的
束手無策也是寇亂日趨不可收拾的原因。崇禎十年，流寇張獻忠入湖
廣，先後為熊文燦、左良玉所敗，哪知張獻忠以重金收買熊文燦麾下
總兵陳洪範，表明投誠之意並要求明朝給餉十萬以供安置。受賄的陳
洪範在熊文燦前為張獻忠美言，讓張獻忠得以喘息，據穀城暗治兵
甲，崇禎十年夏，起兵反叛連下數城池，並於穀城壁留書，詳列受賄
官吏姓名及受賄金額，且曰：「襄陽道王瑞旃，不受獻忠錢者，此一
人耳！」將明朝官吏的貪婪誤國辛辣地公諸於世。於此，子龍有〈穀
城歌〉以記之：

旗離離，鼓坎坎，雕弓虎牌府門下，帳中錦袍坐紅毯。一
解。縣官來，不敢行；監軍來，並坐烹肥羊。汝有禾稻供我
糧；汝有訟獄聽我章。今我為官，汝勿驚皇。二解。百姓
入門何所見？白玉為君牀，黃金繚繞之。美人侍者儽儽，
仰面乃其妻。相視不敢問，中心悲！三解。將軍者何官？昨
日黃紙招安。小兵騎馬醉歡，突入酒市盤餐。四解。將軍口
傳勤王，峨舸大舶千檣。但聞江陵漢陽，又問武昌九江。五
解。〔註79〕

如此官賊沆瀣一氣，共同壓榨百姓，寇亂平得了嗎？其七古〈蜀山行〉
則記錄崇禎十三年，群寇叢集蜀中，但明官兵竟不戰而走，詩云：「但
傳長吏棄印綬，更聞大將亡旗旃。西南誰人司鎖鑰？坐擁雄兵守劍
閣。……可憐此輩皆庸奴……」〔註80〕。隨著官軍節節敗退，崇禎十
六年，李自成攻破京西重鎮潼關，有〈潼關〉詩云：

〔註78〕《詩集》卷二，頁54。
〔註79〕《詩集》卷三，頁84。
〔註80〕《詩集》卷九，頁270。

天險東臨鎖地維，重關遙夜角聲悲。
蓮花影照千烽出，竹箭波回萬馬遲。
四塞山河歸漢闕，二陵風雨送秦師。
長安游俠知無數，仗劍還能指義旗。〔註81〕

「四塞山河歸漢闕，二陵風雨送秦師」以秦穆公不顧情勢，冒然出師伐晉，蹇叔哭師於城下的史故，痛批因為皇帝和朝中大臣求成心切，不顧總督孫傳庭的專業判斷，便強令其出兵，致孫傳庭這位大將平白殉國，官軍死者四萬多人，對兵源將才皆吃緊的崇禎朝，此役無疑是壓垮王朝的最後一根稻草，至此之後，流寇便如潰堤洪水一路直衝北京，隔年，崇禎帝自縊殉國。子龍用「四塞山河歸漢闕，二陵風雨送秦師」短短十四字，便把朝廷的魯莽、孫傳庭的孤忠一筆道盡，用典渾然天成，令人佩服其博學。

二、反映外患

　　自萬曆四十六年（1618），後金的努爾哈赤以「七大恨」做為攻明的理由以來，明朝的北疆便再無寧日。至崇禎朝，後金步步蠶食明朝東北的寧遼，甚至屢屢寇擾明朝西北的宣府、大同，成為流寇以外明朝最大的憂患。在這天搖地變的時代，陳子龍以詩代史留下許多反映外患的作品。作於崇禎四年的〈凌河〉云：「遼東百餘城，一一居胡酋。卻發漁陽軍，版築青海頭」、「四門閉白日，萬人無一籌」、「唐時築受降，漢代營涼州。其後或淪胥，未聞誅首謀。寄語臨邊士，曷勿常悠悠？失地律尚輕，開邊罪難酬。君王不好大，誰敢思封侯」〔註82〕。

　　本詩在寫崇禎四年，大學士孫承宗在奏議在山海關外築大凌城（今遼寧省錦縣）阻擋建州兵事。時孫承宗令錦州總兵祖大壽遣四千兵士駐紮，兼指揮數萬名民工兵士修築大凌城。但朝廷以大凌地處荒遠不應建城，改將築城的兵士移防薊州，僅留一萬人駐守大凌，寧

〔註81〕《詩集》卷十五，頁 522。
〔註82〕《詩集》卷四，頁 94。

遠巡撫邱禾嘉明知以萬人守城是不可能之事，卻不敢有異議。同年八月，後金進犯大凌城和錦州，孫承宗建議邱禾嘉派祖大壽棄大凌、退守錦州，膽小的邱禾嘉不敢擅做決定，仍依朝廷令要祖大壽死守大凌。

祖大壽在等不到援軍，又屢次突圍不得，糧盡而降，大凌城悉入皇太極之手。孫承宗因提議築城罷官家居七年，而屢次誤判軍情的巡撫邱禾嘉卻僅貶二秩，故子龍爲孫抱不平，說唐代築受降城，漢代營涼州城，即便後來淪入敵手，也「未聞誅首謀」罪及提議築城者，末了以反筆譏諷道：「失地律尚輕，開邊罪難酬。君王不好大，誰敢思封侯。」

崇禎七年閏秋，後金犯西北的宣、大，殺掠無數，子龍有〈宣雲感事〉〔註83〕、〈閏秋雜感〉八首〔註84〕、〈傷秋〉五首〔註85〕以記。其中〈傷秋〉五首各首皆有典故和古地名的使用，像其一有：「漁陽突騎遠，上谷解圍難。漢闕鉤陳正，秦關太白寒。更聞河外警，都護救樓蘭。」其二有：「擬塞蚩狐口，誰增倒馬防。愁言冠蓋子，步履出明光。」其三有：「鳴鏑雖西向，戎車未北侵。神京勞版築，諸將便何心？」其四有：「征輸滄海盡，盜賊黑山謀」、「金牛紛蜀道，宛馬閉涼州。自古秦城險，於今漢將愁。」其五有：「但云防□□，誰料直雲中」、「猛士今難見？還應詠〈大風〉」，好用古地名和典故是子龍詩（亦可說是復古派）的一貫特色。

〈哀屬國〉則是寫崇禎十年，清軍（崇禎八年，皇太極改後金爲清）攻朝鮮，切斷朝鮮和明朝的聯繫，詩云：「李氏君臣哭廟走，馬蹄凍折相扶將。可憐江華不能到，錦衣王子悲彷徨」、「此邦倚漢與天等，一朝都邑生蒿萊。雖然都邑生蒿萊，回首尚望天兵來」〔註86〕，

〔註83〕《詩集》卷五，頁132。
〔註84〕《詩集》卷十三，頁438。
〔註85〕《詩集》卷十六，頁540。
〔註86〕《詩集》卷九，頁255。

將彼時朝鮮的危急歷歷書於紙上。七律〈遼事雜詩〉八首〔註87〕，以大歷史的視野將遼東由盛而衰做全盤記錄，其一云：

> 昔年遊俠滿遼陽，吹角鳴鞭七寶裝。
> 帳下紫貂多上客，樓前白馬度名倡。
> 椎牛屬國開新市，射虎將軍獵大荒。
> 李氏家聲猶帶礪，斷垣落日海雲黃。

寫李成梁父子兄弟經略遼東有功，但自其歿後，遼東十年更易八帥，邊備日弛。其二云：

> 三韓內屬本神州，女直歸巢萬馬秋。
> 玄菟烽煙迷月色，黃龍鼓角起邊愁。
> 關氏去後東胡盡，趙信封來南幕收。
> 自此乾坤多戰鬥，度遼何處問金甌？

「三韓」即朝鮮古名，本詩在寫朝鮮半島本明朝藩屬，而今卻為清軍所據，明軍從此陷入被動應戰狀態。其三、四云：

> 二月遼陽大出師，無邊雲鳥盡東馳。
> 烏鳶暗集三軍幕，風雨驚傳兩將旗。
> 長白峰高塵漠漠，渾河水落草離離。
> 國殤毅魄今何在？十載招魂竟不知。
>
> 遼東左臂拱神京，遼水中分守將兵。
> 乘障虛傳光祿塞，和戎未保受降城。
> 幹羅白骨愁胡騎，木葉黃雲卷漢旌。
> 經撫可憐皆失策，更煩浮議滿承明。

指責巡撫王化貞用捨失宜，甚至棄城遁逃，致遼東經略熊廷弼敗北。其五、六云：

> 榆關咫尺望胡天，屯築遼西更幾年。
> 滄海北連秦障塞，營州東斷禹山川。
> 黃金輦下征輸盡，紅袖軍中歌舞偏。
> 投筆竟誇邊將貴，莫令堠火近甘泉。

〔註87〕《詩集》卷十四，頁469。

> 蓬萊閣外海風秋，別將樓船自壯遊。
> 萬里黿鼉通碣石，千帆鳥雀轉滄洲。
> 牙兵擁立頻相噬，屬國供輸困未收。
> 今日東方聲問斷，盈盈極目使人愁。

悲嘆群臣或沉溺歌舞昇平，屢屢延誤軍機，或因擁兵自重，不能共赴國難，以致失去朝鮮這個重要的屬國及山海關外各要塞。其七、八云：

> 盧龍雄塞倚天開，十載三逢胡騎來。
> 磧裡角聲搖日月，回中烽色動樓臺。
> 陵園白露年年滿，城郭青燐夜夜哀。
> 共道安危任樽俎，即今誰是出群才。

> 鄴下西秦蒼莽愁，胡塵南犯幾時收？
> 誰移青海千群馬，直飲黃河萬里流。
> 星動上臺臨虎帳，劍隨中使出龍樓。
> 好憑羽扇驅驕虜〔註88〕，飛騎先寬聖主憂。

寫京師危在旦夕，但舉國卻無人才可用，通篇以直筆記實，聲情悲烈、氣勢雄渾。〈檀州樂〉〔註89〕則寫崇禎十一年，薊遼總督吳阿衡為取媚監軍太監鄧希詔，竟率文武百官為其賀壽，清軍乘隙而入攻陷薊遼。詩中：「帳前健兒沙中血，回首華堂燈未滅」一句令人聯想到高適〈燕歌行〉名句：「壯士軍前半死生，美人帳下猶歌舞」，透過鮮明的對比痛陳官員的昏聵誤國。

七古〈悲濟南〉則記崇禎十二年，清軍陷濟南，德王朱由樞見執，詩曰：

> 北風蕭蕭歷下城，千樓萬雉何崢嶸。
> 城頭老兵獨擊柝，宮中美人雙彈箏。
> 吹角鳴笳來大野，橐駝餵食宮門下。

〔註88〕《全集》本中「驅驕虜」為「揮神策」，為避諱而改，《詩集》依此，今根據《湘真閣稿》版本錄入。

〔註89〕《詩集》卷九，頁264。

珠簾玉檻芙蓉池，雜沓黃昏飲胡馬。
朱邸諸王宮錦袍，玉顏隆準填蓬蒿。
血汙清泉流不得，白鳥暮噪蒼狐嗥。
紅粉青娥今在否？黃塵晝暗穹廬高。
琵琶一聲漢家曲，梁父不見心徒勞。
春來東望長太息，更聞此語淚沾臆。
旗仗旌旄何處尋？滿城風雨生荊棘。
天子方隆魯衛恩，諸姬豈盡藩維職？
海岱愁雲黯淡間，應使皇情更淒惻。〔註90〕

「城頭老兵獨擊柝，宮中美人雙彈箏」寫藩王城疏於防備，致敵來措
手不及。「朱邸諸王宮錦袍，玉顏隆準填蓬蒿。血汙清泉流不得，白
鳥暮噪蒼狐嗥」以「朱邸」、「錦袍」和「玉顏隆準」的富貴雍容對比
「填蓬蒿」的淒涼；再以鮮紅之「血」配合「白鳥」、「蒼狐」，紅、
白、綠這些平日充滿富麗感的色彩，此時所構築出的卻是一幅觸目驚
心的山河破碎圖。「紅粉青娥」今已不在，殘留下來的只有了無生氣
的「黃塵」。陳子龍透過色彩的對比，勾勒出一個矛盾衝突、興亡轉
瞬的時代。〈傷春〉五首〔註91〕亦在敘此事。

〈苜蓿〉則是作於崇禎十三年入京、魯途中，描寫清軍攻掠山東
後的殘破景象，詩云：

荒雲連苜蓿，已傍戰場開。不向宛城閉，偏宜漢苑栽。
邊愁生馬邑，春色斷龍堆。何日嫖姚將，親驅汗血來。

〔註92〕

原本繁華熱鬧的京、魯一帶，在清軍走後盡是盡是荒煙漫草、苜蓿叢
生，即便正值春日，卻充斥著無盡的邊愁而非惠風和暢的歡欣，此情
此景頗似姜夔〈揚州慢〉：「過春風十里，盡薺麥青青。自胡馬窺江去
後，廢池喬木，猶厭談兵」的味道。再如其〈易水歌〉：

〔註90〕《詩集》卷九，頁263。
〔註91〕《詩集》卷十六，頁548。
〔註92〕《詩集》卷十二，頁368。

> 趙北燕南之古道，水流湯湯沙皓皓。
> 送君迢遙西入秦，天風蕭條吹白草。
> 車騎衣冠滿路旁，〈驪駒〉一唱心茫茫。
> 手持玉觴不能飲，羽聲颯沓飛清霜。
> 白虹照天光未滅，七尺屏風袖將絕。
> 〈督亢圖〉中不殺人，咸陽殿上空流血。
> 可憐六合歸一家，美人鐘鼓如雲霞。
> 慶卿成塵漸離死，異日還逢博浪沙。〔註93〕

詩作於順治三年（1640），疑在哀悼奉命出使滿州被殺的使臣左懋石。詩中以荊軻易水送別的史實為主調，再以「沙浩浩」、「白草」、「清霜」、「白虹」、「血」這類極富色彩感的字眼，使詩歌在蒼勁悲壯外又多了華美的英雄氣。「慶卿成塵漸離死，異日還逢博浪沙」既是在追悼荊軻、左懋石這些殉國壯士，也似乎暗喻自己異日也將踏上相同的道路，借古喻今，淒美慷慨。〈枯魚過河泣〉則云：

> 滄江老翁倚竿立，清晨舉網白魚入。
> 吳姬素手霜刃寒，錦鱗錯落黃金盤。
> 盤中雲氣徒五色，須臾旨酒調椒蘭。
> 魂魄飛沉隔河水，云是東溟赤龍子。
> 九江元龜亦被收，紛紛見夢誰為理。
> 胡僧咒海海欲枯，蕭家大鳥來蓬壺。
> 珠宮貝闕盡傾倒，誰言可蓁不可屠。
> 寄語群龍莫輕見，大澤深山任舒卷。
> 三春雲雨出岱宗，青天為爾生雷電。〔註94〕

此詩寫順治三年八月隆武帝（唐王）在汀州（福州）殉國事。詩中「九江元龜」指的是輔弼唐王的楊廷麟、萬元吉在福州城破後投水就義。「寄語群龍莫輕見，大澤深山任舒卷」二句，「群龍」喻福王、唐王、魯王諸藩，在清軍入關後非但不能齊心合作，反而因相互奪權而減弱抗清的力量。同為亡國後所作的〈杜鵑行〉更是令人哀不忍聞，

〔註93〕《詩集》卷十，頁303。
〔註94〕《詩集》卷十，頁301。

詩云：

> 巫山窈窕青雲端，葛藟蔓蔓春風寒。
> 幽泉潺湲叩哀玉，碧花飛落紅錦端。
> 鼯鼪騰煙鳥啄木，江妃嬋媛倚修竹。
> 陰松藉草香杜蘅，浩歌長嘯傷春目。
> 杜宇一聲裂石文，仰天啼血染白雲。
> 榮柯芳樹多變色，百鳥哀噪求其群。
> 莫將萬事窮神理，雀蛤鳩鷹遞悲喜。
> 當日金堂玉几人，羽毛摧剝空山裡。
> 魚鳧鱉令幾歲年，臥龍躍馬俱茫然。
> 惟應攜手陽臺女，楚壁淋漓一問天。〔註95〕

此詩以「血」字為詩眼，前八句先寫青雲紅錦、修竹香草、春光旖旎的美好世界，繼而以「杜宇一聲裂石文，仰天啼血染白雲」，表現眼前的美好世界一夕驟變，成了百鳥哀噪的人間地獄。詩中以繽紛的色彩、多重的象徵手法交織出一幅山河變色圖，面對家國的巨變，詩人也只能無語問蒼天了。

其實早在亡國前子龍對國家情勢看得很透徹，他在崇禎十四年過嘉興訪錢謙益商議復社組閣事時，留下〈孟夏一日禾城遇錢宗伯夜談時事〉二首，其二云：

> 數州皆警急，東國倍堪虞。不自清河濟，何繇問轉輸。
> 雄才非世出，群策每相符。庶有公開閣，狂言許我徒。
>
> 〔註96〕

清楚地寫出國家的問題內有數州盜警，外有盟國朝鮮告急，加以黃河、濟水不靖影響國家物資補給，都是造成政局不安之因，故盼望錢謙益出來組閣，讓復社同志出頭好為國效力。面對內憂外患紛至沓來，子龍渴望為國效命的心願在〈至後〉三首中表達地更清楚：

> 至後玄風朔氣凝，天街繞繞意誰憑。

〔註95〕《詩集》卷十，頁299。
〔註96〕《詩集》卷十二，頁382。

東來戌火連三輔，北望寒雲滿十陵。
倦擲黃金隨駿馬，時聞綠幘縱蒼鷹。
夜深不信悲歌俗，惟有嚴霜動玉繩。（之一）

紛紛使者出金閨，高議雲台事不齊。
為有黑山侵朔北，皆言白馬借安西。
悲涼千載歸湖海，簡點三年盡鼓鼙。
縱近仙都登未得，代州劇盜上丹梯。（之二）

薊門結客意難明，杯酒誰言是慶卿。
裘馬五陵新意氣，文章七子舊才名。
夢回午夜人如玉，春到江東花滿城。
不有故鄉烟月好，將予戰鬥足平生。（之三）〔註97〕

第一首「東來戌火連三輔」即云清軍寇擾邊關，第二首「為有黑山侵朔北」即謂西北盜匪為亂國內，二者皆使朝廷束手無策，頻頻處於被動應戰的局面。第三首總結前二憂，表達自己願捨卻故鄉安定的烟月美景，投筆從戎，「將予戰鬥足平生」。只可惜終明傾覆，子龍的將才一直被埋沒。

三、反映民瘼

內外不靖受害最深者莫過於百姓，崇禎十年前子龍僅一介布衣，至崇禎十三年始得紹興推官兼攝諸暨知縣這樣的微職，明亡後，福王（後來的弘光帝，1644～1645）、唐王（後來的隆武帝，1602～1646）、魯王（1618～1662）先後授予兵科給事中諸要職，然皆有名無實，故可說終子龍一生，他一直站在民與官間第一線，未曾高居權力中心遠離人民，因此和杜甫一樣對民瘼的感受最直接、深刻，許多作品便是為民喉舌所發出的亂世哀音。如其〈暑〉一詩：

白日稍行西，火雲猶在東。炎威盛揚越，旱魃為誰雄？
風力既已竭，執扇其何功。鶗鴂曉亂鳴，毒蛇游水葉。
群物各棲息，蚊蚋獨驕空。整衣終不堪，血國恣盈充。

〔註97〕《詩集》卷十三，頁431。

> 偃寒本小節，畏客非我衷。頗思翠水岩，復憶蓬萊宮。
> 玄霜薦夕膳，海綃障朝櫳。自謀豈不樂，傷彼蒸黎窮。
> 郊原焦若燬，牛死人罷癃。盛衰易以遷，世亂如蒿蓬。
> 貴人都茫茫，賤士徒忡忡。〔註98〕

詩在寫崇禎五年松江大旱景象，見到蚊蚋飛空，百姓都已經「整衣終不堪，血國忿盈充」、「郊原焦若燬，牛死人罷癃」了，但「貴人都茫茫，賤士徒忡忡」，傳達了對官員不問民瘼的憤慨，然而，除了透過詩歌「願言告在位，努力恆自持」〔註99〕外，也無可奈何了。又其新題樂府〈小車行〉、〈賣兒行〉則是寫崇禎十年奉派至惠州任官途中見京畿大旱的慘況，詩云：

> 小車班班黃塵晚，夫爲推，妻爲輓。出門茫然何所之？青青者榆療我飢。願得樂土共哺糜。風吹黃蒿，望見垣堵，中有主人當飼汝。叩門無人室無釜，躑躅空巷淚如雨。（〈小車行〉）〔註100〕

> 高顙長齜清源賈，十錢買一男，百錢買一女。心中有悲不自覺，但羨汝得生處樂。卻車十餘步，跪問客何之？客怒勿復語，回身抱兒啼。死當長別離，生當永不歸。（〈賣兒行〉）〔註101〕

二詩勾勒出一幕幕求生不得、骨肉別離的人間慘劇，讀之令人鼻酸，其藝術渲染力絲毫不輸杜甫的「三吏」、「三別」。子龍的古題樂府或多有可議處，然他的新題樂府卻首首足以謂爲詩史。又〈雹〉一詩：

> 雨冰何歷落，韶歲告陽愆。瑟瑟珠簾濕，泠泠碧瓦穿。
> 城烏爭粉堞，澤雁起沙田。慎莫傷牟麥，三農愁不眠。
>
> 〔註102〕

〔註98〕《詩集》卷四，頁 94。
〔註99〕《詩集》卷六〈雜詩〉二之一，頁 145。
〔註100〕《詩集》卷三，頁 85。
〔註101〕《詩集》卷三，頁 86。
〔註102〕《詩集》卷十二，頁 375。

此詩推作於崇禎十三年至十四年間,「陽愆」指冬天溫和,有悖節令,後引申爲天旱或酷熱。本詩當謂氣候異常降下冰雹,擔憂農作受損致原已民不聊生的百姓生活雪上加霜。〈流民〉則寫於崇禎十四年:

> 懷符山縣去,憑軾暗生悲。中澤鴻多怨,空倉雀苦飢。
> 市門連井閉,米舶渡江遲。樂土今何在?春風易別離。
>
> 〔註103〕

《詩集》引《山陰縣志》載:「崇禎辛巳(十四年)至癸未(十六年),連年大旱,米價每斗三錢五分。貧民爭入富家搶米,有司力禁,始息。」《諸暨縣志》載:「崇禎十三年,斗米五錢,十四年,斗米至千錢。」〔註104〕時子龍奉派攝理諸暨、紹興賑災事宜,故云「懷符山縣去」。詩中不似〈小車行〉、〈賣兒行〉正筆寫百姓的苦難,而是通過側筆「中澤鴻多怨,空倉雀苦飢。市門連井閉,米舶渡江遲」烘托出民不聊生的慘狀。無論正筆寫或側筆寫,都引領讀者看見那滿目瘡痍的時代的一角。

　若說子龍的憂世記實詩傳承了「詩言志」的傳統,那麼其〈歲晏仿子美同谷七歌〉更是將「志」由經濟自期的「壯志」推升爲同赴國殤的「死志」的代表作。本詩收於子龍最後一本著作《焚餘草》中,此書乃子龍殉國(順治四年五月十三日)後由門人王澐所輯,收錄順治二年自四年間所作詩詞,若由詩中提及祖母高太安人(卒於順治三年三月)、恩師黃道周(卒於順治三年三月五日)及詩題「歲晏」來推測,這一組詩當作於順治三年歲末,爲便於分析,率引全詩如下:

> 西京遺老江南客,大澤行吟頭欲白。
> 北風烈烈傾地維,歲晏天寒摧羽翮,
> 陽春白日不相照,剖心墮地無人惜。

〔註103〕《詩集》卷十二,頁381。
〔註104〕轉引上註「考證」。

嗚呼一歌兮聲徹雲，仰視穹蒼如不聞。（之一）

短衣皂帽依荒草，賣餅吹簫雜傭保，
罔兩相隨不識人，豺狼塞道心如擣，
舉世茫茫將懇誰？男兒捐生苦不早。
嗚呼二歌兮血淚紅，煌煌大明生白虹。（之二）

欃槍下掃黃金台，率土攀號龍馭哀，
黃旗紫蓋色黯淡，山陽之禍何痛哉！
赤墀侍臣慚戴履，偷生苟活同輿儓。
嗚呼三歌兮反乎覆，女魃跳樑鬼夜哭。（之三）

嗟我飄零悲孤根，早失怙恃稱愍孫，
棄官未盡一日養，扶攜奄忽傷旅魂。
柏塗槿原暗冰雪，淚枯宿莽心煩冤。
嗚呼四歌兮動行路，朔風吹人白日暮。（之四）

黑雲隤頹南箕滅，鍾陵碧染銅山血，
殉國何妨死都市，烏鳶螻蟻何分別？
夏門秉鑰是何人？安敢伸眉論名節！
嗚呼五歌兮愁夜猿，九巫何處招君魂！（之五）

瓊琚縞帶貽所歡，予爲蕙兮子作蘭。
黃輿欲裂九鼎沒，彭咸浩浩湘水寒。
我獨何爲化蕭艾？拊膺頓足摧心肝。
嗚呼六歌兮歌哽咽，蛟龍流離海波竭！（之六）

生平慷慨追賢豪，垂頭屏氣棲蓬蒿。
固知殺身良不易，報韓復楚心徒勞。
百年奄忽竟同盡，可憐七尺如鴻毛！
嗚呼七歌兮歌不息，青天爲我無顏色！（之七）〔註105〕

此七詩分別寫「淒涼問天、容身無地、悼君蒙塵、傷親無養、憶師殉
國、懷友殉節、己無所從」之情。杜甫的〈同谷七歌〉以個人的顛沛

流離之苦為主題，而子龍的擬作則將整個時代的哀戚都全數寫入。三歌寫京城陷落、崇禎帝殉國，故謂「櫬槍下掃黃金臺，率土攀號龍馭哀」；四歌寫祖母高太安人病歿，自己未及孝養，故云「棄官未盡一日養」；五歌寫黃道周在江西為清軍所執，解至南京東華門外，以其地近鍾山孝陵（明太祖朱元璋陵寢），要求就地殉節，故云「殉國何妨死都市」；六歌寫摯友夏允彝之死，二人曾相約必死國事，後南京淪陷允彝自投深淵，「彭咸浩浩湘水寒」即謂此。對於摯友以死報國而自己仍苟活於世，心有愧疚，才說「我獨何為化蕭艾？拊膺頓足摧心肝」。至於一、二、七首也寫到自己在亡國後四處奔走、逃竄，「陽春白日不相照，剖心墮地無人惜」，悲嘆自己「男兒捐生苦不早」，想自己「生平慷慨追賢豪」，而今師友俱成仁取義，祖母亦終其天年，按理當對此生再無留戀才是，怎會「垂頭屏氣棲蓬蒿」？只因自己尚存復國大志不欲輕棄此身，只好背負罵名圖謀中興〔註 106〕，只是，真能復國大業能成功嗎？想必子龍內心也不斷地在問這問題，才云「固知殺身良不易，報韓復楚心徒勞」。

若說杜甫的〈乾元中寓居同谷縣作歌七首〉的「男兒生不成名身已老，三年饑走荒山道。長安卿相多少年，高貴應須致身早」〔註107〕是騷客愁思，那子龍的仿作則是目睹國殤的自責、徘徊生死的兩難，那是英雄末路的淒厲哀音。「詩言志」的傳統至子龍的〈歲晏仿子美同谷七歌〉便成了「言死志、全節義」的英雄絕筆。

近人張文恒在〈亂離‧苦難‧幻滅──陳子龍組詩歲晏仿子美同谷七歌釋讀〉一文中比較杜、陳二詩，說明就章法而言，杜詩法度

〔註106〕陳子龍：〈報夏考公書〉：「竊不自量以為崩城隕霜不絕於天，義徒逸民不乏於世。夫趙有程嬰，智有豫子。楚士一哭而無衣賦；韓臣棄家而素書出。何則？精誠之至，事有會合也。彼千乘之國、一家之臣而尚有如此之士，豈天下萬里養士三百年、遺民數百萬而遂無一人乎？……倘天下滔滔，民望已絕，便當鑿坏待期歸死邱墓。」（《文集（下）》，頁488）。

〔註107〕〔唐〕杜甫著，楊倫輯：《杜詩鏡銓》卷七，頁296。

森嚴、細密有緻，陳詩恢宏跌宕，形散神合；就表現手法言，杜詩長於賦筆，濃淡相宜，風格蒼勁；陳詩長於抒情，用語隱約，設色鮮亮；就聲韻言，杜詩頓挫多變而略顯率意；陳詩整飭凝重稍顯板滯，〔註108〕分析十分詳盡。

小　結

陳子龍的社會寫實詩不論是反映內亂、反映外患、反映民瘼各方面都具有強烈的寫實主義精神，一如杜甫的社會寫實詩，讓後世感受到屬於那個時代的精神。亡國前之作慷慨激切，我們看到的是一個愛國志士的憂心忡忡。亡國後之作則是字字血淚，我們看到的是一位遺民詩人的我心孔悲。他的社會寫實詩，尤其是〈歲晏仿子美同谷七歌〉、〈杜鵑行〉、〈小車行〉、〈賣兒行〉等迴盪著亂世之音、黍離之悲，譽之為晚明「詩史」毫不為過。

第五節　詠懷詩

「詩言志」，詠懷是詩歌主要的功能之一，況子龍亦嘗云：「情以獨至為真，文以範古為美」〔註109〕，又曰：「明其源，審其境，達其情，本也。辨其體，修其辭，次也。」〔註110〕高舉「情」字，視抒情詠懷為詩之根本。今則將其詠懷詩按內容分成：「懷人」、「哀悼」、「懷鄉」、「節日詠懷」、「生活詠懷」等五類探析之。

一、懷人

陳子龍的懷人之作，有別於酬贈詩是專為人情送往迎來、燕集唱和而作，此類詩作主要為別後相思、遙念師友而發。如其〈寄懷萬年少〉是崇禎六年在北京所作，那年秋天子龍和萬壽祺（字年少，1603

〔註108〕張文恒：〈亂離、苦難、幻滅──陳子龍組詩《歲晏仿子美同谷七歌》釋讀〉，《中國文學研究》第 1 期，2010 年），頁 58～59。

〔註109〕陳子龍：〈佩月堂詩稿序〉，《文集（上）》卷二十五，頁 381。

〔註110〕陳子龍：〈青陽何生詩稿序〉，《安雅堂稿》卷二，頁 30。

～1652）在揚州共遊後，子龍便告別萬年少而進京應考，旅次書懷云：「憶別銅馬門，至今吳江樹。……寄我瑤華音，中腸益回互。明時有樽酒，相期遺世務。誰能天一方？懷哉隔情素。」〔註111〕沒有高聲大氣的激情，而是透過平實淺白的文字遙傳相思之情。

〈渡易水〉詩云：

并刀昨夜匣中鳴，燕趙悲歌最不平。

易水潺潺雲草碧，可憐無處送荊卿。〔註112〕

詩看似懷古，但本詩出自《湘眞閣稿》，本作專收崇禎十一年至十三年間作。再由詩名「渡易水」可知創作地點在河北一帶，而考其《年譜》則從崇禎十年夏季至十二年秋冬子龍廬居松江，並未北遊，至十三年暮春始上京，而就在子龍上京途中恩師黃道周受到江西巡撫解學龍推薦，原本對道周便心有芥蒂的崇禎帝，聞奏大怒，以結黨營私的罪名將貶官南都的道周解送京師，因而可推知本詩極可能是爲黃道周事而發。「并刀」乃古代并州所產的剪刀，以鋒利著稱，而并州正好在燕趙之地，韓愈〈送董邵南序〉嘗云：「燕趙古稱多慷慨悲歌之士。」如刺秦的荊軻、名將廉頗和樂毅、聞雞起舞的祖逖，皆是燕趙豪傑。子龍以并刀在匣中悲鳴表現對自己空有一身壯志卻無處可申的不平。「可憐無處送荊卿」引用荊軻爲酬知己燕太子丹而捨生取義的史實，以荊軻自況，說明自己也爲願知己（黃道周）挺身而出，可惜卻無人相送。是藉詠古的題材來抒發對道周遭遇的憂思。

南歸後，子龍在揚州的邵伯驛偶遇道周，別後寫了〈寄獻石齋先生〉五首〔註113〕以寄遠懷，其二云：

京華時事不足論，慘澹相看日彌促。

鐮刃誰留門外蘭，庖廚肯恕山中鹿。

可憐舉世學浮沈，燭龍迴照杳難尋。

蒼茫不解時人意，慰藉還憑明主心。

〔註111〕《詩集》卷五，頁130。
〔註112〕《詩集》卷十七，頁586。
〔註113〕《詩集》卷十，頁288～291。

> 我有短札置懷袖，安能一矢千黃金。
>
> 平生風義慚師友，陳蔡相從但鼓琴。

以「門外蘭」、「山中鹿」比道周的芳潔無助，但「可憐舉世學浮沉」，經過子龍多方奔走卻仍得不到中貴人的援手，詩末「平生風義慚師友，陳蔡相從但鼓琴」以孔子喻道周，表明自己願學孔門弟子伴師度過陳蔡之危，足見子龍重情重義的男兒氣慨。第五首則安慰老師：

> 南箕墮地人不識，天子夢中見顏色。
>
> 岩花岩草幾春秋，岩下脊靡侍君側。
>
> 致君堯舜會有期，許身稷契非無術。……

「南箕」即「箕星」，古人以之主口舌是非，「南箕墮地人不識」即指道周以諫言反對兵部尚書楊嗣昌奪情而遭貶斥一事。從而安慰恩師終會有致君堯舜上的一日，要成為像堯舜時代稷、契那樣的賢臣是指日可期的。寥寥數語既傳達對恩師的懷念也代師表明其忠君體國之情。詩作一貫地運用大量典故如孔子陳蔡之圍、箕星、堯舜與大臣稷、契等，讀陳子龍詩若未具備深厚國學基礎往往會很費力即在此。

二、哀悼

崇禎八年，長女陳頎早殤，子龍門祚單薄，自高祖父陳綖以下五代單傳，而子龍所生子女又屢屢早夭，陳頎是子龍當時僅存的孩子，子龍描述她：「生而婉秀潔皙，歲餘即解言，識屏障問字。……六歲……令師授以曹（植）、王（粲）、顏（延之）、謝（靈運）詩百餘首，及班（固）、張（衡）辭賦，皆成誦。予為述古人姓名及星宿河岳卦象之數，皆不忘。」〔註114〕早慧婉秀甚得子龍歡心，偏偏僅活了六歲便殤故，子龍哀痛不已，作〈悼女頎詩〉七首以悼：

> 青蔥玉立小神清，六載悠悠夢裡情。
>
> 卻恨轉多聰慧事，累人相憶太分明。（之一）
>
> 曉風吹火夜蒼涼，弱質悠揚道路長。

〔註114〕陳子龍：〈瘞二女銘〉，《安雅堂稿》卷之十六，頁306。

腸斷一聲人不見，五更荒草月茫茫。（之二）

日日階前笑語開，隨花逐蝶弄花回。
生平一步常回首，何事孤行到夜台。（之三）

輕苞一夜獨摧殘，必有因緣欲語難。
幽砌繡房皆寂寞，九秋風雨泣紅蘭。（之四）

春來花裡解尋師，嘗乞魚箋記小詞。
最是難忘偏憶汝，病中猶問建安詩。（之五）

去時忽忽墮狂風，但許相依隔世中。
銀椀金環存滿篋，不知能做顧非熊。（之六）

幻聚由來事不明，未能理遣淚縱橫。
非關左氏偏憐女，自是王戎尚有情。（之七）〔註115〕

第六首的「顧非熊」典出唐朝詩人顧況之子顧非熊。據載顧況曾有一子早殤，顧況為之哀痛欲絕，其子靈魂聞父哭，便思來世投生必再為況子，後陰司果引其投胎顧況家，七歲時將前世之事一一道出，分毫不差。子龍為愛女「銀椀金環存滿篋」便是在盼女兒能如顧非熊般再次投生他家。又有〈舟行雨中有憶亡女〉〔註116〕、〈除夕有懷亡女〉〔註117〕二作，後者云：

渺渺非人境，何年見汝歸？常時當令節，猶自整新衣。
小像幽蘭側，孤墳暮鳥飛。豔陽芳草發，何處託春暉？

此九首悼女之作語調一貫的淒婉，捨棄繁複的典故堆砌，改以觸景生情如「腸斷一聲人不見，五更荒草月茫茫」、「幽砌繡房皆寂寞，九秋風雨泣紅蘭」、「小像幽蘭側，孤墳暮鳥飛」或回憶往事如「日日階前笑語開，隨花逐蝶弄花回」、「春來花裡解尋師，嘗乞魚箋記小詞」，透過對景物的描寫、往事的勾陳帶出個人感情，這樣的詩作自然親切不致令人有藻飾、隱晦之感，較諸他那些用典繁複或高聲大氣之作，

〔註115〕《詩集》卷十七，頁572。
〔註116〕《詩集》卷十一，頁347。
〔註117〕同上，頁348。

這類作品是少見而清新有味、更耐人咀嚼。

崇禎十一年年底，宣大總督盧象昇領兵與清軍交戰，因朝廷舉措反覆、其它將領擁兵拒援，致盧象昇戰死。消息傳到南方，子龍在崇禎十二年初寫下〈弔盧司馬〉一詩哀之：

> 司馬磊落姿，少小尚奇節。勁翮思風雲，潛心訪英傑。
> 天性能挽強，奔騰駃超忍。初鎮大河北，千里靜車轍。
> 秦盜走荊襄，南征氣勇決。倚劍開煙塵，彎弓殪饕餮。
> 每率百死士，當陣自排抉。跳盪賊壘穿，弗使鋒刃缺。
> 游魂阻蒙茸，逆徒誠馳突。天子顧北門，五原新秉鉞。
> 雄風振雲沙，憤氣視邊碼。三年漢月高，兩載胡塵歇。
> 欖槍纏薊丘，公又在緱絰。強起護諸軍，赫赫專九伐。
> 豈無推轂儀，恐有當肘掣。令多不易遵，將驕誰能罰？
> 倉卒重圍間，矢盡弦亦絕。得免文吏議，難為世人說。
> 吁嗟鉅鹿下，千秋轉鳴咽。生平有十驥，安忍事胡羯。
> 尚思戰場利，誰留春草薉？部曲既飄零，參佐半摧折。
> 惆悵李蔡封，隱忍劉琨沒。蕭條烈士希，成敗安可設！
> 〔註118〕

「豈無推轂儀，恐有當肘掣」委婉道出盧象昇左支右絀的處境。全詩全用議論筆法，朱東潤氏以為此詩乃脫胎自杜甫的〈八哀〉詩〔註119〕。然而詩主情，以議論入詩是否得當，這點清人沈德潛說的明白：

> 人謂詩主性情，不主議論，似也，而不盡然。試思二雅中，何處無議論？杜老古詩中，〈奉先詠懷〉、〈北征〉、〈八哀〉諸作，近體中〈蜀相〉、〈詠懷〉、〈諸葛〉諸作，純乎議論。但議論須帶情韻以行。〔註120〕

意思是說詩歌雖然以表現性情為主，但是《詩經》的大小雅和杜甫的

〔註118〕《詩集》卷七，頁181。
〔註119〕朱東潤：《陳子龍及其時代》，頁126。
〔註120〕〔清〕沈德潛：《說詩晬語》卷下，（北京：人民文學出版社，2005年12月），頁249。

許多好作品都是有議論的。議論只要有感情，就是好詩。〈弔盧司馬〉一詩雖不似悼女之作以抒情爲主，然其議論中對盧象昇英烈孤忠滿懷仰慕、不捨，亦是別具特色的哀悼詩。此外，如爲周立勳而作的〈哭周勒卣〉八首〔註121〕、爲張溥所作的〈哭張天如先生〉二十首〔註122〕、哀夏允彝殉國的絕筆詩〈會葬夏瑗公〉二首〔註123〕，俱可見其文采斐然、忠義凜凜的一面。

三、懷鄉

　　鄉愁自古即是中國詩歌中的一項重要主題，而陳子龍畢生多次遠遊可是懷鄉之作卻不多，除去在其它主題中以一、二語帶出鄉愁的作品不計，通篇以懷鄉爲主題者僅有五、六首而已，或許這和其性格朗邁較能隨遇而安有關。今觀其〈抵都下久矣未得家書〉云：

> 別緒分秋去，于今月再弦。夢魂當雁侶，冰雪滯鶯年。
> 京國雲霄上，江城牛斗邊。況聞多戰鬥，忍對晚風前。
> 〔註124〕

此詩作於崇禎七年二度入京會試時，通篇以清淡的文字織就出淡淡的鄉愁。其〈又五日憶故鄉〉：

> 淹留河朔進瑤觴，回首江城水一方。
> 五日煙花非我土，十年簫管暗神傷。
> 沿溪時出採蓮女，蕩槳常歌團扇郎。
> 勝侶今朝應見憶，便思解組問滄浪。〔註125〕

此詩作於崇禎十年在刑部觀政時期，相較於過往進京是爲應考，淹留時日有限，此次離家已年餘又不詳何時得歸，加上適逢端午佳節，故思鄉之情自然更甚以往，是以較諸〈抵都下久矣未得家書〉，〈又五日憶故鄉〉詩對鄉愁的描述更直接而濃烈，如「五日煙花非我土，十年

〔註121〕《詩集》卷十二，頁374。
〔註122〕《詩集》卷十七，頁590。
〔註123〕《詩集》卷十五，頁531。
〔註124〕《詩集》卷十一，頁329。
〔註125〕《詩集》卷十四，頁464。

簫管暗神傷」、「便思解組問滄浪」便具體地傳達思歸之情。又其〈淮
北憶家〉三首：

> 微祿我寧羨，辭親入帝鄉。不知行旅地，何處倚闌望？
> 夢度淮雲小，心隨越鳥長。萋萋芳草路，無地不迴腸。（之
> 一）
>
> 失策在天涯，驚心感物華。江天多宿雨，魯國但飛沙。
> 梅子黃銀熟，桐陰碧玉斜。夜闌長不寐，何計夢還家。（之
> 二）
>
> 我家谷水上，暮色碧雲端。朋好長攜手，高談指歲寒。
> 離群時態異，旅食眾人看。此日一樽酒，誰憐行路難？（之
> 三）〔註126〕

寫出為仕入京，形單影孤的寂寞。尤其二、三首，用「梅子黃」、「桐
陰碧」、「碧雲端」等豔麗的彩色，更加襯托出詩人「冠蓋滿京華，斯
人獨憔悴」（杜甫〈夢李白〉）的孤寂。

四、節日詠懷

　　陳子龍每逢除夕、元旦、人日（正月初三）、元宵、清明、端午、
七夕、中秋等重要節日常有詩作，而這些詩品往往反應詩人當時的心
境、際遇，例如，從癸酉年（崇禎六年）至丙戌年（順治三年）的除
夕或元日都留有詠懷之作。今將癸酉至丙戌年間除夕或元旦詠懷詩匯
整如下表4-2：

詩題及 《詩集》出處	內　　　　　容
〈癸酉長安除夕〉 卷八，頁233	歲云徂矣心內傷，我將擊鼓君鼓簧。日月不知落何處，令人引領道路長。去年此夕舊鄉縣，紅妝綺袖燈前見。梅花徹夜香雲開，柳條欲繫青絲纏。曾擁俠少鳳城阿，半擁寒星蔽春院。今年此夕長安中，拔劍起舞難為雄。漢家宮闕暖如霧，獨有客子知淒風。椒盤獸炭皆異物，夢魂不來萬里空。吾家江東倍惆悵，天下干戈日南向。鶴馭曾無緱嶺

	遊，虎頭不見雲臺上。且酌旨酒銀箏前，汝曹富貴無愚賢。明朝曈曈報日出，我與公等俱壯年。 【摘要】此時未仕，傷功名未就
〈甲戌除夕〉 卷八，頁241	男兒致身須槃戟，何事縱橫弄文籍？十載常爲徒步人，去年猶作長安客。長安景物宜春風，御溝冰薄光瀰瀰。西苑蒲萄輕霧裡，南宮楊柳曉煙中。此夜銀虬雜鼉鼓，酒酣星宿羅門戶。千官已賀鳳凰城，吾輩猶看鸛鴞舞。炙牛點酪冰盤陳，是時頗憶江南春。比來高臥谷水上，寂寥歲月空嶙峋。讀書射獵徒爲爾，何況飯牛還牧豕。惟應與客乘輕舟，單衫紅袖春江水。 【摘要】思從戎報國，又傷功名未就。唯此時與柳如是熱戀中，故後二句有「且把浮名，換作淺斟低唱」之意
〈乙亥除夕〉 卷九，頁248	憶昔兒童問除夕，百子屏風坐相索。西鄰羯鼓正參差，小苑梅花強攀摘。華年一去不可留，依舊春風過東陌。每作尋常一布衣，坐看衰亂無長策。今年惆悵倍莫當，俯仰蕭條心內傷。親交賦愴陸內史，知己人無虞仲翔。桃根渺渺江波隔，金瓠茫茫原草長。人生忘情苦不早，羲皇以來跡如掃。惟有旂常照千載，不爾文章亦難老。崢嶸盛年能幾時，努力榮名以爲寶。不見古人吐握忙，今人日月何草草。 【摘要】傷功名未就，以榮名自勵
〈丙子元日〉 （是年除夕無詩，以元日作代之） 卷十四，頁456	今旦春風轉玉琴，江東花發曉寒侵。密雲隱現金輪靜，積雪蒼茫瑤海陰。壘壁諸軍銀甲冷，文昌元會火城深。不知誰任三微事，草野空懸捧日心。 【摘要】憂邊事艱難，而己身處草野，無力貢獻
〈丁丑除夕時予方廬居〉其一 卷十四，頁474	暮紀冰紋動碧池，柳條梅蕚盡參差。風流漸覺傷心老，豪頓應憐折節時。故國已添新涕淚，中原不改舊旌旗。莫愁回首春光近，永夜嚴城玉漏遲。 【摘要】此年已登仕進故不似年少時的輕狂，轉將重心移至關懷國事上
〈戊寅除夕〉其一 卷十四，頁485	朔吹寒花載酒過，流澌一夜滿江河。音書斷後憑烽火，歲月驚心長薜蘿。五餌事虛龍帳入，四愁歌遍雁門多。請纓無計悲華髮，徒作詞人奈爾何？ 【摘要】憂心西北寇亂，但自己卻無路請纓，徒能爲文而已
〈己卯除夕〉 卷十四，頁490	年華漸與壯心違，翠柏紅椒又滿扉。歲月有情多惜別，江湖無地可忘機。寒梅放蕊常相媚，旅雁騫雲好共飛。惟奉板輿將進酒，春風玉管送斜暉。 【摘要】廬居在家，壯志難伸，欲忘情仕進，但見國家多事又無計拋撇

〈庚辰除夕大雪時在越署〉其二 卷十五，頁507	蓬萊東望海天開，此夕登臨一舉杯。黯澹千山迷澗壑，空明萬戶敞樓臺。官梅歲晚將誰寄？神燕春寒故未回。遲暮已違〈招隱賦〉，獨憐無客剡中來。 【摘要】自述孤身在紹興無客相訪，更不得朝廷重用以展其懷抱
〈辛巳越中除夕〉其一 卷十五，頁511	雲霄一別瞻天遠，歲序頻移作客遙。山閣燈光連夜雨，江潭柳葉上春潮。素餐遲暮慚歌魏，念亂今年憶度遼。欲折梅花寄京國，漫傾柏酒慰漁樵。 【摘要】慚愧自己任官鄉里無可作為，萬目時艱，渴望赴遼寧前線為國效命
〈壬午除夕〉其一 卷十二，頁395	輝輝芳景逼，冉冉壯心懸。日月商歌裏，山川越望前。春風侵晚歲，朔氣動經年。愁絕蓬萊殿，傳烽夜未眠。 【摘要】心繫國家多難，戰火頻傳
〈癸未元日〉 卷十五，頁521	珠斗春光隔歲回，碧城朝雨萬山來。川原海日迷寒樹，樓閣江風數落梅。悵望□□方飲馬，更慚梓慎失登臺。（自注：是日郡署廊房災，冊籍皆毀。）不須潦倒新亭色，起舞還傾長命杯。 【摘要】謂清軍步步逼進，國勢雖危，但仍有可為者，不必做新亭之悲
甲申年詩作全佚	
〈乙酉歲朝〉 卷十五，頁533	小雨凝寒濕青苔，燕園春色尚徘徊。傳聞五鳳樓初就，誰信〈三都賦〉有才。綸琯玉堂慚琬琰，身高金穴即蓬萊。旌旗遍滿淮南北，誰陟凌雲韓信台。 【摘要】時已順治二年，大江南北幾入清軍之手，盼望有如韓信般的將領能安定邦國
（丙戌） 〈除夕廬居〉 卷十五，頁530	隱几荒廬擾夢思，起來攜杖聽流澌。運移日月驚耆舊，春到松楸識歲時。吾祖豈知□氏□，幾人曾見漢宮儀。南冠永夜愁明發，腸斷薰風赤羽旗。 【摘要】語調凝重低落、鬥志不再，似已知復國無望

　　上述十四年間除夕、元日詩作，扣除甲申一年詩稿獨缺無可考知子龍心緒外，上十三詩皆隨子龍際遇及國事興廢而發，今可分成三階段來看：

　　第一階段（癸酉～丙子年）：此時子龍尚為布衣，故詩作主要反映個人功名未就的焦憂。

第二階段（丁丑～癸未年）：時子龍已入仕對國事有更多的認識，此時詩作主要寫個人對內亂外患的關心，以及請纓無路的愁緒。

第三階段（乙酉～丙戌年）：彼時清軍入關橫掃大江南北，起初子龍對復國尚存一絲希望，盼有個英雄人物能領軍中興，但隨著南明小朝廷君昏臣瞶，而清軍所向披靡，詩歌隱約反映了對中興再造的幻滅。

由這一系列的除夕、元日詠懷之作，再次印證陳子龍詩歌的寫實主義風格，他的詩歌有三次的焦點轉移：在未仕時，聚焦於個人舉業上；已仕時，聚焦於國家處境上，企盼有更多報國的機會；亡國後，聚焦於復國大業上。這樣的焦點脈絡，與朱東潤先生提到的「名士——志士——鬥士」〔註127〕人生三階段正好一致。

五、生活詠懷

凡不屬前四類詠懷詩者，本文皆歸入生活詠懷類。陳子龍的生活詠懷詩的內涵與其節日詠懷之作一樣，印證「名士——志士——鬥士」三人生階段。當其未仕時，所作詠懷詩大抵以渴求功成為主，如其崇禎五年二十五歲生日之作〈生日偶成〉之一云：

> 問汝此日何高眠？風吹碧梧徒自憐。
> 程生嘲客始三伏，鄧禹笑人已一年（自注：六月一日初伏，時予二十有五矣）。
> 擬勒文章北海上，隨將射獵南山前。
> 功名細事尚寂寂，哪敢輒欲為神仙。〔註128〕

又其於崇禎七年會試二度不第時做有〈歲暮遣懷〉云：

> 不復能免俗，愧此煙霞心。豈惟感時會，擾擾年歲侵。
> 生平懷大志，脫略常至今。明時還鄉里，何以慰浮沈？
> 公瑾受高困，魯連揮千金。孰云取捨異，各見英雄深。

〔註127〕參見朱東潤：《陳子龍及其時代》，頁2～3。
〔註128〕《詩集》卷十三，頁414。

周旋禮俗間，度外難追尋。惟應勉寂寞，託意丘中琴。
〔註 129〕

「功名細事尚寂寂」、「生平懷大志，脫略常至今，明時還鄉里，何以
慰浮沈」皆是爲不第而發的牢騷。當其入仕後，則表現出憂國憂民的
名士風範，如其崇禎十年做的〈燕中秋感〉之四云：

初聞屬國已堪憂，夜道東師耿未收。
漢將何年過渤海？秦鞭無計渡營州。
旌旗極浦回鯨翅，島嶼孤根動蜃樓。
更發三齊城不夜，秋風亭障浪雲愁。〔註 130〕

此詩寫清軍攻占朝鮮切斷明軍東北輔翼，而明軍對於東北的渤海、營
州諸要塞連連陷於敵手卻束手無方，官卑言輕的子龍除心如湯煮外也
無能爲力了。

　　如第三章所述，子龍詩論深受公安派「性靈說」的影響，強調個
性、情感的抒發，明朝的滅亡更是帶給其情感上莫大的刺激，讓他的
「靈心」加入更多悲悽的時代元素，故其亡國後詩作可謂篇篇血淚、
字字哀音，字裡行間盡是孤臣無力回天的淒楚，朱庭珍《筱園詩話》
謂其：「明代……末年詩人，惟陳臥子雄麗有骨，國變後詩尤哀壯，
足殿一代矣！」〔註 131〕如其順治三年（1946）寫給門人王澐〔註 132〕
的〈避地示勝時〉六首云：

江潭愁鼓枻，滄海憶乘桴。此處同攜手，何人可借軀？
亂離忘歲月，飄泊憎妻孥。莫作窮途慟，乾坤定有無？（之
一）

〔註 129〕《詩集》卷五，頁 139。
〔註 130〕《詩集》卷十四，頁 468。
〔註 131〕〔明〕朱庭珍：《筱園詩話》，《續四庫全書》集部第 1708 冊，頁
　　　　26。
〔註 132〕王澐（1619～1693），原名溥，字勝時，號僧士，松江華亭人。明
　　　　貢生。十四歲師事子龍，過從甚密。明亡後，隨子龍參與抗清。子
　　　　龍遇難，王澐與吳酉等人祕密收葬之。子龍婦張氏及子媳王氏貧不
　　　　能自給，子龍昔時故舊門人中惟王澐一人常常接濟之。亦爲子龍續
　　　　作《年譜》卷下。

計拙存謀野，時危適避荒。友人憐豫讓，女子識韓康。
周鼎無消息，秦灰正渺茫。冥鴻天路隔，何處共翱翔。（之
二）

故物經時盡，殊方逐態新。恨無千日酒，真負百年身。
芝草終榮漢，桃花解避秦。寥寥湖海外，天地一遺民。（之
三）

踽踽三年內，蕭條一概中。刺船排急難，贈策想雄風。
北海孫賓石，東吳皋伯通。比來還寂寞，此義有誰同？（之
四）

蘆中誰可托？土室更難期。歲月歸三歎，關河動〈五噫〉。
馬遷達大雅，箕子得〈明夷〉。禮樂終干櫓，窮愁亦我師。
（之五）

力窮支大廈，時異射高墉。未遇夷門老，還從石戶農。
朱弦悲匪兕，玄牝愧猶龍。淚盡人間世，天涯何處逢？（之
六）〔註133〕

彼時明亡已三年，故云「踽踽三年內」，這段時日子龍參與抗清，為
躲避清軍追緝，於流轉江南各地「亂離忘歲月」，想到義舉未成不禁
感嘆「恨無千日酒，真負百年身」。詩人自比為為主復仇的豫讓、才
高品正的賢哲梁鴻、司馬遷、箕子，但誰是有知人之明的孫嵩（賓
石）、皋伯通呢？深覺自己「無力支大廈」，又無侯嬴（夷門老）為其
計謀，便欲效石戶之農隱逸不出。「朱弦悲匪兕」傷己長年征戰，「玄
牝愧猶龍」在愧嘆自己未能遵老子守雌之道，「淚盡人間世，天涯何
處逢」則傷同志寥落、自己孑然一身。

　　對於陳子龍這樣的愛國志士而言，亡國宛如「璇室瑤臺半已傾，
杞國之人心欲絕。銀河倒瀉滄溟波，五山鰲背高嵯峨」〔註134〕、「曜
靈流光不相照，霜飛鬼哭烏頭白」〔註135〕，整個天地似乎在一夕間

〔註133〕《詩集》卷十二，頁401。
〔註134〕〈古有所思行〉，《詩集》卷十，頁295。
〔註135〕〈九日虎丘大風雨〉，《詩集》卷十，頁296。

顛倒翻覆了，每思及故國，子龍透過詩歌發出一句又一句的哀嚎：「國破家何在？親亡子獨歸」、「祈死煩宗祝，偷生愧國殤」〔註136〕、「海可枯，山可移。胸中車輪轉，淚下如懸絲」〔註137〕，亡國的失落感在〈秋日雜感〉十首之一中表達地最具體，詩云：

> 滿目山川極望哀，周原禾黍重徘徊。
>
> 丹楓錦樹三秋麗，白雁黃雲萬里來。
>
> 夜雨荊榛連茂苑，夕陽麋鹿下胥臺。
>
> 振衣獨上要離墓，痛哭新亭一舉杯。〔註138〕

起筆以藉《詩經・王風・黍離》之典寫改朝易代之悲。「茂苑」借指花木茂美之苑囿，「麋鹿下胥臺」借自伍子胥以麋鹿遊姑蘇臺的典故，此二句謂國亡後宮室殘破。最後以「痛哭新亭」作結，道盡家國之悲。「丹楓錦樹三秋麗，白雁黃雲萬里來」以寫草木的無情自生、雁雲的無情自去來，對比人非草木，孰能無情的痛哭新亭，這和姜夔〈揚州慢〉的：「念橋邊紅藥，年年知爲誰生」有異曲同工之妙，透過「丹楓錦樹」、「白雁黃雲」等綺麗的詞彙，不論在畫面或感情上都形成了一種矛盾、衝突的美感，似乎也反映了時代的衝突與個人內心的矛盾。全詩以「哀」起筆，以「痛哭」收筆，情感強度由淺而深，表現了遺民的孤憤，加上用典得宜、色調淒美，較諸李、杜等大手筆也不遜色。而〈秋日雜感〉第八首云：

> 雙闕三山六代看，龍盤虎踞舊長安。
>
> 江陵文武牙籤盡，建業風流〈玉樹〉殘。
>
> 青蓋血飛天日暗，黃旗氣掩斗牛寒。
>
> 翩翩入洛群公在，剩有孤臣淚未乾。〔註139〕

此詩寫順治三年清兵陷南京、俘弘光帝事。〈玉樹〉即〈玉樹後庭花〉曲，暗指亡國。「青蓋」爲帝王車駕，「青蓋血飛天日暗」代指弘光帝

〔註136〕〈奉先大母歸葬廬居述懷〉，《詩集》卷十二，頁397。
〔註137〕〈前緩聲歌〉，《詩集》卷十，頁298。
〔註138〕《詩集》卷十五，頁525。
〔註139〕同上註，頁528。

遇難。南明覆亡，中興明室的最後一絲希望也破滅了，諷刺的是前明重臣如錢謙益、王鐸（192～1652）竟先後降清入仕，教陳子龍、夏允彝這些在外率領義軍抗清的人情何以堪，故云「翩翩入洛群公在，剩有孤臣淚未乾」。孫康宜教授在《陳子龍與柳如是詩詞情緣》中論陳氏之詩：

> 他的詩常具有克里格（Murray Krieger）所謂「撫慰式的優雅」（soothing grace）。這是「悲劇英雄」才能展現的靈視，也是道德與美學原則經過最後的融通後才能表現出來的靈見。換言之，陳子龍的作品——尤其是明亡後他所寫的作品……就是「忠」與「失落」的交相縮結。〔註140〕

小　結

陳子龍的詠懷詩具備強烈的寫實精神，其所詠懷者和個人際遇、時代脈動緊緊相依。就「人」的部分而言，著眼於對師友親人的思念、關懷，以及對自己報國無門的哀愁；就「事」的部分而言，著眼於對國事的關心與意見表達。而情感呈現上，則是苦多樂少；聲調上剛柔並濟、雄逸兼美；文字上除偶爾有典故過繁之病外，大抵上是華美而不失質實，矯正了七子的剛硬、公安的俚俗、竟陵的幽僻，爲明末清初詩壇開創出一條新的語言道路。

第六節　豔情詩

孫康宜在《陳子龍柳如是詩詞情緣》中寫道：

> 陳子龍晚期的忠君愛國詩若以情感強度著稱，則他早年的浪漫詩亦不脫此一色彩。在陳氏的詩詞裡，「忠」與「情」像孿生兄弟。〔註141〕

陳子龍早年是一介風流才子，又生長於江南溫柔鄉，不時有狎遊之舉；亡國後孤忠義憤付諸詩篇，故情感深重向來是他詩歌一貫特

〔註140〕孫康宜著、李奭學譯：《陳子龍柳如是詩詞情緣》，頁57～58。
〔註141〕同上，頁59。

色。本節所論之豔情詩，涵蓋其所寫代言女子情思、謳歌女子體態之宮體詩、宮詞﹝註142﹞，以及為柳如是（1618～1667）﹝註143﹞而作之情詩。

陳子龍的宮詞共四題二十首﹝註144﹞，皆以歌詠舊朝宮廷情事為主，舉各題一首如下：

浴罷斜臨金水河，紫羅紈扇採菱歌。

君王自愛長生殿，明月涼風殿後多。（〈秋宮詞〉之二）

館娃宮中烏夜棲，白苧紅羅對舞齊。

同倚欄干明月夜，清光猶是若耶溪。（〈吳宮詞〉之二）

枕簟清疏侍寢新，君王夢入楚山頻。

六宮齊曉行雲態，莫憶高唐觀裡人。（〈楚宮詞〉之四）

銅雀春寒暮景催，遙傳天子獨登臺。

何堪火照千門裡，細雨香風接夜來。（〈魏宮詞〉之一）

詩中分詠唐明皇與楊貴妃、夫差與西施、楚襄王與巫山神女、曹丕與妃子薛靈芸等宮事。詩雖無新意，然文字綺麗有六朝、晚唐餘風，說明陳子龍詩風不限於高渾雄壯之聲，亦有其柔美綺麗的一面，足見六朝、中晚唐綺麗詩風對陳子龍的影響。﹝註145﹞

﹝註142﹞ 王育紅：〈宮詞非宮體詩考論〉，（《貴州社會科學》第7期，2010年7月）詳論宮體詩和宮詞是不同的指稱。說明宮體詩是一種獨特的「詩歌體式」，特色為講求聲律辭藻之美；宮詞是以宮廷生活為描述對象的詩歌題材。

﹝註143﹞ 據陳寅恪：《柳如是別傳》第二章考證，柳如是本姓「楊」，名「愛」，字「影憐」，一度又名「楊雲娟」、「楊朝」，以「美人」為其別號。後易姓「柳」，名「隱雯」，繼名「是」，字「如是」，號「我聞居士」、「河東君」、「靡蕪君」。吳江人，一說為嘉興人。本為前首輔周道登之妾，周氏對其寵愛有加，終引起諸妾妒意，誣其淫亂，遂見逐而流落煙花，時年十五。崇禎五年始識陳子龍，崇禎六年因宋徵輿家人反對，轉與子龍交往，崇禎八年春二人同居松江南樓，後又為子龍髮妻張氏所辱離開南樓，崇禎十四年錢謙益以正婦之禮聘之。性格瀟落豪放，工詩畫，有《戊寅草》、《柳如是詩》傳世。

﹝註144﹞ 分見《詩集》卷十七，頁564、567、568。

﹝註145﹞ 陳子龍在〈壬申文選凡例〉云：「至於齊梁之贍篇、中晚之新搆，

其專述女子情思、體態的宮體詩如〈古怨詞〉三首：

向夕新妝竟，憑欄不自持。春風未相識，猶向桃花吹。（之一）

瑤琴妾曾理，不解是傷心。今日難爲別，知他哀怨深。（之二）

秋心抱明月，相望夜深時。卻羨沈西海，清光待後期。（之三）〔註146〕

表現閨閣女子的相思情貌。又如〈夜意〉：

忘卻博山爐，殘燈動幽夢。起探繡羅裳，香氣溫青鳳。
〔註147〕

則透過描繪閣中女子的動作帶出女子愁思。也有以代言體〔註148〕寫情者，如〈閨怨〉三首：

織罷流黃夢不成，軟金跳脫倚銀箏。
心隨明月從西去，應照涼州第幾城。（之一）

簾外桃花入暮情，金鈴寂寂度流鶯。
東風曾向閨中過，吹到黃河春草生。（之二）

一去輪台道路遙，聞君功擬漢嫖姚。
應騎宛馬來宣捷，倏忽揚鞭過渭橋。（之三）〔註149〕

偶有間出，無妨斐然。」較諸前後七子執守於「詩必盛唐」的法度，
陳子龍對六朝、中晚唐的詩風有更多的接受及吸收。

〔註146〕《詩集》卷十七，頁557。
〔註147〕《詩集》卷十七，頁558。
〔註148〕楊義：〈李白代言詩體的心理機制（一）〉一文對「代言體」的詮釋：
「爲詩而采用代言體，乃是一種化妝的抒情。因爲詩人和詩中的
抒情主體『有緣』而『非一』，他要在詩中直接呈現他人的心聲，
把詩歌言志緣情的功能轉換爲『言他志』、『緣他情』，而這個他
者往往是異性的『她』。這就是詩人在寫詩的時候進行化妝，進行
角色轉換，從而進入抒情主體的環境和內心之中展開理解性的揣
摩。」（《海南師範學院學報（人文社會科學版）》第1期，2000年，
頁1）。
〔註149〕《詩集》卷十七，頁567。

不論是以由旁觀者的角度對女子情、貌進行書寫或以代言體形式代女子言情，這類詩作的意涵仍不脫漢魏六朝以來言情詩的意象（如對鏡自愁、彈情自傷、長夜無夢等），用語亦與之無異（如涼州、嫖姚、宛馬等），擬古的意味濃厚，藝術價值不高，但考慮到明七子高聲大氣、公安造語鄙俚、竟陵意境幽僻給明代詩壇帶來的流弊，則子龍早年寫的這些擬作，融合六朝、晚唐的溫麗，造語溫潤不俗、意象鮮明，則其對明季詩壇仍有一定之啟發、矯正。

　　陳子龍豔情詩真正有研究價值，且為後世津津樂道者當推為柳如是而作之情詩，原因就在於這些為情所苦、為愛所樂的詩才是他「獨至之情」的體現，所以讀來更為真摯有味。然而，或許是受傳統「詩言志，詞緣情」觀念影響，這些為柳如是而作之詩往往隱晦費解，不若其為柳而作之詞那般明確直接，幸賴陳寅恪先生以十年歲月多方考訂，「破譯」陳子龍專為柳如是而寫之詩，依陳寅恪氏說明：

> 明末人作詩詞，往往喜用本人或對方，或有關之他人姓氏，明著或暗藏於字句之中。斯殆當時之風氣如此，後來不甚多見者也。〔註150〕

再據陳寅恪在《柳如是別傳》第二章中考證，陳柳二人結識於崇禎四年冬或崇禎五年春〔註151〕，至崇禎八年春夏之交被迫分離，其後至崇禎十四年柳如是嫁與給錢謙益止，二人斷續有詩文往來。根據這些線索，則崇禎四年冬至十四年間，凡子龍豔情之作中有「美人」〔註152〕、「楊柳」、「雲」、「影」、「憐」、「嬋娟」之語者，都值得留意。

〔註150〕陳寅恪：《柳如是別傳》（北京：三聯書店，2001 年 1 月），頁 16。

〔註151〕陳寅恪：《柳如是別傳》，頁 94～95。

〔註152〕同上書，頁 19 云：「今檢關涉河東君之早期材料，往往見有『美人』之語。初頗不注意，以為不過泛用『美人』二字，以形容河東君，別無其他專特之意義。……繼詳考其語義之有限制性，而不屬泛指之辭者，始恍然知河東君最初之名稱，必與『美人』二字有關，或即用『美人』為其別號，亦未可知也。」寅恪氏於後亦舉當時諸詩人之詩以證明「美人」乃河東君別號。

這麼一來，把時間因素加上上述關鍵字，則要推測哪些是爲柳而作之情詩便容易多了。

崇禎四年冬或崇禎五年春，子龍始識柳如是。方其時，柳氏棲身蘇州青樓，子龍同友人萬壽祺狎遊蘇州，陳寅恪先生考證今〈吳閶口號〉末三首即始識柳如是之證，此三首云：

何妨放誕太多情，已幸曾無國可傾。

卻信五湖西子去，春風空滿闔閭城。（之八）

傳聞夜醮蔡經家，能降乘鸞萼綠華。

莫似紅顏同易散，館娃宮外盡煙霞。（之九）

各有傷心兩未知，嘗疑玉女不相思。

芝田館裡應惆恨，枉恨明珠入夢遲。（之十）〔註153〕

柳如是工詩善畫，個性豪放，錢肇鰲《質直談耳》形容其：「扁舟一葉放浪湖山間，與高才明輩相遊處」〔註154〕，如此奇女子使陳子龍這位雲間才子一見傾心，但當時狀況不容二人結合，故第十首云「各有傷心兩未知」、「枉恨明珠入夢遲」，且第十首即此組詩全部主旨所繫〔註155〕。同年春的〈柳枝詞〉四首亦在記此次初遇，第四首云：

春風約束甚無名，歲歲腰肢別樣情。

何事永豐新唱後？妖鬟十五倚身輕。〔註156〕

說明了這位年已二十五的才子如何爲「妖鬟十五」的少女動情。隨著相思升溫，同年夏天〈生日偶成〉二首之二記道：

擊劍讀書何所求？壯心日月橫九州。

頗矜大兒孔文舉，難學小弟馬少遊。

不欲側身老章句，豈徒挾策干諸侯。

閉門投轄吾家事，與客且醉吳姬樓。〔註157〕

〔註153〕《詩集》卷十七，頁562。
〔註154〕轉引自陳寅恪：《柳如是別傳》，頁68。
〔註155〕同上註，頁115。
〔註156〕《詩集》卷十七，頁560。
〔註157〕《詩集》卷十三，頁414。

歷經前一年會試下第的打擊，向來懷抱經國大志的子龍也不禁欲效馬援之弟馬少遊一樣，放棄功名悠遊鄉里，而末句「與客且醉吳姬樓」多少也是因柳如是這位掃眉才人才令他有甘願拋棄功名之意吧！隨著相思日熾，同年秋作有〈中秋風雨懷人〉：

> 誰將幽怨度華年，河漢濛濛月可憐。
> 落葉黃飛妖夢後，輕綃紅冷恨情邊。
> 青鸞濕路簫聲歇，白蝶迷魂帶影妍。
> 惆悵盧家人定後，九秋雲雨泣嬋娟。〔註158〕

中秋本是闔家團圓共樂的日子，但這個專屬於家人的節日，子龍所眷念者不是自家親友，竟是一名青樓女，他以「盧家少婦」喻柳，並為思念這位「嬋娟」而「泣」，足見當時子龍的心已被柳氏占滿了。

崇禎五年冬，柳如是自蘇州移居松江，有了近水樓台之便，二人互動益頻，也不時結伴出遊，如崇禎六年春的〈花朝大風〉、〈春遊〉八首皆記共遊事，今舉〈春遊〉八之三、五為例：

> 豔陽何事獨神傷，春氣茫茫日更長。
> 草礙玉輪都號夢，花當繡户盡名香。
> 萬條南國宮中柳，千騎東方陌上桑。
> 便有柔情收不得，好憑雲雨放高唐。（之五）

> 綺櫳三月遍垂楊，畫漏初長舞鳳凰。
> 帳底鬆鬟雲鴨綠，樓頭曳袖日鵝黃。
> 珊瑚不斷春生蕊，芍藥多情夜有香。
> 風景自宜愁一概，非關心事託王昌。（之八）〔註159〕

以髮飾「雲鴨」之「綠」，夕照的「鵝黃」，這些溫暖色調也象徵二人戀情的溫度真是「便有柔情收不得」。其八的「王昌」為魏晉時人，風神俊美為時人所賞，唐代魚玄機（844～868）〈贈鄰女〉一詩中以王昌喻薄倖的李憶，本詩的王昌是否別有所指？《柳如是別傳》引錢肇鰲《質直談耳》七所記〈柳如之軼事〉云：

〔註158〕《詩集》卷十三，頁412。
〔註159〕《詩集》卷十三，頁419。

> 轅文（宋徵輿）惑於如之（柳如是），為太夫人所怒，跪而
> 責之。轅文曰：「渠不費兒財。」太夫人曰：「財亦何妨。
> 渠不要汝財，正要汝命耳。」轅文由是稍疏。未幾，為郡
> 守所驅，如之請轅文商決。案置古琴一張，倭刀一口，問
> 轅文曰：「為今之計，奈何？」轅文徐應之曰：「姑避其鋒。」
> 如之大怒曰：「他人為此言無足怪，君不應爾。我與君自此
> 絕矣。」持刀斫琴，七弦俱斷，轅文駭愕出。〔註160〕

若據陳寅恪氏所考，則宋徵輿與柳如是的戀情主要因宋家人的反對
而告終，這樣的結果和李憶因懼內而拋棄魚玄機事雷同。再據魏振東
《陳子龍年譜》所考，宋、柳決裂是在崇禎六年秋，自此事後柳如是
才與子龍正式交往〔註161〕，而〈春遊〉詩作於崇禎八年春，則值此
傷春時節，是否勾起柳氏對宋柳戀的感傷，「非關心事託王昌」中的
王昌似乎暗指宋徵輿。

又如其〈春煖曲〉：

> 鸂鶒沙頭弄晴態，高枝烘日遙相對。
> 淺沙酣碧玉輪歸，絲鞭搖曳東風碎。
> 長郊金縷煙無主，飛花茫茫啼杜宇。
> 懶卸單衫杏子黃，繡戶酒紅初罷舞。
> 羅幕亭亭日正中，蜂翻鶯語近簾櫳。
> 慵起枕痕射窗影，無數美人春夢空。〔註162〕

「絲鞭搖曳東風碎」、「懶卸單衫杏子黃」、「慵起枕痕射窗影，無數
美人春夢空」寫春風拂柳、美人慵起的情態直是六朝、晚唐豔詩的
口吻了。崇禎六年的〈秋潭曲·偕燕又、讓木、楊姬集西潭舟中
作〉：

> 鱗鱗西潭吹素波，明雲織夜紅紋多。
> 涼雨牽絲向空綠，湖光頹澹寒青蛾。

〔註160〕參見陳寅恪：《柳如是別傳》第三章。
〔註161〕魏振東：《陳子龍年譜》（桂州：廣西師範大學中文所碩士論文，2004
　　　　年），頁52。
〔註162〕《詩集》卷八，頁214。

> 暝香溼度樓船暮，擬入圓蟾泛烟霧。
> 銀燈照水龍欲愁，傾杯不灑人間路。
> 美人嬌對參差風，斜抱秋心江影中。
> 一幅五銖弄平碧，赤鯉撥刺芙蓉東。
> 摘取霞文裁鳳紙，春蠶小字投秋水。
> 瑤瑟湘娥鏡裡聲，同心夜夜巢蓮子。〔註163〕

詩題明確說明同遊者有「楊姬」（即柳如是，時柳尚未易名姓），其中
「銀燈照水龍欲愁」的「龍」似乎暗示陳子龍自己。「美人嬌對參差
風」的「美人」即柳如是，「秋心」合起來即「愁」字，故「斜抱秋
心紅影中」意指柳如是亦和陳子龍一樣心中有愁。詩中「燈」、「水」、
「鏡」、「影」等意象交錯，而這些本來便有朦朧的象徵，表現了戀人
眼底、心裡的迷濛浪漫。而最末二句「鏡裡聲」除有虛幻的象徵外，
另一方面，鏡子尚能反射出影子，而「同心夜夜巢蓮子」的「蓮」和
「憐」雙關，二句合起來正好是柳如是當時之名「影憐」，再看「銀
燈照水龍欲愁」中的「龍」，正巧將二人名字全嵌入詩中。全詩虛實
交錯，充滿隱喻。此時，二人已相思成疾，如〈秋夕沈雨，偕燕又、
讓木集楊姬館中，是夜姬自言愁病殊甚，而余三人者皆有微病不能飲
也〉云：

> 一夜淒風到綺疏，孤燈灩灩帳還虛。
> 冷蛩啼雨停聲後，寒蕊浮香見影初。
> 有藥未能仙弄玉，無情何得病相如。
> 人間愁緒知多少，偏入秋來遣示余。（之一）
>
> 兩處傷心一種憐，滿城風雨妒嬋娟。
> 已驚妖夢疑鸚鵡，莫遣離魂近杜鵑。
> 琥珀佩寒秋楚楚，芙蓉枕淚玉田田。
> 無愁情盡陳王賦，曾到西陵泣翠鈿。（之二）〔註164〕

第一首「有藥未能仙弄玉」意謂即便有藥可醫病，也無藥讓陳柳二人

〔註163〕《詩集》卷八，頁 221。
〔註164〕《詩集》卷十三，頁 425。

如蕭史、弄玉般成為仙眷愛侶。「無情何得病相如」以司馬相如喻己，說明自己是多情成病。第二首「滿城風雨妒嬋娟」，「嬋娟」為柳如是之名，故此句在云二人戀情不為外界（主要是子龍家人）所接受。「已驚妖夢疑鸚鵡」據陳寅恪氏所考，此乃化用《楊太真外傳下並事文類聚後集》卷四十中，天寶年間宮中白鸚鵡夢為鷙鳥所搏，後果斃於鷹之典，喻柳在前首輔周道登家為諸妾所譖，幾乎被殺之事。〔註165〕「琥珀佩寒秋楚楚」謂子龍像曹植一樣，解下玉珮贈與洛水神女為信物，「芙蓉」即蓮花，曹植〈洛神賦〉中有：「迫而察之，灼若芙蕖出淥波」以「芙蕖」（蓮）喻洛神，且蓮亦有出淤泥而不染的特質，以蓮喻柳正象徵她是子龍心目中不染凡塵的「神女」。最末句「曾到西陵泣翠鈿」出自南齊名妓蘇小小的典故，西陵據傳是其所葬身處，樂府古辭云：「我乘油壁車，郎騎青驄馬。何處結同心，西陵松柏下。」〔註166〕提出蘇小小的典實和柳如是的身份有關。而值得留意的是，陳子龍為柳而作的詩篇有不少都用曹植與洛神的典故，如後來的〈湘娥賦〉〔註167〕即為柳而作，而柳亦以〈男洛神賦〉和之即為一例。好用此典故，除其本身即為傳頌千古的浪漫愛情故事外，似也象徵陳柳二人如曹植、洛神一樣都是才子佳人的組合，且在陳子龍心中柳如是則如洛水神女般令人迷戀。

若說上述是陳子龍內心投射的柳如是形像，那現實中的柳如是又是怎樣的人呢？五絕〈朝來曲〉中有「自憐顏色好，不帶碧桃花。」〈古意〉二首之一有：「非矜體自香，本愛當風立。」〈麗人曲〉云：「自覺紅顏異。」〔註168〕七古〈薔薇篇〉則云：「吳姬杏子輕衫嬌，鴉翎玄鬢雙步搖。偷將纖指嘗紅露，折得含苞籠絳綃。」〔註169〕皆生動勾勒了這位妙齡佳人美豔的體態及俏皮的模樣。

〔註165〕陳寅恪：《柳如是別傳》，頁62。
〔註166〕〔宋〕郭茂倩：《樂府詩集》，頁1203。
〔註167〕《安雅堂稿》卷之一，頁1。
〔註168〕三詩見《詩集》卷十七，頁557、558、559。
〔註169〕《詩集》卷八，頁215。

　　崇禎七年爲柳而作之什有〈甲戌除夕〉：「惟應與客乘輕舟，單
衫紅袖春江水。」〔註170〕〈早春行〉：「願爲堦下草，莫負豔陽期。」
〔註171〕〈何處〉：「何處蕭孃雲錦章，殷勤猶自贈青棠。誰知近日多
憔悴，欲傍春風恐斷腸。」〔註172〕顯示子龍對柳如是的思慕已無法
自拔，同年〈寄讓木問疾〉二首寫得更明白：

> 爲有傷秋病裡身，珠簾玉帳一時新。
> 向說文園司馬渴，豈應獨誚茂陵人。（之一）

> 捲簾夜夜望瓊臺，雲外嘗教青鳥催。
> 知有玄霜能愈疾，殷勤爲爾月中來。（之二）〔註173〕

第一首中的「文園」代指司馬相如，因其人曾任孝文園令，後司馬相
如以患有消渴症爲由，辭官隱居茂陵。此以司馬相如追求卓文君的
愛情史實，表明己對柳氏之思慕。第二首表示唯有意中人的青鳥傳
信方得以治其疾，不消說，此意人自是柳氏無疑。因著相思殷切，故
崇禎八年春，二人乾脆同居松江城南的南樓。南樓乃名士徐致遠
（1614～1669）的別業，而徐致遠即子龍幾社好友徐孚遠的三弟。終
得一償相思的兩人，在這段日子留下不少綺豔之作，如〈春思〉二首
之一云：

> 深院無人花滿枝，小欄紅藥影離離。
> 爲憐玉樹風前坐，自剪輕羅日暮時。〔註174〕

又〈春日早起〉二首之一云：

> 獨起憑欄對曉風，滿溪春水小橋東。
> 始知昨夜紅樓夢，身在桃花萬樹中。〔註175〕

這二篇詩作，陳寅恪氏以爲「似元稹《才調集》中的豔詩。」〔註176〕

〔註170〕《詩集》卷六，頁241。
〔註171〕《詩集》卷六，頁141。
〔註172〕《詩集》卷十七，頁570。
〔註173〕《詩集》卷十七，頁570。
〔註174〕《詩集》卷十七，頁571。
〔註175〕《詩集》卷十七，頁572。
〔註176〕陳寅恪：《柳如是別傳》，頁245。

在這無限柔情的春日，陳子龍可說是「美人芳草一行歸」〔註177〕了。

好景不長，據陳寅恪氏考證，其妻子張孺人挾子龍祖母高太安人、繼母唐宜人之命，至南樓將柳如是羞辱一番，所以崇禎八年春夏之交，柳移居吳江縣盛澤鎮的歸家院，二人宣告仳離。〔註178〕為此陳子龍著實不歡，其寫給李雯的〈春日酬舒章言懷之作〉有「君懷當綺豔，吾意怯登臨。自短風雲氣，猶憐花草心」、「俠遊思季布，慢世愧相如」〔註179〕等語皆表明心中的不捨。

其實，對於和柳如是這位青樓女子往來，陳子龍家人是相當反對的。李雯在崇禎八年的〈與臥子書〉便提及：「今閭里之間之盛傳我兄意盼阿雲，不根之論，每使人婦家勃谿。兄正是木強人，何意得爾馨頏宕？」〔註180〕如今在家人力阻下，這對才子佳才各自天涯，為此子龍生了場病，至於是僅患心病抑或因心病而致身病，尚不得考，但心病絕對是主因，是年七夕，子龍有〈七夕・倣玄暉〉詩自述其苦：

> 早秋辨雲樹，斜景生微涼。頗振玉塈葉，復折瑤華芳。
> 蓮房碧秋渚，雜英搖暮香。烟露夕靡靡，綺閣正相望。
> 引領佳人期，誰知往路長？玉繩麗薄霧，銀漢含蒼茫。
> 寂寞雕陵鵲，使我河無梁。澄宇靜不舒，丹鳥穿衣裳。
> 蕙莖秀玄夜，輕颸復難忘。迎涼依雲雨，彷彿巫山陽。
> 〔註181〕

詩中以奔放的想像力將自己和柳氏比之為命運乖舛的牛郎織女。然神話中的牛郎織女每年七夕尚得在鵲橋相會，可是自己到了七夕這天卻盼不到喜鵲，「寂寞雕陵鵲，使我河無梁」。末二句化自宋玉〈高唐賦〉之典，賦中寫楚懷王夜夢巫山神女，遂起雲雨。而柳如是亦名「雲

〔註177〕見〈寒食〉三首之一，《詩集》卷十七，頁572。
〔註178〕陳寅恪：《柳如是別傳》，頁56。
〔註179〕《詩集》卷十一，頁337。
〔註180〕李雯：〈與臥子書〉卷三十五，《蓼齋集》（《四書禁燬叢刊》集部第111冊，北京：北京出版社，2000年），頁506。
〔註181〕《詩集》卷五，頁125。

娟」，所以這是說在相會無期的情況下，自己只能盼於夢中再見到柳氏這位神女。

是年夏，心病亦未癒，其〈酬舒章問疾之作，用原韻〉云：「思與帝子期，胡然化人渺？靈藥無消息，端然內煩擾。……佳人蔭芳樹，憐餘羈登眺。含當遣百慮，攜手出塵表。」〔註182〕文辭哀婉，兒女之情纏綿。同年秋收到柳託人送來的雙螭鏡，作〈霜月行〉感云：

> 美人贈我雙螭鏡，云是明月留清心。
> 寒光一段去時影，可憐化作霜華深。
> 持鏡索影不可見，當霜望月多哀音。
> 紅綃滿川龍女窟，買之不惜雙南金。
> 溫香沉沉若烟霧，裁霜翦月成寒衾。
> 衾寒猶自可，夢寒情不禁。
> 離鸞別鳳萬餘里，風車雲馬來相尋。
> 愁魂荒迷更凌亂，使我沉吟常至今。（之三）〔註183〕

此詩以鏡起興，透過鏡的意象，柳如是暗示自己的一片「明月清心」，而歷史上也有破鏡重圓的故事，柳之贈鏡似也暗示她期望再度團圓。這樣的用心陳子龍當然明白，故三、四句將柳氏之名「影憐」嵌入其中，表明對柳的眷戀難忘，但鏡在人去，「持鏡索影不可見」，只能「裁霜翦月成寒衾」，在寒霜、寒月中獨擁寒衾。至十一、十二句「衾寒猶自可，夢寒情不禁。」突然由七言變成五言，音節驟然變得短促、急切，似也反映子龍思及此後將獨守寒衾，心緒轉為悲切、踴躍。這對「離鸞別鳳」相隔萬餘里，詩人欲乘「風車雲馬來相尋」，充滿《楚辭・九歌》式的奔放的想像力，在〈九歌〉裡常見騰雲御風、上下求索的想像，如〈湘君〉：「駕飛龍兮北征」、〈東君〉：「駕龍輈兮乘雷，載雲旗兮委蛇」，這種奔放而熱情的想像力，在前後七子中是看不到的，而這也是陳子龍能超越前後七子之因。也是那

〔註182〕《詩集》卷六，頁143。
〔註183〕《詩集》卷八，頁231。

年歲晏，在〈乙亥除夕〉詩中自陳：「人生忘情苦不早，今年惆悵倍莫當。」〔註184〕

雖然二人於崇禎八年仳離，然此後幾年中依然有詩文往返，如崇禎十一年的〈擬古詩・上山采蘼蕪以下五首〉〔註185〕便是其一。同年秋日的〈長相思〉云：

> 美人昔在春風前，嬌花欲語含輕烟。
> 歡倚細腰欹繡枕，愁憑素手送哀弦。
> 美人今在秋風裡，碧雲迢迢隔江水。
> 寫盡紅霞不肯傳，紫鱗亦妒嬋娟子。
> 勸君莫向夢中行，海天崎嶇最不平。
> 縱使乘風到玉京，瓊樓群仙口語輕。
> 別時餘香在君袖，香若有情尚依舊。
> 但令君心識故人，綺窗何必長相守。〔註186〕

前八句以今昔對比的頓挫手法表現相思難忘。第十二句想像「瓊樓群仙口語輕」說明二人的結合將引發眾人（主要是子龍家中女眷）的口舌風波，暗示了復合希望渺茫。而末二句「但令君心識故人，綺窗何必長相守」較諸前幾句的感性，此以高度理性的筆法慰喻對方，展現了在激情中不失自制的一面。

小　結

陳子龍的豔情詩約可分成「擬作情詩」與「親身情詩」二種。前者系指以代言體或由旁觀者的立場，揣摹女子情思或謳歌女子體態之宮體詩、宮詞，詩中的女性及其愛情遭遇則不一定是詩人的感情對象，這類詩篇往往沿襲古來的愛情詩題材，且其意象、內涵、用語往往不脫六朝、晚唐以前的範疇；後者系指明確為自己親身愛情經歷而作之詩，而這一類又全都是為柳如是而作。

〔註184〕《詩集》卷九，頁248。
〔註185〕《詩集》卷七，頁168。
〔註186〕《詩集》卷九，頁262。

　　擬作情詩既爲揣摹、想像之作，自然無法超越六朝、晚唐豔詩，當然，這也是因這類作品都是陳子龍早年所寫，而他早年囿於生活經驗及時代風氣影響，因此詩作以擬古爲宗，故而這類作品不妨視之爲早年擬古生涯的部分「成果」，眞正能反映陳子龍愛情生活的是親身情詩這部分。這類作品有幾項特色：

（一）典雅含蓄：陳子龍受復古派雅正詩觀影響，強調詩歌當「去淫濫而歸雅正」〔註187〕，故其情詩辭采雖豔卻感情含蓄，慣以比興寄託而少直言激情，這和其社會寫實詩表現出的慷慨之氣有著天壤之別。

（二）謳歌對象隱晦：情詩中的女子往往無具體指涉對象。如其詩往往用「美人」一類的詞代稱，易使讀者不察誤認作品中的女子僅爲泛指而非專指，幸而有陳寅恪先生的破譯找出指涉柳如是的「代碼」，後人方知陳氏豔情詩有部分是專爲柳如是而作，非全爲泛指。

（三）好用水、影、夢、雲煙等朧朦柔媚的意象鋪陳戀情，表現愛情的溫柔、朦朧與難以捉摸。

第七節　詠物詩

　　古遠清在《詩歌分類學》中說明詠物詩的特點是：「通過維妙維肖的比喻與豐富巧妙的聯想，寄託詩人的抱負和志向。」〔註188〕經研究陳子龍的詠物詩數量不多，古體之作如〈落花篇〉：

　　東風動地起，卷落春城霞。已折灞橋柳，還吹杜曲花。杜曲斜連上林苑，樓臺爛漫當春晚。一朝搖盪各東西，盡日飄零無近遠。皆道根株共一身，那知花葉不相親。難辭麗質隨塵土，誰慕殘紅在錦茵。回首繁華方此日，煙條露萼

〔註187〕陳子龍：〈皇明詩選序〉，《文集（上）》卷二十五，頁357。
〔註188〕古遠清：《詩歌分類學》（石首市：中國地質大學出版社，1989年6月），頁64。

皆顏色。流蘇披影玉鈴風，步障承陰金井汲。百寶龍蟠壓
角輕，五絲雀網連雲密。此時公子珊瑚鞭，平川緹幔啟瓊
筵。金犢迢迢林外度，銀蚪滴瀝壚頭眠。舞燕啼鶯未曾
已，只有陽春不相俟。炙就胭脂欲褪紅，翦殘羅綺看猶
紫。昨日宜春宮，今朝御溝水。狂風無情落九天，不知飛
入誰家裡。綽約春光能幾時，倏忽濃陰綠滿枝。明歲花開
更相對，今年花謝任相思。不羨今年人正好，但愁明歲花
將老。百花不復怨東風，遊人空自憐芳草。高樓小女斂雙
蛾，垂簾不唱陽春歌。三春白日如飛電，一代紅顏奈若
何。〔註189〕

對落花的描寫雖乏新意，例如「一朝搖盪各東西，盡日飄零無近遠」、
「昨日宜春宮，今朝御溝水。狂風無情落九天，不知飛入誰家裏」等
語，前人之作所在多有，然「不羨今年人正好，但愁明歲花將老」將
花看得比人更重要，突顯了詩人對落花癡迷更甚於人，而「三春白日
如飛電，一代紅顏奈若何」，將落花的意象與青春的消逝做連結，點
出花朵明歲能再開，可是青春卻一逝不返，讓讀者驚覺與其說本詩在
感傷花的凋落，毋寧說是在哀傷青春的墜逝。「三春白日如飛電」一
句以雷霆萬鈞之勢收筆，如同給予讀者一記當頭棒喝，提醒人生如電
光石火莫等閒放過。

　　律體詠物詩有〈病鸚鵡〉：

　　久為簾幕客，心性學吳姬。同悴風前伴，相思隴外知。
　　多言老更甚，解夢病增疑。莫厭樊籠困，春鷹不敢窺。

　　　〔註190〕

以「莫厭樊籠困，春鷹不敢窺」說明被困於樊籠雖失去自由，然至少
可以平安過日，點出了生命中自由和安樂的兩難，別有一番理趣。又
同卷〈燕巢〉：

　　海濱羈旅客，幸托畫梁宜。養子仍能穩，污泥不在卑。

〔註189〕《詩集》卷十，頁283。
〔註190〕《詩集》卷十一，頁315。

知兵營暗壘，識向避非時。莫恨秋風蟄，華堂今正危。

〔註191〕

末四句讓全詩在單純的詠物之外又多了分時代的焦慮感，當是時已是崇禎年間，大明王朝早已風雨飄搖多年，「華堂今正危」似乎也是在焦慮整個王朝大廈將傾，高度的時代性可說是陳子龍各類詩作的共同特色，尤其是晚期的詠物詩更蘊涵強烈的憂時色彩，如其〈見新燕〉、〈見新柳〉二詩：

春風吹蕙草，送汝出瑤台。來往常相並，飛鳴何所哀！

香泥新歲淺，綺月隔年開。況有高樓婦，交河戍未迴。（〈見新燕〉）

不盡青門色，偏驚江甸春。兩京馳道上，二月送行人。

鶯弄愁時雨，烏啼戰後塵。那堪思往事，聯騎小平津。（〈見新柳〉）〔註192〕

這兩首詩作於崇禎十六年，即明亡的前一年，當是時，李自成等流寇已占據大半個中原，開封、襄陽已入於賊手，而北方的寧錦防線已破，清軍直驅山東、南直隸，京師危在旦夕。因此，新燕不是在呢喃春日的美好，而是征人戍未回的哀愁；新柳帶來的亦非春風的爛縵，而是兩京馳道上不斷傳來城池失守的厄耗，在詩人眼中一切的良辰美景皆已無暇去歌詠了，所剩的只有滿眼的家國哀愁。此外，陳子龍詩尚有好用典故的特色，如其〈梅花〉二首之二：

江南斜景豔相矜，暗數傷心欄遍憑。

素女豈知身是月，藐姑何意體如冰。

寒隨碧野埋香雨，魂旁紅樓照夜燈。

若處春風栽不得，館娃吳殿魏西陵。〔註193〕

「素女」、「藐姑」皆可指仙女，故詩人以仙女喻梅花冰清玉潔之姿。「寒隨碧野埋香雨，魂旁紅樓照夜燈」一聯對仗工整，而「碧」、

〔註191〕《詩集》卷十一，頁316。
〔註192〕《詩集》卷十二，頁395～396。
〔註193〕《詩集》卷十三，頁418。

「紅」二字以鮮明的色彩平衡了頷聯「月」、「冰」的冷清寂寥，「香雨」又給予全詩在鮮明的色彩外生動馥郁的氣味。末了由「館娃宮」中之梅花，及曹操與卞夫人愛青梅的故事，聯想起西施、卞夫人這二位美人，點出了梅花與美人的密切關係。全詩先由「素女」、「藐姑」帶出梅花的高潔出俗，後以西施、卞夫人刻畫出梅花的豔麗，在詩人筆下，梅花成了兼具天上與人間丰姿的尤物了。再看〈梨花〉一詩：

> 小白千林翦翦看，瑤台雲墮夕陽殘。
> 素因蜀帝啼中破，粉共莊生夢裡乾。
> 便遂曉風青塚恨，半籠春雨畫樓寒。
> 爲誰飄落牆東去？一夜離魂不敢安。〔註194〕

此詩對於梨花的描寫用了不少典故。首先「小白千林翦翦看」應是由「千樹萬樹梨花開」一語做聯想，描寫千棵梨樹同時開放的壯景，單純寫景尚易理解。「素因蜀帝啼中破」則運用蜀帝杜宇化爲杜鵑，啼血濺染林下無名白花的典故，聯想梨花開放一如當年蜀帝所在林中的無名白花般地多。「粉共莊生夢裡乾」當是將梨花在空中飄揚想像成是一大群粉蝶飛舞於空，再由粉蝶飛舞想到莊周夢蝶的故事，所以「粉共莊生夢裡乾」乃指梨花飄揚一如莊生夢中的蝴蝶，夢醒即不知何處。

只是這個的聯想過於曲折，讓讀者無法一閱即知其所指，一如上一首的〈梅花〉詩般，對事物體態僅點到爲止，未加仔細描摹，而是運用曲折的典故讓讀者去聯想，但這樣的詩歌若未標明題目，恐怕很難讓人理解該詩究竟在歌詠何物吧！反不如「萬木凍欲折，孤根暖獨回。前村深雪裡，昨夜一枝開」〔註195〕抑或「粉淡清香自一家，未容桃李佔年華。常思南鄭清明路，醉袖迎風雪一杈。」〔註196〕來得

〔註194〕《詩集》卷十三，頁420。
〔註195〕〔唐〕齊巳：〈早梅〉，《白蓮集》卷六，收於《全唐詩》卷八四四。
〔註196〕〔宋〕陸游：〈梨花〉，《陸放翁集》卷六十六，（台北：台灣商務印書館，1965年8月），頁98。

簡潔而具體。過度用典，反使描詩作變得晦澀難解，這不能不說是陳子龍詩歌的一大可議處。

用典詠物之什，也有出色的例子，如其〈水仙〉一詩：

小院微香壓錦茵，數枝獨秀轉傷神。

仙家瑤草銀河近，侍女冰綃月殿新。

搗玉自侵寒栗栗，弄珠不動水粼粼。

盧憐流盼芝田館，莫憶陳王賦裡人。〔註197〕

首先以「微香」點出水仙花淡雅的香味，而「仙家瑤草銀河近」一語暗含了「水」（銀河）、「仙」二字。「寒栗栗」及「水粼粼」說明水仙花冬生、臨水的特性，便於讀者聯想。末了筆鋒一轉，以陳思王的〈洛神賦〉，勾勒出「水仙」的形象（洛神即洛水之仙），又用傳說中甄妃所居的「芝田館」將水仙花與曹植、甄妃的情事串連在一塊，為水仙水添上一層浪漫色彩，這樣的聯想別出心裁又不令人感到牽強，算是陳子龍用典成功的詠物之作。〔註198〕

小　結

陳子龍的詠物詩數量僅占其全體作品的一小部分，除本小節所舉的這些外，尚有卷4的〈櫻桃〉，卷9的〈立秋後一日題採蓮圖〉、〈詠吳駿公太史邸中丁香花〉，卷11的〈楊梅〉、〈寒雲〉、〈歸家月中題庭前絳桃〉、〈百合〉，卷12的〈桃花〉，卷13的〈桃花〉、〈玉蘭花〉、〈紫藤花〉、〈孤鴛〉、〈雪〉三首、〈晚晴見紅霞覆積雪〉，卷14的〈韋園海棠〉，卷15的〈宮燕〉、〈宮柳〉，卷17的〈放生詩〉二首、〈桐花〉、〈予讀書池上有並蒂芙蓉戲題一絕〉、〈歸燕〉等等。綜合來說陳子龍的詠物詩有三項特徵：

〔註197〕《詩集》卷十三，頁443。

〔註198〕陳寅恪認為崇禎七年冬所作之〈水仙〉疑是借詠物以喻河東君（《柳如是別傳》頁129），考慮此詩創作時間正是二人熱戀期，且習慣上子龍常以洛神故事謂二人戀情似乎有此可能。但因詩中無「雲」、「影」、「憐」、「娟」等涉及柳氏之詞，故筆者仍將此作列入詠物詩，至於是否為為柳而作之情詩，俟再考。

（一）早期作品尚有單純詠物者，至晚期，在詠物之外往往含藏著濃厚的時代焦慮感。

（二）表現技巧上，其詠物之作亦有好用典的特色。

（三）歌詠的對象以花卉爲主，其它僅占少數。

第八節　其　它

凡陳子龍詩作中不屬於前七類者，則歸諸「其它」類。這類作品所占比重不高，有的在歌詠人物，有的寫地理沿革等。

歌詠人物之作，最具代表性者莫若〈嘉靖五子詩〉〔註199〕，該詩一題五首，作於崇禎十年刑部的白雲樓。那年，子龍初登仕途，終於一償多年來的宿願，正所謂「新官上任三把火」，急欲一展懷抱的子龍在刑部觀政，想起後七子中的李攀龍、王世貞、徐中行、宗臣、梁有譽五人也曾任官刑部，在部中的白雲樓遊息詠歌，追思前賢、中懷慷慨，是以寫下了這五首作品，分別歌詠李攀龍等五子，詩前有序云：「白雲樓在刑部中，即嘉靖時王李諸子遊息詠歌之地也。風流邈緜，迨將百年，瞻眺之餘，每增寤歎。遂作五子詩，敢云對揚前哲，聊以寄我延佇云爾。」詩云：

> 長離出丹山，將以輝明德。鴻運正中天，應期來羽翼。
> 濟南鍾神秀，大雅追古式。取材既宏麗，抗心遒淵特。
> 二華插銀漢，蒼翠倚天側。憑陵視千古，瑰瑋高九域。
> 感此郢唱稀，傷彼楚工惑。淫哇雖迭奏，精靈自無極。
> 三歎魏祖言，文章實經國。一披滄海珠，爛然雲霞色。（李于鱗）
>
> 琅琊挺奇幹，卓犖淩群英。博覽亦汗漫，浩思何從衡。
> 一入鵷鳩署，心傾歷下生。吐論極〈丘索〉，琢辭必咸京。
> 河宗開左藏，鄧林當春榮。瓌異燦奪目，菁華能娛情。
> 恍惚天地外，曠蕩窺蓬瀛。結納每下士，揚詡多大名。

昭代有良史，藝苑推齊盟。寥寥代興者，蜉蝣安足爭。（王元美）

子與珪璋器，少小事矜束。十載奮菰蘆，操弦理清曲。
自聆鈞天奏，曠然起遐曠。運思本沈鬱，通道亦淵篤。
頡頏駈二雄，宏麗矩芳躅。良工琢精英，輝我笤華玉。
窈窕天目雲，衍漾雲溪漉。博大歸友生，沖夷示流俗。
醒醐雖不言，緣情適所欲。遺文何陸離，風流浩難續。（徐子與）

朱霞起天末，明月離雲端。矯矯湖海士，輝輝振羽翰。
伊人才不羈，手倚青琅玕。英多無踐跡，超逸竦殊觀。
既協塵外趣，復登作者壇。恍惚浮丘下，飄搖露掌寒。
嚴霜墮令節，幽谷萎芳蘭。神仙竟寂寞，麟鳳徒三歎。
至今邗溝曲，芙蓉十里寬。我欲采之去，秋水浩漫漫。（宗子相）

公實嶺表秀，抗志遺風塵。展彼徑寸輝，照耀合浦津。
耽文何綺麗，冶質中所親。橫天集京國，古道歸俊民。
英辭振冥漠，逸響通高旻。商歌出金石，一一凌秋旻。
彌碻尚超越，契玄托隱淪。搜探勾漏鼎，搖盪羅浮春。
飛飆起炎海，一往不及晨。中原黯相顧，南望傷我神！（梁公實）

此五子才氣是否如子龍所言如此高宏精闢，後世自有評論，然由詩中可見出子龍對七子的推重。歌詠人物之作尚有〈長卿〉一詩：

豈止才情世已聞，當年節遇自紛紜。
學仙欲就〈凌雲賦〉，好武初成下瀨軍。
大略雄心漢天子，風流放誕卓文君。
建元將相皆夷辱，曼倩相如未可群。〔註200〕

此詩約作於崇禎五年，旨在歌詠西漢的司馬相如，從他的才情翩翩寫起，再言及漢武帝、卓文君，使人遙想才子與霸主、奇女子相知相遇

〔註200〕《詩集》卷十三，頁421。

的傳奇故事，如此「節遇」當然「紛紜」不凡了。結尾則以漢武帝建
元年間將相皆夷辱，唯一能與司馬相如比美者只有曼倩（東方朔），
烘托出相如的卓犖不群、瀟灑不羈。由本詩也可體會出時年僅二十五
歲的子龍對才子、奇歷的憧憬。再如崇禎七年所作的〈吳越武肅王
祠〉：

> 羅平妖鳥集，唐室已顛連。草草群雄事，紛紛割據年。
> 斗牛占王氣，屠販出豪賢。地屈孫劉勢，形支江海邊。
> 爪牙多健勇，參佐集神仙。本奉中原朔，時分屬國天。
> 錦城開邸第，大木擁旌旗。受冊三樓上，歌風駟馬前。
> 自從納土後，終見與宗遷。青蓋方朝洛，丹書改賜田。
> 金輿何日去，玉盌不曾遠。守墓新恩重，荒祠舊德傳。
> 冕旒皆壯麗，子姓特綿聯。晚樹騰鼯鼠，虛簷響杜鵑。
> 崇功銘板碣，遺恨滿山川。異代還祠廟，當年入管弦。
> 竇融應貴寵，張軌共周旋。錫禮何妨盛，王侯豈易捐。
> 誰言脫屣便？不見誓書堅。宋室諸陵在，南枝更可憐。

〔註201〕

吳越武肅王祠祀奉五代十國的開國君主錢鏐（850～932），鏐初為私
鹽販，後乘唐室敗亡、天下紛擾之際割據江南成一方之霸。錢鏐自知
勢單力貧，對外向北方的後梁、後唐入貢以尋求大國庇護，對內勵精
圖治，百姓安樂，對太湖一帶的經濟開發厥功至偉，後亡於宋太宗之
手。「羅平妖鳥集，唐室已顛連，草草群雄事，紛紛割據年。斗牛占
王氣，屠販出豪賢。地屈孫劉勢，形支江海邊」、「青蓋方朝洛，丹書
改賜田」寫得即是這段史事，一下筆便見排山倒海之勢。其中三、四
句的「草草」、「紛紛」二個疊詞用得極為傳神，勾勒出五代十國梟雄
英豪迭起，「紛紛」割據一方卻又國祚不恆，「草草」改朝換代的亂象。
「冕旒皆壯麗，子姓特綿聯」、「竇融應貴寵，張軌共周旋」則是寫錢
鏐被後梁封王後的貴寵可比美東漢的竇融與晉代的張軌，用典貼切。
「宋室諸陵在，南枝更可憐」寫武肅王祠與南宋諸陵相去不遠，真是

〔註201〕《詩集》卷十六，頁543。

造化弄人，當年的滅掉自己的仇敵後代最後也流亡江南，與自己同葬海隅，陳子龍筆鋒一轉，只以十字便將歷史的惡作劇冷然寫出。此詩以史家大筆寫一代興亡，深度、廣度皆足，年方二十七便頗得杜子美的筆力。

　　以地理沿革爲主題的作品有崇禎十一至十三年間的〈雲中邊詞〉五首、〈上谷邊詞〉四首、〈寧前邊詞〉四首，乃對大同（雲中）、宣府（上谷）、寧遠（寧前）三個北方要塞所作的懷古兼憂世詩。以〈雲中邊詞〉爲例：

> 隆慶年間將相勞，穆皇宮苑有葡萄。
> 胡兒不惜青驪馬，漢使惟頒紅錦袍。（之三）
>
> 大同女兒顏如花，十五學得箏琵琶。
> 莫向中宵彈一曲，清霜明月盡思家。（之四）〔註202〕

前者寫得是明穆宗隆慶四年，兵部尚書王崇古靖西邊，俺答入貢馬匹，明廷則封俺答爲順義王、賜紅蟒袍。當時明朝國力尚足以鎮服邊夷，對照崇禎以後，邊夷屢屢犯邊如入無人之境，隆慶四年的俺答入貢簡直是難忘的美好年代。後者則以大同女子之主人翁，以明朗輕快的聲律，生動刻畫出邊塞女子爽利的形象，朱彝尊在《靜志居詩話》中將之列爲子龍代表作之一。〔註203〕再如〈上谷邊詞〉四首：

> 塞雲千里帶皇畿，不盡連山鎖翠微。
> 詔發金錢營獨石，可知烽火夜來希。（之一）
>
> 文皇三度出開平，黑纛黃旗繞御營。
> 已表陰山爲漢壘，莫令北斗近邊城。（之二）
>
> 期門小隊出回中，帥府旌旗動地紅。
> 武帝神遊應汗漫，黃榆夜夜起秋風。（之三）
>
> 險到居庸地脈分，何須常戍羽林軍。

〔註202〕《詩集》卷十七，頁579。
〔註203〕〔清〕朱彝尊：《靜志居詩話》卷二十一，（北京：北京人民文學出版社，1998年2月），頁642。

　　關門夜抱千峰月，陵墓春生五色雲。（之四）〔註204〕

詩中或詠前代聖君賢臣鎮服四夷的勳業，或寫塞外地勢的險要，寫景壯麗（如「塞雲千里帶皇畿」、「關門夜抱千峰月」等），設色繽紛（如「翠微」、「黑纛黃旗」、「動地紅」、「黃榆」等），造語雄邁（如「已表陰山爲漢壘，莫令北斗近邊城」、「帥府旌旗動地紅」、「險到居庸地脈分」等），頗有盛唐邊塞詩人遺風，亦可看出早期的擬古對子龍多元詩風的奠基之功。

小　結

　　這類作品在陳子龍詩作中篇幅不多，但這類作品往往藉古喻今，或藉古抒懷，在思想上有其重要性。而他的三組〈邊詞〉將明興以來對大同（雲中）、宣府（上谷）、寧遠（寧前）三要塞的經營簡要地寫出，使讀者可清楚看出此三地在有明一朝的歷史沿革和風俗民情，亦或可視爲「詩史」的一種。由詩歌主題的選擇，讓讀者得以考知詩人的內心世界，而他的詠人之作，不論早年或末年所寫，其歌詠的對象多爲愛國英豪或國家股肱，反映陳子龍畢生始終如一掛懷者便是經世濟民，若以之比美南宋的愛國詩人陸游，絕對當之無愧。

　　綜觀陳子龍各類詩作，其成就最高者莫過於社會寫實詩，此類作品語言雄渾、意象嚴整豐富、思想感情深沉，且罕有敗筆之作，在他所有類型的詩作中算得上是質量俱佳的一類。

　　寫實主義的精神也流貫在他其它類型的詩作中，不論是贈答唱和、寫景記遊、詠物、詠懷詩等等，記錄著時勢的變化及對時事的關切，不僅表現個人懷抱，也爲明代（尤其是晚明）歷史留下一項文獻記錄，徐枋〈五君子哀詩・故給諫陳公子龍〉云：

　　陳公不世才，顧眄空神州。溟渤瀉胸懷，峰泖佳氣浮。
　　……公處盛明時，慷慨懷百憂。指畫若無人，奮焉思前

〔註204〕《詩集》卷十七，頁580。

籌。〔註205〕

說的正是其畢生憂國憂民的情懷，即便處盛明之時亦慷慨懷憂、指畫運籌，詩歌可譽爲明朝的「詩史」，其成就足和杜甫後先輝映。

此外，他的情詩可分成摹擬古代豔情主題的「擬作情詩」與記敘自身愛情的「親身情詩」二種。前者無論是意象、內涵、造語均以擬古爲主，少有新意；後者反映自身情事，文字浪漫唯美，想像力奔放，比之六朝、晚唐也不遜色。唯往往透過典故、隱喻、隱晦的意象以言情，少正面表露自己的情意，這可能是受限於傳統對雅正詩教的追求，使他恪守「詩莊詞媚」的宗法，導致他的情詩委婉含蓄，這是他的情詩有別於六朝、晚唐之處。

至於他爲人詬病的擬古詩，確實有高腔大句、刻鑿太深之弊，但考慮到這類作品多爲崇禎十年入仕前所作，不妨將之視爲生活閱歷有限，加上屢試不第對自己的文字欠缺信心，必須藉擬古來型塑個人風格的緣故。況且，他的擬古詩也非全然不可讀，如其〈湘弦曲〉、〈江南曲〉等言情之作文字華美不下六朝，其擬曹操的豪壯之作氣勢雄渾、思想深刻，亦有可觀者，不可一概否定之。

清人方東樹嘗謂「詩之諸體，七律爲最難。……七律束於八句之中，以短篇而須具縱橫奇恣開闔陰陽之勢，而又必起結轉折章法規矩井然，所以爲難。」〔註206〕但若以體裁來看，陳子龍寫得最好的卻是七律和具強烈時代精神的新題樂府。而其七古次之，主因在於七古的品質良莠不齊，有冕麗如六朝者（如〈長相思〉）、有慷慨淋漓者（如〈歲晏仿子美同谷七歌〉），也有流於粗闊叫囂者（如〈與客登任城太白酒樓歌〉）。至於五言詩方面，除五言排律氣象恢宏，佳作較多外，五古、五律多半有景語少情語，整體成就不及其七律、七古。而

〔註205〕　〔明〕徐枋：《居易堂集》（上海：華東師範大學出版社，2009 年），
　　　　　頁 408。
〔註206〕　〔清〕方東樹：《昭昧詹言》卷十四，（台北：漢京文化事業有限公司，2004 年 1 月），頁 375。

其絕句雖僅 253 首，但精鍊有緻，如〈悼女頎詩〉、三組〈邊詞〉便寫得極有韻味。而最等而下之的，當是其早年的擬古樂府，這類作品除少數豔情詩及擬曹操的豪邁之作寫得還不錯外，其它則顯得乏味。至於其 4 首風雅體、1 首琴操和 3 首四言詩，則因數量太少，難以看出其風格特色。

第五章　陳子龍詩歌特色

　　清人葉矯然在《龍性堂詩話初集》對陳子龍整體詩歌成就推崇有加，其云：

　　　　論明人詩，正大和平，折中風雅，無如陳臥子先生。……
　　　　蓋臥子當啓、禎之時，詩道陵夷已極，故推明正始，特表
　　　　何、李、王、李諸君爲昭代眉目。至其論古詩，則議于鱗
　　　　（李攀龍）之專擬漢、魏，爲規模不廣。及自運，亦時倣
　　　　溫（庭筠）、李（商隱），極藻麗之致。且時際滄桑，所著
　　　　〈感懷〉、〈秋懷〉諸什，悲歌激烈，可泣鬼神。使不遂志
　　　　早歿，文章能事，起衰八代，非公而誰？〔註1〕

而歷來論者對陳子龍各體詩作皆有所論述，如：

　　朱隗云：「臥子五古初尚漢魏，中學三謝，……七古兼高、岑、
李頎風軌。五律清婉，七律秀亮，絕句雄麗。由其才大，靡所不有，
寬然有餘。」〔註2〕

　　朱琰引朱雲子語曰：「七言古，杜詩出以沉鬱，故善爲頓挫；李
詩出以飄逸，故善爲縱橫。臥子兼而有之，其章法意境近杜，其色澤

────────────

〔註 1〕　〔清〕葉矯然：《龍性堂詩話初集》，收於郭紹虞編選《清詩話續編
　　　　（上）》（上海：上海古籍出版社，1983 年 12 月），頁 949。
〔註 2〕　〔明〕朱隗：《明詩平論》卷二，《四書禁燬叢刊》集部第 169 冊，
　　　　頁 542。

才氣似李。」〔註3〕

　　《明詩綜》引魏楚白語：「黃門……能於質悶之中，兼以俊秀，信是雅宗。七古弘（治）、正（德）間皆仿《浣花》，惟青蓮學者絕少，黃門起而一振其風。」〔註4〕

　　王士禎云：「明末七言律詩有兩派：一爲陳大樽，一爲程松圓。大樽遠宗李東川、王右丞，近學大復；松圓學劉文房、韓君平，又時時染指陸務觀，此其大略也。」又說：「明末曁國初歌行，約有三派：虞山源於杜陵，時與蘇近。大樽源於東川，參以大復。婁江源於元、白，工麗時或過之。」〔註5〕

　　以上諸家之說雖各有異同，或以爲其詩兼有李白之飄逸、李頎之俊秀、高適和岑參的雄渾，或以爲有杜甫的沉鬱，由是觀之，陳子龍詩歌的最大特色，是轉益多師從而形成一己特色。本章旨在探究陳子龍各時期的詩風，以及詩歌特色。詩歌特色則分成形式特色與風格特色兩方面來論述。前者著眼於其詩歌形式與特定手法的運用；後者著眼於詩歌整體風格的特徵。

第一節　詩風三變

　　朱東潤在《陳子龍及其時代》中將陳氏一生分成「名士——志士——鬥士」三階段，此三階段分界點以崇禎十年和明朝滅亡之年爲畫分。崇禎十年前陳氏尚未入仕，其所生命情調偏重名士風流；崇禎十年入仕後，目睹時艱，其生命情調轉爲憂國憂民的仁人志士；明亡後致力復國大業，其生命情調再變爲奮戰不懈的鬥士。

　　其實，不僅是其生命情調能依此畫分，其詩風亦隨此三階段的生命歷程而有三變，即：「浪漫昂揚——雄渾慷慨——沉鬱悲切」。茲分

〔註3〕〔明〕朱琰：《明人詩鈔》卷十二，《四書禁燬叢刊》集部第37冊，頁537。
〔註4〕《詩集》附錄四，頁779。
〔註5〕同上註，頁780。

述如下：

一、第一期：浪漫昂揚——兒女情與風雲氣的結合

　　宋徵璧題陳子龍、李雯的〈陳李倡和集序〉云：

　　　　臥子弱年孤露，心多傷悼，遇物纏綿……是以遊思流暢，
　　　　不廢兒女之情；深懷孤出，動有風雲之氣也。〔註6〕

「兒女之情」指男女愛情，而「風雲」一詞語出《周易・乾卦》：「同
聲相應，同氣相求。水流濕，火就燥；雲從龍，風從虎。」〔註7〕借
指事物間互相感應作用，故「風雲之氣」可指士人對現世的豪情壯
志。以「兒女情」、「風雲氣」論詩可見鍾嶸《詩品・晉司空張華》：「雖
名高曩代，而疏亮之士，猶恨其兒女情多，風雲氣少。」〔註8〕清代
魏源的〈詩比興箋序〉亦有：「曹公蒼莽，對酒當歌，有風雲之氣。」
〔註9〕崇禎十年之前，當子龍未仕之時，其詩風常可見浪漫的兒女柔
情與昂揚的風雲豪氣交互感發。如其〈長相思〉二首之一：

　　　　長相思，在玉京。天高漠漠何時平？香雲馥霧橫太清，嬌
　　　　魂如月不敢行。欲抱君懷夜夢明，暝鶯啼情咽幽素，心飛
　　　　路黑相逢迎。繁華激灎雜哭聲，頹眠斜眄清泓泓。茫然不
　　　　識愁為誰，深心窈窕生空精。古來相思能幾何？無端令我
　　　　情甚多。〔註10〕

此詩以直爽的語言、深切的情感表現相隔兩地的兒女相思之苦。其五
古〈早春行〉：

　　　　楊柳煙未生，寒枝幾回摘。春心閉深院，隨風到南陌。
　　　　不令晨妝竟，偏采名花擲。香衾捲猶暖，輕衣試還惜。
　　　　朝朝芳景變，暮暮紅顏易。感此當及時，何復尚相思。

〔註6〕〔明〕宋徵璧：〈陳李倡和集序〉，《詩集》附錄三，頁761～762。

〔註7〕張善文、黃壽祺：《周易譯註》（台北：鼎淵文化事業公司，2004年
　　　　9月），頁15。

〔註8〕〔梁〕鍾嶸著、楊祖聿校注：《詩品校注》，頁252。

〔註9〕〔清〕魏源：〈詩比興箋序〉，《魏源全集》第20冊，（長沙：岳麓書
　　　　社，2004年12月），頁431。

〔註10〕《詩集》卷一，頁25。

韶光去已急，道路日應遲。願爲階下草，莫負豔陽期。
〔註11〕

此詩寫春閨早起之景，以楊柳新發、小院風輕爲背景，將閨中女子情態栩栩寫出，並以「願爲階下草，莫負豔陽期」作結，表現一番深情。孫康宜教授也肯定陳詩中兒女情長的一面，她說：「『豔情』非但不會損人氣慨，而且是強直偉士必備的條件。」〔註12〕

論其風雲氣的表現莫過於〈詠史〉八首之一的自慨：

生平好節概，壯思本難明。流覽往氏籍，歎息古時英。
風雲日以歇，賢聖嘗崢嶸。瞻彼變通世，奮發垂大名。
韓王拔漁釣，伊生亦躬耕。功成道則偉，曩日身本輕。
飛揚懷往路，伏處在堅貞。悠悠草野間，豈曰能辭榮？
〔註13〕

詩中說明自己好節概、有壯思，渴望奮發垂名，雖然目前仍懷才不遇，以想到昔時的韓信、伊尹不也曾遭困辱。豈能終身悠悠忽忽埋沒草野，不奮思進取？

陳子龍早期詩作有些則是同時流連兒女情與奮揚風雲氣的想望，如其〈行樂詞〉、〈少年〉云：

誰家好男子？甲第五侯中。世爵當橫玉，先朝有賜銅。
崔屏秦鏡碧，鳳枕漢環紅。猶恨難爲宿，長歌教小童。（〈行樂詞〉十首之五）〔註14〕

灞陵濃柳疊春姿，玉勒衝煙人不羈。
射虎月腥弓影瘦，韝鷹風疾袖痕移。
戴星醉入青娥館，觸夜潛行黑帝祠。
驃騎既封胡虜弱，年年寂寞羽林兒。（〈少年〉）〔註15〕

二詩都表現了想要同時懷抱兒女情與功名的渴望。風格上既浪漫不

〔註11〕《詩集》卷六，頁141。
〔註12〕孫康宜著、李奭學譯：《陳子龍柳如是詩詞情緣》，頁60。
〔註13〕《詩集》卷五，頁123。
〔註14〕《詩集》卷十一，頁318。
〔註15〕《詩集》卷十三，頁409。

羈，又充滿英雄少年的昂揚意氣。若說上二詩是少年陳子龍理想中的生活，則現實中的他卻如〈春感〉一詩所描述：

> 春來花信杳難憑，風雨高歌酒不勝。
>
> 消息龍鸞仙事遠，飄零鷹犬少年憎。
>
> 文章綺豔羞江左，蹤跡淹留似茂陵。
>
> 終日掩書廣武歎，雄心深夜有飛騰。〔註16〕

說明現實中的自己一如早年的司馬相如雖有文才，但功名寂寂如仙事般渺遠，只好過著追逐鷹犬的放逸生活。但自己並非有意要過著這種生活，夜深人靜之際雄心仍飛騰不已。由此詩可也看出陳子龍早年生活確實浪漫綺豔又充滿雄心壯志，故其早期詩風是浪漫昂揚，兼懷兒女情與風雲氣。

二、第二期：雄渾慷慨──對現世亂離懷抱憂慮

崇禎十年後，陳子龍入仕，達成了早年欲藉政治而經世濟民的初步目標，加上國家內憂外患加劇、刻骨銘心的陳柳戀也於崇禎八年正式畫下句點，故此時期的陳子龍不復早年的浪漫昂揚，轉而是對現世亂離的憂慮，這時期的詩作，風格轉為雄渾慷慨，其詩歌主題也以關注現世取代早期的兒女情長，其〈出都次蘆溝作〉是崇禎十年結束刑部的觀政，外派為惠州推官時離京之作，詩云：

> 燕山一回首，去國爾何之？遠道八千里，壯心三十時。
>
> 鐵衣生慘澹，玉座問瘡痍。亦是分憂者，無嫌佐郡卑。（之一）
>
> 愁絕炎天吏，秋風度渾河。可憐今夜月，偏照帝城多。
>
> 拜慶江雲滿，乘傳嶺樹過。繇來輕萬里，況復仗恩波。（之二）〔註17〕

二詩以雄渾沉穩的音律表現了新官上任的自許：「亦是分憂者，無嫌佐郡卑」、「繇來輕萬里，況復仗恩波」，傳達了對未來經世濟民的期

〔註16〕《詩集》卷十三，頁420。

〔註17〕《詩集》卷十一，頁356。

盼。隨著政局江河日下，其詩中對現世的擔憂也與之俱增，〈遼事雜
詩〉云：

> 盧龍雄塞倚天開，十載三逢胡騎來。
> 磧裏角聲搖日月，回中烽色動樓臺。
> 陵園白露年年滿，城郭青燐夜夜哀。
> 共道安危任樽俎，即今誰是出群才。（之七）

> 郟下西秦蒼茫愁，胡塵南犯幾時收？
> 誰移青海千群馬，直飲黃河萬里流。
> 星動上臺臨虎帳，劍隨中使出龍樓。
> 好憑羽扇驅驕虜，飛騎先寬聖主憂。（之八）〔註18〕

「盧龍雄塞倚天開，十載三逢胡騎來」一起手便大筆勾勒盧龍塞險要
的地理位置是兵家必爭之地，「磧裏角聲搖日月，回中烽色動樓臺」、
「誰移青海千群馬，直飲黃河萬里流」、「星動上臺臨虎帳，劍隨中使
出龍樓」等句筆力雄健、氣象壯盛，不遜於唐代高適、岑參等人。至
於其〈戊寅除夕〉二首之一云：

> 朔吹寒花載酒過，流澌一夜滿江河。
> 音書斷後憑烽火，歲月驚心長薜蘿。
> 五餌事虛龍帳入，四愁歌遍雁門多。
> 請纓無計悲華髮，徒作詞人奈爾何？〔註19〕

憂懷時事，但卻請纓無計，內心的慷慨、無奈、不平躍然紙上。不平
的際遇，亂離的局勢，子龍雖憂心忡忡但仍不失對國家的信心，其〈癸
未元日〉云：

> 珠斗春光隔歲回，碧城朝雨萬山來。
> 川原海日迷寒樹，樓閣江風數落梅。
> 悵望□□方飲馬，更慚梓慎失登臺。（自注：是日郡署廊房
> 災，冊籍皆毀。）
> 不須潦倒新亭色，起舞還傾長命杯。〔註20〕

〔註18〕《詩集》卷十四，頁471～472。
〔註19〕《詩集》卷十四，頁485。
〔註20〕《詩集》卷十五，頁521。

癸未年即崇禎十六年，是明亡的前一年，當時外有清人鯨吞塞外，內有流寇蠶食四野，屋漏偏逢連夜雨，新春首日子龍的官署便遭逢祝融，無數卷冊付之一炬，然而他依然以雄渾之音樂觀地說：「不須潦倒新亭色，起舞還傾長命杯」，慷慨的的英雄氣魄可見一斑。

三、第三期：沉鬱悲切——英雄末日式的哀烈

　　崇禎十七年，明思宗自縊於景山，統治中原近三百年的明朝覆亡，一夕之間陳子龍由朝廷命官成了前朝遺民，面對江山易主，其〈秋日雜感〉之一云：

> 滿目山川極望哀，周原禾黍重徘徊。
> 丹楓錦樹三秋麗，白雁黃雲萬里來。
> 夜雨荊榛連茂苑，夕陽麋鹿下胥臺。
> 振衣獨上要離墓，痛哭新亭一舉杯。〔註21〕

放眼山河已然變色，宮闕遍布荊榛，登臨春秋時代義士要離的墳墓，想起無人可像要離那樣犧牲小我、成全大業，只能舉杯痛哭新亭了。其亡國後詩風已不復之前的樂觀壯盛，取而代之的是沉鬱悲切、是英雄末路式的哀音，如其〈九日虎丘大風雨〉云：

> 吳閶門西風雨秋，澤鴇沙雁鳴河洲，黑雲夜卷亭皋木，片片飛過鴛鴦樓。野夫吞聲攬衣袂，驚雷掣電無時休。憶昔良辰日瀟灑，青翰之舟赭白馬。季倫賓客多英豪，謝家兒郎本妖冶。迎將西曲茱萸女，共醉東鄰楊柳下。酒酣據地歌未央，繁英錦石金風涼，紅樹蕭蕭鳥歸急，青天漠漠神飛揚。揭來朝市無遺跡，萬事蒼茫動魂魄。昔日金閨彥，半作泉臺客，而我獨何為，傷心對朝夕。曜靈流光不相照，霜飛鬼哭鳥頭白。君不見龍山置酒桓宣武，參佐風流映千古。又不見宋公秉鉞真奇才，橫槊賦詩戲馬臺。江左英雄安在哉，彭城南郡生蒿萊。嗚嗚觱篥坎坎鼓，□□嘯風渾脫舞，黃昏騎馬醉射生，有客相看淚如雨。〔註22〕

〔註21〕《詩集》卷十五，頁525。
〔註22〕《詩集》卷十，頁296。

詩中說自己亡國後「野夫吞聲攬衣袂」、「傷心對朝夕」。「又不見宋公秉鉞眞奇才，橫槊賦詩戲馬台」語出唐人儲光羲〈登戲馬台〉詩，在講南朝宋武帝劉裕稱帝前滅南燕、持鉞誅殺南燕國主慕容超的史事。然今，像桓溫、劉裕這些江左英雄都不在了，看著那些醉生夢死之輩只能「相看淚如雨」，心中悲切溢於言表。

蒿目時艱只見「冰霜滿眼風蕭條」〔註 23〕，而自己卻是「四處流離堪涕泗，到來老大負鬚眉」〔註 24〕、「慷慨空餘一片心，經年落魄任浮沉」〔註 25〕、「海可枯，山可移，胸中車輪轉，淚下如懸絲」〔註 26〕、「陽春白日不相照，剖心墮地無人惜」〔註 27〕，其亡國後詩風何其沉鬱而悲切！近代學者劉勇剛以爲：

> 現代美學認爲崇高不是主客體的和諧統一的靜態美，而是雙方在對立、衝突之中趨向統一的動態美。陳子龍的詩歌具有強烈的「動態美」，表現出在反清鬥爭中政治理想與殘酷現實的尖銳矛盾。雖然遭失敗毀滅，但鬥志不摧，這種人格力量與民族精神的感性顯現，形成了陳子龍詩歌的充實崇高之美。〔註 28〕

正是此種富「動態美」的英雄末日哀音，使其詩風更加醇厚有味，富於生命力的躍動。

近人謝明陽曾批評陳子龍等雲間詩人雖倡雅正詩篇以匡正世風，但結果卻是：「畢竟未能藉著詩歌來扭轉晚明的衰頹時局，反之，其綺豔之作，仍只是衰世的表徵。」〔註 29〕然觀子龍全部詩作，其所

〔註 23〕〈種柳篇〉，《詩集》卷十，頁 308。
〔註 24〕〈人日雜感〉，《詩集》卷十五，頁 533。
〔註 25〕〈貧交行〉，《詩集》卷十，頁 306。
〔註 26〕〈前緩聲歌〉，《詩集》卷十，頁 298。
〔註 27〕〈歲晏倣子美同谷七歌〉之一，《詩集》卷十，頁 309。
〔註 28〕劉勇剛：〈論陳子龍詩歌〉，《中國韻文學刊》第 25 卷第 4 期，2011 年 10 月，頁 30。
〔註 29〕謝明陽：《雲間詩派的詩學發展與流衍》（台北：大安出版社，2010 年 3 月），頁 199。

謂「綺豔之作」多見於第一期未仕之際，當其入仕之後便罕見綺詞豔詩，若因此而認定陳詩是衰世的表徵，似不盡然。

第二節　形式特色

一、精於對仗

　　陳子龍詩中對仗句工整嚴密且華美，關於其自己最得意之佳句，王漁洋《香祖筆記》記道：

> 吳梅村嘗與陳臥子共宿，問其七言律詩，何句最為得意？臥子自舉「禁苑起山名萬歲，複宮新戲號千秋」一聯。然予觀其七言，殊不止此。如：「九龍移帳春無草，萬馬窺邊夜有霜」、「禹陵風雨思王會，越國山川出霸才」、「石顯上賓居柳市，竇嬰別業在藍田」、「七月星河人出塞，一城砧杵客登樓」、「四塞河山歸漢闕，二陵風雨送秦師」諸聯，沈雄瑰麗，近代作者未見其比。殆冠古之才，一時瑜亮，獨有梅村耳。〔註30〕

　　其實陳子龍詩中寫得好的對仗句不單只有上述所列，其它尚有：

> 夜雨青蕪長，春風黃鳥初。（〈春日酬舒章言懷之作〉）〔註31〕
>
> 紫塞方回馬，藍田正擁兵。（〈秋居雜詩〉十首之八）〔註32〕
>
> 鴻連鴨城雨，人夢虎嘷雲。（〈夜泊滸墅〉）〔註33〕
>
> 秋陰沈大野，落日蕩長河。（〈秋歸涉黃河〉三之二）〔註34〕
>
> 雨從丹嶂落，城壓翠屏寒。（〈越署春雨〉）〔註35〕

〔註30〕〔清〕王漁洋：《香祖筆記》，頁24。
〔註31〕《詩集》卷十一，頁337。
〔註32〕《詩集》卷十一，頁346。
〔註33〕《詩集》卷十一，頁347。
〔註34〕《詩集》卷十二，頁371。
〔註35〕《詩集》卷十二，頁396。

金犢迢遙林外度，銀蚪滴瀝壚頭眠。(〈落花篇〉) [註36]

應接百人如北海，追隨七子似南皮。(〈自慨〉四首之二)
[註37]

遠分岱色千鴻影，近散河陰萬馬蹄。(〈蘭陵野眺即事〉二
首之二) [註38]

誰移青海千群馬，直飲黃河萬里流。(〈遼事雜詩〉八首之
七) [註39]

歲月有情多惜別，江湖無地可忘機。(〈己卯除夕〉) [註40]

雪苑舊推司馬賦，雲間今愧士龍才。(〈歸德侯朝宗書來盛
稱我土人士之美兼慨世事詩以酬之〉) [註41]

不信有天常似醉，最憐無地可埋憂。(〈秋日雜感〉十首之
二) [註42]

這些句子在平仄、詞性方面對仗工整，如以「雪苑」對「雲間」是地
名對，以「司馬」對「士龍」是人名對，且「雪」和「雲」、「馬」和
「龍」又分別成了天文對與動物對，構思何其巧妙。這些對句在詞義
表達上也十分精彩、自然。同時由上述例句可看出陳子龍在遣詞用字
上是以實字爲主，虛字爲輔。日人鈴木虎雄在〈論格調神韻性靈三詩
說〉一文中嘗謂：

中國的詩句，概言之，若以名詞、動詞以及形容詞（所謂
實字）組織成句，則其調雄健。若使用其它的品詞（所謂
虛字），則可得流動之妙。但若實字失之過多，則近平板堆
垛；虛字失之過多，則陷輕佻靡弱。將實字與虛字加以適

〔註36〕《詩集》卷十，頁283。
〔註37〕《詩集》卷十三，頁425。
〔註38〕《詩集》卷十三，頁429。
〔註39〕《詩集》卷十四，頁471。
〔註40〕《詩集》卷十四，頁490。
〔註41〕《詩集》卷十四，頁472。
〔註42〕《詩集》卷十五，頁526。

當的應用，則可成上乘的詩篇詩句。〔註43〕

　　陳子龍的對句雖以實字爲主，但因善用豐富的色彩、典故及明快的動詞，形成生動之意象、雄健的氣勢，不會令人有平板堆垛之感。

二、好用對比

　　陳子龍詩作常可見今昔對比、人事對比的運用，將杜甫「頓挫」的筆法發揮地淋漓盡致。今昔對比是指同一地點在不同時代發展；人事對比是指相似事件在不同時代的發展。今昔對比之作如其〈燕中雜詩〉二十首之二：

　　　　昭王曾此地，賓客滿華陽。壯士何寥落，仙人更渺茫。

　　　　千年台草碧，盡日海雲黃。易水無情思，蕭蕭暮景長。

　　　　〔註44〕

過去燕昭王在此地高築黃金臺、燕太子丹築華陽臺禮賢下士，一時上賓如雲，中興氣象萬千。反觀到了明朝，臺草空長、易水悠悠、壯士寥落，氣象不復往昔，憂傷無人才爲國效命。末句的「暮」字既是實指黃昏時刻，亦可視爲暗喻國家的暮氣沉沉。另〈襄陽〉詩云：

　　　　昭帝諸王國，先朝寵貴偏。至今漢水賦，應勝大風篇。

　　　　冠蓋屯群盜，銅鞮乏少年。楚臣零落盡，〈哀郢〉竟誰傳。

　　　　（自注：冠蓋里在襄陽城。）〔註45〕

此詩寫崇禎十四年張獻忠攻陷襄陽城事。襄陽自漢代即爲南方重鎮，漢宣帝時刺史、二千石卿大夫數十家居於此，當時的荊州刺史嘆其冠蓋之盛，號爲「冠蓋里」，昭皇帝（明仁宗諡號）第五子封於此，如此官家重地而今卻爲流寇所據。透過襄陽城今昔盛衰寄託詩人感嘆。

〔註43〕〔日本〕鈴本虎雄《中國詩論史》第三篇，（台北：台灣商印書館，1972 年 9 月），頁 138。

〔註44〕《詩集》卷十一，頁 355。

〔註45〕《詩集》卷十二，頁 382。

亡國後作的〈登高丘而望遠海〉一詩云：

日觀天門攀紫極，東望洪波淨如拭。

扶桑曉拂金銀台，鳳舞鸞歌烟五色。

蓬萊宮中人不知，咸陽陌上長相憶。

璧去鎬池狐火紅，璽歸軹道魚燈黑。

莫愁徐福不還家，五百童女顏如花。

別向魚龍起朝市，還將麟鳳藝桑麻。

茫茫雲海泛仙槎，劉項風塵未有涯。

翻憐黃綺無長策，空向商山老歲華。〔註46〕

首四句謂明朝建國於東南如同旭日初升自扶桑。「璧去」、「璽歸」在追憶弘光帝於安徽蕪湖被俘虜一事，弘光帝遇難，南明王朝也來日無多。諷刺的是，距蕪湖不遠的鳳陽是明太祖朱元璋的出生地，先祖起自安徽，子孫亡於安徽，強烈的今昔對比更烘托興亡無常之感。末四句表達欲乘槎浮海，遠離楚漢相爭般的無情戰火，效法夏黃公、綺裡季為避秦亂隱居商山作結。

人事對比之作如〈凌河〉：

遼東百餘城，一一居胡酋。卻發漁陽軍，版築青海頭。……

唐時築受降，漢代營涼州。其後或淪胥，未聞誅首謀。

寄語鄰邊士，曷勿常悠悠？失地律尚輕，開邊罪難酬。

君王不好大，誰敢思封侯。〔註47〕

崇禎四年，大學士孫承宗一片忠心提議築大凌城以禦清軍，其後卻因朝廷調度不當致城陷清軍之手，朝廷不嚴懲延誤軍機的將帥，卻要孫承宗為當年的提議負責，反觀漢唐時代築城禦敵，未聞城陷而懲處倡議者，藉由人事作為的對比，反諷朝廷賞罰失宜。又如〈聞滇〉詩：

萬里朝廷恩澤阻，益州屬國漲妖氛。

徹侯年少心懷土，使者謀輕血染雲。

〔註46〕《詩集》卷十，頁299。

〔註47〕《詩集》卷四，頁94。

倒水飛蛇吞漢節，叢篁狂象載蠻軍。

樓船未建高旗日，誰有相如喻蜀文？〔註48〕

詩中的「徹侯」系指明開國功臣沐英（1344～1392）後嗣沐天波（？～1661）。沐天波在一次剿匪行動中因雲南土司之子沙定洲不願配合出兵，加上奸人挑撥，唆使沙定洲叛變，迫使沐天波自焚於家，此次兵變造成全滇震動。陳子龍此詩除在哀輓沐天波的殉難外，以「誰有相如喻蜀文」一語表達漢朝派唐蒙伐西南，卻因擾民致巴蜀百姓不滿，武帝遣司馬相如赴唐蒙軍責之，司馬相如又寫了篇〈喻巴蜀檄〉告喻巴蜀百姓，安定當地民心。同樣是西南少數民族的動亂，以司馬相如只憑一篇文章便平息亂事，反襯明朝無人可用，才讓星星之火化爲燎原之勢。

以上均是藉今昔人事作爲的對比，突顯大明王朝施政之失。

三、好援人名地名入詩

陳子龍詩另一大特色是人名、地名充斥，如五律〈送楊扶曦之湘陰令〉：

日照黃陵廟，春生青草湖。回風神女秀，大澤嶽雲孤。
賈誼文悲壯，羅含記有無。知君憂國念，萬里望天都。
〔註49〕

八句詩共用了「黃陵廟」、「青草湖」、「神女峰」、「賈誼」、東晉名臣「羅含（293～369）」、「天都」六個人名、地名，扣除頷、頸兩聯爲對仗而寫，連毋須對仗的首聯也以地名成對，這種好援人名、地名入詩之例，在陳子龍詩中是十分常見。

此外，不論是否爲律詩，凡有人名、地名處也常以對仗句呈現，如五古〈送默公師應試燕都〉：「風烈易水哀，關津薊門固。碣石宮久摧，黃金臺已故。」〔註50〕以燕昭王建碣石宮、黃金臺招募天下賢士，

〔註48〕《詩集》卷十三，頁408。
〔註49〕《詩集》卷十一，頁339。
〔註50〕《詩集》卷四，頁106。

為其師王元圓的懷才不遇抱屈。五古〈歲暮遣懷〉:「公瑾受高困,魯連揮千金。孰云取捨異,各見英雄深。」〔註51〕以周瑜和魯仲連對官爵的取捨自傷自己功名未就,連取捨的機會都沒有。七古〈昆明治水戰歌〉:「壯士學技夜郎國,美人倚望通天臺」〔註52〕、〈邊風行〉:「千烽齊過玉門關,一聲夜渡黃河水」〔註53〕、〈獻馬行〉:「太液池中泉水香,萬歲山南草蔥蒨」〔註54〕……等。這些對子有時僅為寬對並非工對,但在古詩中穿插幾句對句,使古詩在古樸外又多了些精緻華麗感。陳子龍在〈李舒章彷彿樓詩稿序〉云:

> 既生於古人之後,其體格之雅、音調之美,此前哲之所已
> 備,無可獨造者也。至於色采之有鮮萎,丰姿之有妍拙,
> 寄寓之有淺深,此天致人工,各不相借者也。〔註55〕

便是在強調詩歌各有其體格,而體格前哲已備後人毋需改動,只要在「色采」、「丰姿」等修辭技巧上下工夫,便能自成一家風格。因此,在古詩中運用對仗句,正是子龍一己的修辭特色。

陳子龍也喜歡用古稱。以古稱入詩之風始自唐代邊塞詩人,他們往往借助漢代官名、地名、典故以喻今。陳子龍既受復古派影響,其詩作中自不乏漢唐古稱。如〈邊風行〉有「賜貂方出明光宮」〔註56〕、〈奉酬皖城方密之見懷之作答秣陵之期也〉有「時危群聚多英侶,協策何年對未央」〔註57〕、〈寄楊伯祥〉有「侍臣親下承華殿,大將分屯細柳營」〔註58〕則以漢代的明光宮、未央宮、承華殿代指明朝廷,以細柳營代指軍營。

以胡、漢代指敵我的句子也很常見,如〈弔盧司馬〉:「三年漢月

〔註51〕《詩集》卷五,頁139。
〔註52〕《詩集》卷八,頁206。
〔註53〕《詩集》卷八,頁211。
〔註54〕《詩集》卷八,頁223。
〔註55〕陳子龍:〈李舒章彷彿樓詩稿序〉,《安雅堂稿》卷三,頁34。
〔註56〕《詩集》卷八,頁211。
〔註57〕《詩集》卷十三,頁422。
〔註58〕《詩集》卷十四,頁486。

高，兩載胡塵歇」〔註 59〕、〈遼事雜詩〉八首之四：「幹羅白骨愁胡騎，木葉黃雲捲漢旄」〔註 60〕、〈贈薊撫陳令威中丞陳縣寧前兵備擢撫薊門〉云：「匈奴屯牧近西山，漢將移兵拔朵顏」〔註 61〕皆是繼承唐朝邊塞詩人的筆法。

　　以古地名入詩或可增添復古韻，但有時會造成閱讀上的判別困難。如陳子龍詩中常出現「長安」，「長安」有時是指陝西省的長安古城，有時又代指明朝首都北京，有時則指南明首都南京。如〈分詠西京雜記得新豐〉：「他時拔刀侍龍子，相將約束長安裡」〔註 62〕的「長安」指陝西長安，〈過荏平有懷馬周〉：「賓王慷慨士，落魄向長安」〔註 63〕詠懷唐中書令馬周，故「長安」亦指陝西長安古城。而〈長安月夕〉有：「燈火高燕市，雲塗萬里空。鴉驚宮樹下，魚凍玉溝中」〔註 64〕，可知此詩的「長安」指北京，〈策勳府行〉：「長安日暮塵蔽天，雕牆繡宇東華邊」寫逆閹魏忠賢專擅事，此「長安」亦指北京。考《年譜》知癸酉年秋子龍赴京應試，故知卷八〈癸酉長安除夕〉、卷十三〈長安雜詩〉及〈甲戌長安元日〉中的「長安」皆代稱北京。而〈秋日雜感〉十首之八：「雙闕三山六代看，龍蟠虎踞舊長安」〔註 65〕寫南都覆亡，故「長安」是指南京。同是「長安」卻分指不同之地，易令讀者混淆，不可不說是過度使用古地名之弊。

　　援人名、地名入詩，古有先例，如杜甫〈聞官軍收河南河北〉末聯：「即從巴峽穿巫峽，便下襄陽向洛陽」連用四地名，營造出歸心似箭的藝術效果，後來效之者不乏其人，錢鍾書在《談藝錄》有如是批評：

〔註 59〕《詩集》卷七，頁 182。
〔註 60〕《詩集》卷十四，頁 470。
〔註 61〕《詩集》卷十七，頁 575。
〔註 62〕《詩集》卷八，頁 207。
〔註 63〕《詩集》卷十二，頁 368。
〔註 64〕《詩集》卷十一，頁 329。
〔註 65〕《詩集》卷十五，頁 528。

> 及夫明代，獻吉、于鱗繼之，元美之流，承趙子昂「填滿」
> 之說，仿杜子美雄闊之體，不擇時地，下筆伸紙，即成此
> 調。復稍參以王右丞〈早朝〉、〈雨中春望應制〉，李東川
> 〈寄盧員外慕毋三〉，祖詠〈望薊門〉之制，每篇必有人名
> 地名。輿地之志，點鬼之簿，粗豪膚廓，抗而不墜，放而
> 不斂。〔註66〕

錢氏之語主在批評格調派詩人好援人名地名之弊，今觀子龍編選的
《皇明詩選》中所錄七子詩，抑或其《詩集》，亦往往大量使用人名、
地名，卻不若杜甫〈聞官軍收河南河北〉詩那般渾然天成，似也有錢
氏所謂「輿地之志」、「點鬼之簿」的毛病。

四、好用典故

黃永武《字句鍛鍊法》中言：

> 凡綜採經史舊籍中的前言往行，都叫做「用典」。凡據事類
> 義，來增加風趣的氣氛；或援古證今，來影射難言之事；
> 或摭拾鴻采，來造成文章典雅的風格、華美的字面，都是
> 「用典」的好處。〔註67〕

而陳子龍詩屢屢可見典故的運用，尤其是他的七律，幾乎首首都用
典。這或許和明代吳派博雅學風影響，致子龍熟諳掌故又善融之入
詩。清人沈德潛說：

> 以詩入詩，最是凡境。經史諸子，一經徵引，都入詠歌，
> 方別於潢潦無源之學。但實事貴用之使活，熟語貴用之使
> 新，語如己出，無斧鑿痕，斯不受古人束縛。〔註68〕

陳子龍好用典故入詩，各體詩中典故的運用精確巧妙，渾然天成，典
故的出處涵蓋經、史、子、集，尤其以唐代以前的典故最多。如〈避

〔註66〕錢鍾書：《談藝錄・簡齋放翁開明七子之風》（北京：中華書局，1984
　　　年9月），頁205。
〔註67〕黃永武：《字句鍛鍊法》（台北：洪範書店有限公司，2002年7月，
　　　增訂二版），頁100。
〔註68〕〔清〕沈德潛：《說詩晬語》卷上，頁2。

地示勝時〉六首：

> 計拙存謀野，時危適避荒。友人憐豫讓，女子識韓康。
> 周鼎無消息，秦灰正渺茫。冥鴻天路隘，何處共翱翔。（之
> 二）
>
> 故物經時盡，殊方逐態新。恨無千日酒，眞負百年身。
> 芝草終榮漢，桃花解避秦。寥寥湖海外，天地一遺民。（之
> 三）〔註69〕

第二首以春秋時期晉國義士豫讓塗漆吞炭誓死爲主人復仇，喻自己亡
國後埋名喬裝，遯跡天涯圖謀復興。自己不欲出名，像東漢韓康一樣
多次隱姓埋名隱居山林。詩中以豫讓明己復國之志，以韓康言己隱姓
埋名之苦。第三首「桃花解避秦」以陶淵明〈桃花源記〉中避秦人的
故事，描述自己躲避清軍追捕的處境。典故運用自然貼切。〈送吳駿
公太史還朝時有□警〉二首之二云：

> 薊門赤羽角聲催，擊楫吳江匹馬來。
> 天子自臨講武殿，近臣爭上望烽台。
> 十陵王氣當秋盛，三輔軍容照月哀。
> 宣室召君前席夜，應誇表餌出群才。〔註70〕

詩中以東晉祖逖擊楫渡江喻吳偉業志在報國，末聯「宣室召君前席
夜」以漢文帝宣室求賢祝福吳偉業此番還朝能有所作爲。〈贈方密之
進士〉云：

> 故人射策未央宮，何事蕭條燕市東？
> 四海交遊誰是石？五侯賓客盡如風。
> 孤臣莫上緹縈疏，聖主終明魏尚功。
> 指日湛恩還榮戟，期君再世有彤弓。〔註71〕

此詩概指方以智（字密之）之父方孔炤平賊亂有功，卻因得罪權臣楊
嗣昌而下獄，方以智伏闕訟父冤，膝行沙塸者兩年，崇禎帝心生不忍

〔註69〕《詩集》卷十二，頁401。
〔註70〕《詩集》卷十三，頁438。
〔註71〕《詩集》卷十五，頁497。

乃減免其父罪，後官復原職。「孤臣莫上緹縈疏」便是指方以智伏闕
申父冤一如漢代緹縈，「聖主終明魏尚功」則言方孔炤沉冤昭雪，如
漢朝雲中太守魏尚蒙赦之事。〈雒陽〉詩云：

> 大國重開洛水陽，先朝錫予倍輝光。
> 周家同姓惟尊魯，漢代諸王更寵梁。
> 昔日楚歌留桂殿，何年蜀魄返蘭堂。
> 定陵奉慰臣工在，愁望寒雲滿北邙。〔註72〕

此詩寫崇禎十三年李自成陷洛陽，殺福王常洵以其肉佐餐之事。常洵
乃神宗第三子，母鄭貴妃。神宗本欲立爲東宮，因群臣反對而罷，後
以鉅資爲營洛陽宅第，十倍於常制，及崇禎朝，因常洵爲天子叔父而
洛陽又近京師，朝廷更是尊隆有加，故云「周家同姓惟尊魯，漢代諸
王更寵梁」，言周公爲天子之叔而倍得尊隆，漢朝施行郡國制，以梁
國封地最富厚，詩人以此二史例喻福王常洵的得寵。「楚歌」代指宮
女，「桂殿」典出王勃〈滕王閣序〉：「桂殿蘭宮，列風巒之體勢」，代
指華美的宮殿。「蜀魄」典出望帝杜宇思歸故國的故事。詩中連用四
個典故，或出自史實，或出自文學、神話傳說，豐富且貼切。

再如其〈秋日雜感〉十首之二：

> 行吟坐嘯獨悲秋，海霧江雲引暮愁。
> 不信有天常似醉，最憐無地可埋憂。
> 荒荒葵井多新鬼，寂寂瓜田識故侯。
> 見說五湖供飲馬，滄浪何處著漁舟？〔註73〕

第三句語出張衡〈西京賦〉：「昔者，大帝說（悅）秦穆公而觀之，饗
以鈞天廣樂。帝有醉焉，乃爲金策，錫（賜）用此土而翦諸鶉首。」
第四句語出仲長統〈述志〉詩：「寄愁天上，埋憂地下。」第五句的
「葵井」出自漢樂府〈十五從軍征〉：「井上生旅葵」，謂戰事連年之
苦。「瓜田」典出《史記・蕭相國世家》，記載秦代邵平爲東陵侯，秦
亡後隱居長安城東種瓜。鈕琇（？～11704）在〈言觚・脫換法〉一

〔註72〕《詩集》卷十五，頁513。
〔註73〕《詩集》卷十五，頁526。

文稱讚此詩的典故使用「一經脫換，便成佳句。」〔註74〕這種渾然天成的用典功力，足以看出陳子龍的「讀書破萬卷」的學養。

其〈玉蘭花〉詩云：

> 皎皎亭亭雲外身，豔當高素不傷神。
>
> 譜疑澧水猶名楚，種出藍田本姓秦。
>
> 旁月正宜瑤殿冷，臨風偏鎖玉樓春。
>
> 應知晉代誇長白，衛氏縣來賦〈碩人〉。〔註75〕

詩中「譜疑澧水猶名楚」典出屈原〈九歌‧湘夫人〉中「沅有芷兮澧有蘭」，謂蘭出自楚地。第四句的「藍田」自古即以盛產美玉名世。二句暗嵌「蘭」、「玉」，合起來正是「玉蘭」二字，詩中以新奇大膽的想像力為玉蘭花「尋根」，說玉蘭花本籍在楚，本姓為秦，如此筆法實在令人驚豔。

然而，其詩亦有用典過當的例子，如其〈春遊〉八首之一：

> 二月天低草不分，遙遙碧野照春雲。
>
> 鞭衝溼霧張公子，舟泛橫波越鄂君。
>
> 龍卵乍驚雷後水，鳳車初化雨中裙。
>
> 近來憔悴東風後，鶯燕無心更入群。〔註76〕

這首寫春日出遊之作，照理當意象生動具體才是，但此詩除首、尾二聯較易懂外，第三句的「張公子」是指誰仍待考。「越鄂君」是指春秋美男子子晳，唐代李商隱〈牡丹〉詩便有：「錦幃初捲衛夫人，繡被猶堆越鄂君」之語，尚易理解，但「龍卵」指鳥卵，語出宋代周密（1232～1298）《癸辛雜識續集下‧吳氏鳥卵》一文：

> 吳子明居杭之橫塘，晚年閒步水濱，忽見泥中一物蠕動，疑為虵類，細視之乃一鳥卵，大可如拳。心異之，遂取歸寘之聖堂淨水盂中。旋即漲大，忽發大聲穿屋而出，或以

〔註74〕〔清〕鈕琇：《繪圖觚賸正續編》卷一，（台北：廣文書局，1969 年 9 月），頁 237。

〔註75〕《詩集》卷十三，頁 421。

〔註76〕《詩集》卷十三，頁 418。

> 爲龍卵雲。然吳竟以此驚悸成疾而殂。〔註77〕

「鳳車」則爲大蛺蝶別稱。「龍卵」對「鳳車」雖工，但這樣的典故未免冷僻，減低了全詩「春遊」的藝術性。幸而這樣的例子在陳氏詩中屬特例，其詩用典大抵精準易考，仍具備高度的藝術性。

五、近體詩用韻特徵

因古體詩用韻較寬，不易看出詩人用韻偏好，故今以其近體詩爲統計母群觀察其用韻特徵，〔註78〕發現在其 1039 首近體詩中，最常的韻腳前十名如下：

名次	韻　部	數量（首）	比例（%）	名次	韻　部	數量（首）	比例（%）
①	下平十一尤	120	11.5	⑥	上平四支	74	7.1
②	下平八庚	101	9.7	⑦	上平十灰	74	7.1
③	下平七陽	87	8.4	⑧	上平十四寒	46	4.4
④	下平一先	78	7.5	⑨	下平五歌	41	3.9
⑤	上平一東	77	7.4	⑩	上平十一眞	40	3.8

以百分比四捨五入取至小數點第一位來算，前五名用韻分占 1039 首近體詩的 11.5%、9.7%、8.4%、7.5%、7.4%，合計占全部近體詩用韻的 44.5%，幾乎居半。

清代周濟《宋四家詞選目錄序論》有云：「東眞韻寬平，支先韻細膩，魚歌韻纏綿，蕭尤韻感慨。各具聲響，莫草草亂用。」〔註79〕說明韻部具備表情功能。大量使用「尤、庚、陽、先、東」等韻，是陳子龍個人習慣抑或有其音韻情感上的刻意安排，因這需要深厚的聲

〔註77〕〔宋〕周密：《癸辛雜識續集》卷下，《百部叢書集成》初編第 46 輯第 26 函，（台北：藝文印書館，1965 年），頁 23。
〔註78〕參見本文附錄三：陳子龍詩歌目錄（近體）。
〔註79〕〔清〕周濟：《宋四家詞選目錄序論》（北京：中華書局，1985 年），頁 6。

韻學知識，個人囿於學識僅能提供陳子龍慣用韻的整理，餘則有待識者研究。

　　此外，依本文附錄三統計，陳子龍近體詩幾乎全押平聲韻，合於詩歌正例，其近體詩以悠長舒緩的平聲韻為主，呼應了其在〈李舒章古詩序〉提出的：「詞貴和平，無取伉厲，樂肆稱好，哀而不傷，使讀之者如鼓琴操瑟，曲終之會，希聲不絕」〔註80〕的雅音主張。

　　只有七絕〈夜意〉（去聲一送韻）、〈采蓮女〉（入聲九屑韻）、〈古意〉二之一（入聲十四緝韻）、〈長樂少年行〉二之二（上聲四紙韻）、〈途中〉（上聲二十五有韻）這五首為變例。而此五首除〈途中〉為客愁之作外，餘四首乃仿古詩中艷情主題之作，是否因此而故意使用仄韻以營造古樸的韻味，則待考。

六、設色鮮明

　　陳子龍在〈李舒章彷彿樓詩稿序〉嘗謂：

> 既生於古人之後，其體格之雅、音調之美，此前哲之所已備，無可獨造者也。至於色采之有鮮萎，丰姿之有妍拙，寄寓之有淺深，此天致人工，各不相借者也。譬之美女焉，其託心於窈窕，流媚於盼倩者，雖南威不假顏於夷光，各有動人之處耳。〔註81〕

主張體制上追隨古人典範，但在色采、丰姿、寄寓的鋪陳上則可自樹一格，表現個人特色。今觀其詩，豐富鮮明的色彩隨處可見，如：

> 落紅滿江曲，蔦藍春水綠。黃鶯醒尚啼，白鷺飛還浴。（〈春日風雨浹旬〉）〔註82〕

> 紅泉明夜壑，碧樹隱春城。鐵鳳荒祠古，金鼉暮草平。（〈暮春月夜遊虎丘寺〉）〔註83〕

〔註80〕陳子龍：〈李舒章古詩序〉，《安雅堂稿》卷二，頁24。
〔註81〕陳子龍：〈李舒章彷彿樓詩稿序〉，《安雅堂稿》卷三，頁34。
〔註82〕《詩集》卷九，頁243。
〔註83〕《詩集》卷十一，頁348。

凋朱顏,墮綠水,不見軒轅神鼎成,黃金如山映天紫。(〈怨詩行〉)〔註84〕

夕宿青冥裏,晨驅翠靄旁。……虎嘯陰崖黑,雞鳴曙海黃。(〈山中曉行〉)〔註85〕

薇帳夜香迎翠羽,珠樓春雨按紅牙。(〈寄李舒章宋轅文〉)〔註86〕

帳下紫貂多上客,樓前白馬度名倡。(〈遼事雜詩〉八首之一)〔註87〕

紅藥題詩傾滿座,青萍出匣論封侯。美人彩筆凌黃鵠,下吏朱顏愧紫騮。(〈越州春日寄舒章〉)〔註88〕

丹楓錦樹三秋麗,白雁黃雲萬里來。(〈秋日雜感〉十首之一)〔註89〕

那當非雨復非烟,沈綠肥紅障暮天。側首但憐金菡萏,清家止有步生蓮。(〈吳閶口號〉十首之四)〔註90〕

黃河三月未東風,白草連山野火紅。虜馬莫移青海帳,漢家雲將在雲中。(〈雲中邊詞〉五首之二)〔註91〕

這些色彩的使用鮮明又大膽,如將「黃河」、「白草」和「野火紅」放一起,形成強烈的對比。以「紅泉」對比「碧樹」,紅色的熱情奔放和綠色的清涼舒朗呈現強烈的視覺落差感。而「鐵」是灰濛濛,對比金色的閃耀富麗。尤其詩多用紅綠、黃白、黃紫等對比色,產生強烈的視覺刺激,建構出一幅色彩繽紛的花花世界,可謂

〔註84〕《詩集》卷十,頁300。
〔註85〕《詩集》卷十二,頁372。
〔註86〕《詩集》卷十四,頁468。
〔註87〕《詩集》卷十四,頁469。
〔註88〕《詩集》卷十五,頁509。
〔註89〕《詩集》卷十五,頁525。
〔註90〕《詩集》卷十七,頁562。
〔註91〕《詩集》卷十七,頁578。

「詩中有畫」。

　　無可諱言的，其詩中的色彩對比有時是爲了合乎律詩對仗要求，但觀其各體詩歌，顏色的運用相當頻繁，成爲陳子龍詩歌的一大特色。陳田說他：「有齊梁之麗藻，兼盛唐之格調。」〔註 92〕其麗藻從設色鮮明這一特點可以得證。

第三節　內容特色

　　整體來看陳子龍詩作的內容特色有三：

　　其一，意境玄麗。

　　其二，「英」「雄」並美。

　　其三，注重寫實不離雅正。

一、意境玄麗

　　陳子龍不似七子，他對於「齊梁之贍篇」〔註 93〕是持肯定態度的，所謂「贍篇」是指文辭廣博華麗。在其詩中便有不少華美玄麗的意境描繪，如其〈靈隱寺〉云：

　　　　凌晨越清澗，策馬遵交歧。群峰變陰霽，密樹紛蔽虧。
　　　　迤縱悵幽徑，賞心澹棲遲。明霞帶高館，乳桐拂華榱。
　　　　深森亭檻靜，黯靄巖花吹。素湍媚錦石，翠壁揚丹蕤。
　　　　度嶺既回緬，陟椒複崟巇。會想層霄人，攬袂披英辭。
　　　　撫物念疇昔，舊侶與我違。遠眺日以傷，孤歎誰能知。

　　　　〔註 94〕

詩寫遊靈隱寺所見之景，其中「群峰變陰霽，密樹紛蔽虧」、「明霞帶高館，乳桐拂華榱」、「素湍媚錦石，翠壁揚丹蕤」以光線的變化、雲霞瀑布的流動襯托出山中景致的奇異，呈現出一派玄麗幽曠的氛圍。七律〈雪〉三首之一云：

〔註92〕〔清〕陳田：《明詩紀事》，頁 2657。
〔註93〕陳子龍：〈壬申文選凡例〉，《文集（下）》卷三十，頁 667。
〔註94〕《詩集》卷七，頁 179。

> 箔箔紛紛弄雨工，紫皇新在蕊珠宮。
> 初隨碧海三更月，旋舞紅樓五夜風。
> 孔雀尾翹金照耀，冰蠶絲織玉玲瓏。
> 年來耕盡藍田土，止有盧家堂更空。〔註95〕

詩中描寫雪在三更時分箔箔初降，宛如來自玉皇大帝（紫皇）的蕊珠宮。晶瑩的模樣好似孔雀尾翹般閃耀奪目，又似傳說中的冰蠶所吐出的絲一般玲瓏。雪花紛紛落地，假使都變成藍田玉，那麼即便是洛陽盧家這樣的鉅富，萬貫家財也相不值一提了。詩中的想像十分奔放，先是想像雪來自天宮，又說其形態如孔雀羽般閃亮、冰蠶絲般玲瓏。更奇特的是結尾筆鋒一轉，想像雪花落地一旦化為美玉，則人人便成鉅富，盧家這等鉅富之家便無足為奇了。其第二首設境更為脫俗、玄麗，詩云：

> 西母瑯玕飼鳳凰，粉飄銀漢隱紅牆。
> 連宵樓閣能通火，永日簾櫳不避香。
> 三尺鮫人冰作翦，五銖姑射水為裳。
> 乘鷺菱綠迷雲路，指點青溪白石郎。〔註96〕

首聯想象雪花猶似西王母以美竹（瑯玕）飼鳳凰時所落下的粉屑，賦予雪來自天界、脫俗無染的形象。頸聯將雪想像成是神話中身長三尺的南海人魚（鮫人）以冰為剪所裁成的，雪由水凝結而成，輕盈的像是只有五銖重的天仙（姑射）。落在水面上的雪花則像乘著鷺鷥在雲端迷路的菱綠仙子，跌落在青溪水神（白石郎）身畔。全詩運用大量的神話傳說，多方面描繪雪花，如以瑯玕粉屑、五銖姑射寫雪之輕盈；以鮫人冰剪喻水之晶瑩；以跌落在水神身邊的菱綠仙女寫雪掉入水中的姿態，有動有靜，想像奇特而華麗。

不僅對物象有玄麗的聯想，其對情感的表達有時也是如此，如〈枯魚過河泣〉：

> 滄江老翁倚竿立，清晨舉網白魚入。

〔註95〕《詩集》卷十三，頁410。
〔註96〕同上註。

> 吳姬素手霜刃寒，錦鱗錯落黃金盤。
> 盤中雲氣徒五色，須臾旨酒調椒蘭。
> 魂魄飛沉隔河水，云是東溟赤龍子。
> 九江元龜亦被收，紛紛見夢誰爲理。
> 胡僧咒海海欲枯，蕭家大鳥來蓬壺。
> 珠宮貝闕盡傾倒，誰言可羹不可屠。
> 寄語群龍莫輕見，大澤深山任舒卷。
> 三春雲雨出岱宗，青天爲爾生雷電。〔註97〕

詩中將爲清軍所虜的唐王比爲盤上白魚任人宰割，魂魄飛返東溟。
「九江元龜」則喻隨唐王殉節的一干義士。目睹中興無望，子龍以「海
欲枯」、「珠宮貝闕盡傾倒」表達內心的哀絕，想像玄麗又具體。

二、英雄並美

李雯在〈屬玉堂集序〉記述了陳子龍的詩學理想：

> 臥子獨好與余言詩，方其得意，撫掌竟日。大約以爲詩貴
> 沉壯，又須神明。能沉壯而無神明者，如大將軍統軍，习
> 斗精嚴；及其鼓角既動，戰如風雨，而無旌旗悠揚之色。
> 有神明而不能沉壯者，如王夷甫〔註98〕、衛叔寶〔註99〕諸
> 人，握麈談道，望若神仙；而不可以涉山川冒險難，此所
> 謂英雄之分也。以樂府古詩論之，曹孟德雄而不英，曹子
> 桓英而不雄，而子建獨兼之。以唐詩言之，則高達夫雄而
> 不英，李頎英而不雄，王右丞則英中之雄，王龍標則雄中
> 之英，而子美獨兼之。此臥子之才，縱橫間出，凡此諸家，
> 命意即合，而獨於二子深有宗尚也。〔註100〕

子龍以統軍爲喻以論詩，認爲詩歌只有壯濶的鼓動角鳴而少旌旗飄
揚，則缺乏瀟灑英氣；反之，只有靈動的英氣而無壯濶的氣勢，則如
論仙談道而不能冒險犯難，虛浮而不實。再以前代詩人爲例，說明曹

〔註97〕《詩集》卷十，頁301。
〔註98〕王衍（256～311），字夷甫，西晉清談領袖，官拜司徒。
〔註99〕衛玠（286～312），字叔寶，西晉美男子，好言玄理，官拜太子洗馬。
〔註100〕〔明〕李雯：〈屬玉堂集序〉，《詩集》附錄三，頁763。

操、高適有雄氣無英氣；曹丕、李頎有英氣無雄氣；王維略偏英，王昌齡略偏雄。唯有曹植、杜甫二人英雄兼備無所偏。

以「英」、「雄」論人始於劉邵的《人物志》。劉邵云：

> 夫草之精秀者爲英，獸之特群者爲雄。故人之文武茂異，取名於此。是故聰明秀出謂之英，膽力過人謂之雄。〔註101〕

故「英」即指靈敏、神明、高妙；「雄」即勇猛、剛健、豪壯。依子龍之見，最好的詩歌便是英雄兼美，形成一種剛柔並濟、既高妙又剛健的風格。故其推崇李雯之詩：「縱體高邁，挾氣清剛」、「華而不靡，放而益密」〔註102〕即根植於此論點。而其詩也體現此論點，各體之作具備英氣或雄氣者眾，如其〈九日崑山道中〉云：

> 平皋霽杪秋，行邁臻令節。藹藹衰林明，泯泯寒流澈。
> 陽鳥紛已來，陰蟲聲逾切。碧草隨風變，朱實凌霜結。
> 迅商宿莽疏，淒景遠峰潔。水涉頓回飆，陸行鮮安轍。
> 山城展游眺，孤客心如愻。紫萸爛盈把，叢桂芳可襭。
> 彼美日夕遲，蘭巵空在列。逐物易生哀，晞群自辭悅。
> 賞心貴昭曠，遐曠忘違別。會尋丘園秀，持貞慎緇涅。
> 〔註103〕

詩中雖在寫行旅途中所見之景，然「碧草隨風變，朱實凌霜結」則又有頭牆草隨風改變立場，而堅貞的君子當效那朱實凌霜獨立的聯想，與末二句「會尋丘園秀，持貞慎緇涅」呼應。能由單純的草木變化聯想到人格操守其心境之靈敏高明可見一斑。「逐物易生哀，晞群自辭悅」在說明一味追求外物、盲從他人意見，往往易因「求之不得」而生哀情，嚴重者則因立場游移而惹禍上身，但若疏離人群則又失去生活的樂趣，在親近與疏離之間的尺度如何拿捏考驗著人的智慧。全詩看似寫景又隱含了人生抉擇的困難以人當堅貞的觀念，思想著實高華

〔註101〕〔魏〕劉邵著，吳家駒注釋，黃志民校閱：《新譯人物志》卷中，（台北：三民書局，2006 年 1 月），頁 85。

〔註102〕陳子龍：〈李舒章彷彿樓詩稿序〉，《安雅堂稿》卷三，頁 34。

〔註103〕《詩集》卷七，頁 184。

不流俗。〈同祁世培侍御泛鏡湖〉則云：

> 越溪千折繞山流，黛色橫分曉蕩舟。
>
> 五月陰晴天漠漠，一川風露草悠悠。
>
> 鳴榔空翠煙中市，卷幔輕紅水上樓。
>
> 十二雲鬟飛不定，獨留明鏡照人愁。〔註104〕

「五月陰晴天漠漠，一川風露草悠悠」、「鳴榔空翠煙中市，卷幔輕紅水上樓」等寫景之句更是飄逸秀美，朱隗《明詩評論》評此詩云：「寫景清麗，能作雄闊詩者往往不工此體，惟臥子有其兼長。」〔註105〕如此清麗之作正反應了陳子龍性格中靈敏、神明的思維。〈二月山行雪中見杏花〉詩云：

> 山樓曲曲杏花殘，二月飄零雪裡看。
>
> 此日春風太憔悴，一時紅粉不勝寒。〔註106〕

詩中將漫天飛舞的杏花比爲二月雪，在春風輕拂下，如美人不勝寒意紛紛落下，不僅想像浪漫畫面也唯美。這是陳子龍詩風英麗的一面，而其剛健者有五言排律〈謁禹陵〉詩云：

> 夏王南狩日，會計此山陽。玉帛朝群后，旄旗擁大荒。
>
> 防風膏斧鉞，蒼水貢文章。九鼎山河奠，雙珪日月光。
>
> 橋陵遺劍碧，梧野出雲黃。廟貌垂千祀，神功啓百王。
>
> 煙霞移石壁，雷雨暗梅梁。白鶴留陰羽，丹楓落曉霜。
>
> 銀池墳不起，金簡穴能藏。湍道鉦音發，風簷鈴語揚。
>
> 晃旒瞻律度，圭璧侍班行。鳥鼠游神座，龍蛇靜帝鄉。
>
> 庚辰來上佐，癸甲授元良。玄女精靈盡，黃熊哀慕長。
>
> 夏書存渾渾，越絕紀茫茫。萬古終河洛，其咨永不忘。

〔註107〕

此詩由夏禹南狩、大會諸侯於會稽落筆，續寫旄旗蔽天，誅防風氏，奠定霸業的威盛，末以「萬古終河洛，其咨永不忘」寫其功垂萬古的

〔註104〕《詩集》卷十五，頁514。

〔註105〕〔明〕朱隗：《明詩平論》，《四書禁燬叢刊》集部第169冊，頁681。

〔註106〕《詩集》卷十七，頁588。

〔註107〕《詩集》卷十六，頁553。

不朽,通篇氣象萬千,烘托大禹功業的容盛。〈東平〉詩云:

> 陵谷何紆曲。平盧雄鎮開。暮雲橫戍嶂,春色斷烽台。
> 首蓿驚胡騎,菁葊薦客杯。樂郊還可賦,誰繼阮生才?

〔註108〕

第三及第四句的「橫」、「斷」二字剛健有力,勾勒出雄偉的邊塞的風光。再如其〈蘭陵野眺即事〉二首:

> 魯中雲物自荒荒,欲撫平原道路長。
> 朔氣能連野火白,童山不待夕陽黃。
> 地分南楚懷豐沛,水治西洳避呂梁。
> 歷落異鄉難日暮,秋風崩岸散牛羊。(之一)

> 莽莽山昏暮草齊,枯桑煙火咽荒雞。
> 遠分岱色千鴻影,近散河陰萬馬蹄。
> 魯國諸生亡玉簡,漢家使者閱金堤。
> 誰爲慷慨安危語?劍氣連天不敢迷。(之二) 〔註109〕

「朔氣能連野火白」、「秋風崩岸散牛羊」、「遠分岱色千鴻影,近散河陰萬馬蹄」等句表現出蘭陵的地勢開闊,氣吞山川之象。而其〈錢塘東望有感〉:

> 清溪東下大江迴,立馬層崖極望哀。
> 曉日四明霞氣重,春潮三浙浪雲開。
> 禹陵風雨思王會,越國山川出霸才。
> 依舊謝公攜伎處,紅泉碧樹待人來。〔註110〕

首句「清溪東下大江迴」表現錢塘江的奔越,中間二聯氣象恢宏,將錢塘的壯盛逐步推展出來,至收筆「依舊謝公攜伎處,紅泉碧樹待人來」忽而一變爲婉轉纏綿的情思,跌盪多姿、英雄並美,在一首詩中同時具備英氣與雄氣,實屬上乘之作。再如〈九日登一覽樓〉:

> 危樓樽酒賦〈蒹葭〉,南望瀟湘水一涯。

〔註108〕 《詩集》卷十二,頁367。
〔註109〕 《詩集》卷十三,頁429。
〔註110〕 《詩集》卷十四,頁477。

　　　　雲麓半函青海霧，岸楓遙映赤城霞。

　　　　雙飛日月驅神駿，半缺河山待女媧。

　　　　學就屠龍空束手，劍鋒騰踏繞霜花。〔註111〕

詩歌前半由登高眺望瀟湘歌詠《詩經・蒹葭》篇談起，而〈蒹葭〉詩是在寫思慕所愛不得之情，次句「南望瀟湘」則化用《楚辭・九歌》中湘江水神等候所愛不得的故事，亡國後登樓賦〈蒹葭〉、南望瀟湘則含有思慕故國不得之意，故國之思在這裡尚顯得含蓄，至第六句「半缺河山待女媧」則直接而沉重地說出了故國之思。第二聯「雲麓半函青海霧，岸楓遙映赤城霞」是情感由隱而顯的過渡，旨在以絢麗之景語暗喻整個明朝已為「霧」、「霞」所籠罩，黯淡無光了。末聯「學就屠龍空束手，劍鋒騰踏繞霜花」則以悲憤無力回天的語氣作結。整首詩前半部神清體高，後半部雄渾凝鬱，亦可謂為英雄並美之作。

三、注重寫實不離雅正

　　陳子龍之詩除卻擬古詩和擬作情詩外，其各主題類型之詩都蘊含了高度的寫實精神。如其自身情詩在寫當下的愛戀之情。其贈答唱和詩，所關注者莫過於師友的人生浮沉，如〈弔盧司馬〉〔註112〕、〈寄郢中鄭澹石座師〉〔註113〕等；所殷殷期勉者亦是建功立勳的理念，如〈送李舒章省試之金陵〉〔註114〕、〈寄楊伯祥〉〔註115〕等。其寫景記遊詩，如〈錢塘東望有感〉滿溢傷時望治之情。其詠懷詩，早年多半自傷不遇，中晚期則以憂時念亂為主。其詠物詩如〈見新燕〉、〈見新柳〉〔註116〕等作亦觸景而生憂時之情。是故，可說陳子龍之詩一貫的風格便是寫實精神，尤其是對大我之情的陳述，此一特色正是其對「詩言志」傳統的繼承，他嘗謂：

〔註111〕《詩集》卷十五，頁533。

〔註112〕《詩集》卷七，頁181。

〔註113〕《詩集》卷九，頁258。

〔註114〕《詩集》卷九，頁249。

〔註115〕《詩集》卷十四，頁486。

〔註116〕《詩集》卷十二，頁395～396。

> 詩者非僅以適己，將以施諸遠也。《詩》三百篇，雖愁喜之言不一，而大約必極於治亂盛衰之際。〔註117〕

又云：

> 夫作詩而不足以導揚盛美、刺譏當途、托物連類而見其志，則是〈風〉不必列十五國，而〈雅〉不必分大小也，雖工而予不好也。〔註118〕

「將以施諸遠」也好，「導揚盛美、刺譏當途、托物連類而見其志」也好，皆在強調詩之寫實精神，他詩歌中強烈的現實感，正呼應了其詩論中講求「經世致用」的主張，也是令其詩博得「詩史」美名的關鍵。

雖然講求憂時託志，但其詩仍嚴守「雅正和平」的準則，縱使小人當道、屈居下僚讓他深感無力，縱使亡國帶給他情感上極深沉的創痛，雖則他嘗謂：「和平者，志也，其不能無正變者，時也」〔註119〕同意詩可以有正變，但觀其詩作仍不離大雅之音，符合「怨而不怒，哀而不傷」的雅正原則。

陳子龍詩作形式上精於對仗，好用對比以豐厚詩歌意境，好援大量的典故、人名地名入詩以突顯個人學養，其近體詩以悠長舒緩的平聲韻為主營造出雅正和平之音律。風格上慣以豐富的色彩建構鮮明的景象，可謂「詩中有畫」，且意境玄麗、英雄並美，又具有強烈寫實精神。其詩歌不論形式或風格上皆有特出之處，譽為明詩殿軍而無愧，相較於明代臺閣體的虛浮、七子派的疏濶刻鑿、公安派的俚鄙、竟陵派的幽僻，陳子龍為詩歌注入了漢唐的高華與凝鍊，使自劉基、高啓以來沉寂了二百多年的詩壇重現活力、走出一條新的語言道路，清代的西泠十子〔註120〕、沈德潛〔註121〕等詩人都受過他的啓

〔註117〕陳子龍：〈白雲草自序〉，《安雅堂稿》卷三，頁40。
〔註118〕陳子龍：〈六子詩稿序〉，《安雅堂稿》卷三，頁40。
〔註119〕陳子龍：〈宋轅文詩稿序〉，《安雅堂稿》卷二，頁27。
〔註120〕〔清〕楊鍾義：《雪橋詩話》卷一，頁14：「陳臥子司李紹興，詩多既盛，浙東西人無不遵其指綏。西泠十子皆雲間派也。」謝明陽的

發，名列清初江左三大家的吳偉業更是他論詩密友之一，故可說陳子龍也間接影響了清代詩壇宗唐與宗宋之爭，近人朱則杰在《清詩史》中說陳子龍是「明詩在清代的一個綺麗的餘波。」〔註 122〕水滴落入水中是看不見了，但它產生的餘波卻會慢慢拓展出去，陳子龍在順治四年是殉國了，但他對清代詩壇的影響力，並未隨著生命的消逝而散去。他是明詩的殿軍，也是明清詩學嬗變的一個中繼點。

《雲間詩派的詩學發展與流衍》第六章亦有詳論西泠派與雲間派的師承關係。

〔註121〕〔清〕王昶：《蒲褐山房詩話》卷八，頁 54：「先生（沈德潛）獨綜今古，無籍而成，本源漢魏，效法盛唐。先宗老杜，次及昌黎、義山、遺山，下至青邱（高啓）、崆峒（李夢陽）、大復（何景明）、臥子、阮亭（王士禎），皆能兼綜條貫。」

〔註122〕朱則杰：《清詩史》（江蘇：江蘇古籍出版社，1992 年 2 月），頁 20。

第六章 結　論

清人朱彝尊《靜志居詩話》讚揚陳子龍云：

> 王、李教衰，公安之派浸廣，竟陵之燄頓興，一時好異者
> 譸張爲幻。……如帝釋既遠，修羅藥叉，交起搏戰，日輪
> 就暝，鵬子鴞母，四野群飛。臥子張以太陰之弓，射以枉
> 矢，腰鼓百面，破盡蒼蠅蟋蟀之聲，其功不可泯也。觀其
> 與李（雯）、宋（徵輿）二子選明人詩，自序略云：「一篇
> 之收，互爲諷咏；一韻之疑，互相推論。攬其色矣，必準
> 繩以觀其體；符其格矣，必吟誦以求其音；協其調矣，必
> 淵思以研其旨。於是郊廟之詩肅以雍，朝廷之詩宏以亮，
> 贈答之詩溫以遠，山藪之詩深以邃，刺譏之詩微以顯，哀
> 悼之詩愴以深，使聞其音而知其德，省其辭而推其志。」
> 先生之論詩，知所本矣。〔註1〕

即是在說明陳子龍對詩歌創作的主張，及肯定他在明末清初詩史上
的擴清匡復之功，今觀子龍詩，朱彝尊的評論確實入木三分。

　　陳子龍身逢末世，國家的板蕩造就他的憂患意識，而東林黨人
力倡實學以矯陽明學末流之弊並挽救國家的危機，這樣的實學思想
爲後來的復社所傳承，而復社中人向來與子龍交好，無疑地強化了
陳子龍對實學的認同，如其爲徐光啓整理《農政全書》即一例。因此

〔註 1〕　〔清〕朱彝尊：《靜志居詩話》卷二十一，（北京：北京人民文學出
　　　　　版社，1998 年 2 月），頁 642。

陳子龍的人生思想是務實的，表現在對詩歌的態度上便是對「詩言志」、「詩美刺」傳統的認同，而吳中地區古來的博雅學風及父親陳所聞對古文辭的愛好，也促使他對古雅之聲的偏愛有加，這也是為何他會步上七子復古「詩路」的內外因。唯歷來研究陳子龍詩論者往往只言及其詩學綱領「情以獨至為真，文以範古為美」（〈宋轅文詩稿序〉），或僅言及其「明源、審境、達情、辨體、修辭」（〈青陽何生詩稿序〉）等創作指引，卻未能系統地說明這位「明詩殿軍」〔註2〕的詩歌體系究竟為何。這和陳子龍生前未留下有系統的詩論之作有關，致後人對其詩學體系的掌握顯得零碎。為便後人一窺其格調詩學理論，本文就其各篇作品中有關論詩的文字做梳理，建構出其詩學理論體系如下：

人生目標	實踐方式	個別實踐方式	實　踐　成　果
經世致用	復古、擬古	文學上→力返風雅	文學上→詩文創作宗法古人、編《皇明詩選》弘揚七子擬古之議
		實學上→尊經復古	實學上→編《皇明經世文編》、《農政全書》等以增廣士人學識

　　陳子龍的人生目標在「經世致用」，這樣的想法來自裨補時艱的迫切需求，要達成此一目的則需透過「復古、擬古」的手段：在文學上力返風雅，在衰世、亂世作盛世之音以振人心，或立言美刺以達天聽；實學上，則尊經復古，欲藉博覽以啟迪智慧，或從古籍中找出治亂良方。這是陳子龍對詩歌的價值定位，無疑地，在他心中詩歌一如孔子所言是項「興、觀、群、怨」的工具。

　　這並非在說陳子龍將詩看成只有功利性的教化之用，忽略其美學內涵。事實上，他標舉「情以獨至為真，文以範古為美」，所謂的「情」即詩言志之「志」，而志包含一切意念，故在其心目中，「志＝

〔註2〕　〔清〕陳田：《明詩紀事》，頁2657：「殿殘明一代詩，當首屈一指。」又錢鍾書：《談藝錄》，頁175：「陳臥子才大筆健，足以殿有明一代之詩而無愧。」皆是證據。

情＝大我之情＋小我之情」，他並不反對以詩言小我之情，只是受傳統儒家文化薰陶，他的詩中雖有寫小我之情的，但大抵上仍以憂國憂民的大我之情爲書寫主流。

若說「情以獨至爲眞」的具體內涵是「立言美刺，紹繼風雅」，那麼「文以範古爲美」則是強調「辨體修辭，用賦比興」，講的便是詩歌語言的美學要求。在此綱領下，他的「範古」對象仍以漢魏、初盛唐詩爲楷模，但不同於七子對六朝、中晚唐詩的棄若弊屣，陳子龍在〈壬申文選凡例〉提出學習六朝、中晚唐佳篇的主張，這或許是受公安派「重情」的影響，此點也是他和七子派最大的不同。也因爲重情，故當其目睹國勢江河日下，也能認同以「變風」、「變雅」寄託憂時之志，對這類「變詩」的包容亦是陳子龍特出的詩學觀之一。

這種「情以獨至爲眞，文以範古爲美」的內涵論，表現他對情文並茂的注重，正好調和了公安派「獨抒性靈」的要求，以及復古派對「雅正」詩歌的追尋，又避開了二家短於修辭和抒情之弊。爲明末詩壇在食古不化、俚俗粗鄙的語言氛圍中開出一條新的語言道路。

在具體的寫作步驟上，則提出以「明源」、「審境」、「達情」爲主軸，以「辨體」、「修辭」爲次軸的一套工夫論。

簡言之，其詩論體系有以下特徵：

一、 宗尚論上，紹繼詩教傳統。以「經世致用」爲理想，以「復古、擬古」爲手段。

二、 內涵論上，標舉情文並茂。以「情以獨至爲眞，文以範古爲美」爲綱，兼融復古、公安二派之長，讓詩歌的內容與形式得到均衡發展。

三、 工夫論上，以「明源、審境、達情、辨體、修辭」爲步驟。

四、 若出於忠愛之情，則可包容變詩的存在。

本文整理出其詩風的三次轉變，即崇禎十年以前以「浪漫昂揚」爲主調；崇禎十年至亡國間以「雄渾慷慨」爲主調；亡國後以「沉鬱悲切」爲主調。此種風格的嬗變，正好和其生命歷程若合符節，也可

證明陳氏自己確實落實了「詩言志」的理念。

其詩歌主題本文將之概分為「擬古詩」、「贈答唱和詩」、「寫景記遊詩」、「社會寫實詩」、「詠懷詩」、「豔情詩」、「詠物詩」及「其它」八大類，皆有其獨到的特色。即便是其歷來為人詬病的擬古詩，亦自有佳作，況立足於轉益多師的觀點，這些擬作經驗使他出入多家，對其形塑個人風格也是有幫助的，故不必全盤否定之。

就內容特色言，其詩富含寫實精神，且風格雅正和平，即便是亡國後之作，雖感情激越濃烈，仍符合「怨而不怒，哀而不傷」的雅正格調，雖其詩論認可變風、變雅之音，然而觀其實際創作，除亡國後的部分作品語氣較激烈外，仍是以雅正和平之音為主調。且其詩風有剛健雄渾者、有高妙俊逸者，風格多元可謂「英」「雄」並美。

就形式特色言，其人好用典故、對仗、好援人名地名入詩，這可能是受到吳中學風尚博雅，而子龍本身似乎也有意表現自己的博學有關，這種作法好處是可使詩歌典雅有內涵，然而過度修辭的結果也使少數詩作變得曲折難懂，或是有景語少情語之弊，甚至犯了錢鍾書所謂的「輿地之志」、「點鬼之簿」，讓詩歌缺乏悠長的韻味，這是陳詩最大的問題。而其詩善用對比手法，使其風格更顯頓挫有味；設色鮮明，則使詩歌顯得華美有致，呼應自身對「修辭」的講究。

其詩歌特色研究成果概述如下：

一、詩風三變與其生命歷程若合符節。

二、詩風雅正富寫實精神。

三、詩歌情文並茂、英雄並美，落實自身詩學理論的要求。

歷來學者對陳子龍振興晚明詩壇之功已多有肯定，筆者不揣鄙陋，對陳子龍詩歌成就做如下的再肯定：

一、調和復古派與公安派的衝突，標舉情文並茂，提倡詩歌內容與形式的均衡發展。

二、重振「詩言志」、「雅正和平」的傳統，讓自劉基、高啟以來沉寂了二百多年的詩壇重現活力，為明清詩歌開出一條

新的語言道路。

三、遙承杜甫「詩史」的典範，讓杜甫詩史的寫實精神於晚明再度發光。

四、詩歌的寫實筆法，詳實反映明末的板蕩及政壇、文壇的活動，為後世保留豐富史料。

近十年來陳子龍研究漸蔚為風潮，兩岸在這方面的研究成果日益豐富，筆者幸能「站在巨人的肩膀上」，憑藉先行者的各項研究成果完成本文，然囿於個人時間、才學有限，對陳子龍的研究仍有未竟之處，茲就研究過程中所生的幾點缺憾供識者參考：

一、陳子龍奉格調為詩歌正宗，其生平對詩歌格律亦有所闡揚，唯因格律研究須具聲韻學之基礎，此非筆者之長，無法對陳詩格律有更深入分析，盼未來有人能就此方面做更多的分析，檢驗陳子龍對格律的運用是否如杜甫等大詩人般精準。

二、陳詩長於用典，屢有令人拍案叫絕者，其詩集所引諸典故，頗值得才人雅士一一詳考其出處，如此將能減輕後人閱讀其詩時的障礙。

三、陳子龍對前代詩人的傳承本文已有所論，至於其對西泠詩派、沈德潛等後代詩人有哪些影響，則可以再深入探討。

四、近年來對陳子龍的詩、詞、思想、交遊的研究不少，唯對其散文、辭賦的文學價值研究仍付之闕如，期盼日後有相關的研究問世。

筆者不揣鄙陋，根據陳子龍自身著述，建構出陳子龍的詩論體系，方便後人掌握其詩學觀，並將其全部的詩歌分成八大類（參見附錄二、三）以利了解其各類詩歌的細部特色，這兩項工作前人尚未做過，因是首次嘗試，難免有所疏漏，未竟之處尚祈雅正。也盼望日後對陳子龍各面向的研究，能更上層樓。

徵引書目

一、古籍

（一）陳子龍著作

1. 〔明〕陳子龍：《陳子龍文集》，上海：華東師範大學出版社，1988年11月。

2. 〔明〕陳子龍：《安雅堂稿》，瀋陽：遼寧教育出版社，2003年3月。

3. 〔明〕陳子龍著，施蟄存、馬祖熙點校：《陳子龍詩集》，上海：上海古籍出版社，2010年7月。

4. 〔明〕陳子龍、李雯、宋徵輿等編：《皇明詩選》，《四書禁燬叢刊》集部34冊，北京：北京出版社，2000年。

5. 〔明〕陳子龍編，〔清〕王澐續編，王昶輯，莊師洛等訂：《陳忠裕公自著年譜》，清嘉慶八年刻本。

6. 〔明〕陳子龍撰，〔清〕王昶輯：《陳忠裕全集》，清嘉慶八年靳山草堂本。

（二）其他古人著作

1. 〔魏〕劉邵著，吳家駒注釋，黃志民校閱：《新譯人物志》，台北：三民書局，2006年1月。

2. 〔梁〕劉勰著，王久烈等譯註：《語譯詳註文心雕龍》，台北：弘道文化事業有限公司，1981年12月。

3. 〔梁〕鍾嶸著、楊祖聿校注：《詩品校注》，台北：文史哲出版社，

1981 年 1 月。

4. 〔唐〕孔穎達等著：《十三經注疏》，台北：新文豐出版公司，2001年 6 月。

5. 〔唐〕魏徵等撰：《晉書》，《二十四史》，北京：中華書局，1997年 11 月。

6. 〔唐〕魏徵等撰：《隋書》，《二十四史》，北京：中華書局，1997年 11 月。

7. 〔宋〕周密：《癸辛雜識續集》，《百部叢書集成》初編第 46 輯第 26函，台北：藝文印書館，1965 年。

8. 〔宋〕郭茂倩：《樂府詩集》，台北：里仁書局，1999 年 1 月。

9. 〔宋〕陸游：《陸放翁集》，台北：台灣商務印書館，1965 年 8 月。

10. 〔宋〕莊綽：《雞肋編》，《百部叢書集成》初編第 65 輯第 3 函，台北：藝文印書館，1966 年。

11. 〔宋〕楊潛：《雲間志》，《續修四庫全書》史部 687 冊，上海：上海古籍出版社，1995 年。

12. 〔宋〕嚴羽著，郭紹虞校釋：《滄浪詩話校釋》，台北：里仁書局，1987 年 4 月。

13. 〔明〕王士性：《廣志繹》，《筆記小說大觀》第 43 編第 5 冊，台北：新興書局，1987 年 6 月。

14. 〔明〕王廷相：《王廷相集》，北京：中華書局，1989 年 9 月。

15. 〔明〕方以智：《浮山文集》，《續修四庫全書》集部 1398 冊，上海：上海古籍出版社，1995 年。

16. 〔明〕方岳貢、陳繼儒：《松江府志》，北京：書目文獻出版社，1991年 10 月。

17. 〔明〕丘濬：《大學衍義補》，京都市：中文出版社，1979 年 1 月。

18. 〔明〕艾千子：《天傭子集》，台北：藝文印書館，1980 年 10 月。

19. 〔明〕朱庭珍：《筱園詩話》，《續四庫全書》集部 1708 冊，上海：上海古籍出版社，1995 年。

20. 〔明〕朱隗：《明詩平論》，《四書禁燬叢刊》集部 169 冊，北京：北京出版社，2000 年。

21. 〔明〕何良俊：《四友齋叢說》，《續修四庫全書》集部 1125 冊，上海：上海古籍出版社，1995 年。

22. 〔明〕何景明：《何大復先生全集》，台北：偉文圖書公司，1984年 3 月。

23. 〔明〕李東陽:《空同先生集》,台北:偉文圖書公司,1984 年 3月。

24. 〔明〕李雯:《蓼齋集》,《四書禁燬叢刊》集部 111 冊,北京:北京出版社,2000 年。

25. 〔明〕杜登春:《社事始末》,《藝海珠塵》第 9 函,台北:藝文印書館,1968 年。

26. 〔明〕吳偉業:《梅村家藏稿》,台北:台灣學生書局,1975 年 5月。

27. 〔明〕宋徵輿:《林屋文稿》,《四庫全書存目叢書》集部 215 冊,台南:莊嚴文化,1997 年 6 月。

28. 〔明〕袁中道:《珂雪齋集》,台北:偉文圖書公司,1976 年 4 月。

29. 〔明〕袁宏道:《袁宏道集箋校》,上海:上海古籍出版社,1981年 7 月。

30. 〔明〕徐光啓:《徐光啓集》,台北:明文書局,1986 年 1 月。

31. 〔明〕徐枋:《居易堂集》,上海:華東師範大學出版社,2009 年。

32. 〔明〕唐順之:《荊川先生文集》,《四部叢刊正編》76 冊,台北:台灣商務館,1979 年。

33. 〔明〕陸世儀:〈復社紀略〉,《東林與復社》(合訂本),台北:台灣大通書局,1987 年 10 月。

34. 〔明〕張岱:《石匱書後集》,台北:台灣銀行經濟研究室,1958年 4 月。

35. 〔明〕張溥:《七錄齋詩文合集》,台北:偉文圖書公司,1977 年 9月。

36. 〔明〕張瀚:《松窗夢語》,《四部分類叢書集成》三編第 18 輯第 5函,台北:藝文印書館,1971 年。

37. 〔明〕黃宗羲:《南雷文定全集》,北京:中華書局,1985 年北京新一版。

38. 〔明〕黃宗羲:《明儒學案》,台北:台灣商務印書館,1965 年 8月。

39. 〔明〕彭賓:《彭燕又先生詩文集》,《四庫全書存目叢書》集部 197冊,台南:莊嚴文化,1997 年 6 月。

40. 〔明〕葉盛:《水東日記》,《百部叢書集成》初編第 16 輯第 7 函,台北:藝文印書館,1966 年。

41. 〔明〕湯顯祖:《湯顯祖集》,台北:洪氏出版社,1975 年 3 月。

42. 〔明〕錢謙益:《列朝詩集小傳》,台北:世界書局,1965 年 4 月。

43. 〔明〕錢謙益:《牧齋初學集》,上海:上海古籍出版社,1985 年 9 月。

44. 〔明〕錢謙益:《錢牧齋全集》,上海:上海古籍出版社,2003 年。

45. 〔清〕王夫之:《船山全書》,長沙:嶽麓書社,1998 年 11 月。

46. 〔清〕王昶:《蒲褐山房詩話》,台北:廣文書局,1973 年 9 月。

47. 〔清〕王漁洋:《香祖筆記》,台北:廣文書局,1968 年 6 月。

48. 〔清〕方東樹:《昭昧詹言》,台北:漢京文化事業有限公司,2004 年 1 月。

49. 〔清〕沈德潛:《明詩別裁》,台北:台灣商務印書館,1965 年 8 月。

50. 〔清〕沈德潛:《說詩晬語》,北京:人民文學出版社,2005 年 12 月。

51. 〔清〕張廷玉等:《明史》,《文淵閣四庫全書》史部 301 冊,台北:台灣商印書館,1984 年 3 月。

52. 〔清〕朱琰:《明人詩鈔》,《四書禁燬叢刊》集部 37 冊,北京:北京出版社,2000 年。

53. 〔清〕朱彝尊:《明詩綜》,台北:世界書局,1970 年 8 月。

54. 〔清〕朱彝尊:《靜志居詩話》,北京:北京人民文學出版社,1998 年 2 月。

55. 〔清〕宋如林、孫星衍:《松江府志》,《續修四庫全書》史部 688 冊,上海:上海古籍出版社,1995 年。

56. 〔清〕宋琬:《安雅堂全集》,上海:上海古籍出版社,2007 年 8 月。

57. 〔清〕吳喬:《圍爐詩話》,台北:廣文書局,1973 年 9 月。

58. 〔清〕周亮工:《賴古堂尺牘新鈔二選藏弆集》,《四書禁燬叢刊》集部 36 冊,北京:北京出版社,2000 年。

59. 〔清〕周濟:《宋四家詞選目錄》,北京:中華書局,1985 年新一版。

60. 〔清〕翁方綱:《復初齋文集》,台北:文海出版社,1969 年。

61. 〔清〕鈕琇:《繪圖觚賸正續編》,台北:廣文書局,1969 年 9 月。

62. 〔清〕陳田:《明詩紀事》,台北:台灣商印書館,1968 年 6 月。

63. 〔清〕葉矯然:《龍性堂詩話初集》,收於郭紹虞編選《清詩話續編》,上海:上海古籍出版社,1983 年 12 月。

64. 〔清〕楊鍾羲：《雪橋詩話》，北京：北京古籍出版社，1989 年 12 月。

65. 〔清〕趙翼：《甌北詩話》，台北：廣文書局，1991 年 3 月。

66. 〔清〕魏源：《魏源全集》，長沙：岳麓書社，2004 年 12 月。

67. 〔清〕顧炎武：《天下郡國利病書》，台北：台灣商印書館，1976 年。

二、近人著作

（一）專書

1. 丁福保編：《清詩話》，台北：藝文出版社，1988 年 5 月。

2. 古遠清：《詩歌分類學》，石首市：中國地質大學出版社，1989 年 6 月。

3. 朱自清：《朱自清集》，台北：河洛圖書出版社，1977 年 4 月。

4. 朱東潤：《陳子龍及其時代》，上海：上海古籍出版社，1984 年 1 月。

5. 朱則杰：《清詩史》，江蘇：江蘇古籍出版社，1992 年 2 月。

6. 李日剛：《中國文學流變史》，台北：聯貫出版社，1976 年 12 月。

7. 汪榮祖：《史家陳寅恪傳》，台北：聯經出版事業公司，1997 年 10 月。

8. 吳晗：《吳晗文集》，北京：北京出版社，1988 年 3 月。

9. 姚蓉：《明末雲間三子研究》，廣州：廣東高等教育出版社，2004 年 9 月。

10. 孫康宜：《陳子龍柳如是詩詞情緣》，台北：允晨文化公司，1992 年 2 月。

11. 馬積高：《中國古代文學史》，台北：萬卷樓圖書有限公司，1998 年 7 月。

12. 章太炎：《訄言》，台北：世界書店，1963 年 1 月。

13. 陳寅恪：《柳如是別傳》，北京：三聯書店，2001 年 1 月。

14. 張善文、黃壽祺：《周易譯註》，台北：鼎淵文化事業公司，2004 年 9 月。

15. 梁啓超：《飲冰室文集》第 7 冊，台北：中華書局，1970 年 10 月。

16. 郭紹虞編選、富壽蓀校點：《清詩話續編》，上海：上海古籍出版社，1983 年 12 月。

17. 嵇文甫：《晚明思想史論》，上海：上海書局，1990 年 12 月。

18. 黃永武：《字句鍛鍊法》，台北：洪範書店，2002 年 7 月。

19. 費振鐘：《墮落時代》，台北：立緒文化事業有限公司，2002 年 5 月。

20. （日本）鈴木虎雄：《中國詩論史》，台北：台灣商印書館，1972 年 9 月。

21. 劉勇剛：《雲間派文學研究》，北京：中華書局，2008 年 2 月。

22. 簡錦松：《明代文學批評研究》，台北：台灣學生書局，1989 年 2 月。

23. 錢基博：《中國文學史》，北京：中華書局，1993 年。

24. 錢穆：《中國近三百年學術史》，北京：中華書局，1989 年 9 月。

25. 錢鍾書：《談藝錄》，北京：中華書局，1984 年 9 月。

26. 謝明陽：《雲間詩派的詩學發展與流衍》，台北：大安出版社，2010 年 3 月。

27. 嚴迪昌：《清詩史》，台北：五南圖書出版公司，1987 年 10 月。

28. 龔鵬程：《晚明思潮》，北京：商務印書館，2008 年 6 月。

（二）學位論文

1. 王坤地：《陳子龍及其經世思想研究》，台中：東海大學中文所碩士論文，1993 年。

2. 王闓瀚：《陳子龍愛國詩研究》，新北市：華梵大學中文所碩士碩士論文，2011 年 6 月。

3. 汪孔丰：《雲間詩派研究》，南京：蘇州大學碩士論文，2005 年。

4. 吳思增：《陳子龍新詩風研究》，上海：華東師範大學博士論文，2006 年。

5. 李耀宗：《陳子龍詩歌研究》，山東：山東師範大學碩士論文，2011 年。

6. 易果林：《陳子龍與明代格調派詩學》，長沙：湖南科技大學碩士論文，2010 年。

7. 涂茂齡：《陳大樽詞的研究》，高雄：高雄師範大學國文系碩士論文，1992 年。

8. 張文恒：《陳子龍雅正詩學精神考論》，北京：北京語言大學碩士論文，2005 年。

9. 張天妤：《陳子龍詞風形成的文化形態考察》，上海：華東師範大學

碩士論文，2006 年。

10. 張亭立：《陳子龍研究》，上海：華東師範大學博士論文，2007 年。

11. 陳麗純：《明末清初性情詩論研究——以陳子龍、錢謙益爲考察對象》，高雄：中山大學中文所碩士論文，2004 年。

12. 蔡勝德：《陳子龍詩學研究》，台北：東吳大學中文所碩士論文，1980 年。

13. 魏振東：《陳子龍年譜》，桂州：廣西師範大學中文所碩士論文，2004 年。

14. 蘇菁媛：《陳子龍詞學理論及詞研究》，彰化：彰化師範大學碩士論文，2004 年。

（三）期刊論文

1. 王育紅：〈宮詞非宮體詩考論〉，《貴州社會科學》第 7 期，2010 年 7 月。

2. 王英志：〈陳子龍著作與作品考述〉，《文學遺產》第 6 期，2007 年。

3. 李越深：〈論〈幽蘭草〉的創作結集時間以及價值定位〉，《浙江大學學報》第 5 期，2005 年。

4. 金一平：〈雲間詞派的復古主義詞學理論〉，《浙江學刊》第 5 期，2010 年。

5. 金薇薇：〈試論陳子龍的編輯思想及文化傳承〉，《黑龍江教育學院學報》第 27 卷第 7 期，2008 年 7 月。

6. 徐婷：〈陳子龍的詞與詞學〉，《語文知識》第 4 期，2011 年。

7. 張文恒：〈明清之際的「風雅正變」之爭與陳子龍「怨刺」說辨析〉，《惠州學院學報》第 26 卷第 4 期，2006 年 8 月。

8. 張文恒：〈從《皇明詩選》的選編看陳子龍詩論中的「風雅之旨」〉，《江南大學學報》第 8 卷第 4 期，2009 年 8 月。

9. 張文恒：〈亂離、苦難、幻滅——陳子龍組詩《歲晏仿子美同谷七歌》釋讀〉，《中國文學研究》第 1 期，2010 年。

10. 張維：〈明代第一詩人的自畫像：讀高啓《青丘子歌》〉，《閱讀與寫作》第 9 期，2004 年。

11. 馮小祿：〈文社、宗派、性格——艾南英陳子龍之戰再檢討〉，《雲南師範大學學報》第 38 卷第 1 期，2006 年 1 月。

12. 黃雅莉：〈明末詞學雅化的苗裔——陳子龍詞學理論及其在詞學史中的地位〉，《海南師範大學學報》第 4 期，2010 年。

13. 楊晉龍：〈論《詩問略》之作者與內容〉，《傳承與創新——中央研究院中國文哲研究所十週年紀念論文集》（鍾彩鈞主編，台北：中央研究院中國文哲研究所籌備處，1999 年 12 月）。

14. 楊義：〈李白代言詩體的心理機制（一）〉，《海南師範學院學報（人文社會科學版）》第 1 期，2000 年。

15. 裴世俊：〈「失語」與「缺位」——陳子龍與錢謙益的關係探論〉，《棗莊學院學報》第 23 卷第 3 期，2006 年 6 月。

16. 劉勇剛：〈論陳子龍詩歌〉，《中國韻文學刊》第 25 卷第 4 期，2011年 10 月。

附錄一：陳子龍年譜簡表

帝號紀年	甲子紀年	西元	年歲	事　蹟　概　略	備　　　註
萬曆36年	戊申	1608	1	六月初一生。 初名「介」，後改名「子龍」	父陳所聞本年22歲，母韓宜人年歲無考。 黃道周24歲、陳繼儒51歲、徐光啓47歲、錢謙益27歲、楊廷樞14歲、張采13歲、夏允彝12歲、周立勳11歲、徐孚遠11歲、顧開雍10歲、宋徵璧7歲、張溥7歲、萬壽祺6歲
萬曆37年	己酉	1609	2		陳所聞南京鄉試不第。 吳偉業生
萬曆38年	庚戌	1610	3		妻張氏生、黃宗羲生。 袁宏道卒，公安派衰。 鍾惺中進士。
萬曆39年	辛亥	1611	4		方以智、冒襄生。
萬曆40年	壬子	1612	5		母韓宜人病歿

萬曆 41年	癸丑	1613	6	師沈先生，經傳俱上口。	
萬曆 42年	甲寅	1614	7	《詩集》卷十三〈自慨〉詩云始好神仙事。	父納唐氏爲繼室。
萬曆 43年	乙卯	1615	8	師張先生學對偶。	父中舉人。 大妹生，長適生員王家福。
萬曆 44年	丙辰	1616	9	師李先生治毛詩。	父會試不第。 努爾哈赤建後金國。
萬曆 45年	丁巳	1617	10		父落第後讀書自勵，不事請託。 二妹生，長適生員董姚申。 宋徵輿生。
萬曆 46年	戊午	1618	11	師何先生。 父私教以先秦諸子散文。 初見舉子業，私撰〈伯夷叔齊餓於首陽之下〉、〈堯以天下與舜〉二文。	努爾哈赤犯明。 三妹生，長適生員張米。 柳如是、侯方域生。 夏允彝中舉人。
萬曆 47年	己未	1619	12	師沈先生專治舉子業，兼通三禮、史記、漢書等書。 聘張軌端長女爲妻。	父中進士，歸鄉。 王澐生。
萬曆 48年	庚申	1620	13	師沈鴻卿先生，「章句之學，頗賴以明」。 好讀稗官野史，每受呵斥。	冬，父離鄉就選。
天啓 元年	辛酉	1621	14	冬，祖父陳善謨暴疾卒，負責修庀器用、督餙僮奴。	父得刑部山西司主事，尋調工部主事，督理定陵、慶陵。 四妹生，長適生員林子襄。
天啓 2年	壬戌	1622	15	師王元玄學詩賦。 慨然有著作之志。	黃道周中進士。 父哀病交加，疾愈重。
天啓 3年	癸亥	1623	16	首就童試，不第。 作〈春思賦〉、〈蟹賦〉（今佚）。 所寫時文流布人間。	

天啓 4年	甲子	1624	17	再就童試，有四方名士之交。	東林黨禍起。 張溥、張采等創應社。
天啓 5年	乙丑	1625	18	師陳正容。 始交夏允彝、周立勳、顧開雍、宋存標、宋徵璧、彭賓、朱灝、周鍾。	楊漣、魏大中、左光斗爲魏忠賢下獄死。又毀天下書院、殺熊廷弼。
天啓 6年	丙寅	1626	19	師鄭友玄。 周順昌事起，子龍陰結少年欲有所爲，未果。 爲文尙瑰麗橫決，受夏允彝賞視。 三就童試，舉秀才，補博士弟子員。 十月，父卒，得年四十。	建州軍十三萬攻寧遠，袁崇煥力退之，努爾哈赤負傷死，皇太極立。
天啓 7年	丁卯	1627	20	致力於古文詞，有用世之志。 至蘇州參加應社選文，始交張溥、張采。 作〈梅花賦〉、〈蚊賦〉。	家遭祝融。
崇禎 元年	戊辰	1628	21	復社創立，加入復社。 於太倉（婁江）舟中與艾南英初辯。 爲閹黨朱國盛中傷，賴師鄭友玄保之。 娶張軌端長女。	
崇禎 2年	己巳	1629	22	秋，於弇園與艾南子二度論辯。 與夏允彝等創幾社。 始交李雯、徐孚遠。 參加歲試，方岳貢置爲第一。	復社尹山大會。 兵部尙書袁崇煥被斬。
崇禎 3年	庚午	1630	23	偕周立勳、徐孚遠、彭賓赴南京鄉試，獨子龍中舉人。 長女陳頎生。 結識方以智。謁見徐光啓於北京。 有《岳起堂稿》。 書賈以重資請翻刻《幾社會義》	張溥召盟金陵。 周延儒任首輔。 陝西流寇亂起。

崇禎 4 年	辛未	1631	24	次女陳穎生，尋殤。 首赴會試，不第。 遊長安，與張溥等立燕台之盟，後未果。 在京城作〈皇帝東效賦〉。	家中再逢祝融。 吳偉業、張溥、杜麟徵、楊廷麟中進士。 夏完淳生。
崇禎 5 年	壬申	1632	25	《幾社壬申文選》成。 始識柳如是。	王澐師事子龍。 黃道周以諫言去國。
崇禎 6 年	癸酉	1633	26	《陳李唱和集》成。 納妾蔡氏。張氏產一子，尋殤。	復社虎丘大會。 周延儒罷相，溫體仁任首輔。
崇禎 7 年	甲戌	1634	27	會試二度不第。 結識宋徵璧。 子龍贈〈湘娥賦〉，柳如是〈男洛神賦〉酬之，是年二人往來益頻。	
崇禎 8 年	乙亥	1635	28	春，與柳如是同居松江城南生生別墅。春夏之交，陳柳分居，但仍往來頻繁。 秋，長女「頎」殤。 得徐光啓《農政全書》遺稿。 有《屬玉堂集》。	李雯《彷彿樓詩稿》成。 皇太極稱帝，改國號清
崇禎 9 年	丙子	1636	29	讀書南園，頻憶柳如是。 爲張溥《七錄齋集》作序。 有《平露堂集》。	徐孚遠選刻《幾社會義二集》。
崇禎 10 年	丁丑	1637	30	三赴會試，與夏允彝同登進士，房師爲黃道周。同年殿試，三甲及第。 有《白雲草》、《幽蘭草》。 季夏得惠州司李，後因繼母唐宜人卒，歸家未赴官。	復社獄起。 黃道周疏劾楊嗣昌奪情。 清軍攻朝鮮，切斷明朝東北盟線。 六月，溫體仁罷相。
崇禎 11 年	戊寅	1638	31	與徐孚遠、宋徵璧合編《皇明經世文編》 過杭州，爲柳如是刻《戊寅草》。	岳父張軌端卒。 宣大總督盧象昇戰死。 薛國觀任首輔。
崇禎 12 年	己卯	1639	32	編《農政全書》。	周立勳卒。

崇禎13年	庚辰	1640	33	春，納妾薄氏。 六月得紹興推官。冬，兼攝諸暨知縣。 秋，《史記測議》成。 有《湘眞閣稿》。 與李雯、宋徵輿著手編《皇明詩選》。	黃道周下獄。
崇禎14年	辛巳	1641	34	攝理諸暨、紹興賑災事宜。 戡定諸暨縣盜賊。 四月，與錢謙益商議復社組閣事。 六七月間，督漕嘉興，積勞成疾。 納妾沈氏。	五月，張溥卒。 六月，錢謙益以正婦禮迎娶柳如是。 周延儒再任首輔。
崇禎15年	壬午	1642	35	督理湖州漕務。 五至七月，剿平浙西山賊。 爲倪元璐刻《應本》。 十一月，送高安人還鄉至嘉興。	徐孚遠鄉試中舉。李雯再度落第，決意不試。
崇禎16年	癸未	1643	36	名列天下有司廉卓者之首。 十二月，奉左光先命出剿許都之亂。 《皇明詩選》付刻。	父晉階奉議大夫，母贈宜人，妻爲孺人。 周延儒賜縊，吳昌時棄市。
崇禎17年 （順治元年）	甲申	1644	37	正月，平許都之亂，擢升南京吏部司主事。未之官，乞歸養祖母；未幾改任兵科給事中，奉旨巡兩浙城守。 九月，請假回鄉移葬先人墓。 十一月，沈氏生一子「嶷」。 《三子詩選》、《兵垣奏議》成。	李自成稱帝西安。 清順治帝即位。 三月，李自成破北京，崇禎帝自縊。 五月，福王監國南京，號弘光。
順治2年 （南明弘光元年、隆武元年）	乙酉	1645	38	閏六月，松江起義 八月，松江府城陷，攜家走昆山，己身至浙江嘉興水月庵，自衣僧服，輾轉嘉興、松江間密謀復興。 十一月，《自述年譜》成。	四月，清軍陷金陵，弘光帝蒙塵。唐王即位福州；魯王監國紹興，二方勢如水火。 冬，夏允彝殉國。

順治 3年 （南明 隆武二 年、魯 王監國 元年）	丙戌	1646	39	三月，祖母高氏卒。 加入吳易領導的太湖義軍。 七月，遣眷返松江故里。 作〈答趙巡按書〉、〈復張郡 侯書〉回拒降清。	三月，黃道周殉節南 京。 八月，隆武帝殉國汀 州、魯王南逃。
順治 4年	丁亥	1647	40	春，廬居富林，與宋徵璧等 唱和不倦，有《湘眞閣存 稿》，今收入《倡和詩餘》 三月，會葬夏允彝，作絕筆 數篇。 五月十三日，因吳勝兆事被 捕，投水殉國。	

附錄二：陳子龍詩歌目錄（古體）

詩　　　　　名	體　裁	出　處	卷次〔註1〕	主　題
朔風	四言古詩	《焚餘草》	1	詠懷
豔歌行	五言樂府	《岳起堂稿》	1	擬古
度關山	五言樂府	《岳起堂稿》	1	擬古
王明君	五言樂府	《岳起堂稿》	1	擬古
猛虎行	雜言樂府	《岳起堂稿》	1	擬古
西門行	雜言樂府	《岳起堂稿》	1	擬古
東門行	雜言樂府	《岳起堂稿》	1	擬古
長歌行	五言樂府	《岳起堂稿》	1	擬古
飲馬長城窟行	五言樂府	《岳起堂稿》	1	擬古
野田黃雀行	五言樂府	《岳起堂稿》	1	擬古
怨詩行	五言樂府	《岳起堂稿》	1	擬古
邯鄲才人嫁為廝養卒婦	五言樂府	《岳起堂稿》	1	擬古
琅琊王歌　八首	五言樂府	《岳起堂稿》	1	擬古
讀曲歌　十一首	雜言樂府	《岳起堂稿》	1	擬古

〔註1〕 「卷次」是指《陳子龍詩集》之卷次。

子夜春歌	五言樂府	《岳起堂稿》	1	擬古
子夜夏歌	五言樂府	《岳起堂稿》	1	擬古
子夜秋歌	五言樂府	《岳起堂稿》	1	擬古
子夜冬歌	五言樂府	《岳起堂稿》	1	擬古
懊儂歌　二首	五言樂府	《岳起堂稿》	1	擬古
華山畿	雜言樂府	《岳起堂稿》	1	擬古
獨漉篇	四言樂府	《幾社稿》	1	擬古
雉朝飛	雜言樂府	《幾社稿》	1	擬古
行路難　十八首	雜言樂府	《幾社稿》	1	擬古
悲哉行	五言樂府	《幾社稿》	1	擬古
相逢行	五言樂府	《幾社稿》	1	擬古
燕歌行	七言樂府	《幾社稿》	1	擬古
東飛伯勞歌	七言樂府	《幾社稿》	1	擬古
枯魚過河泣	五言樂府	《幾社稿》	1	擬古
長安道	五言樂府	《幾社稿》	1	擬古
空城雀	雜言樂府	《幾社稿》	1	擬古
胡無人	雜言樂府	《幾社稿》	1	擬古
隴頭吟	七言樂府	《幾社稿》	1	擬古
長相思　二首	雜言樂府	《幾社稿》	1	擬古
秦女卷衣	七言樂府	《幾社稿》	1	擬古
夜夜曲	五言樂府	《幾社稿》	1	擬古
湘絃曲	七言樂府	《幾社稿》	1	擬古
邯鄲少年行	七言樂府	《幾社稿》	1	擬古
紫玉歌	雜言樂府	《幾社稿》	1	擬古
江南曲　四首	五言樂府	《幾社稿》	1	擬古
古別離	五言樂府	《幾社稿》	1	擬古

秋夜長	七言樂府	《幾社稿》	1	擬古
水仙謠	七言樂府	《幾社稿》	1	擬古
折楊柳歌　七首	五言樂府	《幾社稿》	1	擬古
綠墀怨	五言樂府	《幾社稿》	1	擬古
夜度娘	五言樂府	《幾社稿》	1	擬古
襄陽踏銅鞮　三首	五言樂府	《幾社稿》	1	擬古
雜詩	五古	《幾社稿》	4	詠懷
歲暮雜感　四首	五古	《幾社稿》	4	詠懷
遣興　三首	五古	《幾社稿》	4	詠懷
寓言　二首	五古	《幾社稿》	4	詠懷
惜捐　嗟賢人去國也	五古	《幾社稿》	4	社會寫實
幽人	五古	《幾社稿》	4	詠懷
田家詩　二首	五古	《幾社稿》	4	社會寫實
暑	五古	《幾社稿》	4	社會寫實
凌河	五古	《幾社稿》	4	社會寫實
北郊觀梅	五古	《幾社稿》	4	寫景記遊
御史大夫張公撫浙時攜二鶴歸山東，孕二雛焉。以爲瑞也，圖以記之，命予賦成其事	五古	《幾社稿》	4	贈答唱和
櫻桃	五古	《幾社稿》	4	詠物
冬日同萬年少遊橫雲山李舒章園亭	五古	《幾社稿》	4	寫景記遊
春晝獨坐感懷	五古	《幾社稿》	4	詠懷
贈羅華亭紋山	五古	《幾社稿》	4	贈答唱和
從段橋雨泛出西陵橋	五古	《幾社稿》	4	寫景記遊
循蘇堤至南屏下	五古	《幾社稿》	4	寫景記遊
從靈隱寺上韜光道	五古	《幾社稿》	4	寫景記遊
歷南屏諸勝，取雷峰路歸湖中	五古	《幾社稿》	4	寫景記遊

昆明池治水戰歌	七古	《幾社稿》	8	社會寫實
廢苑行	七古	《幾社稿》	8	寫景記遊
分詠西京雜記得新豐	七古	《幾社稿》	8	贈答唱和
學義山燒香曲	七古	《幾社稿》	8	擬古
老將行	七古	《幾社稿》	8	詠懷
登州行	七古	《幾社稿》	8	社會寫實
遲暮行	七古	《幾社稿》	8	詠懷
妍歌	七古	《幾社稿》	8	詠懷
邊風行	七古	《幾社稿》	8	詠懷
壯遊行　送董子也	七古	《幾社稿》	8	贈答唱和
池上寒月與客集宗遠園限如字	七古	《幾社稿》	8	贈答唱和
長安有狹邪行	五言樂府	《陳李倡和集》	2	擬古
蒲生行	五言樂府	《陳李倡和集》	2	擬古
虎欲齧人行	雜言樂府	《陳李倡和集》	2	擬古
出自薊北門行	五言樂府	《陳李倡和集》	2	擬古
豔歌何嘗行	雜言樂府	《陳李倡和集》	2	擬古
東武吟行	五言樂府	《陳李倡和集》	2	擬古
陌上桑倣顏光祿秋胡詩　九首	五言樂府	《陳李倡和集》	2	擬古
結交絕交行　二首	七言樂府	《陳李倡和集》	2	擬古
春雨病坐讀左氏春秋	五古	《陳李倡和集》	4	其它
春日寄獻澹石師	五古	《陳李倡和集》	4	贈答唱和
上巳	五古	《陳李倡和集》	4	寫景記遊
誦舒章歸家園詩遙和	五古	《陳李倡和集》	4	贈答唱和
初夏入山中	五古	《陳李倡和集》	4	寫景記遊
送勒卣之金陵省試　七首	五古	《陳李倡和集》	4	贈答唱和
送闇公聖期應試金陵	五古	《陳李倡和集》	4	贈答唱和

送默公師應試燕都	五古	《陳李倡和集》	4	贈答唱和
送仁趾省親永嘉	五古	《陳李倡和集》	4	贈答唱和
酬萬年少　二首	五古	《陳李倡和集》	4	贈答唱和
中秋偕闇公舒章讓木集飲	五古	《陳李倡和集》	4	寫景記遊
十六夜又偕闇公讓木諸同社集飲	五古	《陳李倡和集》	4	寫景記遊
留別闇公聖期	五古	《陳李倡和集》	4	贈答唱和
留別勒卣	五古	《陳李倡和集》	4	贈答唱和
偉男許予相送於廣陵，作詩以堅之	五古	《陳李倡和集》	4	贈答唱和
春寒曲	七古	《陳李倡和集》	8	豔情
春煖曲	七古	《陳李倡和集》	8	豔情
花朝大風	七古	《陳李倡和集》	8	豔情
寒食雨郊行	七古	《陳李倡和集》	8	寫景記遊
薔薇篇	七古	《陳李倡和集》	8	豔情
大樹行同舒章贈子美	七古	《陳李倡和集》	8	贈答唱和
收登行	七古	《陳李倡和集》	8	社會寫實
贈文湛持先生	七古	《陳李倡和集》	8	贈答唱和
送偉南應試金陵	七古	《陳李倡和集》	8	贈答唱和
彷彿行	七古	《陳李倡和集》	8	其它
秋潭曲　偕燕又、讓木、楊姬集西潭舟中作	七古	《陳李倡和集》	8	豔情
少將行	七古	《陳李倡和集》	8	詠懷
今年行	七古	《陳李倡和集》	8	社會寫實
予偕讓木北行矣，離情壯懷百端雜出，詩以志慨	七古	《陳李倡和集》	8	贈答唱和
善哉行　二首	四言樂府	《屬玉堂集》	2	擬古
煌煌京洛行	四言樂府	《屬玉堂集》	2	寫景記遊
短歌行	四言樂府	《屬玉堂集》	2	擬古

丹霞蔽日行	四言樂府	《屬玉堂集》	2	擬古
朱鷺	雜言樂府	《屬玉堂集》	2	擬古
思悲翁	雜言樂府	《屬玉堂集》	2	擬古
艾如張	雜言樂府	《屬玉堂集》	2	擬古
上之回	雜言樂府	《屬玉堂集》	2	擬古
翁離	雜言樂府	《屬玉堂集》	2	擬古
戰城南	雜言樂府	《屬玉堂集》	2	擬古
巫山高	雜言樂府	《屬玉堂集》	2	擬古
上陵	雜言樂府	《屬玉堂集》	2	擬古
將進酒	雜言樂府	《屬玉堂集》	2	擬古
君馬黃	雜言樂府	《屬玉堂集》	2	擬古
芳樹	雜言樂府	《屬玉堂集》	2	擬古
有所思	雜言樂府	《屬玉堂集》	2	擬古
雉子班	雜言樂府	《屬玉堂集》	2	擬古
聖人出	三言樂府	《屬玉堂集》	2	擬古
上邪	雜言樂府	《屬玉堂集》	2	擬古
臨高臺	雜言樂府	《屬玉堂集》	2	擬古
遠如期	雜言樂府	《屬玉堂集》	2	擬古
石流	雜言樂府	《屬玉堂集》	2	擬古
隴西行	五言樂府	《屬玉堂集》	2	擬古
豫章行	五言樂府	《屬玉堂集》	2	擬古
董逃行	五言樂府	《屬玉堂集》	2	擬古
白頭吟	五言樂府	《屬玉堂集》	2	擬古
烏生	雜言樂府	《屬玉堂集》	2	擬古
箜篌引	雜言樂府	《屬玉堂集》	2	擬古
平陵東　二首	雜言樂府	《屬玉堂集》	2	擬古

王子喬	雜言樂府	《屬玉堂集》	2	擬古
淮南王	雜言樂府	《屬玉堂集》	2	擬古
相逢行	五言樂府	《屬玉堂集》	2	擬古
豔歌行　二首	五言樂府	《屬玉堂集》	2	擬古
蜨蝶行	雜言樂府	《屬玉堂集》	2	擬古
前緩聲歌	雜言樂府	《屬玉堂集》	2	擬古
怨詩行	五言樂府	《屬玉堂集》	2	擬古
怨歌行	五言樂府	《屬玉堂集》	2	擬古
折楊柳行	五言樂府	《屬玉堂集》	2	擬古
吁嗟篇	五言樂府	《屬玉堂集》	2	擬古
桂之樹行	雜言樂府	《屬玉堂集》	2	擬古
當欲遊南山行	五言樂府	《屬玉堂集》	2	擬古
當牆欲高行	雜言樂府	《屬玉堂集》	2	擬古
當事君行	雜言樂府	《屬玉堂集》	2	擬古
西門行	雜言樂府	《屬玉堂集》	2	擬古
東門行	雜言樂府	《屬玉堂集》	2	擬古
傷歌行	五言樂府	《屬玉堂集》	2	擬古
長歌行三首	五言樂府	《屬玉堂集》	2	擬古
樂府	雜言樂府	《屬玉堂集》	2	擬古
卻東西門行　代魏武本意	五言樂府	《屬玉堂集》	2	擬古
門有車馬客行	五言樂府	《屬玉堂集》	2	擬古
薤露　魏武體感時蒿里同	五言樂府	《屬玉堂集》	2	擬古
蒿里行	五言樂府	《屬玉堂集》	2	擬古
步出夏門行　觀滄海	四言樂府	《屬玉堂集》	3	擬古
步出夏門行　冬十月	四言樂府	《屬玉堂集》	3	擬古
步出夏門行　土不同	四言樂府	《屬玉堂集》	3	擬古

步出夏門行　龜雖壽	四言樂府	《屬玉堂集》	3	擬古
秋胡行	雜言樂府	《屬玉堂集》	3	擬古
對酒　二首	雜言樂府	《屬玉堂集》	3	擬古
精列	雜言樂府	《屬玉堂集》	3	擬古
上留田行	雜言樂府	《屬玉堂集》	3	擬古
江南	五言樂府	《屬玉堂集》	3	擬古
釣竿行	五言樂府	《屬玉堂集》	3	擬古
十五	五言樂府	《屬玉堂集》	3	擬古
驅車篇	五言樂府	《屬玉堂集》	3	擬古
白馬篇　代陳思王本意	五言樂府	《屬玉堂集》	3	擬古
美女篇	五言樂府	《屬玉堂集》	3	擬古
種葛篇	五言樂府	《屬玉堂集》	3	擬古
野田黃雀行	五言樂府	《屬玉堂集》	3	擬古
名都篇	五言樂府	《屬玉堂集》	3	擬古
升天行　二首	五言樂府	《屬玉堂集》	3	擬古
五遊篇	五言樂府	《屬玉堂集》	3	擬古
僊人篇	五言樂府	《屬玉堂集》	3	擬古
棄婦篇	五言樂府	《屬玉堂集》	3	擬古
鬥雞篇　代陳思王本意	五言樂府	《屬玉堂集》	3	擬古
妾薄命	七言樂府	《屬玉堂集》	3	擬古
盤石篇	五言樂府	《屬玉堂集》	3	擬古
白紵舞歌　三首	七言樂府	《屬玉堂集》	3	擬古
滿歌行	四言樂府	《屬玉堂集》	3	擬古
雞鳴	五言樂府	《屬玉堂集》	3	擬古
擬古詩　十九首	五古	《屬玉堂集》	5	擬古
擬公燕詩　文帝	五古	《屬玉堂集》	5	擬古

擬公燕詩　子建	五古	《屬玉堂集》	5	擬古
擬公燕詩　仲宣	五古	《屬玉堂集》	5	擬古
擬公燕詩　公幹	五古	《屬玉堂集》	5	擬古
擬公燕詩　德璉	五古	《屬玉堂集》	5	擬古
擬公燕詩　元瑜	五古	《屬玉堂集》	5	擬古
擬公燕詩　孔璋	五古	《屬玉堂集》	5	擬古
擬公燕詩　偉長	五古	《屬玉堂集》	5	擬古
詠懷　倣阮公體十首	五古	《屬玉堂集》	5	詠懷
錄別　計偕別友吳中作四首	五古	《屬玉堂集》	5	詠懷
招隱　二首	五古	《屬玉堂集》	5	詠懷
詠史　八首	五古	《屬玉堂集》	5	其它
七夕　倣玄暉	五古	《屬玉堂集》	5	豔情
秋閨曲　三首	五古	《屬玉堂集》	5	豔情
秋夜　二首	五古	《屬玉堂集》	5	豔情
舟行淮南道中	五古	《屬玉堂集》	5	寫景記遊
經淮陰有懷韓王	五古	《屬玉堂集》	5	寫景記遊
渡黃河之作	五古	《屬玉堂集》	5	寫景記遊
入都滄州道中	五古	《屬玉堂集》	5	寫景記遊
雜感　二首　感時所見也	五古	《屬玉堂集》	5	社會寫實
寒日臥邸中，讓木忽緘臘梅一朵相示，此江南籬落間植耳，都下珍爲異產矣，感而賦之	五古	《屬玉堂集》	5	詠懷
旅病　二首	五古	《屬玉堂集》	5	詠懷
寄懷萬年少	五古	《屬玉堂集》	5	詠懷
寒雨	五古	《屬玉堂集》	5	寫景記遊
寄懷聞子將，宗遠歸自錢塘，知子方養疾山中	五古	《屬玉堂集》	5	詠懷
秋暮遊城南陸氏園亭	五古	《屬玉堂集》	5	寫景記遊

宣雲感事　四首	五古	《屬玉堂集》	5	社會寫實
聞桐城亂久矣，龍友從金陵來，知密之固無恙也，甚喜。又以久不見寄書，寒夜有懷率爾成詠	五古	《屬玉堂集》	5	贈答唱和
遣興　二首	五古	《屬玉堂集》	5	詠懷
贈江翁	五古	《屬玉堂集》	5	贈答唱和
聞子將結廬吳山之上，壬申秋予與周勒卣顧偉南徐闇公共登茲宇，見修竹交密下帶城堞萬雉，遠江虛無嬋媛其間，風帆落照沖瀜天際，眞幽曠之兼趣也。予嘗其疎異許爲賦詩，忽忽未究。今年冬晤子將於湖上，心念幽棲卒未及登眺以續舊游，竟責前諾追賦一章，亦有今昔之感矣	五古	《屬玉堂集》	5	寫景記遊
集嚴子岸同沈崑銅聞子將彭燕又	五古	《屬玉堂集》	5	寫景記遊
歲暮遣懷　二首	五古	《屬玉堂集》	5	詠懷
獻馬行	七古	《屬玉堂集》	8	寫景記遊
劍術行	七古	《屬玉堂集》	8	贈答唱和
射蛟歌	七古	《屬玉堂集》	8	贈答唱和
鳳頭行	七古	《屬玉堂集》	8	寫景記遊
策勳府行	七古	《屬玉堂集》	8	社會寫實
白靴校尉行	七古	《屬玉堂集》	8	社會寫實
望下邳作	七古	《屬玉堂集》	8	寫景記遊
與客登任城太白酒樓歌	七古	《屬玉堂集》	8	寫景記遊
霜月行　作於魏邵清淵三首	七古	《屬玉堂集》	8	豔情
長安夜歸曲	七古	《屬玉堂集》	8	寫景記遊
寒夜行兼憶舒章	七古	《屬玉堂集》	8	詠懷
孟津行	七古	《屬玉堂集》	8	社會寫實
癸酉長安除夕	七古	《屬玉堂集》	8	詠懷
送李舒章遊新都	七古	《屬玉堂集》	8	贈答唱和

送楊扶羲入都授官	七古	《屬玉堂集》	8	贈答唱和
寄懷吳來之大行	七古	《屬玉堂集》	8	贈答唱和
明秋曲	七古	《屬玉堂集》	8	豔情
雨中過李子園亭	七古	《屬玉堂集》	8	寫景記遊
寄衣曲	七古	《屬玉堂集》	8	豔情
華山劉鍊師欲刻道德經於老君洞口，屬予書一章并贈以詩	七古	《屬玉堂集》	8	贈答唱和
十月　三首	七古	《屬玉堂集》	8	詠懷
贈河中韓別駕　相國介弟也	七古	《屬玉堂集》	8	贈答唱和
仲冬十二日湖上方暖，夜二鼓呼小艇循兩堤並南山環湖而歸，抵岸則雞三唱矣。同遊者為彭燕又、張幼青諸君	七古	《屬玉堂集》	8	寫景記遊
甲戌除夕	七古	《屬玉堂集》	8	詠懷
茱萸女	五言樂府	《平露堂集》	3	擬古
長干曲　二首	五言樂府	《平露堂集》	3	擬古
蘇小小歌	五言樂府	《平露堂集》	3	擬古
沐浴子	五言樂府	《平露堂集》	3	擬古
企喻歌　四首	五言樂府	《平露堂集》	3	擬古
鉅鹿公主歌　三首	七言樂府	《平露堂集》	3	擬古
黃淡思歌　四首	五言樂府	《平露堂集》	3	擬古
幽州馬客吟歌　五首	五言樂府	《平露堂集》	3	擬古
慕容家自魯企由谷歌	五言樂府	《平露堂集》	3	擬古
碧玉歌　三首	五言樂府	《平露堂集》	3	擬古
長樂佳　二首	五言樂府	《平露堂集》	3	擬古
懊儂歌　三首	五言樂府	《平露堂集》	3	擬古
讀曲歌　十一首	五言樂府	《平露堂集》	3	擬古
團扇郎　四首	五言樂府	《平露堂集》	3	擬古

前溪歌　四首	五言樂府	《平露堂集》	3	擬古
黃竹子歌	五言樂府	《平露堂集》	3	擬古
江陵女歌	五言樂府	《平露堂集》	3	擬古
宿阿曲	五言樂府	《平露堂集》	3	擬古
道君曲	四言樂府	《平露堂集》	3	擬古
聖郎曲	五言樂府	《平露堂集》	3	擬古
嬌女詩	五言樂府	《平露堂集》	3	擬古
白石郎曲　二首	雜言樂府	《平露堂集》	3	擬古
青溪小姑曲　二首	四言樂府	《平露堂集》	3	擬古
湖就姑曲　二首	五言樂府	《平露堂集》	3	擬古
姑恩曲	五言樂府	《平露堂集》	3	擬古
采蓮童曲	五言樂府	《平露堂集》	3	擬古
明下童曲　二首	五言樂府	《平露堂集》	3	擬古
同生曲	五言樂府	《平露堂集》	3	擬古
石城樂　四首	五言樂府	《平露堂集》	3	擬古
烏夜啼　二首	五言樂府	《平露堂集》	3	擬古
莫愁樂　二首	五言樂府	《平露堂集》	3	擬古
估客樂　六首	五言樂府	《平露堂集》	3	擬古
襄陽樂　四首	五言樂府	《平露堂集》	3	擬古
三洲歌　三首	五言樂府	《平露堂集》	3	擬古
采桑渡　四首	五言樂府	《平露堂集》	3	擬古
江陵樂　二首	五言樂府	《平露堂集》	3	擬古
青陽度　二首	五言樂府	《平露堂集》	3	擬古
青驄白馬　八首	七言樂府	《平露堂集》	3	擬古
共戲樂　四首	七言樂府	《平露堂集》	3	擬古
女兒子　二首	七言樂府	《平露堂集》	3	擬古

捉搦歌　四首	七言樂府	《平露堂集》	3	擬古
早春行	五古	《平露堂集》	6	豔情
清明雨中晏坐憶去歲在河間	五古	《平露堂集》	6	詠懷
上巳城南雨中	五古	《平露堂集》	6	豔情
春郊　四首	五古	《平露堂集》	6	豔情
酬舒章問疾之作用原韻	五古	《平露堂集》	6	贈答唱和
送子服之維揚兼訊子退，期以八月會淮南	五古	《平露堂集》	6	贈答唱和
雜詩　二首	五古	《平露堂集》	6	社會寫實
上念故戚大將軍功在社稷，問其裔孫幾人，不忘勳舊以勵來者，感而賦詩	五古	《平露堂集》	6	其它
爲宋子建悼亡　二首	五古	《平露堂集》	6	詠懷
八月二十夜歸庭中眺月	五古	《平露堂集》	6	寫景記遊
擬古　八首	五古	《平露堂集》	6	擬古
秣陵雜詩　六首	五古	《平露堂集》	6	寫景記遊
歲暮作	五古	《平露堂集》	6	詠懷
上巳	五古	《平露堂集》	6	豔情
徐九一太史邀遊支硎山	五古	《平露堂集》	6	寫景記遊
送徐闇公省試金陵	五古	《平露堂集》	6	贈答唱和
早春初晴	七古	《平露堂集》	9	豔情
陽春歌　和舒章	七古	《平露堂集》	9	贈答唱和
櫻桃篇	七古	《平露堂集》	9	豔情
春日風雨浹旬	七古	《平露堂集》	9	豔情
觀楊龍友射歌	七古	《平露堂集》	9	贈答唱和
偉南築居遠郊鮮入城市，近聞其事釋氏甚謹，作詩問之	七古	《平露堂集》	9	贈答唱和
苑馬行	七古	《平露堂集》	9	社會寫實

立秋後一日題採蓮圖	七古	《平露堂集》	9	詠物
秋夜	七古	《平露堂集》	9	詠懷
代州行	七古	《平露堂集》	9	社會寫實
乙亥除夕	七古	《平露堂集》	9	詠懷
寒食行	七古	《平露堂集》	9	寫景記遊
壽李若鶴年丈，舒章尊人也	七古	《平露堂集》	9	贈答唱和
送李舒章省試之金陵	七古	《平露堂集》	9	贈答唱和
送宋轅文應試金陵	七古	《平露堂集》	9	贈答唱和
丙子九日雨中同客讌集鄰汝樓二首	七古	《平露堂集》	9	寫景記遊
計偕之役尙木先行歌以送之	七古	《平露堂集》	9	贈答唱和
曜靈之什　八首	風雅體	《白雲草》	1	社會寫實
有陁宛宛　三首	風雅體	《白雲草》	1	社會寫實
思歸操	琴操	《白雲草》	1	詠懷
初觀政刑部自勵	四古	《白雲草》	1	詠懷
范陽井	雜言樂府	《白雲草》	3	贈答唱和
方澤	五古	《白雲草》	6	寫景記遊
苑中　二首	五古	《白雲草》	6	寫景記遊
春晚王京兆邀遊城南韋園，四聲各六韻	五古	《白雲草》	6	寫景記遊
嘉靖五子詩　李于鱗	五古	《白雲草》	6	其它
嘉靖五子詩　王元美	五古	《白雲草》	6	其它
嘉靖五子詩　徐子與	五古	《白雲草》	6	其它
嘉靖五子詩　宗子相	五古	《白雲草》	6	其它
嘉靖五子詩　梁公實	五古	《白雲草》	6	其它
仲夏直左掖門送彞仲南歸　二首	五古	《白雲草》	6	贈答唱和
玉泉	五古	《白雲草》	6	寫景記遊
登玉泉山頂迴望京室	五古	《白雲草》	6	寫景記遊

贈恭順侯吳國華	五古	《白雲草》	6	贈答唱和
贈葉亳州奕武	五古	《白雲草》	6	贈答唱和
京邸七夕	五古	《白雲草》	6	詠懷
南海子	七古	《白雲草》	9	寫景記遊
觀石鼓歌	七古	《白雲草》	9	寫景記遊
卓鵬行	七古	《白雲草》	9	寫景記遊
哀屬國	七古	《白雲草》	9	社會寫實
高梁橋行	七古	《白雲草》	9	寫景記遊
遊鄭戚畹園亭	七古	《白雲草》	9	寫景記遊
寄鄖中鄭澹石座師	七古	《白雲草》	9	贈答唱和
孫新齋同年索詩壽其母龔太孺人，聊成短章兼述今昔之遊也	七古	《白雲草》	9	贈答唱和
袁臨侯先生督學山右爲御史，奏下獄晉人伏闕冤狀者數百人，適御史以他事逮天子命轉公一官備兵武昌郡，余作詩送之	七古	《白雲草》	9	贈答唱和
詠吳駿公太史邸中丁香花	七古	《白雲草》	9	詠物
南溟　八章	風雅體	《湘眞閣稿》	1	贈答唱和
鳲鳩	風雅體	《湘眞閣稿》	1	贈答唱和
穀城歌	雜言樂府	《湘眞閣稿》	3	社會寫實
遼兵行	雜言樂府	《湘眞閣稿》	3	社會寫實
小車行	雜言樂府	《湘眞閣稿》	3	社會寫實
賣兒行	雜言樂府	《湘眞閣稿》	3	社會寫實
擬古詩　上山採蘼蕪以下五首	五古	《湘眞閣稿》	7	豔情
雜詩　二十首	五古	《湘眞閣稿》	7	詠懷
擬古三首別李氏也	五古	《湘眞閣稿》	7	贈答唱和
蕭史曲	五古	《湘眞閣稿》	7	其它
歲暮雜詩　二首	五古	《湘眞閣稿》	7	詠懷

送同年趙太史謫閩中　二首	五古	《湘眞閣稿》	7	贈答唱和
送同年時子求之安陽令　二首	五古	《湘眞閣稿》	7	贈答唱和
由光福寺入青芝山房迤西	五古	《湘眞閣稿》	7	寫景記遊
登玄墓山	五古	《湘眞閣稿》	7	寫景記遊
靈隱寺	五古	《湘眞閣稿》	7	寫景記遊
古意和舒章　二首	五古	《湘眞閣稿》	7	贈答唱和
佘山訪陳眉公先生	五古	《湘眞閣稿》	7	寫景記遊
弔盧司馬	五古	《湘眞閣稿》	7	贈答唱和
生日寄酬唐吳江盃罌之贈	五古	《湘眞閣稿》	7	贈答唱和
九日崑山道中	五古	《湘眞閣稿》	7	寫景記遊
寄懷婦翁張方同先生，時令邵陽	五古	《湘眞閣稿》	7	贈答唱和
秋月篇	七古	《湘眞閣稿》	9	豔情
長相思	七古	《湘眞閣稿》	9	豔情
當壚曲	七古	《湘眞閣稿》	9	詠懷
鳥夜啼	七古	《湘眞閣稿》	9	豔情
上巳行	七古	《湘眞閣稿》	9	寫景記遊
悲濟南	七古	《湘眞閣稿》	9	社會寫實
檀州樂	七古	《湘眞閣稿》	9	社會寫實
東皋草堂歌	七古	《湘眞閣稿》	9	社會寫實
萬卷樓歌爲王子彥賦	七古	《湘眞閣稿》	9	寫景記遊
春日行遊城南作	七古	《湘眞閣稿》	9	寫景記遊
二月十五夜	七古	《湘眞閣稿》	9	寫景記遊
東郊即事同謝褆玄、宋轅文	七古	《湘眞閣稿》	9	寫景記遊
蜀山行	七古	《湘眞閣稿》	9	寫景記遊
送楊伯祥還豫章	七古	《湘眞閣稿》	9	贈答唱和
題楊龍友倣襄陽雲山卷歌	七古	《湘眞閣稿》	9	贈答唱和

平原有懷顏魯公	七古	《湘眞閣稿》	9	贈答唱和
寄密雲趙匡谷中丞	七古	《湘眞閣稿》	9	贈答唱和
贈孫碩膚職方	七古	《湘眞閣稿》	9	贈答唱和
秋雨過眞娘墓	七古	《湘眞閣稿》	9	寫景記遊
辛巳上巳同太守王公郡丞畢公別駕李公修禊蘭亭傚古	四言古詩	《三子詩稿》	1	寫景記遊
韓原泣	雜言樂府	《三子詩稿》	3	社會寫實
初入剡中	五古	《三子詩稿》	7	寫景記遊
陟桐巖嶺	五古	《三子詩稿》	7	寫景記遊
曉發諸暨大霧不見苧蘿	五古	《三子詩稿》	7	寫景記遊
望桃源作，即世傳劉阮遇二女處	五古	《三子詩稿》	7	寫景記遊
富春渚	五古	《三子詩稿》	7	寫景記遊
偕熊令君伯甘游烏傷雲黃山	五古	《三子詩稿》	7	寫景記遊
蘭溪	五古	《三子詩稿》	7	寫景記遊
渡江值雨	五古	《三子詩稿》	7	寫景記遊
吳興道中	五古	《三子詩稿》	7	寫景記遊
臨海道中	五古	《三子詩稿》	7	寫景記遊
夜半風雨渡曹娥江	五古	《三子詩稿》	7	寫景記遊
下信安江至龍丘	五古	《三子詩稿》	7	寫景記遊
雨中行建德江	五古	《三子詩稿》	7	寫景記遊
舟次七里瀨	五古	《三子詩稿》	7	寫景記遊
蕭山許寺作	五古	《三子詩稿》	7	寫景記遊
越中郡齋送徐聖期還松江	五古	《三子詩稿》	7	贈答唱和
郡齋春日	五古	《三子詩稿》	7	寫景記遊
修禊蘭亭傚古	五古	《三子詩稿》	7	寫景記遊
暮春晦前一日語溪道中	五古	《三子詩稿》	7	寫景記遊
討山寇至平昌憩項中丞雙溪園	五古	《三子詩稿》	7	寫景記遊

熊水部伯甘與予同討山寇，水部徵兵西道贈詩一章	五古	《三子詩稿》	7	贈答唱和
苦雨	五古	《三子詩稿》	7	寫景記遊
阻雨善溪	五古	《三子詩稿》	7	寫景記遊
出栝蒼門渡江	五古	《三子詩稿》	7	寫景記遊
初春雪霽	五古	《三子詩稿》	7	寫景記遊
始寧道中	五古	《三子詩稿》	7	寫景記遊
宋孝宗陵下作	五古	《三子詩稿》	7	寫景記遊
寄贈舒章	五古	《三子詩稿》	7	贈答唱和
舟中立秋	五古	《三子詩稿》	7	詠懷
十二夜對月	五古	《三子詩稿》	7	詠懷
十三夜對月	五古	《三子詩稿》	7	詠懷
十四夜諸僚長見過，是夕無月	五古	《三子詩稿》	7	詠懷
十五夜對月	五古	《三子詩稿》	7	詠懷
賦得浣紗石	五古	《三子詩稿》	7	詠懷
詠嚴先生釣臺	七古	《三子詩稿》	10	寫景記遊
秋風行示偉南褆玄	七古	《三子詩稿》	10	贈答唱和
贈孫克咸	七古	《三子詩稿》	10	贈答唱和
酬吳次尾	七古	《三子詩稿》	10	贈答唱和
立春前三日寄舒章京師	七古	《三子詩稿》	10	贈答唱和
大梁行	七古	《三子詩稿》	10	寫景記遊
夜半走金華道中	七古	《三子詩稿》	10	寫景記遊
落花篇	七古	《三子詩稿》	10	詠物
辛巳七夕于役吳興，同轅文飲。陸太守、陳司李壬午元夜復在前席，悵然有懷賦寄轅文	七古	《三子詩稿》	10	贈答唱和
匡山吟寄燈嚴子	七古	《三子詩稿》	10	贈答唱和

劉戶部九符讁理杭州與予雅相契也，居無何以原官召還，賦詩贈別	七古	《三子詩稿》	10	贈答唱和
越中清明憶長安作	七古	《三子詩稿》	10	詠懷
送家大母還松江至理橋李感賦	七古	《三子詩稿》	10	詠懷
邯鄲少年行	七古	《三子詩稿》	10	寫景記遊
雒陽女兒行	七古	《三子詩稿》	10	寫景記遊
寄獻石齋先生　五首	七古	《三子詩稿》	10	贈答唱和
送王畹仲備兵韶州	七古	《三子詩稿》	10	贈答唱和
石翁師召後以仲冬過越晤鴻賓先生，卻歸漳南，閏月聞□師大入畿輔，鴻賓先生募義旅入衛。丙子之役石翁師首倡勤王，舊勳不可忘也，獻詩志懷	七古	《三子詩稿》	10	贈答唱和
送倪鴻賓少司馬學士赴召，聞有□□隨率義旅勤王	七古	《三子詩稿》	10	贈答唱和
寄上京山鄭師	七古	《三子詩稿》	10	贈答唱和
清明登越州門樓	七古	《三子詩稿》	10	詠懷
雜詩　十首	五古	《三子詩稿》	7	詠懷
朔風	四古	《焚餘草》	1	詠懷
同惠朗處中勝時分賦高士傳　嚴君平	五古	《焚餘草》	7	贈答唱和
同惠朗處中勝時分賦高士傳　龐德公	五古	《焚餘草》	7	贈答唱和
詠古　二首	五古	《焚餘草》	7	其它
古有所思行	七古	《焚餘草》	10	社會寫實
九日虎丘大風雨	七古	《焚餘草》	10	詠懷
白日行	七古	《焚餘草》	10	社會寫實
前緩歌聲	七古	《焚餘草》	10	詠懷
登高丘而望遠海	七古	《焚餘草》	10	社會寫實

杜鵑行	七古	《焚餘草》	10	社會寫實
怨詩行	七古	《焚餘草》	10	社會寫實
枯魚過河泣	七古	《焚餘草》	10	社會寫實
猛虎行	七古	《焚餘草》	10	詠懷
易水歌	七古	《焚餘草》	10	社會寫實
月夜遊劍池作	七古	《焚餘草》	10	詠懷
平陵東	七古	《焚餘草》	10	詠懷
隴頭吟	七古	《焚餘草》	10	詠懷
冰池篇	七古	《焚餘草》	10	詠懷
貧交行	七古	《焚餘草》	10	詠懷
怨歌行	七古	《焚餘草》	10	詠懷
種柳篇	七古	《焚餘草》	10	詠懷
歲晏傚子美同谷七歌　七首	七古	《焚餘草》	10	社會寫實
上元行	七古	《焚餘草》	10	詠懷
飲徐文在山亭	七古	《焚餘草》	10	贈答唱和
明妃篇	七古	《焚餘草》	10	詠懷
復讎行擬古樂府	雜言樂府	補遺	3	詠懷

附錄三：陳子龍詩歌目錄（近體）

詩　　　　名	體裁	出　　處	卷次〔註1〕	韻腳	主　題
古怨詞　之一	五絕	《幾社稿》	17	平／支〔註2〕	豔情
之二	五絕	《幾社稿》	17	平／支	豔情
之三	五絕	《幾社稿》	17	平／支	豔情
柳枝詞　之一	七絕	《幾社稿》	17	平／蕭	豔情
之二	七絕	《幾社稿》	17	平／先	豔情
之三	七絕	《幾社稿》	17	平／蕭	豔情
之四	七絕	《幾社稿》	17	平／庚	豔情
野驛	七絕	《幾社稿》	17	平／支	寫景記遊
西湖漫興　之一	七絕	《幾社稿》	17	平／尤	寫景記遊
之二	七絕	《幾社稿》	17	平／眞	寫景記遊
之三	七絕	《幾社稿》	17	平／魚	寫景記遊
之四	七絕	《幾社稿》	17	平／東	寫景記遊

〔註1〕「卷次」是指《陳子龍詩集》之卷次。
〔註2〕「平／支」爲「平聲支韻」簡寫，以下凡「○／○」者皆表「某聲某韻」之意。

之五	七絕	《幾社稿》	17	平／庚	寫景記遊
之六	七絕	《幾社稿》	17	平／冬	寫景記遊
之七	七絕	《幾社稿》	17	平／侵	寫景記遊
之八	七絕	《幾社稿》	17	平／陽	寫景記遊
之九	七絕	《幾社稿》	17	平／蕭	寫景記遊
之十	七絕	《幾社稿》	17	平／蕭	寫景記遊
葛嶺	七絕	《幾社稿》	17	平／刪	寫景記遊
錫山即事 之一	七絕	《幾社稿》	17	平／虞	寫景記遊
之二	七絕	《幾社稿》	17	平／庚	寫景記遊
之三	七絕	《幾社稿》	17	平／灰	寫景記遊
吳閶口號 之一	七絕	《幾社稿》	17	平／支	豔情
之二	七絕	《幾社稿》	17	平／支	豔情
之三	七絕	《幾社稿》	17	平／灰	豔情
之四	七絕	《幾社稿》	17	平／先	豔情
之五	七絕	《幾社稿》	17	平／虞	豔情
之六	七絕	《幾社稿》	17	平／支	豔情
之七	七絕	《幾社稿》	17	平／文	豔情
之八	七絕	《幾社稿》	17	平／庚	豔情
之九	七絕	《幾社稿》	17	平／麻	豔情
之十	七絕	《幾社稿》	17	平／支	豔情
春望	五律	《幾社稿》	11	平／庚	寫景記遊
對鶯	五律	《幾社稿》	11	平／灰	豔情
江南贈別	五律	《幾社稿》	11	平／先	贈答唱和
病鸚鵡	五律	《幾社稿》	11	平／支	詠物
早春	五律	《幾社稿》	11	平／眞	詠懷
曉	五律	《幾社稿》	11	平／虞	詠懷
燕巢	五律	《幾社稿》	11	平／支	詠物

楊梅	五律	《幾社稿》	11	平／支	詠物
送密之歸皖桐	五律	《幾社稿》	11	平／灰	贈答唱和
送杜岊思省親溫州	五律	《幾社稿》	11	平／支	贈答唱和
聖期別業即景　之一	五律	《幾社稿》	11	平／先	寫景記遊
之二	五律	《幾社稿》	11	平／東	寫景記遊
之三	五律	《幾社稿》	11	平／東	寫景記遊
行樂詞　之一	五律	《幾社稿》	11	平／支	詠懷
之二	五律	《幾社稿》	11	平／豪	詠懷
之三	五律	《幾社稿》	11	平／支	詠懷
之四	五律	《幾社稿》	11	平／虞	詠懷
之五	五律	《幾社稿》	11	平／東	詠懷
之六	五律	《幾社稿》	11	平／眞	詠懷
之七	五律	《幾社稿》	11	平／眞	詠懷
之八	五律	《幾社稿》	11	平／麻	詠懷
之九	五律	《幾社稿》	11	平／支	詠懷
之十	五律	《幾社稿》	11	平／先	詠懷
舟涸	五律	《幾社稿》	11	平／麻	社會寫實
偕諸公集盛氏	五律	《幾社稿》	11	平／微	寫景記遊
偕萬年少李舒章宿陳眉公先生山房　之一	五律	《幾社稿》	11	平／寒	寫景記遊
之二	五律	《幾社稿》	11	平／支	寫景記遊
除夕	五律	《幾社稿》	11	平／先	詠懷
感懷　之一	七律	《幾社稿》	13	平／陽	詠懷
之二	七律	《幾社稿》	13	平／尤	詠懷
之三	七律	《幾社稿》	13	平／庚	詠懷
之四	七律	《幾社稿》	13	平／陽	詠懷
之五	七律	《幾社稿》	13	平／東	詠懷

之六	七律	《幾社稿》	13	平／先	詠懷
之七	七律	《幾社稿》	13	平／豪	詠懷
之八	七律	《幾社稿》	13	平／蒸	詠懷
聞滇	七律	《幾社稿》	13	平／文	社會寫實
少年	七律	《幾社稿》	13	平／支	詠懷
野祠	七律	《幾社稿》	13	平／先	寫景記遊
傷春　之一	七律	《幾社稿》	13	平／東	社會寫實
之二	七律	《幾社稿》	13	平／支	社會寫實
雪　之一	七律	《幾社稿》	13	平／東	詠物
之二	七律	《幾社稿》	13	平／陽	詠物
之三	七律	《幾社稿》	13	平／齊	詠物
晚晴見紅霞覆積雪	七律	《幾社稿》	13	平／灰	詠物
初夏雜感　之一	七律	《幾社稿》	13	平／尤	社會寫實
之二	七律	《幾社稿》	13	平／庚	社會寫實
穆天子	七律	《幾社稿》	13	平／支	其它
春夜深雨聞鄰家絃弄	七律	《幾社稿》	13	平／支	詠懷
中秋風雨懷人	七律	《幾社稿》	13	平／先	豔情
至韜光嶺	七律	《幾社稿》	13	平／支	寫景記遊
同遊陸文定公墓舍	七律	《幾社稿》	13	平／庚	寫景記遊
霞起閣即景是日立夏諸同社咸集賦詩竟日	七律	《幾社稿》	13	平／支	寫景記遊
生日偶成　之一	七律	《幾社稿》	13	平／先	詠懷
之二	七律	《幾社稿》	13	平／尤	詠懷
送方扶予入都	七律	《幾社稿》	13	平／支	贈答唱和
送萬年少還彭城	七律	《幾社稿》	13	平／陽	贈答唱和
遇桐城方密之於湖上歸復相訪贈之以詩　之一	七律	《幾社稿》	13	平／先	贈答唱和

之二	七律	《幾社稿》	13	平／尤	贈答唱和
送勒卣之金陵　之一	七律	《幾社稿》	13	平／尤	贈答唱和
之二	七律	《幾社稿》	13	平／寒	贈答唱和
之三	七律	《幾社稿》	13	平／庚	贈答唱和
之四	七律	《幾社稿》	13	平／元	贈答唱和
贈轉運崔使君	七律	《幾社稿》	13	平／灰	贈答唱和
春寒大風雨竟日分詠水讓居	五排	《幾社稿》	16	平／尤	寫景記遊
爲杜徠西悼亡	五排	《幾社稿》	16	平／先	贈答唱和
清明　之一	七絕	《陳李唱和集》	17	平／支	詠懷
之二	七絕	《陳李唱和集》	17	平／文	詠懷
之三	七絕	《陳李唱和集》	17	平／麻	詠懷
初夏絕句　之一	七絕	《陳李唱和集》	17	平／尤	詠懷
之二	七絕	《陳李唱和集》	17	平／虞	詠懷
之三	七絕	《陳李唱和集》	17	平／灰	詠懷
之四	七絕	《陳李唱和集》	17	平／微	詠懷
之五	七絕	《陳李唱和集》	17	平／微	詠懷
之六	七絕	《陳李唱和集》	17	平／灰	詠懷
之七	七絕	《陳李唱和集》	17	平／先	詠懷
之八	七絕	《陳李唱和集》	17	平／東	詠懷
之九	七絕	《陳李唱和集》	17	平／麻	詠懷
之十	七絕	《陳李唱和集》	17	平／庚	詠懷
秋宮詞　之一	七絕	《陳李唱和集》	17	平／陽	豔情
之二	七絕	《陳李唱和集》	17	平／歌	豔情
之三	七絕	《陳李唱和集》	17	平／支	豔情
之四	七絕	《陳李唱和集》	17	平／庚	豔情
之五	七絕	《陳李唱和集》	17	平／庚	豔情
之六	七絕	《陳李唱和集》	17	平／陽	豔情

之七	七絕	《陳李唱和集》	17	平／寒	豔情
之八	七絕	《陳李唱和集》	17	平／尤	豔情
之九	七絕	《陳李唱和集》	17	平／寒	豔情
之十	七絕	《陳李唱和集》	17	平／微	豔情
秋雨同讓木泛舟北溪各賦 之一	七絕	《陳李唱和集》	17	平／真	寫景記遊
之二	七絕	《陳李唱和集》	17	平／先	寫景記遊
之三	七絕	《陳李唱和集》	17	平／微	寫景記遊
之四	七絕	《陳李唱和集》	17	平／虞	寫景記遊
雜詩　之一	五律	《陳李唱和集》	11	平／虞	社會寫實
之二	五律	《陳李唱和集》	11	平／陽	社會寫實
之三	五律	《陳李唱和集》	11	平／肴	社會寫實
之四	五律	《陳李唱和集》	11	平／陽	社會寫實
酬皖城孫生	五律	《陳李唱和集》	11	平／陽	贈答唱和
欲偕舒章遊金陵不果各賦詩十首　之一	五律	《陳李唱和集》	11	平／尤	贈答唱和
之二	五律	《陳李唱和集》	11	平／陽	贈答唱和
之三	五律	《陳李唱和集》	11	平／東	贈答唱和
之四	五律	《陳李唱和集》	11	平／微	贈答唱和
之五	五律	《陳李唱和集》	11	平／陽	贈答唱和
之六	五律	《陳李唱和集》	11	平／尤	贈答唱和
之七	五律	《陳李唱和集》	11	平／微	贈答唱和
之八	五律	《陳李唱和集》	11	平／麻	贈答唱和
之九	五律	《陳李唱和集》	11	平／虞	贈答唱和
之十	五律	《陳李唱和集》	11	平／支	贈答唱和
十四晚見闇公從金陵歸感賦 之一	五律	《陳李唱和集》	11	平／冬	寫景記遊
之二	五律	《陳李唱和集》	11	平／先	寫景記遊

秋風　之一	五律	《陳李唱和集》	11	平／陽	詠懷
之二	五律	《陳李唱和集》	11	平／庚	詠懷
塞下曲　之一	五律	《陳李唱和集》	11	平／陽	詠懷
之二	五律	《陳李唱和集》	11	平／尤	詠懷
之三	五律	《陳李唱和集》	11	平／麻	詠懷
之四	五律	《陳李唱和集》	11	平／陽	詠懷
之五	五律	《陳李唱和集》	11	平／青	詠懷
之六	五律	《陳李唱和集》	11	平／灰	詠懷
秋暮　之一	五律	《陳李唱和集》	11	平／先	寫景記遊
之二	五律	《陳李唱和集》	11	平／庚	寫景記遊
元日	七律	《陳李唱和集》	13	平／先	詠懷
上元	七律	《陳李唱和集》	13	平／支	詠懷
聞仲馭儀部以言事奪職	七律	《陳李唱和集》	13	平／蕭	社會寫實
補成夢中新柳詩	七律	《陳李唱和集》	13	平／寒	豔情
梅花　之一	七律	《陳李唱和集》	13	平／東	詠物
之二	七律	《陳李唱和集》	13	平／蒸	詠物
春遊　之一	七律	《陳李唱和集》	13	平／文	豔情
之二	七律	《陳李唱和集》	13	平／支	豔情
之三	七律	《陳李唱和集》	13	平／陽	豔情
之四	七律	《陳李唱和集》	13	平／微	豔情
之五	七律	《陳李唱和集》	13	平／陽	豔情
之六	七律	《陳李唱和集》	13	平／麻	豔情
之七	七律	《陳李唱和集》	13	平／尤	豔情
之八	七律	《陳李唱和集》	13	平／灰	豔情
春感	七律	《陳李唱和集》	13	平／蒸	詠懷
梨花	七律	《陳李唱和集》	13	平／寒	詠物
桃花	七律	《陳李唱和集》	13	平／東	詠物

玉蘭花	七律	《陳李唱和集》	13	平／眞	詠物
紫藤花	七律	《陳李唱和集》	13	平／支	詠物
孤鴛	七律	《陳李唱和集》	13	平／微	詠物
長卿	七律	《陳李唱和集》	13	平／文	其它
奉酬皖城方密之見懷之作答秣陵之期也　之一	七律	《陳李唱和集》	13	平／陽	贈答唱和
之二	七律	《陳李唱和集》	13	平／齊	贈答唱和
寄贈溫州杜方伯兼慰悼亡之作	七律	《陳李唱和集》	13	平／陽	贈答唱和
消夏　之一	七律	《陳李唱和集》	13	平／侵	詠懷
之二	七律	《陳李唱和集》	13	平／陽	詠懷
之三	七律	《陳李唱和集》	13	平／冬	詠懷
之四	七律	《陳李唱和集》	13	平／寒	詠懷
之五	七律	《陳李唱和集》	13	平／麻	詠懷
之六	七律	《陳李唱和集》	13	平／寒	詠懷
之七	七律	《陳李唱和集》	13	平／灰	詠懷
之八	七律	《陳李唱和集》	13	平／東	詠懷
七夕　之一	七律	《陳李唱和集》	13	平／寒	豔情
之二	七律	《陳李唱和集》	13	平／侵	豔情
秋夕沈雨偕燕又讓木集楊姬館中是夜姬自言愁病殊甚而余三人者皆有微病不能飲也　之一	七律	《陳李唱和集》	13	平／虞	豔情
之二	七律	《陳李唱和集》	13	平／先	豔情
自慨　之一	七律	《陳李唱和集》	13	平／冬	詠懷
之二	七律	《陳李唱和集》	13	平／支	詠懷
之三	七律	《陳李唱和集》	13	平／虞	詠懷
之四	七律	《陳李唱和集》	13	平／東	詠懷
傷秋　之一	七律	《陳李唱和集》	13	平／陽	社會寫實

之二	七律	《陳李唱和集》	13	平／東	社會寫實
之三	七律	《陳李唱和集》	13	平／虞	社會寫實
之四	七律	《陳李唱和集》	13	平／支	社會寫實
留別舒章並酬見贈之作 之一	七律	《陳李唱和集》	13	平／東	贈答唱和
之二	七律	《陳李唱和集》	13	平／先	贈答唱和
獻山東俘志感	五排	《陳李唱和集》	16	平／陽	社會寫實
朝來曲 之一	五絕	《屬玉堂集》	17	平／麻	豔情
之二	五絕	《屬玉堂集》	17	平／尤	豔情
夜意	五絕	《屬玉堂集》	17	去／送	豔情
采蓮女	五絕	《屬玉堂集》	17	入／屑	豔情
古意 之一	五絕	《屬玉堂集》	17	入／緝	豔情
之二	五絕	《屬玉堂集》	17	平／陽	豔情
長樂少年行 之一	五絕	《屬玉堂集》	17	平／尤	豔情
之二	五絕	《屬玉堂集》	17	上／紙	豔情
麗人曲	五絕	《屬玉堂集》	17	平／眞	豔情
從軍行 之一	七絕	《屬玉堂集》	17	平／虞	擬古
之二	七絕	《屬玉堂集》	17	平／豪	擬古
之三	七絕	《屬玉堂集》	17	平／尤	擬古
之四	七絕	《屬玉堂集》	17	平／元	擬古
之五	七絕	《屬玉堂集》	17	平／支	擬古
之六	七絕	《屬玉堂集》	17	平／麻	擬古
之七	七絕	《屬玉堂集》	17	平／先	擬古
之八	七絕	《屬玉堂集》	17	平／灰	擬古
之九	七絕	《屬玉堂集》	17	平／庚	擬古
之十	七絕	《屬玉堂集》	17	平／灰	擬古
春宮曲 之一	七絕	《屬玉堂集》	17	平／灰	豔情

	七絕	《屬玉堂集》	17	平／齊	豔情
之二	七絕	《屬玉堂集》	17	平／齊	豔情
青樓怨　之一	七絕	《屬玉堂集》	17	平／麻	豔情
之二	七絕	《屬玉堂集》	17	平／支	豔情
青樓曲　之一	七絕	《屬玉堂集》	17	平／尤	豔情
之二	七絕	《屬玉堂集》	17	平／寒	豔情
之三	七絕	《屬玉堂集》	17	平／侵	豔情
殿前曲　之一	七絕	《屬玉堂集》	17	平／陽	豔情
之二	七絕	《屬玉堂集》	17	平／文	豔情
閨怨　之一	七絕	《屬玉堂集》	17	平／庚	豔情
之二	七絕	《屬玉堂集》	17	平／庚	豔情
之三	七絕	《屬玉堂集》	17	平／蕭	豔情
吳宮詞　之一	七絕	《屬玉堂集》	17	平／虞	豔情
之二	七絕	《屬玉堂集》	17	平／齊	豔情
之三	七絕	《屬玉堂集》	17	平／先	豔情
楚宮詞　之一	七絕	《屬玉堂集》	17	平／灰	豔情
之二	七絕	《屬玉堂集》	17	平／東	豔情
之三	七絕	《屬玉堂集》	17	平／元	豔情
之四	七絕	《屬玉堂集》	17	平／眞	豔情
之五	七絕	《屬玉堂集》	17	平／眞	豔情
魏宮詞　之一	七絕	《屬玉堂集》	17	平／灰	豔情
之二	七絕	《屬玉堂集》	17	平／灰	豔情
渡江	七絕	《屬玉堂集》	17	平／庚	寫景記遊
江都絕句同讓木賦　之一	七絕	《屬玉堂集》	17	平／陽	贈答唱和
之二	七絕	《屬玉堂集》	17	平／麻	贈答唱和
之三	七絕	《屬玉堂集》	17	平／陽	贈答唱和
之四	七絕	《屬玉堂集》	17	平／支	贈答唱和
之五	七絕	《屬玉堂集》	17	平／陽	贈答唱和

之六	七絕	《屬玉堂集》	17	平／尤	贈答唱和
南旺湖分水廟作　之一	七絕	《屬玉堂集》	17	平／支	寫景記遊
之二	七絕	《屬玉堂集》	17	平／陽	寫景記遊
中秋逢閏　之一	七絕	《屬玉堂集》	17	平／陽	詠懷
之二	七絕	《屬玉堂集》	17	平／歌	詠懷
何處	七絕	《屬玉堂集》	17	平／陽	豔情
寄讓木問疾　之一	七絕	《屬玉堂集》	17	平／眞	贈答唱和
之二	七絕	《屬玉堂集》	17	平／灰	贈答唱和
仲冬之望泛月西湖得三絕句 之一	七絕	《屬玉堂集》	17	平／灰	寫景記遊
之二	七絕	《屬玉堂集》	17	平／先	寫景記遊
之三	七絕	《屬玉堂集》	17	平／尤	寫景記遊
送張子服之廣陵約至時立春矣期以來年二月渡江南歸爲賦二絕　之一	七絕	《屬玉堂集》	17	平／麻	贈答唱和
之二	七絕	《屬玉堂集》	17	平／覃	贈答唱和
揚州　之一	五律	《屬玉堂集》	11	平／支	寫景記遊
之二	五律	《屬玉堂集》	11	平／歌	寫景記遊
之三	五律	《屬玉堂集》	11	平／灰	寫景記遊
游任城南池少陵賦詩地也	五律	《屬玉堂集》	11	平／先	寫景記遊
汶濟雜詩　之一	五律	《屬玉堂集》	11	平／尤	寫景記遊
之二	五律	《屬玉堂集》	11	平／東	寫景記遊
之三	五律	《屬玉堂集》	11	平／元	寫景記遊
之四	五律	《屬玉堂集》	11	平／支	寫景記遊
之五	五律	《屬玉堂集》	11	平／先	寫景記遊
之六	五律	《屬玉堂集》	11	平／多	寫景記遊
之七	五律	《屬玉堂集》	11	平／支	寫景記遊
之八	五律	《屬玉堂集》	11	平／陽	寫景記遊

之九	五律	《屬玉堂集》	11	平／東	寫景記遊
之十	五律	《屬玉堂集》	11	平／元	寫景記遊
抵都下久矣未得家書	五律	《屬玉堂集》	11	平／先	詠懷
長安月夕　之一	五律	《屬玉堂集》	11	平／寒	寫景記遊
之二				平／東	寫景記遊
有懷舒章用子美懷太白首句	五律	《屬玉堂集》	11	平／侵	詠懷
癸酉除前一日　之一	五律	《屬玉堂集》	11	平／尤	詠懷
之二	五律	《屬玉堂集》	11	平／先	詠懷
贈陳定生	五律	《屬玉堂集》	11	平／眞	贈答唱和
九日南郊社集	五律	《屬玉堂集》	11	平／陽	寫景記遊
重九後一日集子建宅觀菊	五律	《屬玉堂集》	11	平／陽	寫景記遊
月夜獨坐	五律	《屬玉堂集》	11	平／侵	詠懷
喜宗遠從匡廬歸　之一	五律	《屬玉堂集》	11	平／文	贈答唱和
之二	五律	《屬玉堂集》	11	平／先	贈答唱和
晚秋郊外雜咏　之一	五律	《屬玉堂集》	11	平／支	詠懷
之二	五律	《屬玉堂集》	11	平／尤	詠懷
之三	五律	《屬玉堂集》	11	平／庚	詠懷
之四	五律	《屬玉堂集》	11	平／陽	詠懷
之五	五律	《屬玉堂集》	11	平／文	詠懷
之六	五律	《屬玉堂集》	11	平／尤	詠懷
之七	五律	《屬玉堂集》	11	平／東	詠懷
之八	五律	《屬玉堂集》	11	平／青	詠懷
寒雲	五律	《屬玉堂集》	11	平／庚	詠物
長至　之一	五律	《屬玉堂集》	11	平／青	詠懷
之二	五律	《屬玉堂集》	11	平／微	詠懷
湖南淨慈寺	五律	《屬玉堂集》	11	平／先	寫景記遊
送徐司訓官海州　之一	五律	《屬玉堂集》	11	平／刪	贈答唱和

之二	五律	《屬玉堂集》	11	平／先	贈答唱和
立春　之一	五律	《屬玉堂集》	11	平／東	詠懷
之二	五律	《屬玉堂集》	11	平／庚	詠懷
早春閨情　之一	五律	《屬玉堂集》	11	平／陽	豔情
之二	五律	《屬玉堂集》	11	平／歌	豔情
雨夜示闇公	五律	《屬玉堂集》	11	平／尤	贈答唱和
除前一日　之一	五律	《屬玉堂集》	11	平／蕭	豔情
之二	五律	《屬玉堂集》	11	平／麻	豔情
潤州　之一	七律	《屬玉堂集》	13	平／庚	寫景記遊
之二	七律	《屬玉堂集》	13	平／冬	寫景記遊
望射陽湖志云陳琳墓在其側	七律	《屬玉堂集》	13	平／蕭	寫景記遊
夢中吹簫	七律	《屬玉堂集》	13	平／蕭	詠懷
蘭陵野眺即事　之一	七律	《屬玉堂集》	13	平／陽	寫景記遊
之二	七律	《屬玉堂集》	13	平／齊	寫景記遊
經王粲墓	七律	《屬玉堂集》	13	平／尤	其它
衛河道中　之一	七律	《屬玉堂集》	13	平／灰	寫景記遊
之二	七律	《屬玉堂集》	13	平／尤	寫景記遊
楊翰林伯祥過邸中投贈	七律	《屬玉堂集》	13	平／冬	贈答唱和
彭舍人因萬年少乞予作催妝詩戲贈二律　之一	七律	《屬玉堂集》	13	平／陽	贈答唱和
之二	七律	《屬玉堂集》	13	平／寒	贈答唱和
至後　之一	七律	《屬玉堂集》	13	平／蒸	社會寫實
之二	七律	《屬玉堂集》	13	平／齊	社會寫實
之三	七律	《屬玉堂集》	13	平／庚	社會寫實
待彝仲久不見至	七律	《屬玉堂集》	13	平／虞	詠懷
薊門雪中眺望　之一	七律	《屬玉堂集》	13	平／歌	寫景記遊
之二	七律	《屬玉堂集》	13	平／寒	寫景記遊

長安雜詩 之一	七律	《屬玉堂集》	13	平/刪	寫景記遊
之二	七律	《屬玉堂集》	13	平/灰	寫景記遊
之三	七律	《屬玉堂集》	13	平/東	寫景記遊
之四	七律	《屬玉堂集》	13	平/陽	寫景記遊
之五	七律	《屬玉堂集》	13	平/尤	寫景記遊
之六	七律	《屬玉堂集》	13	平/尤	寫景記遊
之七	七律	《屬玉堂集》	13	平/庚	寫景記遊
之八	七律	《屬玉堂集》	13	平/先	寫景記遊
之九	七律	《屬玉堂集》	13	平/微	寫景記遊
之十	七律	《屬玉堂集》	13	平/支	寫景記遊
甲戌長安元日 之一	七律	《屬玉堂集》	13	平/庚	詠懷
之二	七律	《屬玉堂集》	13	平/麻	詠懷
雜感 之一	七律	《屬玉堂集》	13	平/灰	詠懷
之二	七律	《屬玉堂集》	13	平/東	社會寫實
之三	七律	《屬玉堂集》	13	平/陽	社會寫實
之四	七律	《屬玉堂集》	13	平/青	社會寫實
五日 之一	七律	《屬玉堂集》	13	平/支	詠懷
之二	七律	《屬玉堂集》	13	平/尤	詠懷
送張子服昆弟從任廣陵 之一	七律	《屬玉堂集》	13	平/尤	贈答唱和
之二	七律	《屬玉堂集》	13	平/蕭	贈答唱和
寄上京山鄭師	七律	《屬玉堂集》	13	平/東	贈答唱和
送吳駿公太史還朝時有□警 之一	七律	《屬玉堂集》	13	平/尤	贈答唱和
之二	七律	《屬玉堂集》	13	平/灰	贈答唱和
閏秋雜感 之一	七律	《屬玉堂集》	13	平/侵	社會寫實
之二	七律	《屬玉堂集》	13	平/陽	社會寫實

之三	七律	《屬玉堂集》	13	平／尤	社會寫實
之四	七律	《屬玉堂集》	13	平／先	社會寫實
之五	七律	《屬玉堂集》	13	平／東	社會寫實
之六	七律	《屬玉堂集》	13	平／灰	社會寫實
之七	七律	《屬玉堂集》	13	平／微	社會寫實
之八	七律	《屬玉堂集》	13	平／蕭	社會寫實
送張冷石太守之任閩中	七律	《屬玉堂集》	13	平／蕭	贈答唱和
九日 之一	七律	《屬玉堂集》	13	平／寒	詠懷
之二	七律	《屬玉堂集》	13	平／灰	詠懷
秋盡雜感憶去歲初渡黃河 之一	七律	《屬玉堂集》	13	平／虞	詠懷
之二	七律	《屬玉堂集》	13	平／東	詠懷
寄贈東昌徐見輿憲副先君同門生也	七律	《屬玉堂集》	13	平／尤	贈答唱和
風夜	七律	《屬玉堂集》	13	平／庚	詠懷
聞雁	七律	《屬玉堂集》	13	平／陽	詠懷
水仙花	七律	《屬玉堂集》	13	平／眞	豔情
孟冬之晦憶去年方於張灣從陸入都 之一	七律	《屬玉堂集》	13	平／東	寫景記遊
之二	七律	《屬玉堂集》	13	平／尤	寫景記遊
鳳凰山望南宋行宮故址	七律	《屬玉堂集》	13	平／先	寫景記遊
西陵	七律	《屬玉堂集》	13	平／先	寫景記遊
湖上聞隔樓絃索	七律	《屬玉堂集》	13	平／青	寫景記遊
西溪有感	七律	《屬玉堂集》	13	平／麻	寫景記遊
臘日暖過舒章園亭觀諸艷並談遊冶 之一	七律	《屬玉堂集》	13	平／眞	寫景記遊
之二	七律	《屬玉堂集》	13	平／庚	寫景記遊
早梅	七律	《屬玉堂集》	13	平／刪	豔情

天津	五排	《屬玉堂集》	16	平／陽	詠懷
寄贈密之	五排	《屬玉堂集》	16	平／陽	贈答唱和
楊伯祥太史奉使冊封蜀藩予遇之吳中作詩贈行兼述舊懷也	五排	《屬玉堂集》	16	平／先	贈答唱和
傷秋　之一	五排	《屬玉堂集》	16	平／寒	社會寫實
之二	五排	《屬玉堂集》	16	平／陽	社會寫實
之三	五排	《屬玉堂集》	16	平／侵	社會寫實
之四	五排	《屬玉堂集》	16	平／尤	社會寫實
之五	五排	《屬玉堂集》	16	平／東	社會寫實
上蒲州韓少師	五排	《屬玉堂集》	16	平／蕭	贈答唱和
吳越武肅王祠	五排	《屬玉堂集》	16	平／東	寫景記遊
春思　之一	七絕	《平露堂集》	17	平／支	豔情
之二	七絕	《平露堂集》	17	平／尤	豔情
春日早起　之一	七絕	《平露堂集》	17	平／東	豔情
之二	七絕	《平露堂集》	17	平／支	豔情
寒食　之一	七絕	《平露堂集》	17	平／微	豔情
之二	七絕	《平露堂集》	17	平／灰	豔情
之三	七絕	《平露堂集》	17	平／支	豔情
桐花	七絕	《平露堂集》	17	平／灰	詠物
悼女頎詩　之一	七絕	《平露堂集》	17	平／庚	詠懷
之二	七絕	《平露堂集》	17	平／陽	詠懷
之三	七絕	《平露堂集》	17	平／灰	詠懷
之四	七絕	《平露堂集》	17	平／寒	詠懷
之五	七絕	《平露堂集》	17	平／支	詠懷
之六	七絕	《平露堂集》	17	平／東	詠懷
之七	七絕	《平露堂集》	17	平／庚	詠懷

迎春曲　之一	七絕	《平露堂集》	17	平／尤	詠懷
之二	七絕	《平露堂集》	17	平／支	詠懷
之三	七絕	《平露堂集》	17	平／陽	詠懷
壽張鍊師　之一	七絕	《平露堂集》	17	平／微	贈答唱和
之二	七絕	《平露堂集》	17	平／支	贈答唱和
予從森陽曹君學射作詩贈之之一	七絕	《平露堂集》	17	平／眞	贈答唱和
之二	七絕	《平露堂集》	17	平／東	贈答唱和
贈薊撫陳令威中丞陳繇寧前兵備擢撫薊門　之一	七絕	《平露堂集》	17	平／庚	贈答唱和
之二	七絕	《平露堂集》	17	平／眞	贈答唱和
之三	七絕	《平露堂集》	17	平／刪	贈答唱和
之四	七絕	《平露堂集》	17	平／灰	贈答唱和
之五	七絕	《平露堂集》	17	平／刪	贈答唱和
之六	七絕	《平露堂集》	17	平／歌	贈答唱和
之七	七絕	《平露堂集》	17	平／尤	贈答唱和
之八	七絕	《平露堂集》	17	平／灰	贈答唱和
長安旅愁　之一	七絕	《平露堂集》	17	平／尤	詠懷
之二	七絕	《平露堂集》	17	平／虞	詠懷
授官嶺南後屬小疾臥邸中之一	七絕	《平露堂集》	17	平／尤	詠懷
之二	七絕	《平露堂集》	17	平／虞	詠懷
之三	七絕	《平露堂集》	17	平／眞	詠懷
涿州	七絕	《平露堂集》	17	平／灰	寫景記遊
途中寄彥升太史	七絕	《平露堂集》	17	平／尤	贈答唱和
朝發涿鹿霧	七絕	《平露堂集》	17	平／尤	寫景記遊
督亢	七絕	《平露堂集》	17	平／東	寫景記遊
白溝	七絕	《平露堂集》	17	平／尤	寫景記遊

春日酬舒章言懷之作　之一	五律	《平露堂集》	11	平／侵	贈答唱和
之二	五律	《平露堂集》	11	平／虞	贈答唱和
今年梅花為積雨所困過愨人館中見其娟然哀麗戲言欲以石愨其下如曲水之製酌其香雨斯亦事之可懷者賦以記之	五律	《平露堂集》	11	平／先	豔情
群盜	五律	《平露堂集》	11	平／微	社會寫實
讀倪鴻寶先生制虛八策有感	五律	《平露堂集》	11	平／庚	詠懷
春初集張子美館中	五律	《平露堂集》	11	平／寒	寫景記遊
送楊扶曦之湘陰令　之一	五律	《平露堂集》	11	平／麻	贈答唱和
之二	五律	《平露堂集》	11	平／虞	贈答唱和
酬萬年　之一	五律	《平露堂集》	11	平／蒸	贈答唱和
之二	五律	《平露堂集》	11	平／灰	贈答唱和
南園即事　之一	五律	《平露堂集》	11	平／先	豔情
之二	五律	《平露堂集》	11	平／歌	豔情
花朝溪上新雨	五律	《平露堂集》	11	平／虞	寫景記遊
歸家月中題庭前絳桃	五律	《平露堂集》	11	平／蕭	詠物
諸將　之一	五律	《平露堂集》	11	平／眞	社會寫實
之二	五律	《平露堂集》	11	平／灰	社會寫實
之三	五律	《平露堂集》	11	平／先	社會寫實
之四	五律	《平露堂集》	11	平／尤	社會寫實
之五	五律	《平露堂集》	11	平／庚	社會寫實
百合	五律	《平露堂集》	11	平／庚	詠物
馮侍御談晉中事有感　之一	五律	《平露堂集》	11	平／歌	社會寫實
之二	五律	《平露堂集》	11	平／陽	社會寫實
立秋日酬建陽沈令	五律	《平露堂集》	11	平／庚	贈答唱和
七夕　之一	五律	《平露堂集》	11	平／歌	詠懷
之二	五律	《平露堂集》	11	平／尤	詠懷

秋居雜詩　之一	五律	《平露堂集》	11	平／尤	詠懷
之二	五律	《平露堂集》	11	平／歌	詠懷
之三	五律	《平露堂集》	11	平／寒	詠懷
之四	五律	《平露堂集》	11	平／虞	詠懷
之五	五律	《平露堂集》	11	平／微	詠懷
之六	五律	《平露堂集》	11	平／灰	詠懷
之七	五律	《平露堂集》	11	平／蕭	詠懷
之八	五律	《平露堂集》	11	平／庚	詠懷
之九	五律	《平露堂集》	11	平／虞	詠懷
之十	五律	《平露堂集》	11	平／東	詠懷
夜泊滸墅	五律	《平露堂集》	11	平／文	寫景記遊
將抵無錫	五律	《平露堂集》	11	平／歌	寫景記遊
舟行雨中有憶亡女	五律	《平露堂集》	11	平／先	詠懷
立春夜	五律	《平露堂集》	11	平／尤	詠懷
除夕有懷亡女	五律	《平露堂集》	11	平／微	詠懷
清明	五律	《平露堂集》	11	平／微	詠懷
暮春月夜遊虎丘寺　之一	五律	《平露堂集》	11	平／庚	寫景記遊
之二	五律	《平露堂集》	11	平／陽	寫景記遊
送徐聖期省試金陵	五律	《平露堂集》	11	平／庚	贈答唱和
晚秋暮雨	五律	《平露堂集》	11	平／東	寫景記遊
有感示闇公	五律	《平露堂集》	11	平／支	贈答唱和
久不得邸報	五律	《平露堂集》	11	平／尤	社會寫實
乙亥元日	七律	《平露堂集》	14	平／陽	詠懷
人日	七律	《平露堂集》	14	平／東	詠懷
登臺野眺	七律	《平露堂集》	14	平／灰	社會寫實
送周勒卣遊南雍	七律	《平露堂集》	14	平／陽	贈答唱和
送徐闇公遊南雍	七律	《平露堂集》	14	平／東	贈答唱和

五日 之一	七律	《平露堂集》	14	平／尤	詠懷
之二	七律	《平露堂集》	14	平／庚	詠懷
得扶曦湘中書地雖有山川之美而凋弊難治也	七律	《平露堂集》	14	平／先	贈答唱和
夢與楊伯祥同舟語時事時伯祥使蜀方歸	七律	《平露堂集》	14	平／尤	詠懷
初秋出城南弔邇機之喪遊陸氏園亭春初予輩讀書處也感賦 之一	七律	《平露堂集》	14	平／尤	寫景記遊
之二	七律	《平露堂集》	14	平／元	寫景記遊
贈張太羹使君	七律	《平露堂集》	14	平／先	贈答唱和
初秋 之一	七律	《平露堂集》	14	平／庚	詠懷
之二	七律	《平露堂集》	14	平／尤	詠懷
之三	七律	《平露堂集》	14	平／元	詠懷
之四	七律	《平露堂集》	14	平／庚	詠懷
之五	七律	《平露堂集》	14	平／豪	詠懷
之六	七律	《平露堂集》	14	平／歌	詠懷
之七	七律	《平露堂集》	14	平／灰	詠懷
之八	七律	《平露堂集》	14	平／先	贈答唱和
送蔣抑之年丈之官道州	七律	《平露堂集》	14	平／支	贈答唱和
八月大風雨中遊泖塔連夕同遊者宋子建尚木陸子玄張子慧 之一	七律	《平露堂集》	14	平／尤	寫景記遊
之二	七律	《平露堂集》	14	平／寒	寫景記遊
之三	七律	《平露堂集》	14	平／眞	寫景記遊
之四	七律	《平露堂集》	14	平／青	寫景記遊
八月十五夜 之一	七律	《平露堂集》	14	平／尤	詠懷
之二	七律	《平露堂集》	14	平／歌	詠懷
讀武記 之一	七律	《平露堂集》	14	平／庚	其它

之二	七律	《平露堂集》	14	平／微	其它
乙亥九日	七律	《平露堂集》	14	平／灰	詠懷
九日泊吳閶	七律	《平露堂集》	14	平／庚	詠懷
薄暮舟發武丘是日以淮警中丞發師北行	七律	《平露堂集》	14	平／尤	社會寫實
獻留都范大司馬　之一	七律	《平露堂集》	14	平／尤	贈答唱和
之二	七律	《平露堂集》	14	平／庚	贈答唱和
贈留都錢大鸘職方　之一	七律	《平露堂集》	14	平／陽	贈答唱和
之二	七律	《平露堂集》	14	平／支	贈答唱和
登長干浮屠　之一	七律	《平露堂集》	14	平／尤	寫景記遊
之二	七律	《平露堂集》	14	平／東	寫景記遊
出留都下馬遊顧司寇華玉墓顧能識江陵公於童子時異人也	七律	《平露堂集》	14	平／庚	寫景記遊
丙子元日	七律	《平露堂集》	14	平／侵	詠懷
人日	七律	《平露堂集》	14	平／刪	詠懷
元夕　之一	七律	《平露堂集》	14	平／尤	詠懷
之二	七律	《平露堂集》	14	平／麻	詠懷
贈張運使泰嚴年丈	七律	《平露堂集》	14	平／陽	贈答唱和
送勒卣省試之金陵	七律	《平露堂集》	14	平／冬	贈答唱和
壽包山許伯贊母夫人	七律	《平露堂集》	14	平／先	贈答唱和
送陳鶴朋應試武林	七律	《平露堂集》	14	平／尤	贈答唱和
送張子美省試金陸	七律	《平露堂集》	14	平／支	贈答唱和
送陸文孫省試金陵時當七夕	七律	《平露堂集》	14	平／先	贈答唱和
得李舒章宋轅文秣陵書有憂時之語	七律	《平露堂集》	14	平／眞	詠懷
書丙子秋事　之一	七律	《平露堂集》	14	平／寒	社會寫實
之二	七律	《平露堂集》	14	平／先	社會寫實

之三	七律	《平露堂集》	14	平／尤	社會寫實
之四	七律	《平露堂集》	14	平／庚	社會寫實
元日日有食之	七律	《平露堂集》	14	平／東	社會寫實
壽嘉興令新安羅然明母夫人	七律	《平露堂集》	14	平／尤	贈答唱和
寄羅湘中少宗伯	五排	《平露堂集》	16	平／虞	贈答唱和
中都	五排	《平露堂集》	16	平／陽	社會寫實
晚春遊天平	五排	《平露堂集》	16	平／尤	豔情
送宋子建應試金陵隨至海州成婚	五排	《平露堂集》	16	平／尤	贈答唱和
晚出左掖	五律	《白雲草》	11	平／尤	寫景記遊
會極門接諸司奏章	五律	《白雲草》	11	平／陽	寫景記遊
曉入端門	五律	《白雲草》	11	平／麻	寫景記遊
游米太僕漫園為米吉士賦 之一	五律	《白雲草》	11	平／覃	寫景記遊
之二	五律	《白雲草》	11	平／眞	寫景記遊
淨業寺	五律	《白雲草》	11	平／尤	寫景記遊
御溝	五律	《白雲草》	11	平／侵	寫景記遊
燕中雜詩 之一	五律	《白雲草》	11	平／尤	寫景記遊
之二	五律	《白雲草》	11	平／歌	寫景記遊
之三	五律	《白雲草》	11	平／灰	寫景記遊
之四	五律	《白雲草》	11	平／尤	寫景記遊
之五	五律	《白雲草》	11	平／虞	寫景記遊
之六	五律	《白雲草》	11	平／先	寫景記遊
之七	五律	《白雲草》	11	平／冬	寫景記遊
之八	五律	《白雲草》	11	平／歌	寫景記遊
之九	五律	《白雲草》	11	平／支	寫景記遊
之十	五律	《白雲草》	11	平／蒸	寫景記遊

之十一	五律	《白雲草》	11	平／東	寫景記遊
之十二	五律	《白雲草》	11	平／文	寫景記遊
之十三	五律	《白雲草》	11	平／麻	寫景記遊
之十四	五律	《白雲草》	11	平／灰	寫景記遊
之十五	五律	《白雲草》	11	平／支	寫景記遊
之十六	五律	《白雲草》	11	平／陽	寫景記遊
之十七	五律	《白雲草》	11	平／支	寫景記遊
之十八	五律	《白雲草》	11	平／齊	寫景記遊
之十九	五律	《白雲草》	11	平／東	寫景記遊
之二十	五律	《白雲草》	11	平／眞	寫景記遊
得闇公書知與讓木有卜鄰之志卻寄讓木	五律	《白雲草》	11	平／魚	贈答唱和
寄懷彭燕又	五律	《白雲草》	11	平／庚	贈答唱和
出都次蘆溝作　之一	五律	《白雲草》	11	平／支	寫景記遊
之二	五律	《白雲草》	11	平／歌	寫景記遊
早朝	七律	《白雲草》	14	平／陽	寫景記遊
韋園海棠	七律	《白雲草》	14	平／支	詠物
送雷聖肅之夔州推官	七律	《白雲草》	14	平／庚	贈答唱和
贈賈仲賁同年母節婦黃太孺人賈河間人也	七律	《白雲草》	14	平／庚	贈答唱和
初夏集萬駙馬白石園	七律	《白雲草》	14	平／齊	寫景記遊
京師五日時上幸西苑	七律	《白雲草》	14	平／庚	寫景記遊
又五日憶故鄉	七律	《白雲草》	14	平／陽	詠懷
送同年章于野歸江南	七律	《白雲草》	14	平／陽	贈答唱和
寄宋九青給事時方使冊封趙藩	七律	《白雲草》	14	平／元	贈答唱和
送宋令申給諫備兵武昌	七律	《白雲草》	14	平／尤	贈答唱和
送蔡雲怡年丈備兵井陘	七律	《白雲草》	14	平／青	贈答唱和

立秋日陳舍人幾亭屠大行愚仙招飲水關晾馬廠觀荷同席者金水部伯玉	七律	《白雲草》	14	平／東	寫景記遊
燕中秋感　之一	七律	《白雲草》	14	平／東	社會寫實
之二	七律	《白雲草》	14	平／青	社會寫實
之三	七律	《白雲草》	14	平／尤	社會寫實
之四	七律	《白雲草》	14	平／尤	社會寫實
寄李舒章宋轅文	七律	《白雲草》	14	平／麻	贈答唱和
贈熊壇石大司馬	五排	《白雲草》	16	平／東	贈答唱和
滕縣道中	五絕	《湘眞閣稿》	17	平／麻	寫景記遊
途中　之一	五絕	《湘眞閣稿》	17	平／刪	寫景記遊
之二	五絕	《湘眞閣稿》	17	上／有	寫景記遊
放生詩・魚	五絕	《湘眞閣稿》	17	平／先	詠物
放生詩・鳥	五絕	《湘眞閣稿》	17	平／青	詠物
雲中邊詞　之一	七絕	《湘眞閣稿》	17	平／灰	其它
之二	七絕	《湘眞閣稿》	17	平／東	其它
之三	七絕	《湘眞閣稿》	17	平／豪	其它
之四	七絕	《湘眞閣稿》	17	平／刪	其它
之五	七絕	《湘眞閣稿》	17	平／麻	其它
上谷邊詞　之一	七絕	《湘眞閣稿》	17	平／微	其它
之二	七絕	《湘眞閣稿》	17	平／庚	其它
之三	七絕	《湘眞閣稿》	17	平／東	其它
之四	七絕	《湘眞閣稿》	17	平／文	其它
寧前邊詞　之一	七絕	《湘眞閣稿》	17	平／侵	其它
之二	七絕	《湘眞閣稿》	17	平／齊	其它
之三	七絕	《湘眞閣稿》	17	平／灰	其它
之四	七絕	《湘眞閣稿》	17	平／庚	其它

歲暮懷舒章　之一	七絕	《湘眞閣稿》	17	平／刪	贈答唱和
之二	七絕	《湘眞閣稿》	17	平／庚	贈答唱和
之三	七絕	《湘眞閣稿》	17	平／陽	贈答唱和
之四	七絕	《湘眞閣稿》	17	平／歌	贈答唱和
之五	七絕	《湘眞閣稿》	17	平／眞	贈答唱和
之六	七絕	《湘眞閣稿》	17	平／虞	贈答唱和
之七	七絕	《湘眞閣稿》	17	平／魚	贈答唱和
之八	七絕	《湘眞閣稿》	17	平／灰	贈答唱和
上元送內弟張子服遊邵陵之一	七絕	《湘眞閣稿》	17	平／支	贈答唱和
之二	七絕	《湘眞閣稿》	17	平／東	贈答唱和
之三	七絕	《湘眞閣稿》	17	平／眞	贈答唱和
之四	七絕	《湘眞閣稿》	17	平／灰	贈答唱和
寒食雨	七絕	《湘眞閣稿》	17	平／東	豔情
賀尚木生子　之一	七絕	《湘眞閣稿》	17	平／東	贈答唱和
之二	七絕	《湘眞閣稿》	17	平／青	贈答唱和
予讀書池上有並蒂芙蓉戲題一絕	七絕	《湘眞閣稿》	17	平／麻	詠物
贈張沔陽　之一	七絕	《湘眞閣稿》	17	平／尤	贈答唱和
之二	七絕	《湘眞閣稿》	17	平／庚	贈答唱和
送偉南遊匡廬　之一	七絕	《湘眞閣稿》	17	平／東	贈答唱和
之二	七絕	《湘眞閣稿》	17	平／陽	贈答唱和
春遊曲　之一	七絕	《湘眞閣稿》	17	平／麻	寫景記遊
之二	七絕	《湘眞閣稿》	17	平／齊	寫景記遊
歸雁	七絕	《湘眞閣稿》	17	平／微	詠物
邵伯驛	七絕	《湘眞閣稿》	17	平／尤	寫景記遊
渡易水	七絕	《湘眞閣稿》	17	平／庚	詠懷

登鄭州廢城	七絕	《湘眞閣稿》	17	平／尤	寫景記遊
鄭州隄上	七絕	《湘眞閣稿》	17	平／覃	寫景記遊
雄縣	七絕	《湘眞閣稿》	17	平／尤	寫景記遊
宿桑乾	七絕	《湘眞閣稿》	17	平／寒	詠懷
寄宣城令余瘠之　之一	七絕	《湘眞閣稿》	17	平／冬	贈答唱和
之二	七絕	《湘眞閣稿》	17	平／微	贈答唱和
立春前一日雪中集龍潭舟次	五律	《湘眞閣稿》	12	平／東	寫景記遊
戊寅元日　之一	五律	《湘眞閣稿》	12	平／先	詠懷
之二	五律	《湘眞閣稿》	12	平／眞	社會寫實
早春遊婁東王璽卿東園　之一	五律	《湘眞閣稿》	12	平／侵	寫景記遊
之二	五律	《湘眞閣稿》	12	平／庚	寫景記遊
戊寅七夕病中	五律	《湘眞閣稿》	12	平／歌	豔情
夜泊鹿城	五律	《湘眞閣稿》	12	平／庚	寫景記遊
同舒章晚泊黃浦	五律	《湘眞閣稿》	12	平／東	寫景記遊
石齋先生築講壇於大滌山即玄蓋洞天也予從先生留連累日　之一	五律	《湘眞閣稿》	12	平／刪	寫景記遊
之二	五律	《湘眞閣稿》	12	平／尤	寫景記遊
之三	五律	《湘眞閣稿》	12	平／尤	寫景記遊
之四	五律	《湘眞閣稿》	12	平／先	寫景記遊
之五	五律	《湘眞閣稿》	12	平／寒	寫景記遊
之六	五律	《湘眞閣稿》	12	平／支	寫景記遊
之七	五律	《湘眞閣稿》	12	平／文	寫景記遊
之八	五律	《湘眞閣稿》	12	平／庚	寫景記遊
輓侯文中　之一	五律	《湘眞閣稿》	12	平／庚	贈答唱和
之二	五律	《湘眞閣稿》	12	平／微	贈答唱和
浦口觀潮	五律	《湘眞閣稿》	12	平／麻	寫景記遊

舟發金陵宿儀眞　之一	五律	《湘眞閣稿》	12	平／尤	寫景記遊
之二	五律	《湘眞閣稿》	12	平／庚	寫景記遊
河上逢李映碧給諫謫還	五律	《湘眞閣稿》	12	平／歌	贈答唱和
桃源夜遇鄭超宗落第還維揚	五律	《湘眞閣稿》	12	平／庚	贈答唱和
宿遷	五律	《湘眞閣稿》	12	平／灰	寫景記遊
途中	五律	《湘眞閣稿》	12	平／歌	寫景記遊
淮北憶家　之一	五律	《湘眞閣稿》	12	平／陽	詠懷
之二	五律	《湘眞閣稿》	12	平／麻	詠懷
之三	五律	《湘眞閣稿》	12	平／寒	詠懷
雨後發下邳	五律	《湘眞閣稿》	12	平／庚	社會寫實
將至嶧縣	五律	《湘眞閣稿》	12	平／灰	社會寫實
嶧縣	五律	《湘眞閣稿》	12	平／侵	社會寫實
兗州	五律	《湘眞閣稿》	12	平／庚	社會寫實
汶上	五律	《湘眞閣稿》	12	平／先	社會寫實
東平	五律	《湘眞閣稿》	12	平／灰	社會寫實
過東阿懷曹子建	五律	《湘眞閣稿》	12	平／東	社會寫實
過荏平有懷馬開	五律	《湘眞閣稿》	12	平／寒	社會寫實
莒蓓	五律	《湘眞閣稿》	12	平／灰	社會寫實
經高唐傷旱	五律	《湘眞閣稿》	12	平／微	社會寫實
德州	五律	《湘眞閣稿》	12	平／齊	社會寫實
交河	五律	《湘眞閣稿》	12	平／歌	社會寫實
蘆溝新城	五律	《湘眞閣稿》	12	平／眞	社會寫實
渡馬頰	五律	《湘眞閣稿》	12	平／歌	社會寫實
濟上立秋　之一	五律	《湘眞閣稿》	12	平／尤	寫景記遊
之二	五律	《湘眞閣稿》	12	平／東	寫景記遊
秋歸涉黃河　之一	五律	《湘眞閣稿》	12	平／元	寫景記遊
之二	五律	《湘眞閣稿》	12	平／歌	寫景記遊

之三	五律	《湘眞閣稿》	12	平／庚	寫景記遊
古意　之一	五律	《湘眞閣稿》	14	平／微	社會寫實
之二	五律	《湘眞閣稿》	14	平／尤	社會寫實
之三	五律	《湘眞閣稿》	14	平／陽	社會寫實
遼事雜感　之一	七律	《湘眞閣稿》	14	平／陽	社會寫實
之二	七律	《湘眞閣稿》	14	平／尤	社會寫實
之三	七律	《湘眞閣稿》	14	平／支	社會寫實
之四	七律	《湘眞閣稿》	14	平／庚	社會寫實
之五	七律	《湘眞閣稿》	14	平／先	社會寫實
之六	七律	《湘眞閣稿》	14	平／尤	社會寫實
之七	七律	《湘眞閣稿》	14	平／灰	社會寫實
之八	七律	《湘眞閣稿》	14	平／尤	社會寫實
人日寄贈楊機部太史充東宮講宮	七律	《湘眞閣稿》	14	平／元	贈答唱和
歸德候朝宗書來盛稱我土人士之美兼慨世事詩以酬之	七律	《湘眞閣稿》	14	平／灰	贈答唱和
丁丑除夜時予方廬居　之一	七律	《湘眞閣稿》	14	平／支	詠懷
之二	七律	《湘眞閣稿》	14	平／歌	詠懷
寄仁和令吳坦公吳約予春明遊湖上也	七律	《湘眞閣稿》	14	平／眞	贈答唱和
立春	七律	《湘眞閣稿》	14	平／庚	詠懷
重遊弇園	七律	《湘眞閣稿》	14	平／侵	寫景記遊
花朝戲作晚唐體	七律	《湘眞閣稿》	14	平／蕭	豔情
春泛震澤	七律	《湘眞閣稿》	14	平／蕭	寫景記遊
辱李司馬萍槎先生贈詩勉以世事兼許文筆忽忽奉酬聊存知己之感	七律	《湘眞閣稿》	14	平／陽	贈答唱和
于忠肅祠	七律	《湘眞閣稿》	14	平／先	其它
錢塘東望有感	七律	《湘眞閣稿》	14	平／灰	寫景記遊

寄夏長樂彝仲	七律	《湘真閣稿》	14	平／寒	贈答唱和
寄李惠安毖軒	七律	《湘真閣稿》	14	平／尤	贈答唱和
送張訒叟給諫還朝	七律	《湘真閣稿》	14	平／陽	贈答唱和
送方爾止還金陵將歸皖桐	七律	《湘真閣稿》	14	平／寒	贈答唱和
寄答密之于金陵	七律	《湘真閣稿》	14	平／灰	贈答唱和
寄屠幼繩太史屠喜談兵以大行改館職異數也	七律	《湘真閣稿》	14	平／魚	贈答唱和
寄懷唐吳江瞿瞿	七律	《湘真閣稿》	14	平／東	贈答唱和
送勒卣游睢陽　之一	七律	《湘真閣稿》	14	平／寒	贈答唱和
之二	七律	《湘真閣稿》	14	平／元	贈答唱和
八月宿山中荒園	七律	《湘真閣稿》	14	平／歌	寫景記遊
寄義興夏給諫	七律	《湘真閣稿》	14	平／冬	贈答唱和
吳松江口眺望	七律	《湘真閣稿》	14	平／尤	寫景記遊
戊寅九日同闇公舒章諸子登高之酌　之一	七律	《湘真閣稿》	14	平／歌	寫景記遊
之二	七律	《湘真閣稿》	14	平／灰	寫景記遊
寄喬聖任侍御時按浙中	七律	《湘真閣稿》	14	平／灰	贈答唱和
送張子服遊楚中應王學憲之聘　之一	七律	《湘真閣稿》	14	平／尤	贈答唱和
之二	七律	《湘真閣稿》	14	平／豪	贈答唱和
贈淮陽兵憲鄭潛菴年丈之一	七律	《湘真閣稿》	14	平／歌	贈答唱和
之二	七律	《湘真閣稿》	14	平／文	贈答唱和
贈洪洞韓水部還朝	七律	《湘真閣稿》	14	平／侵	贈答唱和
戊寅除夕　之一	七律	《湘真閣稿》	14	平／歌	詠懷
之二	七律	《湘真閣稿》	14	平／寒	詠懷
己卯元日	七律	《湘真閣稿》	14	平／尤	詠懷
寄楊伯祥	七律	《湘真閣稿》	14	平／庚	贈答唱和

勒卣從中州歸納董姬金陵人也作詩調之	七律	《湘眞閣稿》	14	平／灰	贈答唱和
送張鯢淵侍御巡閩還朝	七律	《湘眞閣稿》	14	平／東	贈答唱和
奉酬越大夫卓凡見贈之作	七律	《湘眞閣稿》	14	平／庚	贈答唱和
酬曹封丘惕咸	七律	《湘眞閣稿》	14	平／眞	贈答唱和
贈冒嵩少僉憲時冒薦邊才而長嗣襄爲索五十壽詩	七律	《湘眞閣稿》	14	平／魚	贈答唱和
寄獻海道王兵憲	七律	《湘眞閣稿》	14	平／陽	贈答唱和
送徐九一太史還朝　之一	七律	《湘眞閣稿》	14	平／魚	贈答唱和
之二	七律	《湘眞閣稿》	14	平／侵	贈答唱和
寄問陳彥升太史時尊公大中丞以邊事下獄　之一	七律	《湘眞閣稿》	14	平／冬	贈答唱和
之二	七律	《湘眞閣稿》	14	平／寒	贈答唱和
贈淮陽袁臨侯憲使	七律	《湘眞閣稿》	14	平／先	贈答唱和
送楊龍友之青田令	七律	《湘眞閣稿》	14	平／先	贈答唱和
己卯除夕	七律	《湘眞閣稿》	14	平／微	詠懷
庚辰元日	七律	《湘眞閣稿》	14	平／麻	詠懷
送張玉笥中丞擢河道少司空隨召陛見　之一	七律	《湘眞閣稿》	14	平／陽	贈答唱和
之二	七律	《湘眞閣稿》	14	平／庚	贈答唱和
送曾憲長霖寰年丈	七律	《湘眞閣稿》	14	平／尤	贈答唱和
壽梁溪封太史馬公	七律	《湘眞閣稿》	14	平／庚	贈答唱和
登岱　之一	七律	《湘眞閣稿》	14	平／元	寫景記遊
之二	七律	《湘眞閣稿》	14	平／寒	寫景記遊
揚州	七律	《湘眞閣稿》	15	平／蕭	詠懷
壽蘇松宋兵憲	七律	《湘眞閣稿》	15	平／先	贈答唱和
高郵州	七律	《湘眞閣稿》	15	平／尤	寫景記遊
河間	七律	《湘眞閣稿》	15	平／庚	社會寫實

送吳來之膳部請告還江東	七律	《湘眞閣稿》	15	平／寒	贈答唱和
贈文啓美舍人	七律	《湘眞閣稿》	15	平／刪	贈答唱和
飲集水關	七律	《湘眞閣稿》	15	平／支	寫景記遊
重遊萬都尉園亭	七律	《湘眞閣稿》	15	平／東	寫景記遊
城西園訪史道鄰中丞不值	七律	《湘眞閣稿》	15	平／微	贈答唱和
贈方密之進士	七律	《湘眞閣稿》	15	平／東	贈答唱和
送吳魯崗比部恤刑廣東	七律	《湘眞閣稿》	15	平／陽	贈答唱和
五日賜粽擬應制	七律	《湘眞閣稿》	15	平／虞	擬古
賜扇擬應制	七律	《湘眞閣稿》	15	平／庚	擬古
都下雜感　之一	七律	《湘眞閣稿》	15	平／魚	詠懷
之二	七律	《湘眞閣稿》	15	平／齊	詠懷
之三	七律	《湘眞閣稿》	15	平／文	詠懷
之四	七律	《湘眞閣稿》	15	平／庚	詠懷
遊天壇外垣	七律	《湘眞閣稿》	15	平／庚	寫景記遊
喜袁臨侯開府鄖陽卻寄	七律	《湘眞閣稿》	15	平／陽	贈答唱和
贈周其章黃門	七律	《湘眞閣稿》	15	平／元	贈答唱和
輓萊陽宋五河使君	七律	《湘眞閣稿》	15	平／尤	贈答唱和
宮燕	七律	《湘眞閣稿》	15	平／灰	詠物
宮柳	七律	《湘眞閣稿》	15	平／尤	詠物
德勝橋	七律	《湘眞閣稿》	15	平／尤	寫景記遊
宋廷尉九青先生極稱舒章詩又謬賞鄙作賦此以慰舒章	七律	《湘眞閣稿》	15	平／微	贈答唱和
寄懷闇公	七律	《湘眞閣稿》	15	平／庚	贈答唱和
送包長明同年出牧羅定	七律	《湘眞閣稿》	15	平／先	贈答唱和
寄贈曹州劉大將軍	七律	《湘眞閣稿》	15	平／虞	贈答唱和
初出都門	七律	《湘眞閣稿》	15	平／歌	寫景記遊
過高唐有郭生者云聞余至候數日矣遂以酒饌相餉	七律	《湘眞閣稿》	15	平／庚	贈答唱和

塗中見西南徼外諸夷貢使而作	七律	《湘眞閣稿》	15	平／先	詠懷
會通河　之一	七律	《湘眞閣稿》	15	平／尤	寫景記遊
之二	七律	《湘眞閣稿》	15	平／齊	寫景記遊
舟中七夕作	七律	《湘眞閣稿》	15	平／豪	詠懷
贈揚州守馮玄度	七律	《湘眞閣稿》	15	平／庚	贈答唱和
傷春　之一	五排	《湘眞閣稿》	16	平／眞	社會寫實
之二	五排	《湘眞閣稿》	16	平／東	社會寫實
之三	五排	《湘眞閣稿》	16	平／虞	社會寫實
之四	五排	《湘眞閣稿》	16	平／庚	社會寫實
之五	五排	《湘眞閣稿》	16	平／寒	社會寫實
贈吳駿公太史充東宮講官	五排	《湘眞閣稿》	16	平／陽	贈答唱和
游雲棲寺	五排	《湘眞閣稿》	16	平／先	寫景記遊
靈濟宮	五排	《湘眞閣稿》	16	平／東	寫景記遊
上董邃初少宰	五排	《湘眞閣稿》	16	平／先	贈答唱和
贈錢牧齋少宗伯	五排	《湘眞閣稿》	16	平／眞	贈答唱和
寄吏垣張給諫訒叟	五排	《湘眞閣稿》	16	平／先	贈答唱和
人日夜觀明月積雪　之一	七絕	《三子詩稿》	17	平／寒	詠懷
之二	七絕	《三子詩稿》	17	平／尤	詠懷
二月山行雪中見杏花	七絕	《三子詩稿》	17	平／寒	寫景記遊
越中寒食　之一	七絕	《三子詩稿》	17	平／刪	詠懷
之二	七絕	《三子詩稿》	17	平／先	詠懷
偶書時事　之一	七絕	《三子詩稿》	17	平／刪	社會寫實
之二	七絕	《三子詩稿》	17	平／尤	社會寫實
之三	七絕	《三子詩稿》	17	平／先	社會寫實
春宮曲	七絕	《三子詩稿》	17	平／陽	豔情
從軍行　之一	七絕	《三子詩稿》	17	平／尤	擬古

之二	七絕	《三子詩稿》	17	平／灰	擬古	
之三	七絕	《三子詩稿》	17	平／寒	擬古	
之四	七絕	《三子詩稿》	17	平／庚	擬古	
德清夜游作	七絕	《三子詩稿》	17	平／尤	寫景記遊	
哭張天如先生　之一	七絕	《三子詩稿》	17	平／支	詠懷	
之二	七絕	《三子詩稿》	17	平／先	詠懷	
之三	七絕	《三子詩稿》	17	平／眞	詠懷	
之四	七絕	《三子詩稿》	17	平／庚	詠懷	
之五	七絕	《三子詩稿》	17	平／眞	詠懷	
之六	七絕	《三子詩稿》	17	平／先	詠懷	
之七	七絕	《三子詩稿》	17	平／文	詠懷	
之八	七絕	《三子詩稿》	17	平／文	詠懷	
之九	七絕	《三子詩稿》	17	平／冬	詠懷	
之十	七絕	《三子詩稿》	17	平／陽	詠懷	
之十一	七絕	《三子詩稿》	17	平／微	詠懷	
之十二	七絕	《三子詩稿》	17	平／陽	詠懷	
之十三	七絕	《三子詩稿》	17	平／虞	詠懷	
之十四	七絕	《三子詩稿》	17	平／先	詠懷	
之十五	七絕	《三子詩稿》	17	平／元	詠懷	
之十六	七絕	《三子詩稿》	17	平／寒	詠懷	
之十七	七絕	《三子詩稿》	17	平／庚	詠懷	
之十八	七絕	《三子詩稿》	17	平／先	詠懷	
之十九	七絕	《三子詩稿》	17	平／侵	詠懷	
之二十	七絕	《三子詩稿》	17	平／先	詠懷	
之二十一	七絕	《三子詩稿》	17	平／陽	詠懷	
之二十二	七絕	《三子詩稿》	17	平／先	詠懷	
之二十三	七絕	《三子詩稿》	17	平／東	詠懷	

之二十四	七絕	《三子詩稿》	17	平／侵	詠懷
去歲孟秋十三夜予從京師歸遇天如於鹿城談至四鼓而別孰知遂成永訣也今秋是夜泊舟禾郡月明如昨不勝愴然之一	七絕	《三子詩稿》	17	平／侵	詠懷
之二	七絕	《三子詩稿》	17	平／眞	詠懷
朱雲子贈詩有小築剡中之意酬之 之一	七絕	《三子詩稿》	17	平／東	贈答唱和
之二	七絕	《三子詩稿》	17	平／陽	贈答唱和
薄暮望海	五律	《三子詩稿》	12	平／尤	寫景記遊
山中曉行	五律	《三子詩稿》	12	平／陽	寫景記遊
朱家巷	五律	《三子詩稿》	12	平／麻	寫景記遊
七夕渡曹娥江	五律	《三子詩稿》	12	平／麻	寫景記遊
寄青田令楊龍 之一	五律	《三子詩稿》	12	平／陽	贈答唱和
之二	五律	《三子詩稿》	12	平／尤	贈答唱和
弔東湖樵夫	五律	《三子詩稿》	12	平／文	其它
哭周勒卣 之一	五律	《三子詩稿》	12	平／先	詠懷
之二	五律	《三子詩稿》	12	平／東	詠懷
之三	五律	《三子詩稿》	12	平／刪	詠懷
之四	五律	《三子詩稿》	12	平／麻	詠懷
之五	五律	《三子詩稿》	12	平／歌	詠懷
之六	五律	《三子詩稿》	12	平／陽	詠懷
之七	五律	《三子詩稿》	12	平／魚	詠懷
之八	五律	《三子詩稿》	12	平／虞	詠懷
早春風雨	五律	《三子詩稿》	12	平／東	寫景記遊
雹	五律	《三子詩稿》	12	平／先	社會寫實
初春閣夜	五律	《三子詩稿》	12	平／青	詠懷
春雪浹旬自郡適諸暨	五律	《三子詩稿》	12	平／先	寫景記遊

西陵初晴	五律	《三子詩稿》	12	平／灰	寫景記遊
西陵得家信	五律	《三子詩稿》	12	平／支	詠懷
桃花	五律	《三子詩稿》	12	平／尤	詠物
送張孝廉游廣州	五律	《三子詩稿》	12	平／陽	贈答唱和
雜感　之一	五律	《三子詩稿》	12	平／蕭	社會寫實
之二	五律	《三子詩稿》	12	平／尤	社會寫實
之三	五律	《三子詩稿》	12	平／齊	社會寫實
之四	五律	《三子詩稿》	12	平／支	社會寫實
越署早春　之一	五律	《三子詩稿》	12	平／微	詠懷
之二	五律	《三子詩稿》	12	平／庚	詠懷
得萊陽宋澄嵐書序令昆華之賢從宗玉兩令君及長嗣夏玉孝廉之變兼訊亡友周勒卣悽然賦酬　之一	五律	《三子詩稿》	12	平／歌	贈答唱和
之二	五律	《三子詩稿》	12	平／先	贈答唱和
杭州使院有懷	五律	《三子詩稿》	12	平／侵	詠懷
流民	五律	《三子詩稿》	12	平／微	社會寫實
寄番禺令謝天愚	五律	《三子詩稿》	12	平／寒	贈答唱和
孟夏一日秋城過錢宗伯夜談時事　之一	五律	《三子詩稿》	12	平／庚	社會寫實
之二	五律	《三子詩稿》	12	平／虞	社會寫實
襄陽　之一	五律	《三子詩稿》	12	平／東	社會寫實
之二	五律	《三子詩稿》	12	平／先	社會寫實
吳興　之一	五律	《三子詩稿》	12	平／侵	寫景記遊
之二	五律	《三子詩稿》	12	平／虞	寫景記遊
之三	五律	《三子詩稿》	12	平／陽	寫景記遊
之四	五律	《三子詩稿》	12	平／尤	寫景記遊
新秋蔣珍周天格二同年招飲台州東湖	五律	《三子詩稿》	12	平／微	寫景記遊

郡閣秋夕	五律	《三子詩稿》	12	平／歌	寫景記遊
同畢李二寅丈重游許寺	五律	《三子詩稿》	12	平／侵	寫景記遊
富春城中作	五律	《三子詩稿》	12	平／尤	寫景記遊
冬涉曹娥江	五律	《三子詩稿》	12	平／先	寫景記遊
冬雪之暨陽　之一	五律	《三子詩稿》	12	平／歌	寫景記遊
之二	五律	《三子詩稿》	12	平／侵	寫景記遊
斗子巖	五律	《三子詩稿》	12	平／庚	寫景記遊
慈谿道中	五律	《三子詩稿》	12	平／侵	寫景記遊
歲暮于役烏傷道中	五律	《三子詩稿》	12	平／侵	寫景記遊
送家大母還鄉至禦兒夢入里門	五律	《三子詩稿》	12	平／魚	寫景記遊
早春李立齋令君邀游罨畫溪之一	五律	《三子詩稿》	12	平／麻	寫景記遊
之二	五律	《三子詩稿》	12	平／齊	寫景記遊
睢陽	五律	《三子詩稿》	12	平／灰	社會寫實
初夏同倪司成吳金吾畢少府同游祁侍卿寓山園亭　之一	五律	《三子詩稿》	12	平／陽	寫景記遊
之二	五律	《三子詩稿》	12	平／歌	寫景記遊
之三	五律	《三子詩稿》	12	平／陽	寫景記遊
之四	五律	《三子詩稿》	12	平／侵	寫景記遊
之五	五律	《三子詩稿》	12	平／微	寫景記遊
之六	五律	《三子詩稿》	12	平／寒	寫景記遊
之七	五律	《三子詩稿》	12	平／眞	寫景記遊
之八	五律	《三子詩稿》	12	平／庚	寫景記遊
大風雨渡東陽江	五律	《三子詩稿》	12	平／尤	寫景記遊
予討山越遇大水阻酥溪不得渡宿善溪	五律	《三子詩稿》	12	平／侵	寫景記遊
遇酥溪水深不可涉從間道至上流十里溪	五律	《三子詩稿》	12	平／東	寫景記遊

壬午生日發永康憶去歲在崇德前歲在都門	五律	《三子詩稿》	12	平／麻	詠懷
縉雲	五律	《三子詩稿》	12	平／庚	寫景記遊
仙都	五律	《三子詩稿》	12	平／虞	寫景記遊
陟縉雲馮公嶺即木合嶺也上有桃花隘	五律	《三子詩稿》	12	平／先	寫景記遊
麗水九龍村	五律	《三子詩稿》	12	平／尤	寫景記遊
師次松陽宿淨居館聞警	五律	《三子詩稿》	12	平／支	寫景記遊
石佛嶺	五律	《三子詩稿》	12	平／庚	寫景記遊
雪巖	五律	《三子詩稿》	12	平／庚	寫景記遊
夜觀太白	五律	《三子詩稿》	12	平／冬	寫景記遊
除前一夕同畢至臺郡丞望海亭	五律	《三子詩稿》	12	平／庚	寫景記遊
壬午除夕 之一	五律	《三子詩稿》	12	平／先	詠懷
之二	五律	《三子詩稿》	12	平／東	詠懷
初春送士渡錢塘	五律	《三子詩稿》	12	平／文	贈答唱和
見新燕	五律	《三子詩稿》	12	平／灰	詠物
見新柳	五律	《三子詩稿》	12	平／眞	詠物
越署春雨	五律	《三子詩稿》	12	平／寒	寫景記遊
庚辰除夕大雪時在越署 之一	七律	《三子詩稿》	15	平／東	詠懷
之二	七律	《三子詩稿》	15	平／灰	詠懷
辛巳元日大雪	七律	《三子詩稿》	15	平／尤	詠懷
越署人日	七律	《三子詩稿》	15	平／蕭	詠懷
二月復雨　時聞邸報有感	七律	《三子詩稿》	15	平／虞	詠懷
霾	七律	《三子詩稿》	15	平／青	社會寫實
南鎮	七律	《三子詩稿》	15	平／尤	寫景記遊
苧蘿山	七律	《三子詩稿》	15	平／先	寫景記遊

越州春日寄舒章	七律	《三子詩稿》	15	平／尤	贈答唱和
曉渡錢塘	七律	《三子詩稿》	15	平／尤	寫景記遊
五日郡署齋居憶去歲此日在都門同吳魯崗比部包宣鼇馮鴻宗二州守謝褆玄文學飲天壇今吳包在粵馮在晉謝在吳	七律	《三子詩稿》	15	平／麻	詠懷
諸暨逢萬壽節	七律	《三子詩稿》	15	平／微	詠懷
臘盡經蘭亭	七律	《三子詩稿》	15	平／尤	贈答唱和
辛巳越中除夕　之一	七律	《三子詩稿》	15	平／蕭	詠懷
之二	七律	《三子詩稿》	15	平／灰	詠懷
壬午越中元日	七律	《三子詩稿》	15	平／支	詠懷
人日立春	七律	《三子詩稿》	15	平／眞	詠懷
送錢大鶴還吳閶時讁浙幕	七律	《三子詩稿》	15	平／庚	贈答唱和
送徐勿齋宮諭冊封益藩	七律	《三子詩稿》	15	平／寒	贈答唱和
諸暨城南作	七律	《三子詩稿》	15	平／灰	寫景記遊
經烏傷因憶闇公欲卜居東義之間卻寄	七律	《三子詩稿》	15	平／寒	贈答唱和
夜歸姚江	七律	《三子詩稿》	15	平／歌	寫景記遊
贈豫章謝封君	七律	《三子詩稿》	15	平／尤	贈答唱和
雒陽　之一	七律	《三子詩稿》	15	平／庚	社會寫實
之二	七律	《三子詩稿》	15	平／陽	社會寫實
同祁世培侍御泛鏡湖	七律	《三子詩稿》	15	平／尤	寫景記遊
獻吳鹿友少司馬	七律	《三子詩稿》	15	平／東	贈答唱和
晚秋雜興　之一	七律	《三子詩稿》	15	平／尤	詠懷
之二	七律	《三子詩稿》	15	平／庚	詠懷
之三	七律	《三子詩稿》	15	平／庚	詠懷
之四	七律	《三子詩稿》	15	平／陽	詠懷
之五	七律	《三子詩稿》	15	平／寒	詠懷

之六	七律	《三子詩稿》	15	平／支	詠懷
之七	七律	《三子詩稿》	15	平／歌	詠懷
之八	七律	《三子詩稿》	15	平／東	詠懷
送祁世培侍御入掌大計	七律	《三子詩稿》	15	平／灰	贈答唱和
吳興太守陸公別駕張公招飲卞山白雀寺和熊伯甘令君之一	七律	《三子詩稿》	15	平／寒	贈答唱和
之二	七律	《三子詩稿》	15	平／尤	贈答唱和
秋日寄方密之翰林	七律	《三子詩稿》	15	平／麻	贈答唱和
馮留仙巡撫天津鄺仙拜少司馬一時命下賦寄	七律	《三子詩稿》	15	平／尤	贈答唱和
寄懷楊機部太史機部以漳浦之獄有連	七律	《三子詩稿》	15	平／庚	贈答唱和
贈方禹修漕使　之一	七律	《三子詩稿》	15	平／元	贈答唱和
之二	七律	《三子詩稿》	15	平／歌	贈答唱和
癸未元日	七律	《三子詩稿》	15	平／灰	詠懷
送吳巒稚司李桂林	七律	《三子詩稿》	15	平／歌	贈答唱和
酬陳實菴翰林	七律	《三子詩稿》	15	平／眞	贈答唱和
潼關	七律	《三子詩稿》	15	平／支	社會寫實
天台萬年寺	七律	《三子詩稿》	15	平／侵	寫景記遊
烏傷雙林寺	七律	《三子詩稿》	15	平／微	寫景記遊
秋日登越州能仁寺高閣	七律	《三子詩稿》	15	平／尤	寫景記遊
過寧海引方正學先生緱城故里	七律	《三子詩稿》	15	平／元	寫景記遊
金陵	七律	《三子詩稿》	15	平／庚	寫景記遊
謁禹陵	五排	《三子詩稿》	16	平／陽	寫景記遊
恭謁孝陵	五排	《三子詩稿》	16	平／庚	寫景記遊
送李寶弓司理內召	五排	《三子詩稿》	16	平／灰	贈答唱和

黃陽五河方今雄俊之士也與予同有事於山寇厥功懋焉仲冬當朝京師詩以贈之	五排	《三子詩稿》	16	平／庚	贈答唱和
聞雁	五律	《焚餘草》	12	平／庚	詠懷
寒月	五律	《焚餘草》	12	平／灰	詠懷
奉先大母歸葬廬居述懷之一	五律	《焚餘草》	12	平／微	詠懷
之二	五律	《焚餘草》	12	平／元	詠懷
之三	五律	《焚餘草》	12	平／陽	詠懷
之四	五律	《焚餘草》	12	平／先	詠懷
野望	五律	《焚餘草》	12	平／東	詠懷
登辰維閣	五律	《焚餘草》	12	平／尤	寫景記遊
孟冬宿柴石上人精舍　之一	五律	《焚餘草》	12	平／寒	寫景記遊
之二	五律	《焚餘草》	12	平／陽	寫景記遊
七夕	五律	《焚餘草》	12	平／歌	詠懷
出塞曲　之一	五律	《焚餘草》	12	平／支	詠懷
之二	五律	《焚餘草》	12	平／庚	詠懷
之三	五律	《焚餘草》	12	平／灰	詠懷
之四	五律	《焚餘草》	12	平／元	詠懷
之五	五律	《焚餘草》	12	平／文	詠懷
之六	五律	《焚餘草》	12	平／刪	詠懷
早春野望　之一	五律	《焚餘草》	12	平／庚	寫景記遊
之二	五律	《焚餘草》	12	平／歌	寫景記遊
之三	五律	《焚餘草》	12	平／蕭	寫景記遊
之四	五律	《焚餘草》	12	平／支	寫景記遊
避地示勝時　之一	五律	《焚餘草》	12	平／虞	詠懷
之二	五律	《焚餘草》	12	平／陽	詠懷
之三	五律	《焚餘草》	12	平／眞	詠懷

之四	五律	《焚餘草》	12	平／東	詠懷
之五	五律	《焚餘草》	12	平／支	詠懷
之六	五律	《焚餘草》	12	平／冬	詠懷
仲春田居即事　之一	五律	《焚餘草》	12	平／東	詠懷
之二	五律	《焚餘草》	12	平／寒	詠懷
之三	五律	《焚餘草》	12	平／微	詠懷
之四	五律	《焚餘草》	12	平／蕭	詠懷
之五	五律	《焚餘草》	12	平／魚	詠懷
之六	五律	《焚餘草》	12	平／灰	詠懷
之七	五律	《焚餘草》	12	平／庚	詠懷
之八	五律	《焚餘草》	12	平／蕭	詠懷
之九	五律	《焚餘草》	12	平／尤	詠懷
之十	五律	《焚餘草》	12	平／庚	詠懷
秋日雜感　客吳中作　之一	七律	《焚餘草》	15	平／灰	詠懷
之二	七律	《焚餘草》	15	平／尤	詠懷
之三	七律	《焚餘草》	15	平／微	詠懷
之四	七律	《焚餘草》	15	平／尤	詠懷
之五	七律	《焚餘草》	15	平／東	詠懷
之六	七律	《焚餘草》	15	平／虞	詠懷
之七	七律	《焚餘草》	15	平／支	詠懷
之八	七律	《焚餘草》	15	平／寒	詠懷
之九	七律	《焚餘草》	15	平／庚	詠懷
之十	七律	《焚餘草》	15	平／刪	詠懷
登神山仙館同惠朗勝時作 之一	七律	《焚餘草》	15	平／文	寫景記遊
之二	七律	《焚餘草》	15	平／尤	寫景記遊
經陳徵士故廬兼問墓道	七律	《焚餘草》	15	平／刪	寫景記遊

臘日	七律	《焚餘草》	15	平／歌	詠懷
除夕廬居	七律	《焚餘草》	15	平／支	詠懷
人日	七律	《焚餘草》	15	平／眞	詠懷
會葬夏瑗公　之一	七律	《焚餘草》	15	平／魚	詠懷
之二	七律	《焚餘草》	15	平／支	詠懷
送徐乾若還宛陵兼詢余使君之一	七絕	補遺	17	平／支	贈答唱和
之二	七絕	補遺	17	平／青	贈答唱和
清明	七絕	補遺	17	平／東	詠懷
游神山道院	五律	補遺	12	平／尤	寫景記遊
送友北行	五律	補遺	12	平／庚	贈答唱和
中秋宴友	五律	補遺	12	平／灰	詠懷
除夕和友韻	五律	補遺	12	平／眞	詠懷
題虎丘石上	七律	補遺	15	平／多	其它
題梅花墅和眉公韻	七律	補遺	15	平／魚	寫景記遊
九日登一覽樓	七律	補遺	15	平／麻	詠懷
乙酉歲朝	七律	補遺	15	平／灰	詠懷
人日雜感	七律	補遺	15	平／支	詠懷
乙酉上元滿城無燈	七律	補遺	15	平／眞	詠懷
輓顧文所	七律	補遺	15	平／元	贈答唱和